Ally Trust

A decision for life

Das Buch

Alles was sich Trisha wünschte, war ein ruhiges, schönes Leben. Aber durch den Tod ihrer Eltern kam alles anders. Ihr Leben änderte sich drastisch. Sie ist auf der Flucht, sie lebt in ständiger Angst. Was passiert, wenn sie einen Jungen kennen lernt und sich auch noch in ihn verliebt? Was ist, wenn genau dieser Junge ein Krimineller ist? Hätte ihre Liebe überhaupt eine Chance? Und was passiert, wenn sie bei einem Banküberfall als Geisel genommen wird und sie eine Entscheidung fürs Leben treffen muss? Wird sie ihr Glück finden und endlich das Leben leben können, was sie immer wollte?

Die Autorin

Ally Trust ist in Deutschland geboren und lebt dort in einem kleinen ruhigen Ort. Schon in der Kindheit hat sie sich Geschichten ausgedacht und begann in ihrer Jugend mit dem Schreiben. Seitdem schreibt sie leidenschaftlich gerne. 2011 veröffentlichte sie ihr erstes Buch. Vor ihren Büchern hat sie schon einige Kurzgeschichten geschrieben und veröffentlicht.

Ally Trust

A
decision
for life

Bibliografische Informationen der Deutschen
Nationalbibliothek: Die Deutsche Nationalbibliothek verzeichnet
diese Publikation in der Deutschen Nationalbibliografie; detaillierte
bibliografische Daten sind im Internet über http://dnb.dnb.de
abrufbar.

Impressum

Copyright: © 2022 Ally Trust
Cover und Gestaltung: © Ally Trust
Herstellung und Verlag: BoD – Books on Demand, Norderstedt
Alle Rechte vorbehalten

ISBN: 9783755791911

Kapitel 1

Trisha:

„Herzlichen Glückwunsch zum Geburtstag, Trisha", sagte ich zu mir selbst und trank einen Schluck Orangensaft. Heute war mein zwanzigster Geburtstag. Ich würde ihn wieder alleine verbringen, wie in den letzten Jahren, denn hier in New York hatte ich niemanden. Keine Freunde oder jemanden, der sich für mich interessierte. In San Francisco hatte ich Freunde. Aber sie wollten nichts mehr mit mir zu tun haben. Ich hatte, als ich nach New York kam, versucht den Kontakt zu ihnen aufzunehmen und wollte ihnen erklären, was passiert war, aber keiner von ihnen wollte mit mir reden. Entweder hatten sie mir das am Telefon selbst gesagt und aufgelegt, oder sie ließen sich von ihren Eltern verleumden. Na ja ich konnte sie irgendwie verstehen. Ich hatte sie im Stich gelassen und mich nicht mehr gemeldet, aber ich konnte doch gar nichts dafür.

Alles, was ich wollte, war doch nur ein ganz normales, ruhiges Leben führen. Warum gönnte mir das denn niemand? Bis ich sechzehn Jahre alt war, verlief mein Leben noch normal. Ich hatte eine schöne Kindheit und wohnte in San Francisco. Alles lief gut. Ich hatte gute Noten in der Schule, hatte Freunde, bis meine Eltern bei einem Autounfall ums Leben kamen. Es war schrecklich gewesen. Meine Eltern waren ausgegangen und ich hatte mir einen ruhigen Abend Zuhause gemacht. Ich saß auf der großen gemütlichen Couch im Wohnzimmer und schaute gerade meinen Lieblingsfilm, als es an der Tür klingelte. Verwundert, wer es sein konnte, denn ich erwartete keinen Besuch, stand ich von der Couch auf und ging den Flur entlang zur Haustür. Ich schaute kurz durch das Fenster neben der Tür und erschrak, als ich zwei Polizisten vor der Tür stehen sah. Was wollten Sie denn hier? War etwas passiert? War etwas mit meinen Eltern? Panik stieg in mir auf. Schnell öffnete ich die Tür.

„Guten Abend. Miss Sloan", fragte einer der beiden Beamten.

„Ja", erwiderte ich mit zitternder Stimme.

„Wir müssen Ihnen mitteilen, dass es einen Unfall gegeben hat. Ihre Eltern hatten einen Autounfall. So wie es aussieht und wie uns Zeugen berichtet haben, wurde der Wagen von Ihren Eltern von einem anderen Auto gerammt. Der Wagen ist von der Fahrbahn abgekommen und gegen einen Baum geknallt. Es tut uns sehr leid."

„Was? Was ist mit meinen Eltern? Geht es ihnen gut? Was ist mit ihnen", fragte ich und meine Stimme wurde zum Ende hin immer lauter.

„Es tut uns sehr leid, aber Ihre Eltern haben den Unfall nicht überlebt. Sie sind beide noch am Unfallort verstorben."

Ab dem Zeitpunkt veränderte sich mein Leben komplett und ich verlor alles. Meine Eltern, mein Leben, meine Freunde, meine Freiheit!

Hier in New York wohnte ich nun in einem kleinen Einzimmerapartment. An Möbeln hatte ich nur das Notwendigste, aber es reichte mir vollkommen. Zu viele Sachen wären sowieso nicht gut, wenn ich wieder flüchten müsste. Es würde zu viel Zeit und Platz in Anspruch nehmen, wenn ich schnell wegmüsste. Er verfolgte mich und spürte mich immer wieder auf. Zum Glück konnte ich bis jetzt immer rechtzeitig flüchten. Zur Polizei konnte ich nicht gehen. Er hatte gute Kontakte und niemand würde mir glauben. Mir blieb also nichts anderes übrig, als meinen Namen illegal ändern zu lassen. Ich fühlte mich nicht wohl dabei, denn eigentlich war ich ein ehrlicher Mensch, der nie irgendetwas Kriminelles tat, aber ich hatte keine andere Wahl, wenn ich nicht wollte, dass er mich wiederfand. Seine Kontakte saßen auch in den Ämtern und so hatte er immer wieder herausgefunden, wo ich wohnte. Nun hieß ich Trisha Anderson. Meinen Vornamen hatte ich behalten. Es war eine Erinnerung an meine Eltern. Ok, es war eher ein Spitzname. Mein richtiger Name war eigentlich Patricia Sloan. Meine Handynummer hatte ich ebenfalls geändert, denn ich hatte herausgefunden, dass er mich orten gelassen hatte. Ich versuchte es ihm so schwer wie möglich zu machen, mich aufzufinden. Diese Stadt war so groß, dass er mich erst einmal nicht finden würde. Ich fragte mich nur, wie lange das noch so weitergehen würde? Wann hätte ich endlich ein ruhiges Leben?

Ich nahm mir die Zeitung und schlug die Stellenanzeigen auf. Ich suchte schon seit längerer Zeit einen neuen Job, aber es war sehr schwierig, ohne Ausbildung oder Collegeabschluss etwas zu finden. Ich arbeitete in einem Unternehmen, indem ich Kundenaufträge bearbeitete. Ich hielt es dort nicht mehr aus. Jeden Tag wurde ich gedemütigt und gemobbt, obwohl ich den Arbeitskollegen nie etwas getan hatte. Doch kündigen konnte ich auch nicht. Ich brauchte das Geld, auch wenn es nicht viel war, zum Leben. Es reichte gerade so für die Miete und zum Leben. Aber da ich schon immer sehr sparsam gelebt hatte, machte es mir nichts aus, mich einschränken zu müssen. Seufzend legte ich die Zeitung zur Seite. Wieder war kein Jobangebot für mich dabei und das, obwohl ich mir für keinen Job zu schade war. Hauptsache, ich verdiente etwas Geld zum Leben. Aber die Ansprüche der Arbeitgeber waren recht hoch. Entweder musste man auch für die einfachsten Jobs studiert haben oder man benötigte irgendwelche Zusatzqualifikationen. Mit keinen von beiden konnte ich dienen. Ich aß mein Frühstück auf, räumte noch auf und machte mich dann auf dem Weg zur Arbeit.

„Guten Morgen Miss Anderson", hörte ich eine Stimme hinter mir im Flur, als ich gerade meine Wohnungstür abschloss. Ich kannte diese Stimme und ich hasste sie.

„Guten Morgen Mr. Waston", erwiderte ich und wandte mich schnell zum Gehen. Mr. Waston war mein Vermieter. Ein ziemlich aufdringlicher Typ. Er bedrängte mich des Öfteren und ich wusste, dass er auch ab und zu in meiner Wohnung war. Deshalb nahm ich auch alle meine für mich wichtigen Sachen immer mit. Es waren ja leider nicht viele und passten alle in eine Tasche. Zum Glück konnte ich, wenn alles klappen würde, noch diesen Monat hier ausziehen. Ich hatte mir eine andere Wohnung gesucht. Sie war wirklich schön und die Miete konnte ich mir auch leisten. Es gab nur ein Problem. Die Vermieterin wollte drei Monatsmieten als Kaution haben und das Geld hatte ich einfach nicht. Deswegen hatte ich heute Mittag in meiner Mittagspause auch einen Termin bei der Bank, um nach einem kleinen Kredit zu fragen.

„Miss Anderson, wo wollen Sie denn so schnell hin", fragte Mr. Waston und packte mir mit seiner schmierigen Hand auf meinen Hintern.

„Lassen Sie mich in Ruhe", erwiderte ich und schlug seine Hand weg.

„Jetzt stellen Sie sich doch nicht so an. Sie wollen es doch auch."

„Nein, ich will das nicht und ich möchte auch nicht mit Ihnen ins Bett. Also lassen Sie mich endlich in Ruhe", schrie ich ihn an.

„Sie werden noch sehen, so schnell gebe ich nicht auf", knurrte er und drehte sich um. Schnell machte ich, dass ich aus dem Haus kam. Ich wollte nicht länger dortbleiben. Dieser Typ war mir schon seit der ersten Begegnung unheimlich gewesen. Er war zwei Köpfe größer als ich, hatte ein breites Kreuz und einen Bierbauch. Anscheinend wusch er sich nicht oft, denn seine kinnlangen dunkelbraunen Haare waren fettig und er stank und das nicht nur nach Alkohol. Aber ich brauchte damals schnell eine Wohnung und das war die Einzige, in die ich sofort einziehen konnte.

Ethan:

„Wie soll denn der Coup ablaufen", fragte Tyron in die Runde. Wir hatten einen Auftrag von unserem Auftraggeber Mr. Burton bekommen. Wir sollten aus der größten Bank von New York besonderen und wertvollen Schmuck stehlen, der dort aufbewahrt wurde. Das Geld, welches wir außerdem mitnehmen würden, konnten wir behalten. Wir hatten uns in meinem Hotelzimmer in New York getroffen, um unseren Plan zu besprechen. Unsere Gruppe bestand aus vier Personen. Mein Bruder Tyron und meine beiden besten Freunde Neil und John. Wir führten zusammen verschiedene Aufträge aus. Mal sollten wir Geld eintreiben oder Autos klauen. Es kam auch schon mal vor, dass wir jemanden umbringen sollten, wobei ich es sehr ungern tat. Ich mochte das Töten nicht. Es war zwar kein schönes Leben, was ich führte, aber ich bekam Geld dafür und es waren gut bezahlte Jobs.

Tyron und ich wurden von unseren Eltern einfach in ein Heim abgeschoben. Er war sieben und ich gerade mal fünf Jahre alt. Sie wollten uns einfach nicht mehr haben. Dort hatten wir dann Neil und John kennengelernt und waren seitdem mit ihnen befreundet. Als ich sechzehn Jahre alt war, hauten wir aus dem Heim ab und hielten uns mit kleinen Gaunereien über Wasser. Später lernten wir dann Mr. Burton kennen, der uns aufnahm, eine Wohnung verschaffte und uns die Aufträge gab. Normalerweise arbeiteten wir alleine und waren ein eingespieltes Team, aber neuerdings mussten wir Mr. Burtons neunzehnjährigen Neffen Angus und seine beiden Freunde Vincent und Marek mitnehmen. Burton wollte, dass die Drei von uns eingearbeitet wurden, damit er sie für einige Aufträge einsetzen konnte. Angus vertraute ich überhaupt nicht und leiden konnte ich ihn erst recht nicht. Aber der Boss wollte, dass wir ihn mitnahmen, also mussten wir es tun. Es blieb uns nichts anderes übrig.

„Also ich werde heute die Bank ausspionieren. Schauen, wo die Kameras sind und wie viele Mitarbeiter in der Bank arbeiten. Morgen Mittag werden wir dann die Bank überfallen. Fahren anschließend nach Allentown und tauschen dort das Auto. Von da aus werden wir nach Chicago fahren, wo wir uns mit Lynn und Ebby treffen", erklärte ich ihnen.

„Muss das sein? Warum müssen denn die Weiber mitkommen", fragte Angus genervt und fuhr sich mit der Hand durch seine dunkelbraunen kurzen Haare.

„Weil Neil und ich gerne unsere Freundinnen mitnehmen möchten, wenn wir schon in ein anderes Land flüchten müssen", erwiderte Tyron gereizt. Er konnte Angus genauso wenig leiden, wie ich. Die Fahrt würde uns nach Mexiko führen, wo wir uns mit Burton treffen und ihm die Ware übergeben würden. Anschließend würden wir aus Amerika für einige Monate verschwinden, bis sich alles beruhigt hätte und die Polizei nicht mehr hinter uns her wäre. So sah der offizielle Plan aus. Der inoffizielle Plan war aber ein ganz anderer. Mein Bruder, John, Neil und ich wollten während dieses Coups abhauen und zwar ohne Angus und seine Freunde. Wir wollten nach Albuquerque zu Freunden von uns, die uns bei der Flucht helfen wollten. Sally und Lorenzo Caroso waren sehr gute Bekannte von uns, die wir nach einem unserer Aufträge kennengelernt hatten. Sie hatten uns damals für einige Zeit aufgenommen und uns geholfen. Sie waren fast wie Eltern für uns. Wir konnten immer zu ihnen kommen, wenn wir Probleme oder Sorgen hatten. Zu ihnen hielten wir viel Kontakt, wenn meist auch nur telefonisch, wenn wir mal wieder in einer anderen Stadt waren. Lorenzo selbst hatte eine kriminelle Ader. Das war nicht gerade verwunderlich, denn er stammte aus einer Mafiafamilie. Sein Bruder Massimiliano war der Boss einer italienischen Mafia und Lorenzo wickelte für ihn Geschäfte in den USA ab. Allerdings hatte er auch noch weitere Kunden, die er mit Waffen, Autos oder anderen Dingen versorgte. Diese ganzen Geschäfte versteckte er gut hinter seiner Architekturfirma, in der Sally als Innenarchitektin arbeitete. Er hatte uns schon oft angeboten, für ihn zu arbeiten, allerdings ließ uns Burton nicht einfach so gehen. Ausscheiden war so gut wie unmöglich, es sei denn man wäre tot. Der Plan von Tyron, Neil, John und mir war, dass wir während des Coups abhauen und uns anschließend für tot erklären ließen. Wir würden dann unter anderer Identität woanders neu anfangen. Wir vier wollten raus aus diesem kriminellen Leben. Wenn dieser Coup gelingen würde, hätten wir genug Geld, um ein neues, ruhiges Leben zu beginnen. Die anderen Drei sollten von unserem Plan nichts wissen, da wir ihnen nicht trauten. Vor allem Angus nicht. Da er der Neffe von Burton war, würde er ihm doch sicherlich alles erzählen. Er würde dann seine Leute losschicken, um uns zu finden und wer weiß, was er dann mit uns tat. Er war skrupellos.

Lorenzo verwaltete das Geld von Tyron, Neil, John und mir. Wir konnten nicht einfach ein Konto eröffnen. Irgendwann würde sich die Bank wundern, woher die hohen Geldbeträge kamen, die wir bei unseren Aufträgen verdienten. Zehntausend Dollar war da keine Seltenheit, je nach Auftrag. Sie würden wahrscheinlich die Polizei einschalten. Deshalb hatten wir es Lorenzo gegeben, damit wir es nicht immer mit uns herumtrugen. Er hatte es uns angeboten, es sicher zu verwahren. Na ja bei wem war es denn wohl sicherer als bei einem Mitglied von der Mafia? Wir vertrauten Lorenzo. Er war uns gegenüber immer ehrlich. Wir ihm gegenüber natürlich ebenso. Er hatte das Geld zudem gewinnbringend für uns angelegt. Wenn wir Geld brauchten, sagten wir ihm nur Bescheid und er schickte uns welches.

„Eben. Außerdem ist Lynn die Spezialistin in der Fälschung von Ausweisen und Dokumenten, die wir für die Flucht brauchen", entgegnete ich. „Hier habe ich noch einen Plan, wo die ganze Fluchtroute aufgezeichnet ist." Ich breitete eine Landkarte auf den Tisch aus. Die Anderen schauten sie sich interessiert an.

„Das ist ja ein kompletter Umweg. Warum fahren wir nicht direkt nach Mexiko", fragte Vincent.

„Weil die Polizei es sich bestimmt denken kann und uns vor der Grenze abfangen würde. Deshalb tricksen wir sie ein wenig aus", erwiderte ich.

„Das hast du recht. Wir wollen ja auch kein Risiko eingehen", sagte Neil.

„Wenn es sein muss", stöhnte Angus.

„Ja es muss sein", erwiderte Tyron knurrend. „Wenn es dir nicht passt, dann kannst du ja auch gehen."

„Nein, ist schon gut", gab Angus nach. Er wusste, er konnte nicht so einfach gehen, denn wenn er diesen Coup nicht mit uns durchziehen würde, so könnte er auch nicht für seinen Onkel arbeiten. Burton hatte ihm nur diese eine Chance gegeben. Wenn er versagen oder aufgeben würde, so könnte er seine Karriere, wie er es immer betonte, bei seinem Onkel vergessen. Burton brauchte Leute auf die er sich verlassen konnte.

„Ok, Marek, wie sieht es denn mit den Sachen aus? Hast du alles besorgt, was wir brauchen", fragte ich ihn.

„Ja. Die Kleidung und die Sturmhauben sind da, genauso wie die Waffen und Taschen", erwiderte er. Ich nickte anerkennend. Marek war mit seinen achtzehn Jahren der Jüngste von uns. Er war ein Meter fünfundsiebzig groß, hatte eine schlaksige Figur und aschblonde raspelkurze Haare. Er war sehr verbissen und wollte unbedingt zu Burtons Gang? Clique? Angestellte? wie man es auch immer nannte, dazugehören. Mit ihm konnten wir auf jeden Fall besser arbeiten als mit Angus. Marek war wesentlich motivierter und tat alles, was wir ihm auftrugen. Vincent hingegen war eher ein Mitläufer. Er war neunzehn Jahre alt, genauso groß wie Marek nur schmächtiger und hatte rötliche kurze Haare. Er tat alles, was Angus sagte, machte aber den Eindruck, als wenn er gar nicht kriminell werden aber auch seine Freunde nicht enttäuschen wollte. Wahrscheinlich wollte er nur bei Burton mitmachen, um seine Freunde nicht zu enttäuschen. Was ich vollkommen falsch fand. Jeder sollte seinen eigenen Willen haben und sein Leben leben. Und nicht, nur weil man dazugehören wollte, etwas tun, was man eigentlich gar nicht tun wollte.

„Sam kommt mit seinem Hubschrauber und wartet dann auf dem Dach der Bank auf uns. Er wird uns zu unserem Wagen bringen, der an einem abgelegenen Waldstück wartet. Außerdem wird Paul mit einem zweiten Hubschrauber über die Gegend fliegen und so die Polizei verwirren", kam es von John. Sam und Paul waren Bekannte von uns, die uns ab und zu für ein kleines Handgeld einen Gefallen taten. Kennengelernt hatten wir sie bei einem unserer Coups. Wir brauchten damals einen Piloten und einen Hubschrauber. Zufällig hatten wir ein Gespräch zwischen den beiden, bei dem es um ihren letzten Hubschrauberflug gegangen war, in einer Bar mitbekommen und hatten sie einfach angesprochen, ob sie einen Job bräuchten und uns helfen wollten. Sie sagten direkt zu und halfen uns.

„Gut, dann wäre ja soweit alles geklärt. Eines gibt es aber noch. Wir werden morgen in der Bank weder eine Geisel nehmen, noch jemanden erschießen oder verletzten. Ist das klar", fragte ich in die Runde. Alle nickten.

„Angus, hast du mich auch verstanden", fragte ich ihn, da er zu Gewalt neigte.

„Ja ja, alles klar", erwiderte dieser. „Sind wir hier fertig? Ich habe noch etwas zu erledigen."

„Ja wir sind fertig", antwortete ich ihm.

„Gut, dann können wir ja gehen. Marek, Vincent los kommt mit", befahl Angus ihnen und sie verließen das Hotelzimmer.

„Denkt daran, wir treffen uns morgen um elf Uhr unten vor dem Hoteleingang", erinnerte sie Tyron.

„Wir werden pünktlich da sein", rief Angus und schloss die Hotelzimmertür.

„Endlich sind sie weg. Also wie sieht der eigentliche Plan aus", fragte John und ließ sich auf einen der Sessel fallen.

„Also bis Tulsa werden wir die drei ertragen müssen. Dort werden wir eine Nacht in einem Motel verbringen und am nächsten Morgen ohne sie abhauen", erklärte ich und wandte mich an Neil. „Hast du das Schlafmittel besorgt?"

„Ja, ich habe es vorhin abgeholt. Wir werden es ihnen in ihren Morgenkaffee kippen. Zur Vorsicht spritze ich davon noch etwas in die Muffins, die wir morgens zusammen mit dem Kaffee besorgen. Damit gehen wir auf Nummer sicher, denn sollten sie plötzlich keinen Kaffee wollen, wird unser Plan nicht aufgehen. Aber Muffins werden sie nicht verschmähen. So wie ich es mitbekommen habe, fahren sie voll darauf ab."

„Das ist mir auch schon aufgefallen. Ok, sobald sie eingeschlafen sind, fesseln wir sie und sperren sie im Motelzimmer ein. Anschließend hauen wir ab und werden den Wagen wechseln, damit wir nicht gefunden werden", sagte ich.

„Mir gefällt es immer noch nicht, dass wir die Mädchen mitnehmen. Ich möchte sie nicht in Gefahr bringen", sagte Neil.

„Mir auch nicht, aber es ist für die beiden gefährlicher, wenn wir sie nicht mitnehmen. Alleine wenn wir flüchten, würde James mit Sicherheit sich erst die Mädchen schnappen, um ein Druckmittel gegen uns zu haben. Genauso wären sie in Gefahr, falls unser Plan schon vorher auffliegt", entgegnete Tyron.

„Mein Bruder hat recht. Es ist sicherer für Ebby und Lynn, wenn sie bei uns sind. So können wir sie beschützen", stimmte ich ihm zu.

„Ihr habt ja recht", seufzte Neil. „Ich würde mich auch wohler fühlen und mir nicht so viele Gedanken machen, wenn ich wüsste, dass die beiden in Sicherheit sind."

„Lorenzo weiß Bescheid", fragte Tyron.

„Ja, mit ihm habe ich vorhin noch telefoniert. Wenn wir Hilfe benötigen sollen wir ihn anrufen."

„Na dann kann doch nichts mehr schief gehen", erwiderte mein Bruder.

„Das hoffe ich doch. Ich will endlich weg von James", sagte ich.

Kapitel 2

Trisha:

Endlich war Mittagspause. Der Vormittag war wieder schlimm gewesen. Bereits am Morgen wurde mir ein ganzer Stapel Anträge von meinen Kollegen auf den Tisch geknallt, die ich alle bearbeiten sollte. Sie selbst hatten keine Lust dazu. Das hieß für mich wieder Überstunden machen und ich würde bis abends im Büro sitzen. Na ja wenigsten wurden die Überstunden bezahlt. So hätte ich etwas mehr Geld. Natürlich ließen mich meine Arbeitskollegen nicht in Ruhe. Sie lästerten laut über mich, sodass ich es mitbekam, mischten sich ständig in meine Arbeit ein und meinten, ich würde alles falsch machen. Einige Male waren sie bereits zum Chef gerannt und hatten behauptet, ich würde meine Arbeit nicht erledigen, am PC im Internet surfen und ständig am Tisch in der Teeküche sitzen und essen. Das war alles gelogen. Ich saß während der Arbeitszeit an meinen Arbeitsplatz und arbeitete. Ich wusste nicht, warum sie das behaupteten. Ich hatte ihnen nie etwas getan. Ich war froh, als ich endlich aus dem Büro draußen war. Nun musste ich mich beeilen, um zur Bank zu kommen. Ich hatte nur eine Stunde Pause und in der Zeit den Termin mit einer Beraterin. Zum Glück lag die Bank nur zwei Straßen weiter und ich konnte zu Fuß hingehen. Heute war ein schöner Septembertag. Die Sonne schien und es war angenehm warm. Ich betrat die Bank und ging zu einem Schalter, um mich anzumelden, da ich nicht wusste, wo ich hinmusste. Die Bankangestellte führte mich zu einen Bearbeitungsplatz an der eine Beraterin namens Brittany Smith saß.

„Guten Tag Miss Anderson. Ich bin Mrs. Smith. Bitte nehmen Sie doch platz", sagte sie freundlich und deutete auf einen Stuhl, der vor ihrem Schreibtisch stand. Ich tat, was sie sagte und setzte mich. „Was kann ich denn für Sie tun?"

„Ich wollte fragen, ob Sie mir einen kleinen Kredit genehmigen würden. Ich brauche ihn für eine neue Wohnung, bei der die Kaution etwas höher ist", erklärte ich ihr.

„In welcher Höhe soll der Kredit denn sein", fragte Mrs. Smith.

„Ich dachte da so an zweitausend Dollar. Dann hätte ich noch einen kleinen Puffer, falls ich noch etwas an Möbeln benötige."

„Gut. Haben Sie denn den Einkommensnachweis und den Arbeitsvertrag dabei? Ohne die Dokumente kann ich nämlich keine Kreditanfrage starten." Ich reichte ihr die geforderten Unterlagen.

„Wann können Sie mir denn Bescheid geben, ob der Kredit genehmigt wird oder nicht? Ich muss der Vermieterin nämlich noch Bescheid geben, ob ich die Wohnung dann nehme. Ich möchte aus meiner alten Wohnung so schnell wie möglich raus, da ich mit dem Vermieter nicht klarkomme und er mich belästigt."

„Oh, na da kann ich natürlich verstehen, dass Sie dort so schnell wie möglich ausziehen wollen. Also ich reiche es gleich ein und ich müsste spätestens morgen Früh eine Entscheidung haben."

„Gut, dann komme ich morgen Mittag vorbei", sagte ich, verabschiedete mich und stand auf. Ich ging den Gang zwischen den Bearbeitungsplätzen entlang in Richtung Ausgang und verließ die Bank. Hoffentlich wurde dieser Kredit bewilligt. Ich wollte nicht noch länger in dieser Wohnung wohnen. Noch konnte ich Mr. Waston ausweichen und von mir fernhalten. Wer wusste allerdings wie lange. Auf der Treppe, die hinunter zur Straße führte, rutschte ich auf etwas aus. Ich machte mich auf dem Aufprall gefasst, aber er kam nicht. Stattdessen wurde ich von zwei starken Armen aufgefangen. Ich schaute verwundert auf und blickte in zwei smaragdgrüne Augen. Ich versank regelrecht in ihnen.

„Geht es dir gut? Hast du dir wehgetan", fragte der Junge mit den wunderschönen Augen. Ich schaute ihn mir genauer an. Er war einen Kopf größer als ich, schlank und muskulös, hatte hellbraune Haare, die wild auf seinem Kopf lagen und natürlich diese smaragdgrünen Augen.

„Äh ... ja ... mir geht es gut", stotterte ich. „Danke, dass du mir geholfen hast."

„Kein Problem, so einem wunderschönen Mädchen, wie du es bist, musste ich einfach helfen", erwiderte er lächelnd. Ich wurde rot im Gesicht. So ein Kompliment hatte ich noch nie bekommen, wobei ich mir nicht sicher war, ob er es ernst meinte. Bis jetzt hatte mich noch nie ein Junge schön gefunden, geschweige denn wunderschön. Ich wurde von ihnen immer nur fertiggemacht. Ich selbst fand mich auch nicht schön. Ich hatte braune, lange Haare, braune Augen, war ein Meter fünfundsechzig groß und zweiundfünfzig Kilo schwer.

„Wir kennen uns doch. Du hast mich gestern Abend auf der Straße fast über den Haufen gerannt und den Tag davor haben wir uns im Supermarkt gesehen beziehungsweise bist du mit dem Einkaufswagen in meinen gefahren. Du scheinst es ziemlich eilig zu haben. Ich bin Ethan und wie heißt du", fragte er mich. Stimmt. Ich hatte mich schon gefragt, woher ich ihn kannte, aber jetzt fiel es mir wieder ein. Ich war nach der Arbeit noch eben zur Apotheke geeilt. Als ich schnell um die Straßenecke bog, hatte ich ihn fast umgerannt. Ich hatte mich entschuldigt und war sofort weitergelaufen, weil es kurz vor Ladenschluss gewesen war. Dabei hatte ich ihn zwar angesehen, aber war mit meinen Gedanken ganz woanders gewesen. Dadurch war mir gar nicht aufgefallen, wie gut er doch aussah. Ja, und den Tag davor war ich nach Feierabend noch schnell etwas einkaufen gewesen. Ich wollte schnell nach Hause und sauste mit meinen Einkaufswagen die Gänge entlang zur Kasse. Er kam mir in die Quere und ich rammte seinen Einkaufswagen mit meinen. Ich entschuldigte mich und eilte weiter zur Kasse.

„Oh stimmt. Entschuldige noch mal. Ich war beide Male etwas in Eile. Ich bin Trisha", erwiderte ich.

„Es ist ja nichts passiert. Hm, aber dafür musst du mit mir heute Nachmittag einen Kaffee trinken gehen", grinste er mich an.

„Tut mir leid, ich muss leider bis heute Abend arbeiten", erwiderte ich. So ein Mist, da wollte doch schon so ein gut aussehender Junge mit mir einen Kaffee trinken gehen und ich konnte nicht.

„Wie wäre es denn mit heute Abend. Natürlich nur, wenn du möchtest. Eine Straße von hier entfernt ist ein Italiener. Dort könnten wir etwas Essen gehen", schlug er vor.

„Das hört sich gut an."

„Ok, wie wäre es, wenn wir uns um acht Uhr vor dem Restaurant Bellissima treffen", fragte er lächelnd.

„Ja, das können wir machen. Hier ich gebe dir aber noch meine Handynummer, falls dir etwas dazwischenkommt, damit du mich erreichen kannst", sagte ich, holte aus meiner Tasche einen Zettel und einen Stift und schrieb sie ihm auf. Eigentlich wollte ich ja niemanden Fremdes meine Nummer geben, aber bei Ethan hatte ich irgendwie ein gutes Gefühl. Ich hoffte nur, er rief mich wirklich an und versetzte mich nicht einfach, wie es einige Typen schon getan hatten, die sich mit mir treffen wollten. Zumindest hatten sie es vorgetäuscht, um mich hinterher einfach zu versetzen. Keine Ahnung, warum sie so etwas getan hatten.

„Danke, aber mir wird nichts dazwischenkommen", erwiderte er, als ich ihm den Zettel reichte. „So, ich muss jetzt aber auch los. Wir sehen uns ja dann heute Abend. Ich freue mich darauf."

„Ich mich auch." Ich ging die Treppen hinunter und beeilte mich zur Arbeit zu kommen. Meine Pause war schon um. Ich konnte es immer noch nicht glauben. So ein gut aussehender Mann wollte mich wiedersehen.

Ethan:

Ich wollte gerade in die Bank hineingehen, als mir das Mädchen auffiel, das gerade aus dem Gebäude kam und die Treppe herunterging. Plötzlich rutschte sie aus und drohte zu fallen. Ich reagierte sofort und fing sie auf. Verdutzt schaute sie mich an. Sie hatte wohl auf den Aufprall gewartet. Ich konnte sie auch erst nur ansehen. Sie war wunderschön. Ihre langen braunen Haare flossen über ihren Rücken hinab und sie hatte so schöne braune Augen. Aber etwas war seltsam. In den Augen sah ich keinen Glanz. Sie wirkten leer. Aber warum? Was war dem Mädchen nur passiert, dass sie keine Lebensfreude mehr besaß? Ich kannte sie vom Sehen her beziehungsweise hatte sie mich am Tag zuvor fast über den Haufen gerannt. Sie schien in Eile gewesen zu sein. Genauso wie vor zwei Tagen, als sie mit ihrem Einkaufswagen im Supermarkt in meinen gerammt war. Sie hatte sich beide Male entschuldigt und war direkt weitergelaufen. Am Tag zuvor war mir schon aufgefallen, wie schön sie ist. Mein Innerstes wollte sie einfach kennenlernen, obwohl ich wusste, dass ich ab morgen auf der Flucht sein würde. Vielleicht gab es doch einen Weg, sie wiederzusehen. Vielleicht konnte ich ja in ein paar Wochen wieder nach New York zurückkommen. Sie hieß Trisha. Was für ein schöner Name. Er passte zu ihr. Ich dachte auch noch an sie, als ich in der Bank war. Nur jetzt musste ich mich erst einmal auf meinen Auftrag konzentrieren. Es war gar nicht so leicht. Ich hatte ständig ihre schönen braunen Augen im Kopf. Ich ließ meinen Blick durch die Bank gleiten. Schaute genau, wo welche Kamera hing, wie viele Angestellte in der Bank waren und welche Durchgänge es gab. Um nicht aufzufallen, gab ich mich als ein Kunde aus, der ein Schließfach in dieser Bank mieten wollte. Dazu hatte ich mir einen Anzug angezogen, denn es sah vornehmer aus.

„Kommen Sie bitte hier entlang Mr. Goldman", sagte ein Bankangestellter, der mich zu den Schließfächern führen würde. Eigentlich hieß ich ja mit Nachnamen Bolton, hatte hier aber einen falschen Namen angegeben, damit morgen nicht doch ein Verdacht auf mich fallen würde. Wir würden zwar Sturmhauben tragen, aber ich war trotzdem vorsichtig. Wir gingen durch einen Gang und anschließend einige Treppen hinunter ins Untergeschoss. Auch hier schaute ich mir alles genau an und hatte sogar eine kleine versteckte Kamera in mein Jackett versteckt, die alles aufnahm. Wir kamen zu den Schließfächern, wo wir einige aufgrund des besonderen Schmucks ausräumen sollten. Die Schließfachnummern hatten wir bereits, damit wir wussten, welche es waren. Mich interessierte aber noch eher, wo der Tresor war und den hatte ich gefunden. Er lag genau gegenüber von den Schließfächern.

„Ich versichere Ihnen, dass Ihre Wertsachen hier absolut sicher sind", erklärte der Bankangestellte.

„Das will ich doch hoffen. Was passiert denn, wenn sie bei einem Überfall gestohlen werden", fragte ich direkt.

„Da brauchen Sie gar keine Angst haben. Unsere Bank wurde bis jetzt noch nie überfallen." Bis jetzt noch nicht, dass würde sich morgen aber ändern. Ich musste innerlich lächeln. „Außerdem haben wir sehr gute ausgebildete Sicherheitskräfte, die auf die Schließfächer aufpassen. Falls es doch passieren sollte, sind Ihre Wertsachen natürlich versichert", fügte der Bankangestellte hinzu. Wir gingen wieder nach oben und er erstellte mir ein Angebot, was das Schließfach im Monat kosten sollte.

„Gut, ich werde mir Ihr Angebot noch einmal durch den Kopf gehen lassen und melde mich bei Ihnen die Tage noch einmal", sagte ich, verabschiedete mich und ging aus der Bank. Mein nächster Weg führte mich zurück ins Hotel, wo Tyron, John, Neil und ich uns für die Tage einquartiert hatten. Natürlich auch hier unter falschen Namen. Angus, Vincent und Marek wohnten in einem anderen Hotel hier in der Stadt.

Trisha:

Ich kam fünf Minuten zu spät aus meiner Pause zurück und meine Arbeitskollegen hatten nichts Besseres zu tun, als mich bei unserem Chef zu verpfeifen.

„Miss Anderson, kommen Sie bitte in mein Büro", sagte dieser, als ich mich gerade wieder auf meinen Platz setzen wollte. Ich konnte mir schon vorstellen, was jetzt kam und folgte ihm. „Sie sind zu spät aus ihrer Pause gekommen. Das kann ich nicht dulden", sagte Mr. Newmann.

„Es tut mir leid. Es waren fünf Minuten und ich hatte einen Termin bei der Bank, der etwas länger gedauert hat", versuchte ich ihm zu erklären.

„Das ist mir egal. Sie werden die Zeit heute nachholen."

„Ich muss sowieso heute Überstunden machen, da mir die Kollegen ihre Arbeit auf den Tisch gelegt haben", erwiderte ich.

„Das glaube ich Ihnen nicht. Hier arbeiten nur anständige Leute. Sie sollen aufhören, ständig ihre Kollegen für Sachen zu beschuldigen, die sie nicht gemacht haben", herrschte er mich an.

„Tu ich auch gar nicht. Ich sage die Wahrheit. Nur Sie wollen mir nicht glauben", verteidigte ich mich.

„Es reicht Miss Anderson. Es tut mir leid, aber ich sehe keine andere Möglichkeit. Sie zwingen mich ja regelrecht dazu. Weil sie in meiner Firma nur Unruhe stiften, muss ich Sie leider fristlos kündigen. Packen Sie ihre Sachen und verlassen Sie bitte sofort das Büro." Das konnte doch nicht sein Ernst sein. Er konnte mich doch nicht einfach so rauswerfen. Wo sollte ich denn so schnell einen neuen Job bekommen?

„Aber Mr. Newmann, ich habe doch nie etwas getan. Ich war fleißig und habe meine Arbeit immer sofort erledigt", versuchte ich ihn umzustimmen.

„Da habe ich aber schon einige Male etwas anderes gehört. Deshalb hatten wir auch schon Gespräche. Es reicht mir mit Ihnen. Ich werde Ihnen die Kündigung in den nächsten Tagen zuschicken."

„Natürlich haben sie etwas getan. Ich wurde hier doch nur gemobbt und Sie wollen das nicht einsehen", schrie ich nun aufgebracht.

„Jetzt übertreiben Sie aber nicht. Mobbing gibt es in meiner Firma nicht und jetzt gehen Sie. Auf Wiedersehen Miss Anderson", sagte Mr. Newmann und deutete mit seiner Hand auf die Tür. Ich verließ sein Büro und ging zu meinem Schreibtisch. Ich packte meine Sachen zusammen, wobei ich dabei von meinen Kollegen neugierig beobachtet wurde. Ich nahm meine Tasche und den Stapel an Anträgen und ging Richtung Tür.

„Ab jetzt, müsst ihr eure Arbeit alleine machen. Viel Spaß dabei", zischte ich und knallte den Stapel Donna auf den Tisch. Sie war eine der treibenden Kräfte, die die anderen gegen mich aufgehetzt hatte. Nun starrte sie mich mit großen Augen überrascht über mein Tun an. Ich ging durch die Tür und verließ das Gebäude. Tränen bildeten sich in meinen Augen. Was sollte ich denn jetzt nur tun? Woher sollte ich denn jetzt eine neue Arbeit bekommen? Ohne Arbeit würde ich doch auch nicht den Kredit bekommen und dadurch nicht die Kaution für die neue Wohnung. Vor allem aber, wovon sollte ich denn leben? Eigentlich machte sich ja ein Chef strafbar, wenn er Mobbing in der Firma nicht ernst nahm. Er musste dagegen vorgehen. Aber was könnte ich schon tun? Einen Anwalt einschalten konnte ich nicht. Ich hatte nicht das Geld dafür. Klar, wenn ich den Fall gewann, musste der Gegner den Anwalt und die Gerichtskosten bezahlen, aber was wäre, wenn ich verlor? Dann würde ich auf den Kosten sitzen und das konnte ich mir nicht leisten. Vor allem aber wollte ich sowieso nicht mehr in diese Firma zurück. Das Arbeitsklima wäre nach einer Klage doch noch unerträglicher. Ich beschloss erst einmal am Kiosk zwei weitere Zeitungen zu kaufen, in denen sich Stellenanzeigen befanden. Anschließend ging ich nach Hause, setzte mich auf meine Couch und ging die Stellenanzeigen durch. Warum lief eigentlich alles in meinen Leben so schief? Wieso konnte ich nicht auch einmal Glück haben? Ich hörte Schritte vor meiner Tür und hatte Angst, dass es mein Vermieter war. Ich schlich zur Tür, die ich, nachdem ich in die Wohnung gekommen war, schon abgeschlossen hatte und verriegelte sie leise mit den zwei Zusatzschlössern, die ich mir gekauft hatte, nachdem ich festgestellt hatte, dass er in meiner Wohnung gewesen war. Ich wollte nämlich nicht, dass er nachts auf einmal in meinem Schlafzimmer stand, wenn ich schlief. Ich hörte, wie jemand versuchte, die Tür aufzuschließen und derjenige fluchte, weil es nicht klappte. Tja schade, so leicht kommst du nicht mehr bei mir in die Wohnung, dachte ich und lachte leise. Anschließend ging ich zurück zur Couch und schaute mir weiter die Anzeigen an. Mir fiel eine ins Auge. Es war eine Stelle als Bedienung in einem Café. Ich war mir für fast gar nichts zu Schade. Na ja ok, ich würde keine Drogen verkaufen oder unter Zwang Leuten etwas andrehen, was sie gar nicht wollten. Auch wollte ich meinen Körper nicht verkaufen und als Prostituierte arbeiten. Ich verachtete die Frauen nicht, die diesen Job nachgingen. Es war einfach nur nichts für mich. Ich könnte nur mit einem Mann schlafen, den ich auch liebte. Ansonsten wäre mir die Arbeit egal. Ich nahm mein Handy und wählte die Nummer von dem Café. Nach dem zweiten Mal klingeln ging auch jemand dran.

„Café Bayton, mein Name ist Young. Guten Tag", meldete sich eine freundliche Frauenstimme.

„Guten Tag, mein Name ist Trisha Anderson und ich rufe wegen Ihres Stellenangebotes als Bedienung in Ihrem Café an. Ich wollte nachfragen, ob die Stelle noch frei ist", fragte ich.

„Ja, sie ist noch frei. Haben Sie denn Erfahrung als Bedienung", fragte sie mich.

„Nein, leider nicht", gab ich zu.

„Das macht nichts. So etwas lernt man schnell. Wie wäre es, wenn Sie morgen Vormittag um elf Uhr zu einem Vorstellungsgespräch vorbeikommen. Ach ja und bringen Sie bitte Ihre Unterlagen wie Bewerbung und Lebenslauf mit."

„Das mache ich. Ich bin dann morgen um elf Uhr bei Ihnen", erwiderte ich erfreut. Mrs. Young gab mir noch die Adresse und wir legten auf. Das wäre schön, wenn ich morgen die Stelle bekommen würde. Vielleicht wären dort die Arbeitskollegen netter. Ich setzte mich an den Küchentisch und begann gleich meine Bewerbung und den Lebenslauf an meinen alten Computer zu schreiben und die Unterlagen auszudrucken.

Kapitel 3

Ethan:

Als ich wieder im Hotelzimmer war, machte ich mich für den Abend fertig. Schließlich wollte ich für Trisha ja auch gut aussehen. Ich zog mir ein blaues Hemd und dazu eine schwarze Jeans an. Ich wollte gerade ins Badezimmer gehen, als Neil mir über den Weg lief.

„Hast du heute noch etwas vor, dass du dich so schick machst", fragte er verwundert.

„Ja, ich gehe gleich mit einem Mädchen essen", gestand ich ihm.

„Ich glaub es nicht. Mein Bruder hat ein Date. Das ich das noch erleben darf", rief Tyron, der gerade aus dem Bad kam. Ich hatte noch nie eine feste Freundin gehabt und auch noch nie ein wirkliches Date. Es kam mal vor, dass ich einen One Night Stand hatte, wenn wir in einen Club gegangen waren, aber durch meinen Job wurde nie etwas Festeres daraus. Ich hatte aber auch nie die richtige Frau gefunden. Aber nun mit Trisha, na ja sie war wunderschön und etwas in meinen Inneren wollte sie unbedingt kennenlernen.

„Es ist kein richtiges Date. Wir gehen nur essen", wehrte ich mich.

„Meinst du, es ist das Richtige, gerade jetzt, wo wir doch ab morgen auf der Flucht sind", fragte Neil skeptisch. „Ich mein, was willst du ihr sagen, wenn du morgen einfach so verschwindest?"

„Ich weiß. Aber ich muss diese Frau einfach kennenlernen. Sie hat etwas Anziehendes an sich und ist dazu noch wunderschön", schwärmte ich. „Ich werde ihr einfach erzählen, dass ich auf eine Geschäftsreise muss und vielleicht gibt es doch noch die Gelegenheit, dass wir uns wiedersehen können."

„Ich finde es gut. Ich meine, ich habe Lynn auch nicht anders kennengelernt. Neil bei dir war es doch mit Ebby auch nicht anders", sagte Tyron. Das stimmte, die Beiden hatten ihre Freundinnen auch in unmöglichen Situationen kennengelernt. Tyron lernte Lynn vor zwei Jahren vor einem Auftrag kennen, bei dem wir im Anschluss ebenfalls flüchten mussten. Allerdings hatte er sich nach drei Wochen mit ihr wieder getroffen und seitdem waren sie ein Paar. Neil hatte

Ebby nur kurze Zeit später kennengelernt. Beide akzeptierten unsere Jobs und halfen uns sogar dabei. Lynn konnte sehr gut unsere Ausweise und Papiere fälschen. Die Materialien und auch die Computerausrüstung hatte sie von Lorenzo bekommen. Ebby hatte es sich zur Aufgabe gemacht, sich um unser Äußeres zu kümmern, damit wir nicht so schnell erkannt wurden. Dieses Mal würde es aber nicht nötig sein, denn wir hatten sowieso Sturmhauben auf und konnten dadurch nicht erkannt werden. Ansonsten erledigten die Beiden kleine, nicht kriminelle Aufgaben für uns und sorgten für uns, damit wir nicht verhungerten und etwas Ordentliches zu essen bekamen. Sie waren der Meinung, wir würden uns zu viel von Fast Food ernähren.

„Da hast du recht und ich bin froh, dass Ebby mich trotz unseres Jobs liebt", erwiderte Neil. „Vielleicht wird es bei dir ja genauso. Ich würde es mir für dich wünschen, dass du endlich auch deine zweite Hälfte findest", wandte er sich mir zu.

„Wir werden sehen. So, ich muss mich jetzt aber fertig machen, sonst komme ich noch zu spät", sagte ich und drängte mich an Tyron vorbei ins Bad.

Trisha:

Um halb sieben Uhr machte ich mich für das Essen fertig. Ich konnte es immer noch nicht glauben, dass so ein gutaussehender Mann mit mir wirklich essen gehen wollte. Als Erstes nahm ich eine ausgiebige Dusche. Das warme Wasser entspannte meine Muskeln. Nachdem ich mich abgetrocknet hatte, zog ich mir meine Unterwäsche an und ging ins Schlafzimmer. Nun stand ich vor meinen Kleiderschrank und schaute, was ich anziehen könnte. Ich besaß nicht gerade viele Sachen, da ich es mir nicht wirklich leisten konnte, ständig shoppen zu gehen und mir neue Sachen zu kaufen. Ich nahm ein dunkelgraues Shirt und eine blaue Jeans aus dem Schrank und zog es an. Anschließend ging ich zurück ins Bad und föhnte meine Haare. Ich überlegte, was ich mit meinen Haaren machen sollte und ließ sie dann doch einfach offen über meine

Schultern fallen. Ich nahm noch etwas Lidschatten und Kajal, einen Spritzer von meinem Lieblingsparfüm und schon war ich fertig. Ich schaute auf die Uhr. Es war nun halb acht. Ich beschloss mit meinen Wagen zu fahren, da ich spätabends nicht unbedingt alleine durch die New Yorker Straßen laufen wollte. Gerade weil ich nicht in der besten Gegend wohnte und mir diese nicht ganz geheuer war. Ok, wie auch, wenn man abends auf den Straßen Geschrei und auch schon mal einen Schuss gehört hatte. Polizeisirenen waren an der Tagesordnung und selbst tagsüber hielt man seine Tasche am besten ganz fest, bei so einigen Gestalten, die einem entgegenkamen. Ich mochte eigentlich keine Vorurteile und bildete mir gerne selbst eine Meinung, wenn man die Person kennenlernte, aber trotzdem durfte ich meine Vorsicht nicht walten lassen. Ich zog mir meine Jacke und Schuhe an, schnappte mir meine Tasche und ging aus der Wohnung. Wieder schaute ich mich um, ob mein Vermieter hier irgendwo im Haus lauerte. Er war nicht zu sehen. Trotzdem beeilte ich mich, mit schnellen Schritten aus dem Haus zu kommen. Ich hatte wirklich Angst vor ihm. Ich ging zu meinen Wagen, der an der Straße stand und stieg ein. Auf der Straße schaute ich mich einige Male um. Der Grund war nicht mein Vermieter. Auch nicht wegen der Wohngegend. Nein, es gab noch einen ganz anderen Grund. Ich startete den Wagen und fuhr los. Es dauerte nicht lange, bis ich bei dem Italiener ankam, den Ethan vorgeschlagen hatte. Ich suchte mir einen Parkplatz, stieg aus und ging zum Restaurant. Ich schaute kurz auf meine Uhr und bemerkte, dass ich zehn Minuten zu früh da war. Ich nahm meine Zigaretten aus der Tasche und zündete mir eine an. Ja, ich rauchte. Ich hatte damals damit angefangen, als mein Albtraum begann. Ich brauchte die Zigaretten einfach, um mich zu beruhigen. Durch den Stress mit den ständigen Umzügen, meines aufdringlichen Vermieters und auch des Mobbings an der Ex-Arbeitsstelle, konnte ich nicht einfach aufhören. Das war auch das Einzige, was ich mir wirklich gönnte. Allerdings war ich damit sehr sparsam und rauchte am Tag nicht sehr viele Zigaretten. Ich drückte gerade meine Zigarette auf dem Boden aus, als ich auch schon Ethan sah, der gerade zum Restaurant kam und ebenfalls eine Zigarette in der Hand hatte. Na ja wenigstens würde es ihn nicht stören, dass ich geraucht hatte.

„Hi. Wartest du schon lange", fragte Ethan lächelnd, als er bei mir ankam.

„Nein, ich bin vor ein paar Minuten hier angekommen", erwiderte ich ebenfalls lächelnd. Ich konnte es kaum glauben. Er war wirklich zum Restaurant gekommen. Eigentlich hatte ich ja damit gerechnet, dass er entweder vorher bereits absagen oder gar nicht erst am Restaurant erscheinen würde. Zumindest war es so erfahrungsgemäß bei vorherigen Verabredungen passiert. Gehofft hatte ich allerdings, dass er erscheinen würde und ich freute mich sehr ihn wiederzusehen. Ethan sah atemberaubend gut aus mit seinem blauen Hemd und der schwarzen Hose. Dazu trug er eine schwarze Lederjacke. Seine hellbraunen Haare lagen verwuschelt auf seinen Kopf.

„Wollen wir reingehen", fragte er und ich nickte. Zusammen betraten wir das Restaurant, wobei Ethan mir die Tür aufhielt. Was für ein Gentleman.

„Guten Abend", begrüßte uns ein Kellner. „Ein Tisch für Zwei", fragte er nun.

„Ja genau", bestätigte Ethan ihn.

„Folgen Sie mir bitte." Der Kellner brachte uns zu einem Tisch für zwei Personen, der in einer ruhigen Ecke stand. „Darf ich Ihnen schon etwas zu trinken bringen", fragte er, als wir uns gesetzt hatten.

„Wie wäre es mit einem Wein", fragte mich Ethan.

„Ja, gerne", erwiderte ich. Ethan bestellte zwei Gläser Wein, wobei ich den Namen gar nicht kannte. Er kannte sich anscheinend mit den verschiedenen Weinsorten aus. Der Kellner brachte den Wein und gab uns die Speisekarte. Ich schaute in die Karte. Mein erster Blick fiel auf die Preise. Ich überlegte, ob ich mir das überhaupt leisten konnte, denn ich konnte nicht verlangen, dass Ethan für mich bezahlte. Hatte ich überhaupt noch genug Geld dabei? Ich nahm meine Tasche auf meinen Schoß und schaute unauffällig in mein Portemonnaie. Erleichtert stellte ich fest, dass ich genug Geld dabeihatte.

„Was ist los", fragte Ethan und schaute mich an. Mist, ich konnte ihm doch nicht die Wahrheit sagen, dass ich nachgeschaut hatte, ob ich genug Geld dabeihatte.

„Ich dachte, mein Handy hätte geklingelt", log ich und hielt mein Handy hoch. „Ich muss mich wohl verhört haben." Ich hoffte, er nahm mir meine kleine Lüge ab. Ich konnte nämlich nicht gut lügen.

„Ach so. Weißt du schon, was du nimmst?"

„Ich glaube, ich werde die Salamipizza nehmen", sagte ich. Die konnte ich mir auf jeden Fall leisten. „Und du?" Ich stellte meine Tasche wieder auf den Boden.

„Ich nehme die Lasagne", erwiderte er, legte die Karte zur Seite und winkte den Kellner zu uns. Wir gaben die Bestellung auf und der Kellner brachte uns die zwei Gläser Wein.

„Auf einen schönen Abend", sagte Ethan und wir stießen an. Ich trank einen Schluck von dem Wein, der sehr gut schmeckte und stellte das Glas auf den Tisch. Ethan hatte den Richtigen ausgesucht.

„Erzähl mir etwas von dir", forderte er mich auf.

„Was möchtest du denn wissen?"

„Hm, am liebsten alles. Aber fangen wir erst mal damit an, wie alt du bist."

„Ich bin zwanzig und du?" Ich wollte ihm nicht erzählen, dass ich heute Geburtstag hatte. Wie hätte das denn ausgesehen? Vielleicht hätte er sich noch dazu verpflichtet gefühlt mir zu gratulieren und das Essen zu bezahlen. Das wollte ich nicht. Mein Geburtstag war für mich schon seit vier Jahren nichts Besonderes mehr. Seit meine Eltern gestorben waren und für mich die Hölle begann.

„Eigentlich stell ich hier die Fragen, aber na gut. Ich bin fünfundzwanzig. Zufrieden", fragte er grinsend.

„Ja, bin ich."

„Ok, was hast du für Hobbys", fragte er weiter.

„Ich lese und höre gerne Musik. Außerdem gehe ich auch gerne raus in die Natur, wobei hier in New York nicht gerade viel Natur ist."

„Da hast du recht. Ich würde sagen, wir haben beide die gleichen Hobbys", grinste er. Der Kellner kam mit unserem Essen, stellte die Teller auf den Tisch und wir begannen zu essen.

„Leben deine Eltern auch hier in New York", fragte Ethan und ich verschluckte mich fast. Ich hätte eigentlich damit rechnen müssen, dass diese Frage kam.

„Nein, sie sind vor ein paar Jahren gestorben", erwiderte ich leise.

„Oh, das tut mir leid", sagte er reuevoll.

„Das muss es nicht. Es ist schon gut."

„Lebst du jetzt bei Verwandten von dir?"

„Nein, ich lebe alleine. Wie sieht es bei dir aus? Hast du noch Geschwister", fragte ich ihn schnell, um von mir abzulenken.

„Ja, einen älteren Bruder. Unsere Eltern haben uns damals in ein Heim abgeschoben. Sie wollten uns nicht mehr. Ich war damals gerade erst fünf", erzählte er und ich sah den Schmerz in seinen Augen. Wie grausam konnten Eltern sein? Wie konnten sie nur ihre Kinder einfach in ein Heim abschieben? Wenn man sich für Kinder entschied und diese in die Welt setzte, so hatte man auch die Verantwortung für diese zu tragen und konnte sie nicht einfach abschieben, weil man keine Lust mehr auf sie hatte. Was mussten das nur für herzlose und grausame Menschen sein?

„Das ist ja schrecklich. Wie konnten sie nur so etwas tun", fragte ich geschockt.

„Ich weiß es auch nicht. Aber ich möchte sie nie wiedersehen", sagte er und biss die Zähne aufeinander. Er schien wütend auf seine Eltern zu sein. Aber wer wäre es nicht, wenn sie einen einfach in ein Heim abschieben würden. „Lass uns über etwas anderes sprechen", schlug er vor und sein Gesicht hellte sich etwas auf. „Was für Musik hörst du gerne?"

„Ich mag klassische Musik gerne, höre aber auch gerne Sachen wie Pop und Rock."

„Ich glaube, wir haben wieder einen Punkt für unsere Gemeinsamkeitenliste. Ich höre auch gerne Klassik. Es ist so entspannend."

„Na wen haben wir denn da", hörte ich plötzlich eine quietschige Stimme neben mir. Nein, bitte, das durfte jetzt nicht sein. Hatte ich noch nicht mal mehr außerhalb der Arbeit meine Ruhe? Ich drehte mich zur Seite und sah in das grinsende Gesicht von Emily Torn, einer Ex-Arbeitskollegin von mir. Sie war eine von denen, die mich am meisten gemobbt hatte.

„Lass mich einfach in Ruhe. Ihr habt es geschafft, mich aus der Firma zu kriegen und jetzt möchte ich nichts mehr mit euch zu tun haben", sagte ich und wandte meinen Kopf ab. Ethan schaute mich interessiert an. Mir war es peinlich, dass sie mich ausgerechnet jetzt und vor ihm ansprechen musste.

„Ach Trisha, du musst es endlich einmal verstehen. Du bist nichts, du kannst nichts und du wirst es nie zu etwas bringen", begann sie mich herunterzumachen. Ich ballte meine Hände zu Fäusten und hätte sie am liebsten geschlagen. Aber hier im Restaurant vor all den Leuten? Das ging nicht. „Außerdem kann ich nicht verstehen, was so ein gut aussehender Mann von so einem hässlichen Mädchen wie dir will." Sie wandte sich zu Ethan. „Hallo, ich bin Emily." Mir war das Ganze so peinlich und es war so entwürdigend, wie sie mich vor

Ethan heruntermachte. Am liebsten wäre ich aufgestanden und aus dem Restaurant gerannt. Nur diese Genugtuung wollte ich Emily nicht geben. Das war genau das, was sie wollte. Ich merkte, wie mir Tränen in die Augen stiegen, versuchte sie aber zu unterdrücken. Ich wollte nicht weinen. Nicht jetzt und nicht hier.

„Hallo", erwiderte Ethan, würdigte ihr dabei aber keines Blickes. Sein Blick lag weiterhin auf mir und in ihm spiegelte sich Sorge. Sollte er sich wirklich um mich sorgen? Das hat, seitdem meine Eltern gestorben waren, niemand mehr getan gehabt.

„Wie wäre es, wenn wir den Laden hier verlassen und woanders hingehen", fragte sie ihn zuckersüß.

„Nein, danke, ich habe kein Bedarf, meine Zeit mit einer Person zu verbringen, die ihre Mitmenschen nicht schätzt und sie stattdessen nieder macht. Das ist einfach nur ein armseliges Verhalten", erwiderte er.

„Aber schau sie dir doch nur einmal an ...", begann Emily, wurde aber von Ethan unterbrochen.

„Ja, ich schaue sie mir an. Ich schau sie sogar gerne an. Trisha ist eine wunderschöne, kluge, liebevolle junge Frau und mit ihr möchte ich gerne diesen Abend weiter verbringen." Er schaute mich schief lächelnd an und ich wurde rot im Gesicht, von seinem Kompliment.

„Aber ... ."

„Nichts aber. Verschwinde und lass uns in Ruhe, bevor ich dich von diesem Tisch entfernen lasse", drohte ihr Ethan und hielt schon Ausschau nach dem Kellner. Murrend verschwand Emily, nicht ohne mir dabei noch einen bösen Blick zuzuwerfen.

„Danke für deine Hilfe, aber wenn du doch lieber etwas mit ihr unternehmen möchtest, kannst du es gerne tun", sagte ich und eine Traurigkeit überkam mich.

„Nein, ich möchte viel lieber meinen Abend mit dir verbringen", lächelte er, wurde dann aber ernst.

„Was hat sie dir angetan? So wie ich verstanden habe, ist sie eine Arbeitskollegin von dir."

„Sie war eine Arbeitskollegin", seufzte ich. Nun musste ich ihm wohl diese Geschichte erzählen. Ich atmete einmal tief durch und begann. „Also ich wurde auf meiner alten Arbeitsstelle von meinen Arbeitskollegen gemobbt." Ethan schaute mich geschockt an. „Schon am ersten Arbeitstag wurde ich von ihnen beschimpft, angemeckert oder es wurde auch einfach nur über mich laut gesprochen, sodass ich alles hören konnte. Ich weiß immer noch nicht, warum sie das taten. Ich habe ihnen nie etwas getan. Ich war immer nett und freundlich zu ihnen. Von Tag zu Tag wurde es eigentlich immer schlimmer. Bei jeder Gelegenheit wurde ich beim Chef verpetzt, die Kollegen legten mir einfach ihre Arbeit auf meinen Tisch, sodass ich Überstunden machen musste, um alles abzuarbeiten und sie wühlten in meinen Sachen herum. Deshalb nahm ich eigentlich immer meine Tasche mit, egal wo ich hinging. Mein Chef hat nie etwas dagegen getan. Er wollte gar nicht hören, dass ich gemobbt wurde. Es interessierte ihn einfach nicht", sagte ich und eine Träne rann meine Wange entlang. Ich wollte nicht weinen, konnte die Träne aber nicht aufhalten.

„Hey, nicht weinen. Es ist alles gut. Jetzt brauchst du dort nicht mehr zu arbeiten und dich quälen lassen", erwiderte Ethan und wischte mir mit seinen Daumen die Träne weg.

„Da hast du recht." Ich war froh darüber, dass er da war und mich tröstete. Ich hatte schon lange niemanden mehr, der mich mal tröstete, wenn es mir nicht gut ging.

„Wie lange warst du in der Firma?"

„Fast drei Monate", erwiderte ich.

„Und so lange musstest du diese Qualen erleiden? Es muss echt schlimm für dich gewesen sein. Es tut mir wirklich leid. Du hast es nicht verdient so schlecht behandelt zu werden. Ich verstehe auch nicht, warum dein Chef nichts dagegen getan hat, schließlich ist Mobbing doch strafbar."

„Er wollte es nicht sehen und auch nicht wahrhaben, dass so etwas in seiner Firma passiert. Ich bin allerdings froh, dass ich da endlich weg bin und nun suche ich einen neuen Job. Ich habe morgen ein Vorstellungsgespräch in einem Café. Vielleicht bekomme ich ja die Stelle", erzählt ich ihm.

„Na, dann drücke ich dir mal ganz fest die Daumen, wobei ich mir sicher bin, dass du die Stelle bekommen wirst", erwiderte Ethan.

„Danke, das ist so lieb von dir. Es tut mir leid, wenn ich den Abend mit dem negativen Teil meines Lebens kaputtgemacht habe."

„Das hast du nicht. Zum Kennenlernen gehören nun mal auch die negativen Seiten des Lebens", sagte er und lächelte sanft. Oh mein Gott, er war ein wahrer Engel. Unglaublich. Und er saß hier mit mir und wollte etwas über mein Leben wissen. Ich konnte es nicht glauben.

Wir unterhielten uns noch über alles Mögliche, aßen auf und bezahlten dann anschließend. Ich wollte gerade mein Portemonnaie aus der Tasche holen, als Ethan mich zurückhielt.

„Ich bezahle schon, denn schließlich habe ich dich eingeladen", sagte er.

„Danke, aber das musst du doch nicht tun."

„Doch das möchte ich aber."

„Aber … ," protestierte ich.

„Keine Widerrede. Ich bezahle und gut ist", erwiderte er und reichte dem Kellner das Geld.

Kapitel 4

Ethan:

Das Essen mit Trisha verlief eigentlich richtig gut. Bevor wir das Essen bestellten, bemerkte ich allerdings, dass Trisha nervös wurde und in ihrer Tasche kramte. Ich erkannte, dass sie in ihr Portemonnaie schaute. Hatte sie etwa Angst, dass ich sie für das Essen bezahlen ließ? So etwas würde ich nie tun. Es war selbstverständlich, dass ich für sie das Essen bezahlte. Als ich sie fragte, was los sei, erwiderte sie, dass sie dachte, ihr Handy hätte geklingelt. Auch wenn sie gelogen hatte, so wollte ich es dabei belassen. Ich wollte sie nicht in Verlegenheit bringen und ihr sagen, dass ich wusste, was sie wirklich getan hatte.

Wir unterhielten uns sehr gut, wobei es mir sehr leidtat, dass ihre Eltern gestorben waren. Das war wieder etwas, was wir gemeinsam hatten, wir mussten einen Teil unseres Lebens ohne Eltern auskommen. Wobei mein Teil größer war, als ihrer. Ich empfand für meine Eltern eigentlich nur noch Wut und Hass, dass sie uns einfach in ein Heim abgeschoben hatten. Dass sie uns nicht liebten. Bei Trisha schien allerdings auch etwas nicht zu stimmen. Sie lenkte schnell von sich ab mit Fragen über mein Leben. Das akzeptierte ich natürlich, auch wenn ich ziemlich neugierig war. Ihre Augen sprühten nur so vor Traurigkeit und Argwohn anderen Menschen gegenüber. Aber ich konnte sie zum Lachen bringen, auch wenn es nicht so ganz ihre Augen erreichte, war es das schönste Lachen, was ich jemals gesehen hatte. Und ich wollte es wieder sehen. Nicht nur das. Ich wollte ihr so gerne helfen, das Strahlen wieder in ihre Augen zu bekommen. Ihre Lebensfreude einfach wieder zu finden. Ansonsten stellten wir fest, dass wir sehr viele gemeinsame Interessen hatten.

Als diese Emily an unseren Tisch kam, Trisha beleidigte und dann auch noch mit mir etwas unternehmen wollte, war ich einfach nur geschockt. Dabei war diese Emily noch nicht einmal hübsch und betitelte Trisha als hässlich. Wie konnte sie nur? Trisha war wunderschön. Ich war ebenfalls geschockt, als Trisha mir erzählte, dass sie auf ihrer Arbeit gemobbt und anschließend von dem Chef gekündigt wurde. Sie tat mir so leid. Wie konnte man ihr so etwas nur antun? Sie war so ein liebevolles, freundliches Mädchen. Am liebsten würde ich mir diesen Chef mal vornehmen und ihm zeigen, dass er so Trisha nicht behandeln durfte. Aber das müsste ich wohl erst einmal verschieben, denn ich hatte morgen eine wichtige Aufgabe zu erledigen.

Trisha:

Nachdem wir das Restaurant verlassen hatten, begleitete Ethan mich noch bis zu meinen Wagen.

„Trisha, der Abend mit dir war sehr schön. Ich würde mich freuen, wenn wir uns wiedersehen", sagte er.

„Ja, das würde mich auch freuen", lächelte ich. Er wollte mich wirklich nach diesem Abend wiedersehen. Ich konnte es gar nicht fassen.

„Da bin ich aber froh. Allerdings muss ich ab morgen für zwei Wochen beruflich weg. Eine Geschäftsreise", sagte er und schaute mich etwas traurig an.

„Oh", brachte ich nur heraus. Ja, das war es nun. Ich würde dich gerne wiedersehen, bla bla bla, aber. Genauso etwas hatte ich schon gehört.

„Aber wenn du möchtest, können wir in der Zwischenzeit telefonieren oder Nachrichten schreiben", schlug er vor und reichte mir einen Zettel mit seiner Handynummer. „Und wenn ich wieder da bin, können wir wieder etwas zusammen unternehmen."

„Das hört sich gut an. Was machst du eigentlich beruflich", fragte ich neugierig, denn er hatte es mir noch gar nicht erzählt.

„Ich arbeite im Finanzgewerbe. Nicht gerade die spannendste Arbeit", erwiderte er.

„Davon musst du mir dann mal genauer erzählen."

„Das werde ich." Wir kamen an meinen Wagen an und ich dachte ich sehe nicht richtig. An meinen Wagen waren alle vier Reifen zerstochen.

„Das kann doch nicht wahr sein", rief ich und lief einmal

komplett um meinen Wagen herum. Wirklich alle vier Reifen waren kaputt. Wie sollte ich das denn nun wieder bezahlen? Vor allem, wer tat so etwas? Mir fiel gerade nur eine Person ein. Emily. Ja, ihr würde ich es zutrauen. Aus Wut, weil Ethan nicht den Abend mit ihr verbringen wollte. Tränen sammelten sich in meinen Augen. Es waren Tränen der Verzweiflung und der Wut. Aber ich wollte nicht vor Ethan weinen. Wie würde das denn aussehen? Er sollte mich nicht für eine Heulsuse halten. Deshalb unterdrückte ich die Tränen. Weinen konnte ich auch noch, wenn ich Zuhause war. Nur das würde jetzt noch etwas dauern, denn so wie es aussah, musste ich zu Fuß nach Hause laufen. Mit der U-Bahn wollte ich jetzt um diese Zeit nicht mehr fahren. Da lungerten so unheimliche Typen herum. Ethan betrachtete meine Reifen. Er schien zu überlegen.

„Soll ich dich nach Hause fahren. Ich glaube ja mal nicht, dass du vier Ersatzreifen im Auto hast", mutmaßte er.

„Nein, habe ich leider nicht. Du brauchst mich aber nicht extra nach Hause bringen. Ich kann auch zu Fuß gehen", sagte ich, denn ich wollte nicht, dass er sich die Mühe machte, um mich nach Hause zu bringen.

„Ich werde dich doch nicht um diese Uhrzeit alleine durch die Straßen gehen lassen. In dieser Stadt gibt es nicht nur gute Menschen." Ja, das wusste ich selber. Ich hatte es schon selbst erlebt. Nicht nur auf der Arbeit, sondern einer wohnte auch bei mir im Haus. Mein Vermieter, von dem ich so schnell wie möglich wegwollte.

„Na gut, aber nur, wenn es dir keine Umstände macht", gab ich schließlich nach.

„Natürlich nicht. Komm, mein Wagen parkt dort vorne", sagte er und zeigte auf die andere Seite des Restaurants. Wir gingen zu seinem Wagen. Es war ein schwarzer fünfer BMW. Ethan hielt mir die Tür auf und ich stieg ein.

„Du hast ein sehr schönes Auto", stellte ich fest, als ich es mir von innen genauer ansah. Ethan war ebenfalls eingestiegen und startete nun den Motor.

„Danke, aber eigentlich ist es nicht meiner. Es ist ein Firmenwagen, den ich für die Geschäftsreise bekommen habe, damit ich nicht mit meinem Privatauto fahren muss", erwiderte er.

„Oh, er ist trotzdem schön und bequem", entgegnete ich und machte es mir in dem Ledersitz bequem.

„Ja, und er lässt sich auch gut fahren", grinste er und gab Gas.

„Ethan, nicht so schnell. Du wirst noch von der Polizei angehalten", sagte ich und hielt mich mit beiden Händen am Sitz fest.

„Bis jetzt ist das noch nie passiert. Wo müssen wir denn hin", fragte er. Ich erklärte ihm den Weg und nach kurzer Zeit kamen wir auch schon an dem Haus an, wo ich wohnte. Ethan hielt an und stellte den Motor aus.

„Danke für den schönen Abend", sagte ich und nahm meine Tasche.

„Mir hat der Abend auch sehr gefallen." Er schaute mir tief in die Augen. Seine smaragdgrünen Augen hatten etwas Magisches an sich. Sie zogen mich in einen Bann. Wir kamen uns immer näher, bis sich unsere Lippen fast berührten. Mein Hirn arbeitete gar nicht mehr richtig und mein Herz schlug so laut, dass ich annahm er könnte es hören. Plötzlich klopfte es an die Scheibe und wir fuhren erschrocken auseinander.

„Sie können hier nicht stehen bleiben", rief ein Mann und deutete auf das Halteverbotsschild. Na, der hatte ja ein echt tolles Timing.

„Ich glaube, ich sollte dann mal langsam gehen. Nicht, dass du noch eine Strafe meinetwegen bekommst, weil du hier parkst."

„Das würde ich schon nicht und selbst wenn, wäre es mir egal. Für so eine wunderschöne Frau, wie du es bist, bekommt man gerne einen Strafzettel", erwiderte er und ich wurde rot im Gesicht. „Ich melde mich dann, wenn ich von der Geschäftsreise zurück bin und wie gesagt, wir können uns ja zwischendurch schreiben."

„Ja, sehr gerne", sagte ich und stieg aus dem Wagen aus.

„Ich wünsche dir eine gute Nacht."

„Ich dir auch", sagte ich und ging zur Haustür. Ich schloss sie auf und bevor ich ins Haus ging, winkte ich Ethan noch einmal zu. Dieser startete den Motor und fuhr los. Ich ging ins Haus und schaute mich schnell um. Nirgends war mein Vermieter zu sehen. Ich rannte regelrecht die Treppen hinauf zu meiner Wohnung. Doch dort angekommen blieb ich wie angewurzelt stehen. Mr. Waston stand vor meiner Wohnungstür und schien auf mich zu warten.

„Miss Anderson, wo treiben Sie sich denn noch zur später Stunde herum. Wissen Sie denn nicht, dass zu dieser Zeit draußen ganz miese Typen herumlungern", fragte er grinsend. Nicht nur draußen, dachte ich so bei mir.

„Das geht Sie gar nichts an", erwiderte ich.

„Aber natürlich, denn ich beschütze schließlich meine Mieter. Das habe ich mir zur Aufgabe gemacht."

„Natürlich. Warum stehen Sie eigentlich vor meiner Wohnung", fragte ich.

„Ich wollte Sie eigentlich fragen, ob wir nicht ein Gläschen Wein zusammen trinken", sagte er und kam auf mich zu. In der Hand hielt er wirklich eine Flasche Wein. Sollte so seine neue Taktik aussehen. Mich betrunken zu machen, um mich dann ins Bett zu bekommen? Das konnte er aber mal ganz schnell vergessen.

„Nein, das möchte ich nicht. Und ich möchte Sie auch bitten mich endlich in Ruhe zu lassen."

„Jetzt haben Sie sich doch nicht so", sagte er und griff meinen Arm. Er zog mich näher zu sich und ich konnte seinen widerlichen Atem spüren, der nach Alkohol stank.

„Lassen Sie mich in Ruhe. Ich will das nicht", schrie ich und versuchte mich aus seinem Griff zu befreien.

„Natürlich wollen Sie das. Jede Frau meint mit nein eigentlich ja. Na, kommen Sie, wir werden viel Spaß zusammen haben." Er versuchte mich ins Erdgeschoss zu ziehen, wo seine Wohnung lag. Ich wehrte mich mit all meiner Kraft.

„Nein, ich will das nicht, Sie Perversling", schrie ich wieder und trat nach ihm. Ich traf ihm am Schienbein und er ließ mich los. Kurz heulte er auf, wollte mich aber gleich wieder am Arm packen. In dem Moment hörte ich eine Tür und meine Nachbarin Mrs. Temper kam aus ihrer Wohnung heraus. Sie war eine sehr nette Frau in den Sechzigerjahren. Mit ihr unterhielt ich mich gerne, wenn wir uns im Hausflur trafen.

„Oh, guten Abend Miss Anderson, guten Abend Mr. Waston", sagte sie und ging an uns vorbei. „Ach, Mr. Waston, wo ich Sie hier gerade treffe ...", begann Mrs. Temper. Das war meine Chance. Ich lief zu meiner Wohnung, schloss sie auf und trat schnell ein. Hinter mir schloss ich die Tür ab und verriegelte sie mit dem zusätzlichen Schloss. Ich ließ mich auf meiner Couch fallen und atmete erst einmal tief ein. Das hätte etwas werden können, wenn Mrs. Temper nicht gekommen wäre. Ich wollte gar nicht erst daran denken, was er mit mir gemacht hätte, wenn ich in seiner Wohnung gewesen wäre. Ein Klopfen riss mich aus meinen Gedanken.

„Miss Anderson, hier ist Mrs. Temper", rief sie. Ich ging zur Tür, entriegelte die Schlösser und öffnete die Tür.

„Ich wollte nur nachfragen, ob bei Ihnen alles in Ordnung ist. Mr. Waston ist wirklich ein schmieriger Kerl. Sie sind leider nicht die erste junge Bewohnerin, an die er sich versucht hat, heran zu machen. Es waren vor Ihnen schon drei Frauen und alle sind ausgezogen", erzählte sie.

„Mir geht es gut, danke", versicherte ich ihr. „Und danke, dass Sie ihn gerade abgelenkt haben. Wer weiß, was sonst noch passiert wäre, wenn Sie nicht gekommen wären."

„Ich habe Sie schreien gehört und mir dann nur gedacht, dass Sie Hilfe gebrauchen könnten. Mein Müll, den ich noch herausbringen wollte, kam mir da gut als Tarnung zur Hilfe", lächelte sie. „Sie sollten ihn anzeigen. So kann das nicht weitergehen. Bei den anderen Frauen ist er nicht so weit gegangen wie bei Ihnen."

„Ich möchte hier eh so schnell es geht ausziehen. Aber ob ich ihn anzeigen werde, weiß ich noch nicht, denn ich habe nicht so viel Geld, um mir einen Anwalt leisten zu können."

„Überlegen Sie es sich bitte. Diesem Kerl muss mal gezeigt werden, dass er nicht alles tun kann, was er will."

„Das werde ich", versprach ich ihr, obwohl ich wusste, dass ich dieses Versprechen nie einhalten würde. Ohne Geld kein Anwalt, beziehungsweise wenn ich den Prozess verlieren würde, würde ich auf den Kosten sitzen.

„Gut, wenn etwas sein sollte, Sie können jeder Zeit zu uns kommen. Mein Mann und ich helfen Ihnen gerne."

„Danke, das werde ich." Wir verabschiedeten uns und ich verschloss wieder die Tür mit beiden Schlössern. Jetzt konnte ich eine Dusche vertragen. Ich ging ins Badezimmer, zog mich aus und stieg unter die Dusche. Das warme Wasser entspannte mich und ich blieb einige Zeit darunter stehen. Meine Gedanken glitten zum heutigen Abend. Das Essen mit Ethan war so schön gewesen. Wir hatten uns prima unterhalten und er hatte mir interessiert zugehört, wenn ich etwas erzählte. Das Beste war, dass er mich wiedersehen wollte. Mich! Das war echt unglaublich. Ein Mann interessierte sich für mich. Leider würde ich ihn jetzt für zwei Wochen nicht sehen. Vielleicht war es auch nur eine Ausrede, weil er mich doch nicht wiedersehen wollte. Aber warum hatte er mir dann seine Handynummer gegeben? Das hätte er doch nicht getan, wenn er mich nicht hätte wiedersehen wollen. Eines musste ich mir aber eingestehen. Ich hatte mich in Ethan verliebt. Ich stieg aus der

Dusche, trocknete mich ab und wollte gerade in mein Schlafzimmer gehen, um mir etwas anzuziehen, als ich hörte, wie jemand versuchte, die Tür zu öffnen. Das konnte doch nur mein Vermieter sein. Jetzt wurde es wirklich Zeit, dass ich hier ausziehen würde. Morgen würde ich mich intensiv um eine neue Wohnung oder zu mindestens erst einmal ein Zimmer kümmern. Hier musste ich auf jeden Fall raus und die andere Wohnung, die ich hätte haben können, konnte ich mir nicht leisten. Zumindest nicht, wenn ich den Kredit bei der Bank nicht bekommen würde.

„Verschwinden Sie Mr. Waston. Ich lasse Sie nicht rein", schrie ich gegen die Tür. Die Geräusche an der Tür hörten auf. Das war gut so. Er hatte wohl nicht damit gerechnet, dabei ertappt zu werden, wie er versuchte, in meine Wohnung zu kommen. Ich ging ins Schlafzimmer und zog mir meine Schlafsachen an. Ich legte mich ins Bett und schloss die Augen. Mir fiel mein Auto ein und die platten Reifen. Die Demütigungen von Emily. Tränen rannen mir die Wangen hinunter. Warum hatte ich nicht ein ganz normales Leben?

Ethan:

Es war für mich selbstverständlich, dass ich Trisha nach Hause fuhr. Ich konnte sie schlecht spätabends durch New York laufen lassen. Hier wimmelte es nur so von bösen Typen und ich wollte nicht, dass ihr etwas passierte. Mein Beschützerinstinkt war bei ihr sehr stark ausgeprägt. Das hatte ich noch bei keiner Frau gehabt. Ich konnte mir gut vorstellen, dass diese Emily etwas mit den zerstochenen Reifen zu tun hatte. Nachdem, was Trisha über sie und die anderen Arbeitskollegen erzählte hatte, traute ich es Emily zu, nur um Trisha noch mehr zu quälen. Wenn ich nach der Flucht wieder hier wäre, würde ich alles tun, damit Trisha ein schöneres Leben hätte. Wirklich alles, wenn sie es zuließe. Denn eines stand fest. Ich hatte mich in sie verliebt. Ich hoffte, dass sie meine Gefühle erwiderte und dass es auch gut gehen würde, denn ich musste sie leider belügen. Ich musste ja nicht auf eine Geschäftsreise, sondern würde vor der Polizei und im Anschluss zusätzlich vor James flüchten. Das Auto war natürlich auch kein Firmenwagen, sondern ein Leihwagen, den ich wie immer auf einen falschen Namen geliehen hatte, für die Zeit, die wir in New York waren. Ihn müsste ich morgen früh natürlich wieder zur Verleihfirma zurückbringen, damit kein Verdacht auf mich fiel, dass ich etwas mit dem Bankraub zu tun hatte, denn schließlich wusste die Firma, wie ich aussah. Das Gleiche war auch bei der Bank gewesen. Zum Glück war nach mir noch jemand gekommen, der ebenfalls die Schließfächer sehen wollte. Ich glaube auch nicht, dass die Bankangestellten oder die Polizei auf mich schließen würde, nur weil ich mir Informationen über ein Schließfach geholt hatte. Demnach wären alle verdächtig, die in den letzten Tagen die Schließfächer besichtigt hatten und da diese Bank die größte in New York war, würde es wahrscheinlich viele Verdächtige geben. Ich wollte ja schließlich auch nach New York zurück, um Trisha wiederzusehen. Ich müsste ihr dann natürlich die Wahrheit über meinen wirklichen Beruf erzählen. Wobei ich so gesehen eigentlich im Finanzgewerbe arbeitete. Nur nicht in einem Legalen. Aber ich wollte ja damit aufhören und vielleicht, aber auch nur vielleicht, wenn Trisha es wirklich wollte, könnten wir woanders ein neues Leben anfangen. Für sie würde ich auch das Risiko eingehen und in New York bleiben. Die Leute hatten recht, es gab die Liebe auf den ersten Blick.

Kapitel 5

Trisha:

Am nächsten Morgen machte ich mich für das Vorstellungsgespräch fertig. Ich suchte mir eine rote Bluse und eine schwarze Jeans heraus. Dazu wollte ich graue Absatzschuhe anziehen. Ich stand im Badezimmer vor dem Spiegel und kämmte mir die Haare durch. Ich wollte sie offenlassen und ließ sie über meine Schulter fallen. Ich nahm noch etwas dunkelgrauen Lidschatten und einen schwarzen Kajal. Danach noch ein Spritzer Parfüm und fertig war ich. Ich steckte meine Unterlagen, die ich in eine Mappe geheftet hatte, damit sie nicht zerknitterten, in meine Tasche und ging aus der Wohnung. Ich schaute mich um und hoffte, dass mir Mr. Waston nicht über den Weg laufen würde. Schnellen Schrittes ging ich aus dem Haus. Da mein Wagen noch mit den zerstochenen Reifen vor dem Restaurant stand, musste ich zu Fuß gehen. Ich fuhr nicht gerne mit der U-Bahn. Man war dort mit den Leuten eingesperrt, wenn auch nur für eine kurze Zeit. Aber es gab während der Fahrt keine Möglichkeit zu flüchten und die brauchte ich. Er war mir schon einmal in einer U-Bahn aufgelauert. Es war in einer anderen Stadt gewesen. Zum Glück standen wir gerade an einer Haltestelle. Ich stieg schnell aus und rannte die Treppen hinauf auf die Straße. Er folgte mir, doch ich konnte ihn in einem Einkaufszentrum abschütteln. Seitdem schaute ich mich immer um, egal wo ich war, oder wo ich hinging, weil ich Angst hatte, er konnte mir wieder auflauern. Da ich schon öfter zur Arbeit gelaufen war, machte es mir jetzt auch nichts aus, zu Fuß zu gehen. Ich kam an dem Café an und ging hinein.

„Guten Tag, was kann ich für Sie tun", fragte eine freundliche Bedienung namens Annie. Zumindest stand der Name auf ihrem Namensschild, welches an der Bluse, die sie trug, befestigt war.

„Mein Name ist Trisha Anderson. Ich habe einen Termin mit Mrs. Young aufgrund eines Vorstellungsgespräches", erklärte ich ihr.

„Dann nehmen Sie doch bitte an dem Tisch hier platz. Ich sage ihr eben Bescheid, dass Sie da sind", sagte Annie lächelnd und deutete auf den Tisch, der am Fenster stand.

„Danke", erwiderte ich und setzte mich. Ich holte meine Unterlagen heraus und nach noch nicht einmal einer Minute kam eine Frau Mitte zwanzig auf mich zu.

„Guten Morgen Miss Anderson, mein Name ist Mrs. Young. Wir haben gestern zusammen telefoniert", stellte sie sich vor und reichte mir die Hand. Anstandshalber stand ich auf und schüttelte ihre Hand.

„Guten Morgen. Vielen Dank, dass Sie Zeit für mich haben", erwiderte ich. Wir setzten uns und ich reichte ihr die Unterlagen. „Das sind meine Bewerbungsunterlagen." Sie nahm sie aus der Mappe und las sie sich durch.

„Was war denn mit ihrer alten Arbeitsstelle", fragte sie mich. Ich erzählte ihr, was in der Firma vorgefallen war und warum ich gekündigt wurde.

„Das ist wirklich unfassbar, was in einigen Firmen vor sich geht. So etwas gibt es bei uns im Café nicht und da achte ich auch sehr drauf", sagte Mrs. Young. „Wie ich sehe, haben Sie schon in einen Supermarkt gearbeitet. Dann haben Sie ja auch schon Erfahrung im Umgang mit Kunden."

„Ja, ich habe dort nicht nur Regale aufgefüllt, sondern habe auch Kunden beraten oder wenn sie Fragen hatten, diese auch beantwortet."

„Das hört sich doch gut an", sagte Mrs. Young und erzählte nun einiges über das Café und meine Aufgaben. Auch sprach sie über das Gehalt. Hier würde ich sogar etwas mehr verdienen, als in der alten Firma.

„Also, ich werde heute noch mit meiner Chefin sprechen und melde mich dann morgen bei Ihnen, ob Sie die Stelle bekommen."

„Ja ist gut", erwiderte ich und stand auf. Ich verabschiedete mich und verließ das Café. Ich hoffte wirklich, dass ich diese Stelle bekommen würde. Die Arbeitsbedingungen und -zeiten hörten sich sehr gut an. Vor allem aber, dass ich mehr verdienen würde. Nun musste ich erst einmal zur Bank. Ich hoffte, dass ich den Kredit trotzdem bekommen würde, denn der Vorfall vom Abend zuvor zeigte mir nur noch mehr, dass ich aus dieser Wohnung herausmusste. Vom Café zur Bank, dauerte es nur zehn Minuten. Ich ging sofort zu dem Bearbeitungsplatz, an dem Mrs. Smith saß.

„Oh, guten Tag Miss Anderson. Setzen Sie sich doch bitte", sagte sie, als sie mich sah.

„Danke. Haben Sie schon das Ergebnis von der Kreditanfrage", fragte ich sie hoffnungsvoll.

„Ja, das Ergebnis habe ich. Es sieht soweit gut aus, dass wir Ihnen den Kredit genehmigen können. Allerdings habe ich noch eine Frage zum Arbeitsvertrag. Hier steht, dass er bis Ende des Jahres befristet ist. Wird der Vertrag denn verlängert? Weil ein sicherer Arbeitsplatz ist natürlich für einen Kredit sehr wichtig", sagte Mrs. Smith. Oh nein, auch das noch. Was sollte ich ihr denn jetzt sagen? Wenn ich die Wahrheit erzählte, würde ich doch wahrscheinlich den Kredit nicht bekommen. Aber wenn ich log, würde die Wahrheit wahrscheinlich herauskommen und ich bekäme dann riesen Ärger. Sie würden doch sicherlich den verlängerten Arbeitsvertrag haben wollen und den konnte ich ihnen nicht geben. Allerdings war ich auch nicht so gut im Lügen. Ich beschloss ihr die Wahrheit zu sagen. Ich würde ihr auch von dem Vorstellungsgespräch heute erzählen. Vielleicht bekam ich den Kredit ja doch.

„Also, das mit dem Vertrag ist Folgendes", begann ich. „Mein Arbeitgeber hat mich gestern gekündigt." Ich erzählte ihr alles was vorgefallen war, dass ich von meinen Arbeitskollegen gemobbt wurde und mein Chef nichts dagegen getan hatte. Anstatt etwas gegen das Mobbing zu unternehmen, hatte er mich lieber gefeuert.

„Das ist wirklich allerhand. Es tut mir so leid, dass Sie das durch machen mussten. Aber unter den Umständen kann ich Ihnen leider den Kredit nicht genehmigen", erwiderte Mrs. Smith.

„Aber ich hatte vorhin ein Vorstellungsgespräch. Es sieht gut aus, dass ich die Stelle bekomme. Bitte, ich brauche diesen Kredit unbedingt und ich werde alles tun, um ihn wieder abzubezahlen", versuchte ich sie zu überzeugen.

„Es tut mir leid, aber ohne festes Einkommen kann ich Ihnen leider keinen Kredit geben", sagte Mrs. Smith. In meinen Augen sammelten sich Tränen. Was sollte ich denn jetzt nur tun? Ohne den Kredit würde ich die neue Wohnung nicht bekommen.

„Es tut mir wirklich sehr leid", entschuldigte sich Mrs. Smith.

„Ist schon gut. Auf Wiedersehen", sagte ich, stand auf und wollte gerade zum Ausgang gehen, als plötzlich sieben schwarz gekleidete Personen mit Sturmhauben und Pistolen in die Bank gestürmt kamen.

„Das ist ein Überfall, keiner bewegt sich", schrie einer von ihnen. Geschockt blieb ich stehen.

Ethan:

Wir fuhren mit einem Kleintransporter zur Bank. Ihn würden wir vor der Bank stehen lassen. Im Transporter zogen wir uns die Sturmhauben auf und Handschuhe an, denn schließlich wollten wir keine Fingerabdrücke hinterlassen. Tyron fuhr den Wagen. Er parkte ihn genau vor der Bank und stellte den Motor aus.

„Seid ihr soweit", fragte er und drehte sich zu uns um.

„Ja", erwiderte ich, steckte mir eine Pistole hinten in den Hosenbund. Die Anderen stimmten ebenfalls zu und nahmen ihre Waffen. Ich schnappte mir noch ein Gewehr und schon stürmten wir aus dem Auto in die Bank.

„Das ist ein Überfall, keiner bewegt sich", schrie Angus und die Leute drehten sich geschockt zu uns um. „Los holt die Leute hier nach vorne in den Eingangsbereich. Sie sollen sich auf den Boden setzen", wies er Vincent und Marek an. Ich ließ meinen Blick durch die Bank schweifen und erschrak. Trisha! Das konnte doch nicht sein. Sie war hier in der Bank. Nein, das durfte sie nicht. Sie sollte so etwas nicht miterleben. Trisha stand erschrocken dar. Dabei lief ihr eine Träne die Wange entlang. Was war mit ihr passiert? Warum weinte sie? Ich konnte mir nicht vorstellen, dass die Tränen von diesem Überfall kamen. Das sie geschockt war schon eher, aber nicht, das sie weinte. Am liebsten wäre ich sofort zu ihr gegangen und hätte sie tröstend in meine Arme genommen. Aber ich konnte nicht. Es wäre zu auffällig gewesen und ich musste unseren Plan durchziehen. Tyron, John und Neil schnappten sich drei Bankangestellte und gingen mit ihnen zusammen zum Tresor, um ihn leer zu räumen. Vincent und Marek brachten die Leute, wie Angus befohlen hatte, in den Eingangsbereich, wo sie sich auf den Boden setzen sollten. Trisha war ebenfalls bei ihnen und sah nun sehr ängstlich aus. Ich wollte ihr am liebsten die Angst nehmen. Wollte ihr sagen, dass alles gut war und ihr nichts passieren würde, aber ich wusste nicht, wie ich das tun sollte. Vor allem vor allen anderen. Ich konnte nur auf sie aufpassen, damit ihr nichts passierte.

„Los aufstehen. Sie werden jetzt die Tür abschließen und die Vorhänge zuziehen. Diese Bank ist für heute geschlossen", befahl Angus einen Bankangestellten. Dieser stand ängstlich auf, ging zur Tür und schloss sie ab. Anschließend zog er noch die großen undurchsichtigen Vorhänge vor die Glastür, sodass niemand hineinsehen konnte.

„Sind alle Leute hier", fragte Angus Vincent.

„Ja. Wir haben extra noch die anderen Räume durchsucht. Alle sitzen jetzt hier, sogar diejenigen aus den oberen Etagen", erwiderte er. Angus wandte sich nun den Leuten zu.

„Ok. Also niemanden von Ihnen wird etwas passieren, solange Sie sich an die Regeln halten. Nummer eins: Keiner von Ihnen sagt auch nur ein Wort, es sei denn, er wird etwas von uns gefragt. Nummer zwei: Niemand von Ihnen bewegt sich, bevor wir Sie dazu auffordern. Nummer drei: Sollte es einer von Ihnen wagen, die Polizei zu rufen, wird er erschossen." Die Leute auf den Boden zuckten bei seinen Worten zusammen. „So das wäre erst einmal alles. Nun möchte ich, dass Sie mir Ihr ganzes Geld, was Sie bei sich haben geben." Er nahm eine Tasche und ging von einer Person zur nächsten. Die Leute holten verängstigt ihre Portemonnaies heraus und gaben ihm das Geld.

„Das ist aber sehr wenig", sagte er, als er in die Tasche schaute. „Sie werden jetzt alle schön nacheinander zu den Geldautomaten gehen und ihr ganzes Geld abheben." Was sollte das denn? Das hatten wir nicht abgesprochen. Er gab Vincent und Marek ein Zeichen, die sich jeder eine Person schnappten und mit ihnen zum Geldautomaten gingen. Angus führte seine Runde fort.

Trisha:

Als Nächstes kam dieser Kerl zu mir. Er war vielleicht einen halben Kopf größer als ich und hatte eher einen stämmigen Körper. Mehr konnte ich von ihm aufgrund der Sturmhaube nicht sehen.

Nur das seine Augen braun waren.

„Geld her", sagte er im scharfen Ton. Ich zuckte kurz zusammen, holte zittrig mein Portemonnaie aus der Tasche und gab ihm meine letzten fünf Dollar, die ich noch hatte.

„Das ist doch wohl ein Scherz. Wo ist das restliche Geld", fragte er zornig. Nun kam ein anderer von den Gangstern zu uns. Er war größer, als derjenige, der das Geld einsammelte und hatte einen sportlich muskulösen Körper.

„Ich habe kein Geld mehr", erwiderte ich leise.

„Erzähl nicht so einen Scheiß. Gib das Geld heraus und zwar sofort", schrie er mich nun an. Wieder zuckte ich zusammen und nun liefen mir die Tränen die Wangen herunter.

„I ... ich ... habe wirklich nichts mehr", brachte ich unter Tränen heraus.

„Das wollen wir doch mal sehen." Er zerrte mich am Arm hoch.

„Lass sie in Ruhe", mischte sich nun der Andere neben ihm ein.

„Nein, sie soll das Geld herausrücken", zischte er ihn an.

„Dann mach du hier weiter und ich gehe mit ihr zu dem Geldautomaten", sagte er. Murrend ließ der Andere mich los. Dieser nette Gangster nahm meinen Arm und führte mich zu einen der Geldautomaten, die in der Bank standen. Zitternd nahm ich meine EC-Karte und steckte sie in den Automaten.

„Keine Angst. Dir wird nichts passieren. Ich passe auf dich auf", sagte der Gangster flüsternd, der direkt neben mir stand. Ich schaute ihn an. Sah in seine Augen. Er kam mir bekannt vor. Seine Augen, smaragdgrün und seine Stimme. So samt. Das alles erinnerte mich an jemand. Ich traute mich nicht, seinen Namen auszusprechen. Vielleicht täuschte ich mich auch. Aber andererseits wäre es doch genau passend für mich, für mein Leben. Ich lernte einen Jungen kennen, der sogar mit mir essen gegangen war und mich wiedersehen wollte und ausgerechnet dieser Junge wäre ein Bankräuber und wir hätten keine Chance, uns wiederzusehen. Der Automat piepte und riss mich aus meinen Gedanken. Ich gab meine Geheimzahl ein und drückte den Button, um Geld auszuzahlen. Mein Kontostand leuchtete auf und ich schämte mich dafür, dass er ihn sehen konnte. Was sollte er von mir denken? Ich drückte auf Auszahlen und gab den Betrag von 200 Dollar ein. Das war nun wirklich mein letztes Geld, mit dem ich bis zum Ende des Monats auskommen musste, beziehungsweise wusste ich ja nicht, ob ich den neuen Job bekommen würde. Vielleicht musste ich auch länger ohne Geld auskommen. Nun hatte ich nichts mehr.

„Du brauchst uns das Geld nicht zu geben. Dann hast du doch nichts mehr", sagte der Gangster leise und schaute mich besorgt an.

„Nein, ich möchte keinen Ärger und schon gar nicht, dass meinetwegen eine Ausnahme gemacht wird. Hier nimm", erwiderte ich und reichte ihm das Geld, was nun aus dem Automaten gekommen war. „Ich werde schon zurechtkommen." Ich steckte meine Karte wieder ein und wollte gerade zu meinen Platz gehen, als ich durch einen lauten Knall zusammenfuhr. Es hörte sich an, wie ein Schuss.

Kapitel 6

Ethan:

Ich stand mit Trisha vor dem Geldautomaten. Ich wusste, sie hatte mich erkannt, traute sich aber wahrscheinlich nicht, mich anzusprechen. Sie sollte auch nicht meinen Namen hier vor den Leuten aussprechen. Das wäre nicht gut. In ihrem Blick lag Angst. Klar, wer hätte keine Angst, wenn man gerade bei einem Banküberfall dabei wäre? Aber ich konnte auch Enttäuschung sehen. War sie etwa meinetwegen enttäuscht? Bestimmt. Sie hatte sich mit einem Verbrecher getroffen und ich hatte sie auch noch angelogen. Als ich sah, dass sie ihr Konto leer räumte, wollte ich es ihr ausreden, aber Trisha setzte ihren Kopf durch und gab mir das Geld. Das würde ich ihr auf jeden Fall wieder geben. Plötzlich fiel ein Schuss, wobei ich merkte, wie Trisha zusammenzuckte. Ich drehte mich um und sah, dass Angus auf einen Mann geschossen hatte, der nun aus dem Brustkorb blutend am Boden lag. Hatte ich nicht gesagt, es sollte niemand umgebracht werden? Ich hörte Trisha neben mir keuchen. Auch sie hatte sich umgedreht und schaute nun zu dem Mann am Boden.

„Schau nicht hin", flüsterte ich ihr zu und machte mich dann auf den Weg zu Angus. Ich war sauer, und zwar sehr. Schließlich hatten wir abgemacht, dass wir niemanden verletzten und was tat er? Er erschoss einfach diesen Mann. Eine Frau wollte sich zu dem Mann hinüberbeugen.

„Niemand bewegt sich", knurrte Angus und hielt nun seine Waffe auf die Frau, die sich erschrocken wieder gerade hinsetzte.

„Was sollte das? Wir haben doch gesagt, dass wir niemanden verletzten beziehungsweise erschießen", zischte ich ihm zu.

„Er wollte den Alarmknopf drücken. Ich habe sie doch gewarnt, dass ich denjenigen erschieße, der es wagt, die Polizei zu alarmieren", erwiderte Angus. Dann wandte er sich wieder den Leuten zu. „So und damit es nicht noch einmal passiert, rutschen sie jetzt alle mal ein Stück von den Tischen weg", befahl er und die Leute taten, was er sagte. „Bist du mit dem Mädchen fertig", fragte er mich.

„Ja."

„Gut, dann kann sie sich ja wieder setzen." Er winkte sie zu sich und deutete ihr an auf dem Boden platz zu nehmen.

Trisha:

Ich war so froh, als ich mich wieder hinsetzen konnte. Mir war so übel und schwindelig geworden, als ich den toten Mann und überall das Blut gesehen hatte. Ich konnte nämlich kein Blut sehen und erst recht keines riechen. Selbst wenn ich mich verletzte, musste ich schon den Atem anhalten, um diesen Blutgeruch nicht zu riechen. Ich zwang mich nicht zu diesem Mann zu schauen und konzentrierte mich auf meine Hände, die in meinem Schoß lagen.

„Haben Sie keine Angst. Es wird alles gut. Ich rufe jetzt die Polizei", flüsterte mir ein Mann neben mir zu. Ich schaute kurz zu ihm herüber und er holte sein Handy aus der Tasche. Nein, er durfte das nicht tun. Wenn er die Polizei rief, würde dieser Typ ihn doch erschießen. Ich wollte gerade schon etwas sagen, als dieser Verbrecher ihm das Handy aus der Hand riss.

„Ich glaube, ich habe mich nicht richtig ausgedrückt. Ich habe doch gesagt, wer die Polizei ruft, wird erschossen", sagte er, richtete die Pistole auf den Mann neben mir und drückte ab. Die Kugel traf den Mann in den Kopf. Blut spritze auf meine Jacke, der Mann kippte zur Seite und ich schrie auf.

„Wer nicht hören will, muss fühlen", grinste der Typ, warf das Handy auf den Boden und trat noch einmal drauf, sodass es in Einzelteile da lag.

„Es reicht jetzt langsam. So war das Ganze nicht abgesprochen", knurrte der andere Verbrecher, von dem ich vermutete, dass es Ethan war.

„Ich kann doch nichts dafür, wenn hier einige Leute meinen, Helden spielen zu müssen. Ich hoffe, sie haben es jetzt verstanden, dass ich es ernst meine", wandte der Typ sich an die Leute. Ich sah an meine Jacke herunter. Überall klebte das Blut dieses Mannes an mir. Wieder wurde mir übel und ich hielt mir die Hand vor dem Mund.

„Geht es dir gut", fragte der Ethan ähnlich sehende Verbrecher und kniete sich zu mir.

„Ich kann kein Blut sehen", sagte ich leise und würgte.

„Komm, ich bringe dich zur Toilette." Er stand auf und zog mich am Arm mit hoch.

„Was wird das denn jetzt", fragte dieser Typ und stellte sich uns in den Weg.

„Ich bringe sie zur Toilette und wenn du nicht möchtest, dass es hier gleich eine Sauerei gibt, dann lässt du uns besser durch, denn ihr ist von deiner um dich Schießerei übel", erklärte er und wie auf Kommando würgte ich wieder.

„Na los, haut ab." Der Typ trat einen Schritt zur Seite und ließ uns durch. Mit schnellen Schritten führte mich Ethan, denn er musste es einfach sein, zu den Toiletten. Kaum hatten wir diese betreten, stürmte ich schon in eine Kabine und übergab mich geräuschvoll in die Kloschüssel. Der Mann trat hinter mich und hielt mir meine Haare hoch.

„Es tut mir alles so leid", sagte er leise. „Ich wollte nicht, dass du so etwas miterlebst." Ich war fertig, stand auf und ging zum Waschbecken, um mir den Mund auszuspülen. Anschließend wusch ich mir die Hände. Das Blut würde ich jetzt nicht aus der Jacke bekommen. Es war schon fast eingetrocknet.

„Nein, ist schon gut. Genau so etwas passt in mein Leben. Ich lerne einen sehr netten, gut aussehenden jungen Mann kennen, der sich auch noch für mich interessiert und dann ist er ein Bankräuber, den ich nie wiedersehen werde", sagte ich niedergeschlagen und drehte mich zu ihm um.

„Du hast mich also erkannt", stellte er leise fest.

„Ja, ich war mir zwar erst nicht sicher, aber jetzt weiß ich, dass du es bist, Ethan. Aber keine Angst. Ich verrate dich nicht." Und das war mein Ernst. Ich würde ihn nicht an die Polizei verraten. Klar, ich würde mich damit ebenfalls strafbar machen, aber es konnte mir ja niemand beweisen, dass ich ihn kannte. Außerdem wollte ich nicht, dass er ins Gefängnis käme. Er würde schon seinen Grund haben, warum er das hier tat.

„Das wäre mir egal. Was mir aber nicht egal ist, bist du. Ich wollte dich nicht anlügen und es tut mir auch sehr leid. Aber ich konnte halt nicht anders."

„War das Essen gestern Abend mit mir nur eine Ablenkung für dich, oder wolltest du mich wirklich kennenlernen", harkte ich nach. Ich musste es einfach wissen, ob er mich vielleicht nur benutzt und mir Hoffnungen gemacht hatte.

„Nein, ich wollte dich wirklich kennenlernen. Und ich möchte dich auch wiedersehen. Wirklich, das ist mein Ernst. Das heißt, wenn du das jetzt, wo du weißt, was ich wirklich beruflich mache, überhaupt noch willst", sagte er und schaute mich traurig an.

„Ich würde schon gerne, aber ich möchte erst noch wissen, was denn noch alles gelogen war." Na ja, er war zwar ein Bankräuber, aber ein süßer, gut aussehender Mann. Warum sollte ich ihn nicht wiedersehen wollen? Wahrscheinlich hätten mir einige Menschen davon abgeraten und gesagt, es wäre nicht normal, sich mit einem Verbrecher weiterhin zu treffen, aber ich war auch nicht normal. Ich hatte seitdem meine Eltern gestorben waren, kein normales Leben mehr gehabt. Also warum sollte ich es denn nicht tun?

„Nichts, wirklich. Alles außer meinen Beruf war die reine Wahrheit. Das schwöre ich dir." Ich sah in seine Augen und konnte wirklich nichts von einer Lüge in ihnen erkennen.

„Und wie stellst du dir das mit dem Wiedersehen vor? Ich meine, du bist ja dann auf der Flucht", fragte ich neugierig.

„Ich werde in zwei Wochen, wenn sich die ganze Aufregung hier in der Stadt etwas gelegt hat, wiederkommen und wenn du möchtest, können wir uns dann wiedersehen."

„Ich möchte dich sehr gerne wiedersehen", sagte ich lächelnd und ich sah, dass auch Ethan unter seiner Maske lächelte. „Dann möchte ich aber alles von deinen Leben wissen."

„Ich werde dir alles erzählen, was du wissen möchtest", erwiderte er. „Ich glaube, wir sollten wieder rausgehen." Ich zuckte kurz zusammen, bei dem Gedanken wieder bei diesem anderen Bankräuber zu sein. „Keine Angst, dir wird nichts passieren. Ich werde dich beschützen", sagte Ethan. Er wollte mich gerade aus dem Toilettenraum führen, als die Tür aufgestoßen wurde und dieser andere Verbrecher hereinkam.

„Wir sind fertig und werden jetzt verschwinden", sagte er zu Ethan.

„Ok, ich bringe sie nur noch schnell zu den Anderen zurück", erwiderte Ethan und wollte mich zu den anderen Leuten bringen, als er aufgehalten wurde.

„Nein, sie kommt mit uns mit. Sie ist meine persönliche Geisel", sagte er, zog mich von Ethan weg und hielt mir seine Waffe an den Kopf. Ich schrie auf, wehrte mich aber nicht, als er mich mit sich zog. Ich war ja schließlich nicht lebensmüde. „Hier nimm du lieber die Reisetasche", rief er und schob Ethan mit dem Fuß die Tasche entgegen. Ich nahm an, dass dort ihre Beute drin war.

„Kein Mucks, sonst bringe ich dich um", drohte dieser Typ mir. Ich begann zu zittern und die Angst stieg in mir hoch. Hilfesuchend schaute ich zu Ethan.

„Was soll das? Wir nehmen keine Geiseln, haben wir doch gesagt", zischte Ethan und versuchte mich aus seinem Griff zu befreien.

„Der Plan wurde geändert. Ich nehme sie mit. Sie ist unsere Lebensversicherung", entgegnete dieser Typ und hielt mich fester.

„Du lässt sie jetzt sofort los, sonst ...", knurrte Ethan und richtete seine Pistole auf ihn.

„Sonst was", fragte er spöttisch. „Erschießt du mich, knall ich sie, noch bevor deine Kugel mich trifft, ab", sagte er und drückte dabei seine Waffe fester an meinen Kopf. Seufzend ließ Ethan die Waffe sinken.

„Wenn ihr etwas passiert, bringe ich dich um", drohte Ethan ihm.

„Ach, spielst du jetzt den Beschützer? Das ist meine Geisel und ich werde viel Spaß mit ihr haben", sagte er. Nun kamen die anderen Bankräuber mit mehreren großen Reisetaschen zu uns.

„Sollte auch nur einer von euch auf die Idee kommen, die Polizei zu rufen, bevor wir weg sind, werde ich sie umbringen", wandte sich der Typ zu den Leuten, die auf dem Boden saßen und drückte wieder die Pistole fester auf meine Schläfe. Die Leute zuckten zusammen. „Tut euch keinen Zwang an, wenn ihr an dem Tod dieser Frau schuld sein wollt." Niemand rührte sich. Der Typ zog mich mit zum Treppenhaus, in das wir gingen.

Kapitel 7

Angus:

Ich hatte echt keine Lust den Plan von Ethan zu befolgen. Ich wusste, Vincent und Marek würden auf meiner Seite sein. Keiner von uns konnte Ethan, seinen Bruder oder seine zwei Freunde leiden. Wir machten bei ihnen nur mit, weil wir es von Mr. Burton so befohlen bekommen hatten. Und niemand widersprach Mr. Burton. Um ehrlich zu sein, Mr. Burton, oder eher gesagt James Burton war mein Onkel. Meine Eltern hatten mir immer den Kontakt zu ihm verboten, weil er ein Krimineller war. Doch seit meinem achtzehnten Geburtstag konnten sie mir nichts mehr verbieten und ich zog zu ihm. Ich hatte immer heimlich mit ihm Kontakt gehabt. Ich fand, er war ein cooler Onkel und konnte nicht verstehen, was meine Eltern nur gegen ihn hatten. Er war fünfundvierzig Jahre alt und der ältere Bruder meiner Mutter. Außerdem war er ein sehr reicher Mann, der seine Finger in verschiedenen Geschäften mit drin hatte. Dazu gehörten Drogenhandel, Prostitution, Kunsthandel, Geldwäsche und einige Geschäfte mit verschiedenen Unternehmen. Auch vergab er Kredite an Privatpersonen, die bei der Bank keinen Kredit, aus irgendwelchen Gründen, bekamen. Dort mussten wir zum Beispiel Geld eintreiben, wenn sie nicht pünktlich ihre Raten bezahlten. Schutzgelder wurden auch von kleinen Geschäften eingetrieben. James lebte in Mexiko. Von dort aus steuerte er seine Geschäfte auf der ganzen Welt. Er war aber so schlau, dass ihm niemand seine illegalen Taten nachweisen konnte. Die Drecksarbeit ließ er halt andere für sich machen. Ich war noch nicht so lange im Geschäft und deswegen sollte ich mich seinen besten Leuten anschließen, um von ihnen zu lernen. Aber nach diesem Coup würde ich mit Vincent und Marek zusammen unsere eigenen Dinger drehen. So hatte ich das auch schon mit James abgesprochen. Ich brauchte die Anderen nicht. Ich konnte das auch gut alleine. Dass ich diese zwei Männer in der Bank erschossen hatte, tat mir gar nicht leid. Sie hätten ja schließlich auf mich hören können, dann wären sie jetzt noch am Leben. Aber sie wollten ja nicht. Es war also ihre eigene Schuld. Das Mädchen, mit dem Ethan zur Toilette gegangen war, gefiel mir. Sie war recht hübsch. Also beschloss ich einfach, sie als Geisel zu nehmen, auch wenn Ethan gesagt hatten, dass wir keine Geiseln nahmen. Aber das war mir egal. Ich wollte einfach nur ein bisschen Spaß mit ihr haben. Wenn ich sie dann nicht mehr brauchen würde, würde ich sie einfach beseitigen. Abgesehen davon war sie eine gute Lebensversicherung, damit wir flüchten konnten. Die Polizei würde uns so schnell nicht näher rücken, wenn sie wüssten, dass das Leben von dieser Frau dann beendet wäre. Allerdings hatte ich gemerkt, dass zwischen Ethan und dieser Frau irgendetwas lief. Deshalb spielte er auch ihren Beschützer. Sollte er ruhig, aber er könnte sie vor mir nicht beschützen.

Ethan:

Ich war so froh gewesen, als ich mit Trisha sprechen konnte und sie mich sogar wiedersehen wollte. Ich konnte es noch gar nicht glauben. Doch meine Freude wurde nun getrübt, weil Angus sie als Geisel genommen hatte. Ich war so wütend. Warum konnte er sich denn nicht einfach an die Vereinbarung halten? Warum musste er Trisha als Geisel nehmen und warum ausgerechnet sie? Ich wollte nicht, dass Trisha so etwas miterleben musste. Viele Opfer von Geiselnehmern erlitten Traumata und so etwas wollte ich ihr nicht antun. Als Angus ihr die Waffe an den Kopf gehalten hatte und meinte, er würde sie erschießen, wenn ich auf ihn schießen würde, musste ich einfach nachgeben, denn ich wollte nicht, dass Trisha etwas passierte oder sie womöglich erschossen werden würde.

Ich nahm die Reisetasche mit unserer Beute und folgte den Beiden zum Treppenhaus, dass zum Dach des Gebäudes führte. Dort würde ein Hubschrauber auf uns warten. Ich hoffte nur, es würde alles gut gehen. Die Anderen folgten uns. Sie waren ebenfalls mit Taschen beladen. Wenn ich richtig gezählt hatte, müssten es zehn Taschen gewesen sein. Ich hoffte nur, dass der Schmuck, weswegen wir eigentlich hier waren, sich auch in einer der Taschen befand.

„Habt ihr den Schmuck", fragte ich Tyron, als wir gerade die Treppen hinaufgingen.

„Ja und jede Menge Bargeld. Wir haben den ganzen Tresor ausgeräumt. Oh Junge, das ist eine ganz schöne Ausbeute, die wir da gemacht haben. Und das Beste ist, diese Trottel hier in der Bank, haben die Scheine noch nicht einmal markiert. Das heißt, wir können ohne Bedenken überall einkaufen gehen und niemand weiß, wo wir uns aufhalten", grinste er.

„Das ist wirklich gut", erwiderte ich und schaute zu Trisha. Sie tat mir so leid. Angus behandelte sie so grob und schleifte sie regelrecht hinter sich her. Trisha drehte sich kurz um und unsere Blicke trafen sich. Ich sah, dass sie weinte. Es brach mir das Herz, sie so zu sehen und das Schlimme daran war, dass ich nicht viel machen konnte, wenn ich ihr Leben nicht aufs Spiel setzen wollte. Aber ich würde sie auf jeden Fall so gut es ging beschützen.

„Ethan, hatten wir nicht gesagt, dass keine Geiseln genommen werden", riss mich Neil aus meinen Gedanken.

„Angus verändert einfach den Plan", knurrte ich leise. Zum Glück war Angus ein ganzes Stück weiter vor uns, sodass er unser Gespräch nicht hören konnte.

„Und was sollen wir jetzt tun", fragte Neil.

„Ich weiß es nicht. Ich werde Trisha auf jeden Fall vor ihm beschützen und aufpassen, dass ihr nichts passiert."

„Du kennst schon ihren Namen", fragte Tyron grinsend.

„Ja, Trisha ist die Frau, mit der ich gestern essen war", erklärte ich und schaute wieder zu ihr.

„Oh Bruder, da reißt du dir schon einmal eine Frau auf und die wird dann auch noch bei einen unserer Coups als Geisel genommen", sagte Tyron kopfschüttelnd.

„Weiß sie, wer du bist", fragte Neil.

„Ja. Ihr wurde durch Angus`Herumschießerei schlecht, da sie kein Blut sehen kann und ich habe sie auf die Toilette begleitet. Dort haben wir geredet und sie hat mir gesagt, dass sie mich erkannt hat, mich aber nicht bei der Polizei verpetzen will. Sie wollte mich sogar nach diesem Coup hier wiedersehen. Nur ob sie es jetzt noch will, weiß ich nicht", erzählte ich und in mir wuchs die Traurigkeit und die Wut. Die Traurigkeit, weil sie mich nun vielleicht doch nie wiedersehen wollte und die Wut, dass Angus sie als Geisel genommen hatte.

„Und wie soll es jetzt weitergehen", fragte John, der hinter uns die Treppen hochlief.

„Ich weiß es nicht. Angus hat mir gedroht, noch bevor ich ihn erschieße, würde er Trisha umbringen. Das kann ich nicht zulassen. Ich will nicht, dass ihr etwas passiert."

„Ihr wird nichts passieren. Wir werden sie ebenfalls beschützen. Angus wird ihr nichts tun", sagte Neil. Mein Bruder und John nickten zustimmend.

„Danke, ihr seid echt die Besten", erwiderte ich erleichtert.

„Dafür sind Freunde doch da", entgegnete John.

„Und Brüder", grinste Tyron.

Trisha:

Dieser Verbrecher zog mich hinter sich her, die Treppen hoch. Ich hatte Mühe, seinen schnellen Schritten zu folgen. Einige Male wäre ich auch beinahe gefallen, konnte aber gerade noch so mein Gleichgewicht halten. Die Pistole hatte er von meinem Kopf genommen, hielt sie aber noch weiterhin in der Hand. Ich hatte solche Angst, dass er mich erschießen würde und Tränen liefen unaufhörlich an meinen Wangen entlang. Ich wollte noch nicht sterben. Auch wenn es mir damals mehrmals gewünscht hatte, so wollte ich jetzt leben. Ich hatte doch noch mein Leben vor mir. Deswegen wehrte ich mich auch nicht, als er mich die Treppen mit sich hochzog. Sein Griff tat weh, aber ich wollte ihn keinen Grund geben, doch noch die Pistole zu benutzen. Kurz schaute ich hinter mich und begegnete Ethans Blick. Ich war nicht sauer auf ihn, schließlich hatte er ja versucht, mir zu helfen. Er wollte doch nur nicht mein Leben gefährden, in dem er auf diesen Typen schießen würde. Dieser hatte ja schließlich gedroht, mich vorher zu töten. In seinen verzweifelten Blick konnte ich sehen, dass er überlegte, was er tun könnte.

Wir kamen nun oben auf dem Dach an, auf dem ein

Hubschrauber mit laufendem Motor stand und wartete. Dieser Typ zog mich mit zu dem Hubschrauber und schubste mich hinein. Hart landete ich auf den Boden und schlug mir dabei das Knie auf.

„Sag mal, geht es dir noch gut? Was soll das", hörte ich Ethans Stimme hinter mir rufen. Anscheinend sprach er mit diesem Typen.

„Was soll was? Sie sollte einsteigen. Und jetzt Beeilung wir müssen los", erwiderte dieser.

„Steh auf", brüllte er und zog mich an einen Arm hoch. Ich rappelte mich so gut es ging hoch, doch mein Knie schmerzte sehr und als ich kurz hinuntersah, entdeckte ich, dass es blutete. Das Blut kam schon durch die Hose.

„Setz dich da hin und ich will keinen Mucks von dir hören. Ist das klar", befahl er und fuchtelte mit der Pistole vor meinem Gesicht herum. Zitternd nickte ich und setzte mich auf einen der Sitze. Nun stiegen auch die anderen Bankräuber in den Hubschrauber. Ethan kam zu mir und setzte sich neben mich.

„Geht es dir gut", fragte er flüsternd. Ich nickte nur, da ich ja nichts sagen durfte. „Du blutest ja." Ethan hockte sich vor mich und schob mein Hosenbein hoch, um sich die Wunde anzusehen.

„Was tust du da", fragte dieser Typ. In diesem Moment setzte sich der Hubschrauber in Bewegung und wir flogen los.

„Sie ist deinetwegen verletzt und ich werde jetzt die Wunde versorgen."

„Bist du jetzt der barmherzige Samariter, oder was", fragte der Andere grinsend.

„Wenn du es so nennen möchtest, bitte. Ich kümmere mich nur um unsere Geisel", sagte Ethan und öffnete einen Verbandskasten, den er von einem großen Mann überreicht bekommen hatte.

„Sie ist immer noch meine Geisel", rief der Typ neben mir.

„Du vergisst, dass es unser Coup ist. Also unser Coup und unsere Geisel", mischte sich der große Mann mit ein.

„Und du vergisst, wer mein Onkel ist. Ohne ihn hättet ihr diesen Auftrag gar nicht. Genauso wie das viele Geld", verteidigte sich der Typ.

„Du ebenso wenig. Ab jetzt wirst du dich an unsere Regeln halten", sagte Ethan bissig.

„Und wenn nicht", fragte der Typ hämisch grinsend.

„Dann werden wir deinem Onkel mal erzählen, wie du seinen schönen Auftrag gefährdest, indem du deine eigenen Dinger drehst.

Mal sehen, wie ihm das gefallen wird. Du weißt, dass für ihn dieser Coup sehr wichtig ist und du weißt auch, was er mit dir machen wird, wenn deinetwegen irgendetwas schiefläuft. Da kannst du noch so sein Neffe sein, wenn er nicht das bekommt, was er will, kann er ziemlich ungemütlich werden", sagte nun ein etwas schmalerer Mann.

„Na und. Versucht es doch. Ihr werdet schon sehen, was ihr davon habt", rief dieser Typ.

„Das werden wir auch, wenn du dich nicht an die Regeln hältst", sagte Ethan. „So und die kommt jetzt auch erst einmal herunter." Ethan zog sich die Sturmhaube aus und warf sie neben sich. Anschließend zog er sich noch die Handschuhe aus, die er trug.

„Jetzt weiß sie, wie du aussiehst und kann dich bei der Polizei verraten", sagte dieser Typ grinsend.

„Trisha weiß auch so, wer ich bin. Wir kennen uns nämlich. Woher geht dich aber nichts an", erwiderte Ethan und lächelte mich an. Mit einem Tupfer wischte er vorsichtig das Blut weg, was an meinem Bein herunterlief.

„Ethan hat recht. Die Sturmhauben brauchen wir nicht mehr", sagte nun der große Mann und zog sich ebenfalls die Haube vom Kopf. Zum Vorschein kam ein Mann mit dunkelbraunen kurzen Haaren und grinste mich an. „Darf ich mich vorstellen, ich bin Tyron." Er reichte mir die Hand. Ich nahm sie vorsichtig entgegen und schüttelte sie leicht.

„Trisha", erwiderte ich leise.

„Deine Wunde sieht nicht so schlimm aus", sagte Ethan und wickelte nun einen Verband um mein Knie. „So fertig", grinste er mich an, zog mir das Hosenbein wieder herunter und setzte sich neben mich.

„Danke", entgegnete ich lächelnd.

Nun nahmen noch zwei ihre Sturmhauben ab und stellten sich mir als Neil und John vor. Neil hatte dunkelblondes, kinnlanges, gelocktes Haar und hatte einen schmalen, aber trotzdem sportlichen Körper. John war etwas kleiner als Neil. Er hatte ebenfalls einen sportlichen Körper und seine Haare waren hellbraun und kurz geschnitten. Die Beiden, wie auch Tyron wirkten sehr freundlich. Nur dieser Typ neben mir blieb stur sitzen und behielt seine Haube auf.

„Ach Angus, jetzt stell dich mal nicht so an. Selbst Vincent und

Marek haben ihre Sturmhauben abgenommen", sagte John und deutete auf die beiden anderen Gangster, die hinter uns saßen.

„Na gut, wenn du meinst. Aber sollte sie mich bei der Polizei verraten, werde ich sie umbringen", erwiderte er und zog sich die Haube vom Kopf. Bei seinen Worten zuckte ich zusammen.

„Keine Angst, dir wird nichts passieren und du wirst auch nicht erschossen", beruhigte mich Ethan und nahm meine Hand. „Außerdem lassen wir dich gleich mit einer großen Entschädigung frei."

„Nein, das werden wir nicht. Sie wird mit uns kommen und wenn wir unseren Auftrag erledigt haben, kann sie gehen. Eher nicht", knurrte dieser Angus.

„Nein, sie wird gleich wieder freigelassen und damit basta", rief Ethan wütend.

„Oh nein, das wird sie nicht. Sie wird es bis zum Ende mit uns durchstehen." Angus griff meinen Arm, zog mich zu sich herüber und hielt mir wieder die Pistole an den Kopf. „Das ist doch so, oder? Du wirst mit uns mitkommen", wandte er sich an mich. Was sollte ich dazu schon sagen? Ich konnte ihm ja nur zustimmen, sonst wäre ich tot. Er würde mich doch sofort erschießen.

„Ja", sagte ich deshalb leise, wobei mir wieder die Tränen an den Wangen herunterliefen. Ich hatte halt einfach so eine Angst, dass er mich erschießen würde.

„Ist ja gut. Sie kommt mit uns mit. Nimm die Pistole wieder herunter", sagte Ethan resigniert.

„Gut, dann haben wir das ja geklärt", hörte ich Angus hinter mir sagen. Er nahm seine Pistole von meinem Kopf und ließ mich los.

Kapitel 8

Angus:

Ich ließ mir von Ethan und seinen Freunden gar nichts vorschreiben. Ich würde mich auch nicht an die Regeln halten. Sie wollten mich an James verpetzen. Bitte. Sollten sie doch. Ich war mir ziemlich sicher, dass mein Onkel auf meiner Seite stehen würde. Abgesehen davon würden wir den Auftrag erfüllen und ihm diesen seltenen Schmuck übergeben. Ethan wollte die Geisel gehen lassen, aber das ließ ich nicht zu. Sie war unsere Sicherheit, dass wir auch bei meinem Onkel ankamen. Ethan und die Geisel kannten sich also. Das war mir aber so etwas von egal. Von mir aus sollte er den Beschützer spielen, wenn er es wollte. Trotzdem würde ich mir es nicht entgehen lassen, mit ihr meinen Spaß zu haben. Natürlich würde ich sie nicht einfach so gehen lassen, wenn wir unseren Auftrag erledigt hatten. Das Risiko, dass sie uns bei der Polizei verpfeifen würde, war einfach zu groß. Gerade jetzt, wo wir die Hauben abgenommen hatten und sie wusste, wie wir aussahen und wie wir hießen.

Ethan:

Ich war so wütend, als ich sah, wie Angus Trisha in den Hubschrauber geschubst hatte und sie sich wehgetan hatte. Ich hatte es wirklich ernst gemeint, als ich zu ihr sagte, wir würden sie freilassen und sie würde eine Entschädigung bekommen. Ich wollte ihr von meinem Anteil von diesem Überfall etwas abgeben. Ich wusste, es würde sie nicht psychisch entschädigen, was sie unsererseits durchmachen musste, aber es war wenigstens eine kleine Wiedergutmachung. Natürlich wäre ich nach New York wieder zurückgekommen und ich hätte mich gefreut, wenn sie mich hätte wiedersehen wollen. Aber Angus musste uns ja einen Strich durch die Rechnung machen. Als er Trisha wieder die Pistole an den Kopf gehalten hatte, musste ich leider resignieren, denn ich wollte schließlich nicht, dass er Trisha erschoss. Ich musste ihm auf jeden Fall die Pistole wegnehmen, bevor er ihr wirklich noch etwas antat. Aber nicht jetzt. Es wäre zu riskant, wenn sich hier im Hubschrauber ein Schuss lösen würde. Am besten wäre es, sie ihm nachts, wenn er schlafen würde, wegzunehmen.

Zum Glück hatte er nun die Pistole von Trishas Kopf genommen. Sie saß zitternd auf den Sitz und Tränen liefen ihr über die Wangen.

„Komm her", sagte ich leise und zog sie zu mir in die Arme. Sie drückte sich eng an mich und ich strich ihr beruhigend über den Rücken. „Alles ist gut. Dir wird nichts passieren", flüsterte ich und versuchte sie zu beruhigen. Der Hubschrauber landete auf einer Wiese, vor einem Wald, wo wir unser Fluchtauto abgestellt hatten. Mit diesem würden wir nun nach Allentown fahren.

„Oh schaut mal wie süß", rief Angus lachend.

„Halt deine verdammte Klappe, Angus", sagte Tyron bissig. Ihm ging Angus genauso auf die Nerven, wie mir.

„Du hast mir gar nichts zu befehlen", erwiderte dieser und fuchtelte mit seiner Pistole herum.

„Oh, doch, wenn es um diesen Coup geht, dann schon und jetzt gib die Pistole her. Du hast heute damit schon genug Schaden angerichtet." Tyron stand auf, ging zu Angus hinüber und griff nach der Pistole. Er musste meine Gedanken gelesen haben, dass wir sie ihm wegnehmen mussten.

„Tyron", rief ich, aber er hörte nicht. Ich wollte ihn davon abbringen, Angus jetzt die Pistole wegzunehmen, denn schließlich waren wir immer noch im Hubschrauber und wenn sich ein Schuss lösen würde, wäre es ziemlich gefährlich.

„Lass sofort die Pistole los", knurrte mein Bruder und versuchte sie aus Angus Griff zu befreien.

„Nein, sie gehört mir und ich werde sie behalten", entgegnete dieser wütend und hielt sie weiterhin fest.

„Angus, jetzt gib ihm doch endlich die Waffe", sagte Vincent leicht genervt, öffnete die Tür vom Hubschrauber und stieg aus. Marek folgte ihm.

„Nein, das werde ich nicht tun", erwiderte Angus, riss sich und somit auch die Pistole von Tyron los und sprang aus dem Hubschrauber. Tyron allerdings folgte ihm. Er stürzte sich auf ihn und riss ihn zu Boden. Die Beiden rangelten miteinander und Tyron versuchte wieder Angus die Pistole abzunehmen.

„Das geht doch nicht gut", murmelte ich, ließ Trisha los und stand auf. Ich musste eingreifen, bevor noch jemand erschossen wurde. Beziehungsweise wollte ich verhindern, dass meinen Bruder etwas passierte. Angus war mir egal. Tyron allerdings nicht. Ich liebte meinen Bruder, auch wenn es sich komisch anhörte. Tyron war meine Familie. Ich hatte nur ihn und wollte ihn nicht verlieren.

„Willst du dich da jetzt etwa einmischen", fragte John.

„Mir bleibt doch nichts anderes übrig. Sie werden sich sonst noch umbringen", erwiderte ich, sprang aus dem Hubschrauber und lief zu den Beiden hinüber.

Trisha:

„Was tut er da", fragte ich ängstlich, als ich sah, wie Ethan aus dem Hubschrauber sprang. Ich stand auf und wollte ihm hinterher, doch ich wurde von Neil zurückgehalten.

„Nein, bleib hier. Es ist zu gefährlich", sagte er. „Wir werden Ethan helfen, die Beiden zu trennen." Kaum hatte er das gesagt, waren John und er auch schon aus dem Hubschrauber gesprungen und folgten Ethan. Ängstlich schaute ich ihnen hinterher. Ethan hatte die Beiden schon fast erreicht, die immer noch um die Waffe kämpften. Ich hatte Angst, dass einen von ihnen etwas passieren würde. Außer diesem Angus waren sie alle nett. Natürlich hatte ich jetzt die Chance abzuhauen. Die Jungs waren alle draußen, nur der Pilot saß noch im Cockpit, aber der schien sich nicht für mich zu interessieren. Er würde es wahrscheinlich gar nicht merken, wenn ich mich jetzt davon machen würde. Aber was wäre, wenn Angus es bemerken würde? Er hatte schließlich immer noch die Waffe und wahrscheinlich würde er mich ohne Skrupel erschießen. Das wollte ich natürlich auch nicht. Andererseits würde ich, wenn ich flüchten würde, auch Ethan nicht mehr sehen. Klar, er wollte mich sowieso gehen lassen, aber was wäre, wenn wir uns dann nie wiedersehen würden? Wenn ihm irgendetwas passierte oder er doch von der Polizei geschnappt werden würde? Ich wurde durch mehrere Schreie aus meinen Gedanken gerissen und schaute zu den Jungs. Ethan stand etwa einen Meter von Tyron und Angus entfernt. Neben ihm standen Neil und John. Tyron und Angus rangelten immer noch auf dem Boden und schlugen immer wieder aufeinander ein.

„Jetzt reicht es", schrie Ethan und wollte auf die Beiden zu gehen. In dem Moment löste sich ein Schuss aus der Pistole, die Angus in der Hand hielt. Ich schrie auf und sah, wie Ethan schwankte. Nein. Er wurde getroffen. Das durfte nicht sein. Nein, nicht er. Bitte nicht. Ein Rauschen begann in meinen Ohren. Es wurde immer lauter und mir wurde schwindelig. Ich versuchte mich an der Tür des Hubschraubers festzuhalten. Ich hatte sie gerade gepackt, als alles dunkel wurde.

Ethan:

Tyron und Angus rangelten immer noch auf den Boden um die Waffe und hörten gar nicht unsere Rufe, dass sie aufhören sollten. Stattdessen schlugen sie noch auf sich ein. Mir reichte es. Ich musste die Beiden jetzt trennen. Ich wollte gerade auf sie zugehen, als sich ein Schuss löste. Ich bemerkte einen stechenden Schmerz an meinen linken Oberarm und schwankte. Die Kugel hatte mich erwischt. Ich hörte Trisha schreien, blickte zu ihr und sah, wie sie zu Boden ging.

„Trisha", keuchte ich und hielt mir meinen Arm mit der gesunden Hand. Ich spürte etwas Feuchtes, und als ich hinsah, bemerkte ich, dass es Blut war, dass durch einen Riss in meinen schwarzen Pullover sickerte.

„Geht es dir gut", fragte Neil besorgt.

„Ja, es geht schon. Ich muss jetzt erst zu Trisha", erwiderte ich.

„Aber deine Wunde muss versorgt werden", wandte Neil ein.

„Das kann warten. Trisha ist jetzt wichtiger."

„Du hättest fast meinen Bruder getötet. Dafür sollte ich dich erschießen", brüllte Tyron. Ich sah, wie er drohend über ihn stand.

61

„Versuch es doch. Mein Onkel wird dich dafür sicherlich töten", grinste Angus hämisch.

„Sei dir da mal nicht so sicher", erwiderte Tyron mordlustig. Er nahm, ehe Angus reagieren konnte, ihm die Waffe aus der Hand und richtete sie auf ihn.

„Tyron", schrie ich. „Lass es. Wir müssen hier verschwinden." Ja, das mussten wir wirklich, bevor die Polizei kam. Wir hatten zwar zwei Hubschrauber fliegen lassen, um die Polizei zu verwirren, aber man konnte ja nicht wissen, wie schnell sie uns finden würden. Ich lief zum Hubschrauber hinüber. Sam, unser Pilot, kniete schon neben Trisha.

„Sie ist ohnmächtig geworden", sagte er und fühlte ihren Puls. „Anscheinend war das alles etwas zu viel für sie."

„Das kann ich verstehen. Schließlich war ja gar nicht geplant, dass sie als Geisel genommen wird und erst recht nicht, dass Angus mich anschießt", erwiderte ich. „Trisha, hörst du mich? Öffne die Augen", wandte ich mich ihr zu und strich ihr sanft über die Wange. Aber sie tat es nicht.

„Ethan, ich will ja nicht drängen, aber ich müsste los, bevor die Polizei hier aufkreuzt", sagte Sam entschuldigend.

„Nein, ist schon gut. Ich werde sie zum Auto tragen", erwiderte ich. „Vielen Dank für deine Hilfe."

„Kein Problem. Ich helfe euch doch gerne", grinste er. Ich wollte gerade Trisha auf meine Arme nehmen, als mir ein Schmerz durch meinen Arm schoss. Na toll.

„Ich mach das schon", hörte ich Johns Stimme neben mir und schon hatte er Trisha auf seine Arme genommen. Wir verabschiedeten uns von Sam und gingen zum Fluchtwagen hinüber. Die Anderen holten die Taschen aus dem Hubschrauber und brachten sie zum Wagen. Zum Glück war der Van groß und verfügte über neun Sitzplätze. Zwei vorne, vier in der Mitte des Wagens, wo man sogar einen Tisch, der an der Wand befestigt war, hochklappen konnte, um Getränke oder so etwas abzustellen und drei Sitze im hinteren Teil des Wagens. John legte Trisha auf die hintere Bank und ich setzte mich neben sie. Ihren Kopf bettete ich auf meinen Schoß und strich ihr immer wieder über die Haare. Ich hoffte, sie würde bald wieder zu sich kommen. Ich machte mir große Sorgen um sie.

„Mach dir keine Sorgen. Sie kommt schon wieder zu sich. Ihr Körper muss erst einmal das Geschehene verarbeiten", sagte Neil zuversichtlich. „So und jetzt lass mich deinen Arm ansehen."

„Oh, ist das Prinzesschen etwa ohnmächtig geworden", fragte Angus grinsend, als er nun in den Van stieg.

„Halt deine Fresse, Angus. Du bist doch an dem allen hier schuld. Und dann hast du mich auch noch angeschossen. Ich schwöre dir, dafür werde ich mich noch rächen. Nicht heute oder morgen. Aber du wirst schon noch sehen", drohte ich ihm. Ich würde ihm das wirklich noch heimzahlen, dass er mich angeschossen hatte. Hätte er einfach die Pistole abgegeben, wäre nichts passiert.

„Ja natürlich. Erzähl du ruhig. Gib mir lieber meine Waffe zurück", forderte er.

„Damit du noch weiter um dich schießen kannst? Auf keinen Fall und jetzt halt´ s Maul und setz dich", knurrte ich und wandte mich dann leise an Neil. „Wer hat die Waffe?"

„Die hat Tyron gut in seiner Tasche verstaut. Angus wird sie nicht mehr wieder bekommen", flüsterte er und ich war beruhigt. Ich wollte nämlich nicht, dass Angus noch einen von uns mit seiner Rumballerei erschießen würde. Außerdem konnte er, so Trisha nicht mehr bedrohen. Jetzt musste ich nur aufpassen, dass er keine Waffe mehr in die Hand bekam. Als alles eingeladen war, konnten wir endlich losfahren. Tyron setzte sich ans Steuer und startete den Wagen. Neil holte den Verbandskasten und kümmerte sich um meinen Arm. Er war unser Sanitäter und es machte ihm Spaß, uns zu verarzten. Neil hatte einen Erst-Helfer-Lehrgang gemacht gehabt, wo er lernte, wie Wunden versorgt und Verbände angelegt wurden. Die Themen im Lehrgang waren intensiver, als bei den normalen Erste-Hilfe-Kursen, die man für den Führerschein machen musste. Und so konnte er auch Schusswunden verarzten.

Kapitel 9

Trisha:

Als ich wieder zu mir kam, dröhnte mir der Kopf. Ich musste, als ich ohnmächtig geworden war, mit dem Kopf auf dem Boden aufgekommen sein. Wo war ich eigentlich? Ich wusste, dass ich in der Bank gewesen war. Ja richtig, ich war in der Bank gewesen und sie wurde überfallen. Ich wurde bei dem Banküberfall als Geisel genommen. Ethan war einer von den Verbrechern. Ethan. Oh mein Gott. Er wurde angeschossen. Was war mit ihm? Lebte er? Ging es ihm gut? Ich schlug die Augen auf und sah, dass sich jemand über mich lehnte. Ich konnte nicht erkennen, wer es war, denn er war an einen Arm, der mir die Sicht versperrte, beschäftigt. Wo waren wir? Ich wusste, wir waren nicht mehr in dem Hubschrauber. Der sah anders aus. Ich blickte zum Fenster und sah, dass wir fuhren. Wir waren in einen Wagen.

„Jetzt halt doch mal deinen Arm still", sagte die Person über mir.

„Aua, das tut weh", beschwerte sich jemand hinter mir. Die Person hörte sich nach Ethan an.

„Jetzt stell dich doch mal nicht so an", lachte die andere Person. Ich bewegte meinen Kopf und sah zu Ethan hinauf. Er lebte also. Ich war so froh. Ich bemerkte, dass ich mit meinem Kopf auf seinem Bein lag. Nun schaute Ethan zu mir herunter und unsere Blicke trafen sich.

„Hey, du bist ja wieder wach", sagte er sanft. „Wie geht es dir?"

„Es geht schon. Mir tut nur mein Kopf etwas weh", erwiderte ich leise.

„Du wirst dir bestimmt den Kopf angehauen haben. Ich schaue mir das gleich mal an", sagte Neil und nahm einen Verband in die Hand. Ich setzte mich langsam auf, wobei mir etwas schwindelig wurde. Kurz schloss ich meine Augen, und als ich sie wieder öffnete, war der Schwindel verschwunden. Ich drehte mich zu Ethan und Neil um und schaute mir die Wunde an Ethans Arm an. Ich hoffte, dass Ethan nicht so schlimm verletzt wurde. Steckte die Kugel von der Pistole noch in der Wunde? Oh nein, bitte nicht. Die musste doch noch entfernt werden. Ich war zwar keine Ärztin, aber soweit kannte ich mich doch schon aus. Neil musste meinen erschrockenen Blick gesehen haben, denn er beruhigte mich schnell.

„Keine Sorge, es ist nur ein Streifschuss. Es steckt keine Kugel mehr in der Wunde."

„Na dann ist ja gut", sagte ich erleichtert und Neil legte an Ethans Arm den Verband an.

„Ach die Prinzessin ist ja endlich wach", hörte ich eine Stimme sagen. Ich schaute nach vorne und sah, dass sich Angus über seinen Sitz gebeugt hatte. In der Hand hielt er wieder eine Pistole. Anscheinend hatte Tyron es nicht geschafft ihm die Waffe abzunehmen. Oder? Aber woher sollte er denn nun diese Waffe haben? Er grinste mich hämisch an, kletterte über die Lehne des Sitzes und ließ sich neben mir auf den Sitz fallen. Ich bekam Angst. Was wollte dieser Typ von mir? Automatisch rückte ich ein Stück näher an Ethan heran. Bei ihm fühlte ich mich sicher. Ethan legte seinen Arm, den Neil verbunden hatte, um meine Schulter und zog mich damit noch ein Stück näher zu sich. Er hatte natürlich mitbekommen, dass Angus zu uns auf die Sitzbank gekommen war und wandte sich nun ihm zu.

„Angus, was soll das und woher hast du die Waffe?"

„Was das soll? Ich werde mich jetzt etwas um unsere Geisel kümmern. Und um deine andere Frage zu beantworten, es gibt hier in der Gruppe auch noch Leute, die zu mir stehen."

„Vincent, Marek, wer von euch hat ihm die Waffe gegeben", fragte Ethan wütend.

„Ich war das. Na und? Er wollte sie haben und ich habe sie ihm gegeben", sagte Marek, der auf einen der Sitze vor uns saß und sich nun zu uns herumgedreht hatte.

„Bist du noch ganz dicht? Tyron hat sie ihm weggenommen, damit er nicht mehr wie ein Verrückter herumballert, und du gibst ihm einfach deine Waffe", schrie nun Ethan.

„Marek hält wenigstens zu mir. Auf ihn und Vincent kann ich mich verlassen. Auf euch nicht. So, und jetzt muss ich mich um die Geisel kümmern", sagte Angus und Panik stieg in mir auf. Was hatte er jetzt vor? Ängstlich schaute ich zu ihm herüber und sah, dass er ein Seil aus der Tasche zog. Was wollte er denn damit?

„Gib deine Hände her", forderte er mich auf. Ich zögerte. Ich wollte ihm nicht meine Hände geben. Ich hatte Angst, was er tun würde.

„Was hast du vor", knurrte Ethan und zog mich noch dichter zu sich, wenn es überhaupt noch ging.

„Ich werde unsere Geisel fesseln, denn schließlich soll sie uns ja nicht abhauen."

„Sie braucht nicht gefesselt werden", erwiderte Ethan.

„Oh doch. Wir dürfen schließlich kein Risiko eingehen", sagte Angus und wandte sich dann an Marek. „Hilf mir mal ihre Beine zu fesseln." Marek kletterte nun über den Sitz und quetschte sich in den Fußraum zwischen den beiden Sitzreihen. Angus reichte ihm ein Seil und Marek legte es um meine Fußgelenke. Ich wollte es nicht und zappelte mit den Beinen.

„Halt still", rief Marek und packte meine Fußgelenke mit beiden Händen. Sein Griff war so stark, dass mir ein Schmerz durch die Gelenke schoss und ich aufschrie.

„Lass sie sofort los", knurrte Ethan.

„Nein, ich werde sie jetzt fesseln."

„Das wirst du nicht." Doch Marek ließ sich nicht davon abbringen und begann nun meine Beine zu fesseln. „Ich habe gesagt, dass sie nicht gefesselt wird", sagte Ethan wütend.

„Doch das wird sie", entgegnete Angus und wandte sich dann mir zu. „Gib mir deine Hände." Ich wollte nicht. Ich wollte ja auch nicht gefesselt werden. Deshalb klammerte ich mich an Ethan, indem ich meine Arme um seinen Bauch schlang. Sofort legte er seine um meinen Körper und beschützte mich so vor Angus. „Du gibst mir jetzt sofort deine Hände", knurrte Angus und ich spürte etwas an meinen Kopf. Sofort verspannte ich mich und bekam Panik. Es war klar, was ich an meinen Kopf spürte. Er hielt mir die Pistole an den Kopf.

„Angus, nimm sofort die Waffe herunter", sagte Ethan.

„Sie soll mir ihre Hände geben."

„Sie wird nicht gefesselt."

„Wird sie doch", erwiderte Angus. Ich schaute hoch und sah, dass Ethan seinen Arm ausstreckte. „Versuch mir die Waffe wegzunehmen und sie ist tot", hörte ich Angus sagen und spürte einen Schmerz an meinen Kopf. Er drückte nun die Waffe fester gegen meinen Kopf. „Marek, bist du mit den Beinen fertig", wandte er sich ihm zu.

„Ja, bin ich", antwortete dieser.

„Gut, dann mach mit den Händen weiter", befahl er ihm. Im nächsten Moment versuchte Marek meine Arme von Ethans Körper zu lösen. Allerdings schaffte er es nicht, denn Ethan hielt sie fest.

„Lass ihre Arme los, oder ich drücke ab. Ich glaube nicht, dass du schuld an ihrem Tod sein willst", sagte Angus. Ich begann zu zittern, denn ich wollte nicht sterben. Zitternd löste ich meine Arme von Ethans Körper und wollte sie gerade Marek entgegenstrecken, als ich einen dumpfen Schlag hörte und etwas Schweres auf meinen Rücken fiel. Ich schrie auf und klammerte mich wieder an Ethan.

„Es ist alles gut", beruhigte er mich. „Und du bindest sie wieder los", wandte er sich jetzt an Marek. In seiner Stimme lag etwas Bedrohliches und als ich zu ihm hochschaute, sah ich, wie seine Augen wütend funkelten. Man konnte wirklich Angst vor Ethan bekommen, wenn er so aussah. Marek zuckte unter Ethans Blick zusammen und band meine Beine in Eiltempo los. Sobald er das Seil gelöst hatte, war er auch schon wieder über den vorderen Sitz geklettert.

„Entschuldige", murmelte er in meine Richtung und drehte sich dann nach vorne. Nun wurde dieses schwere Etwas von meinen Rücken gezogen und ich konnte wieder besser atmen. Ich drehte mich um und sah, dass Angus bewusstlos auf dem Sitz neben mir lag. Was war denn nur passiert?

Ethan:

Als ich Angus mit der Waffe in der Hand sah, wurde ich richtig wütend. Wie konnte Marek ihm bloß die Pistole geben? Hatte es ihm nicht gereicht, dass Angus zwei Menschen erschossen und mich angeschossen hatte? Wollte er, dass Angus noch mehr Menschen verletzte? Und nun bedrohte er wieder Trisha mit der Waffe und ließ sie fesseln. Ich wusste nicht genau, was ich nun tun sollte. Loslassen wollte ich sie auf gar keinen Fall, aber ich wollte auch nicht, dass Angus sie tötete. Ich war machtlos ihm gegenüber. Zumindest im Moment, wo er die Waffe an Trishas Kopf hielt. Er brauchte doch nur abdrücken und sie würde sterben. Ihm die Waffe jetzt aus der Hand zu reißen, war zu riskant. Immerhin konnte er Trisha doch noch treffen, wenn er abdrücken würde. Ich sah, wie John mit einer Eisenstange sich über den vorderen Sitz hinter Angus lehnte. Er konnte ihn nicht sehen und ich hoffte, dass Marek ihn auch nicht sah und Angus warnte. Vincent saß vorne neben Tyron auf dem Beifahrersitz. Mein Bruder musste gewusst haben, was John vorhatte, denn er lenkte Vincent gerade ab. Ich hörte, wie er zu ihm sagte, er soll doch mal in die Straßenkarte schauen, ob wir auf dem richtigen Weg waren. So bekam Vincent nicht mit, was hier hinten passierte. Ich merkte, wie Trisha ihre Arme von meinem Körper löste. Anscheinend wollte sie Marek ihre Arme hinstrecken, sodass er sie fesseln konnte. Sie zitterte am ganzen Körper und ich hielt sie einfach fest. John holte mit der Stange aus und schlug sie mit voller Wucht auf Angus´ Kopf. Dieser sackte sofort auf Trisha zusammen, die vor Schreck aufschrie. Ich beruhigte sie und befahl Marek, sie loszubinden. Was er zum Glück auch sofort tat. John kletterte über den Sitz und zog Angus von ihrem Rücken. Sie drehte sich nun um und sah zu Angus hinüber.

„Ihr habt ihn umgebracht", schrie Marek vom vorderen Sitz aus und lehnte sich herüber.

„Nein, haben wir nicht. Er ist nur bewusstlos", sagte John und maß seinen Puls. Anschließend nahm er Angus die Waffe aus der Hand.

„Vincent, gib deine Waffe her", hörte ich vorne im Wagen Neil sagen.

„Warum sollte ich", fragte dieser.

„Weil du sie sonst Angus geben könntest. Also gib sie her. Du brauchst sie doch jetzt eh nicht mehr."

„Ich will sie aber nicht abgeben."

„Du gibst jetzt die Waffe her", hörte ich Tyron knurren. Ich musste ehrlich sagen, wenn mein Bruder wütend war, sollte man ihn lieber nicht reizen. Er konnte ganz gut zuschlagen.

„Hier hast du sie", gab Vincent nach.

„Danke", sagte Neil.

„Was ist passiert", fragte Trisha leise und schaute mich an. Sie hatte es ja gar nicht mitbekommen, warum Angus nun bewusstlos war.

„John hat Angus mit einer Eisenstange niedergeschlagen. Keine

Sorge, er ist nur bewusstlos und wird jetzt erst einmal schlafen. Vor allem kann er dir nichts tun und das ist das Wichtigste. Komm, lass uns nach vorne setzen. Dann bist du weg von ihm", schlug ich ihr vor. Wir standen auf und ich führte sie zu den Sitzen hinter dem Fahrersitz, auf denen wir Platz nahmen.

„Geht es dir gut", fragte ich sie besorgt.

„Ja, es geht schon", erwiderte sie leise.

„Was macht dein Kopf", fragte Neil sie und setzte sich zu uns.

„Mit dem ist auch alles in Ordnung", versicherte sie ihm.

„Leute, wir erreichen gleich Allentown", rief Tyron uns zu. Gut. Endlich konnten wir das Auto wechseln. Das wurde auch Zeit. Vor allem, weil wir nicht wussten, wie weit die Polizei mit der Suche war.

„Tyron, kannst du bitte mal das Radio einschalten? Ich möchte gerne wissen, ob wir schon gesucht werden", bat ich ihn.

„Na klar, mach ich", erwiderte er und schaltete das Radio ein. Er suchte einen Sender und fand den Polizeifunk. Der war sogar besser, als ein normaler Radiosender, weil wir so direkt von der Polizei informiert wurden. Im Polizeifunk brachten sie, dass die Polizei bereits die Gegend nach uns absuchte. Auch die Polizei in den umliegenden Städten wurden benachrichtigt. Außerdem wollten sie eine Suchmeldung wegen Trisha herausgeben. Sie hatten die Beschreibungen von den Leuten, die in der Bank gewesen waren und die Bilder von den Kameras, die sich in der Bank befanden und wussten so, wie Trisha aussah. Nun mussten wir vorsichtig sein, damit niemand Trisha erkannte.

„Wenn Trisha weiterhin bei uns bleibt, muss sie ihr Aussehen etwas verändern, sonst wird sie noch jemand erkennen. Ich glaube, da müssen dann Ebby und Lynn ran", sagte Neil.

„Sie wird bei uns bleiben", hörte ich Angus vom hinteren Sitz aus rufen. Oh nein, er war wieder wach. Trisha zuckte neben mir zusammen. Beruhigend legte ich ihr einen Arm um die Schulter und zog sie zu mir.

„Keine Angst. Er wird dir nichts mehr tun", versprach ich ihr leise.

„Au, warum tut mir mein Kopf so weh? Was habt ihr mit mir gemacht", fragte Angus und stand nun auf.

„Wir haben dich außer Gefecht gesetzt, weil du ja wieder einmal meintest Trisha mit einer Waffe zu bedrohen", klärte ihn John auf.

„Ach ja. Wo ist die Waffe?"

„Die haben wir dir weggenommen. Und falls du auf die Idee

kommst, Vincents zu nehmen, wir haben ihm seine auch abgenommen. Die braucht ihr im Moment sowieso nicht", sagte John.

„Das hast du doch nicht zu entscheiden. Ich möchte sofort meine Waffe wieder haben", schrie Angus wütend.

„Das kannst du vergessen und jetzt halt deine Klappe und setz dich hin", knurrte ich. Angus murrte etwas vor sich hin, tat aber, was ich ihm sagte. Darüber war ich froh. Ich hatte jetzt keine Lust mit ihm zu diskutieren.

„Wir sind da. Willkommen in Allentown", rief Tyron.

Kapitel 10

James:

Ich hoffte, dass alles bei dem Coup klappen würde, denn ich konnte es kaum erwarten, den Schmuck in meinen Händen zu halten. Es war ein ganz besonderes Diamantencollier, das drei Millionen Dollar wert war und es nur einmal auf dieser Welt gab. Ich sammelte solche Einzelstücke und deshalb wollte ich es unbedingt haben. Genau dieses Collier befand sich in einem Schließfach in der New Yorker Bank. Die Besitzerin war die Frau eines Multimillionärs, und da es so wertvoll war, hatte sie es in ein Schließfach der Bank gesteckt. Eigentlich war es die sicherste Bank der Welt. Aber meine Jungs hatten es sicherlich geschafft, es zu stehlen. Ich machte mir nur ein bisschen Sorgen um meinen Neffen Angus. Er war sehr aufbrausend und impulsiv. Er ließ sich auch ungern etwas von anderen sagen. Deshalb hoffte ich, er würde sich an die Anweisungen von Ethan und Tyron halten. Die Beiden waren mit ihren Freunden John und Neil ein eingespieltes Team. Ich hatte noch nie Ärger mit ihnen gehabt, seitdem ich sie damals unter meine Fittiche genommen hatte. Sie brauchten einen Job und Geld und beides gab ich ihnen. Ich wusste, dass ich mich auf sie verlassen konnte. Auch Vincent und Marek machten mir keine Schwierigkeiten. Aber bei Angus war ich mir nicht so sicher. Da ich unbedingt wissen wollte, wie es so lief, rief ich Ethan an. Mittlerweile mussten sie den Coup schon hinter sich gebracht haben und auf der Flucht sein.

„Ja", meldete er sich.

„Wie läuft es", fragte ich und ich wusste, er würde meine Stimme erkennen.

„Es läuft soweit alles gut", sagte er, wobei er sich komisch anhörte. Stimmte etwas nicht?

„Habt ihr, was ich wollte?"

„Ja, haben wir."

„Das ist gut. Ethan, was ist los? Etwas stimmt doch nicht", fragte ich ihn nun.

„Na ja, also dein Neffe hat unseren Plan geändert und hat eine Geisel genommen", erwiderte er und klang wütend.

„Er hat was", fragte ich ungläubig. Das konnte doch nicht wahr sein. Die Jungs hatten noch nie Geiseln genommen. Das war eine ihrer wichtigsten Regeln, dass sie nie Geiseln nahmen und ich war auch froh, dass sie es nie taten. Geiseln stellten immer ein hohes Risiko dar. Sie konnten uns verpfeifen und das durfte nicht passieren. Außerdem wollte ich nicht, dass Unschuldige in meine Machenschaften hineingezogen wurden. Ich war zwar ein ziemlich skrupelloser Geschäftsmann, aber ich war kein Monster.

„Er hat eine Geisel genommen", wiederholte Ethan.

„Das kann doch nicht wahr sein", stöhnte ich, denn ich hatte eigentlich gehofft, dass ich mich verhört hatte. So war es leider nicht. „Kommt erst einmal hierher und dann sehen wir mal, was wir machen. Ach ja, und richte Angus von mir aus, dass diese Tat für ihn Konsequenzen haben wird. Ich werde ihn mir noch vornehmen."

„Das werde ich", erwiderte er und ich hörte die Schadenfreude in seiner Stimme. Anschließend legten wir auf. Ich konnte jetzt erst einmal nichts tun und musste abwarten, bis sie hier waren. Ich wusste noch nicht, was wir dann mit der Geisel machen würden. Vielleicht hatten die Jungs ja noch ihre Hauben auf oder der Geisel die Augen verbunden, sodass sie sie nicht erkannte. Eigentlich müsste ich die Geisel umbringen, was ich ungern tat, denn sie konnte ja schließlich nichts dafür, dass mein Neffe sie unbedingt mitnehmen musste. Vielleicht konnten wir sie aber doch laufen lassen. Vorausgesetzt, die Geisel hatte die Gesichter der Jungs noch nicht gesehen. Wie gesagt, ich war schließlich kein Monster. Klar gab ich auch Aufträge zum Mord, aber diese Leute hatten es dann auch verdient.

Ethan:

Mein Handy klingelte und ich ging dran. Es war James, unser Boss. Er wollte wissen, ob alles geklappt hatte. Zuerst wollte ich nicht erzählen, was Angus getan hatte, doch dann harkte James nach, weil er gemerkt hatte, dass etwas nicht stimmte und ich erzählte es ihm.

James war sehr aufgebracht darüber, da er es auch nicht guthieß, unschuldige Menschen als Geiseln zu nehmen. Er sagte, dass wir erst einmal zu ihm kommen sollten. Ich wusste nicht, was er dann mit Trisha tun würde. Aber auf jeden Fall würde ich es nicht zulassen, dass er sie töten würde. Wir würden sie vorher schon freilassen und wir würden ja auch nicht zu James fahren. Unser Plan war es schließlich vorher zu flüchten. Mit der passenden Hilfe würden wir es auch schaffen, dass Trisha verschwinden könnte. Ich musste da mal mit Lorenzo drüber sprechen. Er würde uns auf jeden Fall helfen. So konnte Trisha auch nichts passieren.

Meine Stimmung allerdings hellte sich etwas auf, als er sagte, ich sollte Angus ausrichten, dass er sich ihn noch einmal vornehmen würde. Natürlich tat ich das sofort.

„Angus, dein Onkel war gerade am Telefon. Ihm gefällt es gar nicht, dass du eine Geisel genommen hast. Ich soll dir ausrichten, dass es für dich noch Konsequenzen haben wird und er sich dich noch mal vornimmt", erzählte ich ihm und grinste schadenfroh.

„Das ist mir doch egal. Ich mache, was ich will", erwiderte er achselzuckend.

„Wenn du meinst."

Trisha:

Ich hörte im Polizeifunk, dass die Polizei nicht nur die Bankräuber, sondern auch mich suchten. Sie wollten ein Foto von mir veröffentlichen. Aber das durften sie nicht. Er würde es doch sehen und wüsste, wo ich mich aufgehalten hatte. Vor allem wüsste er dann auch meinen neuen Namen. Ich würde, wenn hier alles vorbei war, wieder flüchten und meinen Namen ändern müssen.

Tyron fuhr auf einen Parkplatz zu einem Gebäude, vor dem wir stehen blieben und hupte drei Mal. Ein Tor wurde geöffnet und Tyron fuhr in eine Art Halle. Anschließend blieb er stehen und stellte den Motor ab. Angus sprang auf, öffnete die Tür und stieg aus dem Wagen. Nun folgten die Anderen. Ich blieb sitzen, denn schließlich wusste ich nicht, ob ich überhaupt aussteigen durfte.

„Hey, wir sind da. Wir werden hier den Wagen tauschen, damit die Polizei uns nicht so schnell findet", sagte Ethan und lächelte mich an. Zögernd stand ich auf. Ethan reichte mir seine Hand, die ich ergriff und half mir aus dem Wagen. Ich blickte mich um und bemerkte, dass wir in einer großen Autowerkstatt sein mussten. In dieser Halle befand sich alles, was man in einer Autowerkstatt finden konnte. Von verschiedenen Geräten, zu Hebebühnen, Werkzeuge und natürlich Autos.

„Na, wen haben wir denn da", fragte nun ein dunkelhäutiger Mann mit Rastalocken und kam auf mich und Ethan zu.

„Hallo Antoine, schön dich zu sehen", sagte Ethan und reichte ihm die Hand. Antoine nahm und schüttelte sie.

„Ja, es ist schon eine Weile her, dass wir uns gesehen haben. Und wer ist das", fragte er und schaute mich lächelnd an. „Ach, lass mich raten, das ist die junge Frau, die ihr als Geisel genommen habt. Was ist los mit euch? So etwas tut ihr doch sonst nicht", fragte er und schaute nun wieder zu Ethan. Ich wusste nicht genau, woher er wusste, dass ich die Geisel war. Aber ich nahm an, dass er den Polizeifunk abgehört hatte. Vielleicht wollte er wissen, ob die Jungs schon gesucht wurden.

„Nein, tun wir auch nicht. Das war Angus, der Neffe von James. Er meinte, den Plan ändern zu müssen und nun muss ich sie vor ihm beschützen", erwiderte Ethan und legte mir einen Arm um die Taille. „Wir sollen ihn und seine beiden Freunde anlernen. James möchte es so. Leider."

„Angus. Das war klar. Ich habe dir doch schon gesagt, dass er Ärger machen wird", sagte Antoine.

„Ich weiß und er treibt es zu weit. Er hat zwei Menschen erschossen, mich angeschossen und bedroht immer wieder Trisha und seine beiden Freunde unterstützen ihn auch noch dabei."

„Er hat dich angeschossen", fragte Antoine überrascht.

„Ja, als Tyron ihm die Waffe abnehmen wollte. Zum Glück war es nur ein Streifschuss am Arm", erzählte ihm Ethan. „Nun haben wir aber ihm und seinen Freunden die Waffen abgenommen, damit er niemanden mehr damit verletzen kann."

„Das ist auch gut so."

„Redet ihr etwa von mir", fragte Angus und kam grinsend zu uns. „Na Trisha, wie geht es dir", fragte er und legte mir einen Arm um die Schulter. Ich zuckte zusammen und drückte mich an Ethan.

„Lass sie in Ruhe", zischte Ethan und zog mich von Angus weg auf seine andere Seite.

„Hey, ich werde doch wohl mal unsere Geisel fragen dürfen, wie es ihr geht, oder ist das jetzt etwa schon verboten", beschwerte sich Angus.

„Ja, für dich schon. Du hast ihr schon genug angetan. Deinetwegen ist sie mit uns auf der Flucht."

„Ja, und sie darf erst gehen, wenn wir den Auftrag erledigt haben. Du kannst mir zwar die Waffen wegnehmen, aber solltet ihr sie schon vorher freilassen, werde ich sie kriegen und umbringen", entgegnete Angus und wieder zuckte ich zusammen. Ich glaubte ihm und ich wusste, dass er seine Drohung wahr machen würde, wenn ich flüchten oder die Anderen mich einfach so freiließen.

„Es ist gut. Dir wird niemand etwas tun", beruhigte mich Ethan und strich mir sanft über den Rücken. „Und du hörst endlich auf Trisha zu bedrohen. Siehst du nicht, dass du ihr Angst einjagst", wandte sich Ethan an Angus.

„Das ist ja auch meine Absicht. Sie soll ruhig Angst vor mir haben", grinste Angus hämisch. Natürlich hatte ich Angst vor ihm. Ich wusste ja nicht, was er mir noch alles antun würde. Ihm traute ich alles zu.

„Ach halt endlich deine Klappe, Angus", rief John und kam zu uns. „Du brauchst keine Angst zu haben. Wir werden dich beschützen", wandte er sich dann lächelt an mich.

„Versucht es doch. Ihr werdet sie aber nicht immer beschützen können", erwiderte Angus und ging dann zum Wagen.

„Der ist ja vollkommen durchgedreht", sagte Antoine und schaute ihm hinterher.

„Ja, das ist er wirklich. Ich bin auch froh, wenn dieser Coup vorbei ist. Ich werde dann mal mit dem Boss reden, dass wir ihn beim nächsten Mal nicht mehr dabeihaben", erwiderte Ethan.

„Ich glaube, das wäre auch besser für euch, bevor er euch noch einen Coup vermasselt und ihr geschnappt werdet", entgegnete Antoine.

„Wo ist eigentlich der andere Wagen. Wir wollen die Sachen umladen", fragte John.

„Der steht hier vorne", sagte Antoine und führte uns zu einen silbernen Ford. Es war wieder ein Van mit neun Sitzen und der Innenbereich war genauso aufgebaut, wie bei dem, indem wir hierhergekommen waren. Es war nur eine andere Automarke und sah von außen anders aus.

„Alles klar. Dann können wir ja jetzt alles einladen", entgegnete John und holte die Taschen. Die Anderen halfen ihm.

„Hier, ich nehme an, das ist deine Tasche", sagte Neil und gab sie mir.

„Ja, das ist meine. Danke", erwiderte ich und hängte sie mir über die Schulter. Ich war froh, dass sie mitgenommen worden war, denn in der Tasche befanden sich einige für mich wichtige Sachen, die ich auf Grund meines aufdringlichen Vermieters nicht in der Wohnung lassen wollte. Es waren die wenigen Erinnerungen, wie Fotos von meinen Eltern, die ich noch hatte. Diese Stücke waren mir einfach heilig.

„Wir sind fertig", rief Tyron und stieg in den Wagen ein.

„Gut, dann können wir ja jetzt los", sagte Ethan und wandte sich dann an Antoine. „Danke für deine Hilfe."

„Kein Problem. Das mache ich doch gerne."

„Eine Sache noch. Kannst du bitte die Fingerabdrücke von uns im Wagen verschwinden lassen", fragte Ethan.

„Natürlich. Du kennst mich doch. Der Wagen bekommt eine intensive Reinigung", grinste Antoine.

„Danke. Also wir telefonieren miteinander."

„Klar doch. Machen wir. Und passt auf die Kleine auf. Angus ist alles zuzutrauen. Nicht das ihr noch etwas passiert."

„Das werden wir", versicherte Ethan ihm. Wir verabschiedeten uns und stiegen in den Wagen ein. Dieses Mal fuhr Neil und Tyron saß bei uns, sowie auch Angus. Leider. Zum Glück saß Ethan neben mir. So konnte Angus, der mit Tyron gegenüber von uns saß, mir nichts tun. Das hoffte ich zumindest.

„So dann lasst uns mal nach Pittsburgh fahren", sagte Neil und fuhr los.

„Was wollen wir denn in Pittsburgh", fragte Angus genervt.

„Dort werden wir übernachten und von dort aus morgen Früh nach Chicago fahren", antwortete Tyron ihm.

„Ach ja, die Weiber abholen."

„Die Weiber, wie du sie nennst, sind unsere Freundinnen, also halt dich zurück, sonst kriegst du gleich eine", rief Tyron und funkelte ihn wütend an. Es würden also noch Frauen mit auf die Flucht kommen. Deren Freundinnen. Hatte etwa auch Ethan eine

Freundin? Aber warum hatte er sich dann mit mir getroffen? Unsicher schaute ich Ethan an. Ich wusste nicht, ob er meine Frage in meinem Gesicht gesehen hatte, aber er gab mir die Antwort, die ich wissen wollte.

„In Chicago treffen wir uns mit Lynn und Ebby. Lynn ist die Freundin von Tyron und Ebby ist mit Neil zusammen. Sie werden mit uns kommen", erklärte mir Ethan. Mir fiel ein Stein vom Herzen, als ich hörte, wer diese Freundinnen waren. Anscheinend hatte Ethan doch keine.

„Na was haben wir denn da", riss Angus mich aus den Gedanken und schnappte sich über den Tisch, der sich zwischen uns befand, meine Tasche. Ich hielt sie am Träger fest, denn ich wollte nicht, dass er sie sich nahm.

„Lass los", knurrte er und zerrte an der Tasche. Ich gab auf und ließ sie los. Wenn ich es nicht getan hätte, wäre er vielleicht noch gewalttätig geworden.

„Angus, gib ihr die Tasche wieder zurück", rief Ethan, beugte sich über den Tisch, um sie ihm wegzunehmen. Doch Angus drehte sich von ihm weg, sodass er nicht mehr herankam.

„Nein, ich muss doch mal sehen, was sie so alles in ihrer Tasche hat", erwiderte Angus und griff in die Tasche hinein.

„Du gibst sie ihr sofort wieder", brüllte Tyron und wollte ihm die Tasche entreißen, doch Angus sprang vom Sitz auf und ging zu den hinteren Sitzen.

„Was haben wir denn da", fragte Angus. „Trisha Anderson. So, so. Und hier?" Ich sah, dass er das kleine Fotoalbum, mit Bildern von meinen Eltern, in der Hand hielt. Davor musste er mein Portemonnaie durchwühlt haben. „Wer ist das", fragte er und hielt ein Bild von meinen Eltern hoch. Ich schaute zu ihm, doch ich wollte ihm nicht sagen, wer auf dem Bild war. Das ging ihn nichts an. „Wer ist das", schrie er nun und stand bedrohlich vor mir.

„Meine ... Eltern", erwiderte ich leise und merkte, wie meine Augen sich mit Tränen füllten.

„Oh, mir kommt da gerade eine Idee. Sie werden dich sicher schon vermissen und wenn sie hören, dass du als Geisel genommen wurdest, werden sie bestimmt außer sich sein. Wir werden Lösegeld für dich verlangen. Sie werden sicherlich eine Menge Geld für dich bezahlen." Nein, das würden sie nicht, denn sie konnten es nicht mehr.

„Gib mir sofort ihre Telefonnummer. Ich werde sie anrufen und ihnen mitteilen, dass wir ihre süße Tochter in unserer Gewalt haben", verlangte er nun und strich mir einmal über die Wange. Ich wich zurück, als er mich berührte. „Na los, sag uns, wo wir sie erreichen können." Er konnte sie nirgends mehr erreichen.

„Wo können wir sie erreichen", fragte er nun knurrend.

„Angus, lass es", warnte Ethan ihn.

„Gar nicht", entgegnete ich.

„Wie gar nicht. Hör auf mich zu verarschen", schrie er mich an.

„Sie sind tot, ok. Du kannst sie nicht mehr erreichen. Sie sind vor vier Jahren gestorben", schrie ich zurück.

„Hey, es ist gut, komm her", sagte Ethan sanft und nahm mich in den Arm.

„Ok, dann wird es ja noch jemand anderes geben, der für dich das Lösegeld zahlen wird. Gib mir die Nummer von deinen Freunden", forderte er nun.

„Ich habe keine Freunde", erwiderte ich bissig.

„Gut, dann werde ich doch mal sehen, was ich in deiner Tasche noch so finde", sagte Angus und begann wieder meine Tasche zu durchwühlen. Oh nein, das Schreiben von meiner Vormundschaft befand sich noch in der Tasche. Ich bewahrte das Schriftstück in einer kleinen Mappe mit meinen wichtigsten Unterlagen, wie auch meine Geburtsurkunden auf. Ja, ich hatte zwei Geburtsurkunden. Meine Richtige, die ich als Erinnerung an meine Eltern aufbewahrte und meine gefälschte. Ich sagte doch, ich ließ nichts in der Wohnung, was für mich wichtig war. Nicht nur aufgrund meines Vermieters. Schließlich konnte ich nie wissen, wann ich plötzlich flüchten musste, wenn er mich finden würde.

„Was haben wir denn hier? Die liebe Trisha Anderson hat anscheinend ihren Ausweis und noch dazu ihre Geburtsurkunde gefälscht. Oder warum heißt du eigentlich Patricia Sloan", fragte er provozierend.

„Das geht dich nichts an", brüllte ich.

„Ach schau mal, hier haben wir doch jemanden. Ihr Vormund. Noah und Isidora Adams, wohnhaft in Phoenix. Die werden doch bestimmt für dich zahlen", grinste Angus hämisch.

„Nein, das werden sie nicht. Ich habe nichts mit ihnen zu tun", versuchte ich ihn davon abzubringen. Er durfte sie nicht anrufen. Das durfte er auf gar keinen Fall.

„Das werden wir ja sehen. Gib mir die Telefonnummer von ihnen."

„Nein."

„Dann werde ich sie mir halt über die Auskunft holen", entgegnete er.

„Du mieses Arschloch", entkam es mir.

„So nennst du mich nicht noch einmal", schrie Angus und schlug mir ins Gesicht. Ein Schmerz durchzog meine Wange und ich schrie auf. Ethan sprang über den Tisch und packte sich Angus. Er schlug ihn mit der Faust in den Magen.

„Das machst du nicht noch einmal. Du wirst sie nie wieder anrühren", brüllte Ethan. Auch Tyron war aufgesprungen und ging zu Angus. John kam dazu, nahm Angus meine Sachen weg, packte alles in die Tasche zurück und gab sie mir.

„Danke", sagte ich und stellte die Tasche neben mir auf den Sitz. Die Henkel hielt ich allerdings ganz fest in meinen Händen und das nächste Mal würde ich sie nicht einfach so hergeben.

„Du wirst dich jetzt ganz still auf den Sitz da hinten setzen und wirst keinen Ton mehr von dir geben, sonst werde ich dich k. o. schlagen. Ist das klar? Außerdem werden wir kein Lösegeld eintreiben und du wirst Trisha in Ruhe lassen", sagte Tyron und packte Angus am Kragen.

„Von dir lasse ich mir nichts vorschreiben", erwiderte er.

„Das wollen wir doch mal sehen. Also hinsetzen und halt deine Schnauze." Ethan kam zu mir und nahm mich in den Arm.

„Ihr dürft meinen Vormund nicht anrufen. Bitte, tut das nicht", flehte ich ihn leise an.

„Keine Angst. Das werden wir nicht. Aber was ist mit dir passiert? Wieso hast du deinen Namen geändert", fragte er leise.

„Bitte, ich kann darüber nicht sprechen. Bitte zwing mich nicht dazu", erwiderte ich.

„Nein, das werde ich nicht", erwiderte er und strich mir sanft über den Rücken.

Kapitel 11

Angus:

Ich ließ mir nichts von ihnen vorschreiben. Klar, ich hatte mich jetzt hingesetzt, aber ich würde mir von ihnen nichts verbieten lassen. Sie würden noch sehen. Ich wusste nun, an wen ich mich wenden musste, wenn ich für unsere Geisel Lösegeld haben wollte. Noah Adams. Auch wenn ich seine Adresse nicht hatte, so wusste ich, dass er mit seiner Frau in Phoenix wohnte. Ich würde schon seine Telefonnummer herausbekommen. Aber erst einmal würde ich etwas abwarten, bevor ich etwas tat. Vielleicht würde ich auch erst mit meinem Onkel darüber reden. Wenn er meinen Plan nämlich zustimmen würde, könnten Ethan und seine Freunde nichts mehr dagegen tun. Sie würden sowieso noch ihr blaues Wunder erleben. Ich hatte sie bei einem Gespräch belauscht, bei dem sie geplant hatten, nach diesem Coup einfach zu verschwinden. Sie wollten also aussteigen. James würde das gar nicht gefallen. Bei ihm konnte man nicht einfach aussteigen. Er ließ niemanden gehen, es sei denn, man war tot. Ich war gespannt, wie er darauf reagieren würde, wenn ich es ihm erzählte. Und ich würde es ihm erzählen!

Ethan:

Ich hielt Trisha beruhigend in meinen Armen. Irgendetwas musste mit ihr passiert sein. Sie hatte ihren Namen geändert. Aber warum? Es musste doch einen Grund dafür geben. Sie hatte so verschreckt reagiert, als Angus ihren Vormund erwähnt hatte und flehte mich regelrecht an, sie nicht anzurufen. Ich hatte das Gefühl, dass sie nicht wollte, dass wir ihren Vormund anriefen, weil sie ihn schützen wollte, weil sie vielleicht kein Geld hatten um Lösegeld zu bezahlen. Nein,

80

sie wollte nicht, dass sie wussten, wo Trisha war. Ich konnte die Angst und die Verzweiflung in Trishas Augen sehen. Natürlich würden wir sie nicht anrufen. Ich würde auch aufpassen, dass Angus nichts unternahm, schließlich wollten wir für Trisha kein Lösegeld erpressen. Wir würden sie freilassen und ihr eine große geldliche Entschädigung geben.

„Alles ist gut, Kleines", sagte ich und strich ihr immer wieder über den Rücken. Langsam beruhigte sie sich. Sie hatte die Augen geschlossen und ihr Atem ging regelmäßig. Sie musste eingeschlafen sein. Vorsichtig legte ich ihren Kopf auf meinem Bein ab und streichelte ihr übers Haar. Nun lag sie mit ihrem Körper auf ihren Sitz und die Beine hatte sie angezogen.

„Geht es ihr gut", fragte John und ließ sich neben Tyron nieder.

„Ich glaube schon. Sie hat sich zumindest wieder beruhigt und ist eingeschlafen", erwiderte ich.

„Es war auch alles zu viel für sie", flüsterte John.

„Ja, das glaube ich auch."

Trisha:

Ich musste eingeschlafen sein, denn als ich aufwachte, blickte ich in Ethans Gesicht, der mich sanft anlächelte.

„Wie geht es dir", fragte er liebevoll.

„Es geht schon", erwiderte ich und setzte mich auf. „Wie lange habe ich geschlafen?"

„Es war nicht lange. Eine Stunde vielleicht", antwortete Ethan.

„Hey, wir halten hier an der Tankstelle an", rief Neil und fuhr auf den Platz, wo die Tankstelle lag.

„Warum das denn", fragte Angus genervt.

„Weil wir weder etwas zu trinken noch etwas zu Essen haben und wir sollten uns mal etwas besorgen", erwiderte Neil.

„Stimmt, außerdem wäre eine Pinkelpause nicht schlecht", mischte sich Tyron grinsend ein. Auf die Toilette musste ich auch mal. Meine Blase drückte schon. Aber würden sie mich zur Toilette gehen lassen? Durfte ich überhaupt aufstehen? Ich traute mich nicht zu fragen. Angus würde es bestimmt verbieten. Und die Anderen? Wir hielten auf einen Parkplatz und alle stiegen aus. Nur ich blieb still auf meinen Platz sitzen und blickte aus dem Fenster. Wie gesagt, ich wusste nicht, ob ich überhaupt aussteigen durfte. Und ich hatte panische Angst vor Angus, was er tun würde, wenn ich ausstieg. Also blieb ich lieber sitzen.

„Trisha, kommst du", fragte Ethan, der an der Autotür stand. Ich schüttelte nur den Kopf. „Was ist los", fragte er und kam in den Wagen.

„Es ist nichts", erwiderte ich leise.

„Na dann komm. Wir wollen uns etwas zu Trinken und zu Essen holen."

„Ich möchte nichts."

„Du musst etwas essen und vor allem etwas trinken. Du hast doch bestimmt den ganzen Tag noch nichts zu dir genommen", stellte Ethan fest. Er hatte recht. Ich hatte morgens nur eine Scheibe Brot gegessen und jetzt hatten wir schon halb sechs.

„Ich habe keinen Hunger", log ich. Natürlich hatte ich Hunger und leider knurrte in diesem Moment auch mein Magen verräterisch.

„Na das hört sich aber ganz anders an", grinste Ethan. „Na los, wir holen uns jetzt etwas zu Essen."

„Ich möchte nicht. Danke. Geh du ruhig. Ich bleibe hier", versuchte ich ihn zu überzeugen.

„Trisha, was ist los? Du hast doch irgendwas", fragte er nun besorgt und setzte sich neben mich.

„Es ist alles gut."

„Nein, ist es nicht. Ich sehe es dir doch an. Du hast Angst, stimmts", fragte er und traf dabei genau ins Schwarze. Eine Träne löste sich aus meinem Auge und rann meine Wange entlang.

„Hey, komm her", sagte er und nahm mich in den Arm. „Vor wem hast du Angst? Vor mir?" Ich schüttelte an seiner Schulter den Kopf. Natürlich hatte ich keine Angst vor Ethan. Wie kam er denn nur darauf?

„Vor Tyron, Neil oder John", fragte er nun und wieder schüttelte ich den Kopf. „Vor Angus, stimmts?" Bei seinen Namen zuckte ich zusammen. „Ich habe es doch gewusst." Ethan schob mich ein Stück von sich weg und schaute mir tief in die Augen. „Du brauchst keine Angst vor ihm zu haben. Wir beschützen dich vor ihm. Leider können wir ihn nicht einfach aus unserer Bande rauswerfen, weil er der Neffe unseres Bosses ist, auch wenn ich es gerne tun würde. Weder ich noch Tyron, John oder Neil können ihn leiden."

„Das stimmt. Es wäre einfacher, wenn er nicht dabei wäre", sagte Neil, der an der Wagentür stand.

„Siehst du. Wir werden alles tun, damit er dir nicht mehr zu nahekommt."

„Genau und jetzt auf in den Laden. Tyron ist schon dort und wenn wir noch etwas zu Essen haben wollen, sollten wir uns beeilen, bevor er uns alles wegisst", lachte John.

„Na komm, Kleines. Tyron ist wirklich ein sehr guter Esser. Wir sollten uns beeilen. Du brauchst wirklich keine Angst haben. Wir sind bei dir und beschützen dich", sagte Ethan und stand auf. Ich tat es ihm gleich und ging zögernd hinter ihm her.

„Trisha, warte mal", sagte Neil, als ich gerade aus dem Wagen gestiegen war. Ängstlich schaute ich zu ihm. Was wollte er von mir? Wollte er mich vielleicht auch fesseln, so wie Angus, weil er Angst hatte, ich könnte weglaufen? Das würde ich nicht tun. Er wäre doch sicherlich schneller als ich und würde mich eh wieder einfangen. Nun kam er zu mir und hielt eine Basketballkappe in der Hand.

„Keine Angst. Ich tu dir nichts. Ich möchte nur, dass du die hier aufsetzt. Die Polizei weiß, wie du aussiehst und wir wollen doch nicht, dass du erkannt wirst, falls das Bild schon durch die Medien gegangen ist", erklärte er und setzte mir die Kappe auf. „Zieh am besten auch deine Jacke aus. Sie ist mit Blut beschmiert und das sieht ja schließlich nicht gut beim Verkäufer aus. Was soll er denn denken?" Ich zog die Jacke aus und warf sie in den Wagen.

„Da hast du recht. Ich möchte auch nicht, dass sie mich erkennen, denn schließlich möchte ich euch nicht verraten", entgegnete ich und zog mir die Kappe tiefer in die Stirn.

„So eine Geisel hat man doch gerne, die einen nicht verraten will. Das würde ich dir auch raten, denn wenn du uns verrätst, kann es sehr schlecht für dich ausgehen", sagte Angus, der gerade zum Wagen kam und machte ein Zeichen, indem er mit dem Finger am Hals entlang strich. Es sollte heißen, wenn ich sie verraten würde, würde ich sterben. Erschrocken zuckte ich zusammen. Sofort war Ethan bei mir und legte mir einen Arm um die Schulter.

„Hör nicht auf ihn. Dir wird nichts passieren. Auch nicht, wenn du uns verraten würdest", sagte er beruhigend.

„Das sehe ich anders. Verrät sie uns, werde ich sie

83

höchstpersönlich umbringen", entgegnete Angus wütend.

„Das wirst du nicht. Rührst du sie einmal an, mache ich dich fertig", knurrte nun Ethan.

„Das kannst du gerne mal versuchen", sagte Angus unbeeindruckt und ging nun in Richtung der Tankstelle.

„Lass ihn", sagte Neil nun zu Ethan. „Er wird noch sein Fett wegkriegen. Denk immer daran, nur noch dieser Coup. Es sind nur noch ein paar Tage", flüsterte er ihm nun zu. Ich war neugierig und wollte wissen, was denn in ein paar Tagen wäre, traute mich aber nicht zu fragen. Es ging mich ja eigentlich auch nichts an, denn schließlich war ich nur die Geisel, und wenn das alles hier vorbei wäre, würde ich vielleicht nach Hause fahren, falls ich da noch lebte. Nach Hause. Dahin konnte ich aber nun nicht wieder zurück. Er würde mich finden und genau das durfte er nicht. Ich musste mir wieder eine andere Stadt suchen. Und was würde aus Ethan werden, oder eher gesagt aus uns? Würde es überhaupt ein uns geben?

„Dann lasst uns mal gehen", sagte Neil und schloss den Wagen ab. Ethan hatte immer noch seinen Arm um meine Schulter und so gingen wir zur Tankstelle. Meine Blase drückte immer mehr und ich hielt es nicht mehr aus.

„Ethan, ich müsste mal. Kann ich zur Toilette", fragte ich flüsternd.

„Natürlich darfst du. Da brauchst du doch gar nicht fragen. Komm, wir gehen erst zu den Sanitäranlagen, ich müsste nämlich auch mal", erwiderte er lächelnd. Wir gingen an den Shop der Tankstelle vorbei zu den Toiletten.

„Wir treffen uns dann wieder hier", sagte Ethan und ging nun zu den Herrentoiletten. Ich ging in den Raum für die Frauen und nahm gleich die erste Kabine. Als ich fertig war, ging ich zum Waschbecken und wusch mir die Hände. Anschließend trocknete ich sie ab und ging wieder hinaus. Ethan wartete zum Glück schon auf mich. Ein Windstoß fegte an uns vorbei und ich fröstelte. Ohne Jacke war es doch recht frisch.

„Frierst du", fragte Ethan.

„Es geht schon", erwiderte ich.

„Ich werde dir gleich im Laden eine neue Jacke kaufen. Die Alte kannst du ja im Moment nicht anziehen."

„Das brauchst du nicht. Ich muss meine Jacke nur waschen und dann geht es schon wieder."

„Ob du das Blut dort wieder herausbekommst, bezweifle ich. Ich habe mir sowieso überlegt, dass du ja einige Sachen brauchen wirst, wenn du mit uns unterwegs bist. Ich habe schon Lynn und Ebby angerufen. Sie fahren gerade zu deiner Wohnung und holen dir einige Sachen. Das ist doch ok für dich, oder? Ich meine, ich kann dir auch alles neu kaufen, wenn dir das lieber ist", fragte er und wirkte etwas besorgt.

„Nein, ich meine, nein du brauchst mir nichts zu kaufen. Aber ist es für die Beiden nicht zu gefährlich, wenn sie in meine Wohnung einbrechen. Ich möchte nicht, dass sie meinetwegen ärger bekommen."

„Da brauchst du dir keine Sorgen machen. Ebby kann sehr gut Türen aufbrechen. Das haben wir schon bemerkt. Außerdem wollen sie sich als Freundinnen von dir ausgeben. Brauchst du sonst noch etwas aus deiner Wohnung? Ich kann sie nämlich noch mal anrufen."

„Hm, also die wichtigsten Sachen habe ich alle in meiner Tasche. Und da ich, wenn ihr mich freilasst, sowieso wieder flüchten muss … ." Oh nein, hatte ich das etwa laut ausgesprochen? Ich konnte mich dafür selbst ohrfeigen. Ethan würde doch jetzt bestimmt wissen wollen, was ich damit meinte.

„Was meinst du damit", fragte er nun und schaute mich verdutzt an. Na super und was sollte ich jetzt tun?

„Nichts, ist schon gut", versuchte ich mich herauszureden.

„Trisha, was ist los", harkte er nach.

„Es ist alles gut. Bitte. Ich möchte jetzt nicht darüber reden."

„Na gut. Aber ich möchte, dass du weißt, dass du mit mir über alles reden kannst, ok", gab er nach und schaute mir dabei in die Augen. „Ich bin immer für dich da." Sanft strich er mir mit der Hand über die Wange. Wir schauten uns weiterhin in die Augen. Ich versank in seinen wunderschönen smaragdgrünen Augen. Wir kamen uns immer näher. Er war mir so nah, dass sein wundervoller Geruch mir die Sinne vernebelte. In meinen Bauch begann es zu kribbeln. So etwas hatte ich noch nie gefühlt. Gut, ich war einen Jungen auch noch nie so nahe gewesen. Unsere Lippen waren nun nur noch Zentimeter voneinander entfernt. Unsere Lippen berührten sich fast, als Tyron uns störte.

„Hier seid ihr. Wir suchen euch schon", sagte er und kam mit einer großen Plastiktüte zu uns. Wir schreckten auseinander und schauten ihn erschrocken an.

„Was hast du denn da", fragte Ethan, der sich schnell wieder gefasst hatte.

„Ich habe ein bisschen eingekauft."

„Hast du uns denn noch etwas im Laden übrig gelassen", fragte Ethan grinsend.

„Ja, es ist noch genug da", erwiderte er.

„Na dann ist gut", sagte Ethan und wandte sich dann zu mir.

„Komm Kleines. Wir gehen jetzt einkaufen." Er legte mir den Arm um die Taille und wir gingen zusammen in den Shop. Ethan nahm einen Einkaufskorb und begann Getränke und Sandwiches einzupacken, wobei er mich fragte, was ich denn wollte. Anschließend zog er mich zu einer kleinen Abteilung, wo es eine kleine Auswahl an Anziehsachen gab. Ich sträubte mich, etwas zum Anziehen zu kaufen, doch Ethan bestand darauf und so suchte ich mir eine bequeme Sportjacke aus. Außerdem sollte ich mir noch einen Pullover und eine Hose mitnehmen, damit ich für den nächsten Tag etwas zum Wechseln hatte. Meine Proteste ignorierte Ethan einfach, und nachdem er noch für mich eine Zahnbürste, Zahnpasta und eine Haarbürste in den Korb legte, kamen wir bei den Süßigkeiten an. Auch hier nahm er etwas mit und forderte mich auf, mir etwas auszusuchen. Ich war froh, als wir endlich an der Kasse standen. Ich wollte gar nicht wissen, wie viel er bezahlte. Es war bestimmt viel zu viel. Ich hatte im Shop immer darauf geachtet, dass ich meinen Kopf etwas gesenkt hielt, sodass die Verkäuferin mein Gesicht nicht richtig sehen konnte. Es konnte ja sein, dass in den Medien schon mein Bild gezeigt wurde und ich wollte einfach nicht erkannt werden.

„Du bekommst das Geld für die Klamotten, das Essen und die Getränke wieder", sagte ich, als wir aus dem Laden kamen und zum Wagen zurückgingen.

„Das kommt gar nicht in Frage. Du bekommst erst einmal dein Geld zurück, was wir dir genommen haben. Außerdem brauchst du mir das Geld nicht zurückgeben. Unseretwegen bist du doch in dieser Misere und da brauchst du nichts zu bezahlen."

„Aber ...", versuchte ich es noch einmal.

„Kein aber", schnitt er mir das Wort ab. Wir kamen am Auto an. „Wenn du möchtest, kannst du schon mal einsteigen. Ich werde noch eben eine Zigarette rauchen."

„Darf ich auch eine rauchen", fragte ich leise, damit Angus es nicht mitbekam, der schon im Auto saß.

„Natürlich. Ich wusste gar nicht, dass du rauchst", erwiderte er und reichte mir seine Zigarettenschachtel. Ich nahm mir eine heraus und zündete sie mit dem Feuerzeug, dass er mir ebenfalls reichte, an. Anschließend gab ich ihm beides zurück. Ethan nahm sich ebenfalls eine Zigarette und steckte sie sich an.

„Ja, ich rauche aber nicht so viel. Ab und zu brauche ich das mal", erklärte ich.

„Bei mir ist es nicht anders", lächelte Ethan. Wir rauchten auf und als Neil und John von ihrem Einkauf zurückkamen, stiegen wir mit ihnen in den Wagen.

„Na, was habt ihr denn alles gekauft", fragte Tyron, als er die zwei Tüten sah, die Ethan neben dem Sitz abgestellt hatte.

„Essen, Trinken und etwas zum Anziehen für Trisha", antwortete Ethan.

„Oh, jetzt bekommt sie sogar schon Klamotten gekauft", höhnte Angus.

„Ja, schließlich ist sie deinetwegen unsere Geisel und wir müssen uns um sie kümmern. Sie kann ja nicht ständig in den gleichen Klamotten herumlaufen", erwiderte Ethan bissig.

„Das ist mir doch egal."

„Das weiß ich. Uns aber nicht."

Kapitel 12

Ethan:

Irgendetwas stimmte bei Trisha nicht. Was meinte sie damit, dass sie, wenn wir sie frei ließen, flüchten musste? Hatte es etwas mit ihrem Vormund zu tun? Sie hatte schon so panisch reagiert, als Angus sie erwähnt hatte. Ich wollte sie nicht zwingen, es mir zu erzählen, aber ich war doch neugierig. Vielleicht würde sie es mir ja irgendwann von alleine erzählen.

Als wir vor der Sanitäranlage standen, hatten sich unsere Lippen fast berührt. Ich wollte sie so gerne küssen, doch wir wurden von Tyron gestört. Es war wie verhext. Immer wenn wir uns gerade näherkamen, wurden wir gestört. Erst von dem Mann, der an die Autoscheibe geklopft hatte und dann von meinem Bruder.

Als wir im Shop waren, protestierte Trisha, als ich ihr etwas zum Anziehen kaufen wollte. Sie brauchte aber doch Klamotten. Ich ignorierte es einfach und kaufte ihr, was sie brauchte. Schließlich würde es noch etwas dauern, bis Ebby und Lynn mit ihren Sachen kamen.

Nun saßen wir wieder im Wagen und fuhren weiter. Ich holte aus einer der Tüten zwei Sandwiches und zwei Flaschen Cola heraus und gab Trisha ein Sandwich und eine Cola.

„Danke", sagte sie leise. Sie packte das Sandwich aus und begann zu essen. Auch ich nahm mein Sandwich und aß es.

Während der Fahrt zuckte Trisha immer mal wieder zusammen, sobald sie Angus Stimme hörte. Sie hatte wirklich panische Angst vor ihm, was ich ihr auch nicht verdenken konnte. Schließlich hatte er ihr nun schon mehrmals gedroht und ihr eine Waffe an den Kopf gehalten. So etwas ging nicht einfach so an einen vorbei. Ich wollte sie etwas von Angus ablenken und überlegte, was ich tun konnte. Da kam mir eine Idee. Ich nahm mein Handy aus der Tasche und öffnete eine neue SMS.

- *Hallo Kleines, geht es dir gut* -, schrieb ich und reichte ihr mein

Handy. Verwundert schaute sie erst mich und dann das Handy an. Sie las die SMS und schrieb dann etwas.

- *Mir geht es gut. Warum schreibst du es, anstatt es mich so zu fragen?* - Sie reichte mir das Handy zurück.

- *Weil ich mich in Ruhe mit dir unterhalten möchte, ohne dass Angus etwas mitbekommt.* -

- *Oh, ok. Geht es dir denn gut? Was macht die Wunde am Arm?* -

- *Meinen Arm und mir geht es gut. Hast du Lust auf ein Frage und Antwort Spiel? Jeder darf eine Frage stellen und wenn man darauf nicht antworten möchte, dann braucht man es auch nicht* -, schlug ich ihr vor.

- *Ja ist gut* -, erwiderte sie, und so fingen wir an, uns gegenseitig Fragen zu stellen über Lieblingsbücher, -filme, -essen und lernten uns somit besser kennen. Ja, ich wollte alles über Trisha wissen, aber wirklich alles.

- *Wann hast du Geburtstag* -, fragte ich sie als nächstes.

- *Am 13.09.* - schrieb sie etwas zögerlich und reichte mir dann das Handy. Der 13.09.! Das war doch gestern gewesen. Sie hatte gestern Geburtstag gehabt.

- *Das war doch gestern. Warum hast du denn nichts gesagt? Herzlichen Glückwunsch nachträglich.* -

- *Danke. Ich habe nichts gesagt, weil ich nicht wollte, dass du dich verpflichtet fühlst mir zu gratulieren* -, erwiderte sie. Wie konnte sie so etwas nur denken. Ich hätte ihr liebend gerne gratuliert.

„Was tut ihr da", fragte Tyron neugierig.

„Wir unterhalten uns", erklärte ich ihm.

„Und warum übers Handy?"

„Weil wir nicht wollen, dass es eine gewisse Person mitbekommt", sagte ich leise und deutete zu Angus.

„Ach so", erwiderte er, zog sein Handy raus, tippte etwas und reichte es Trisha. Sie lachte leise, als sie las, was er geschrieben hatte. Ich war neugierig, lehnte mich zu ihr herüber und las es ebenfalls. Dort stand - *Ethan ist doof* -. Typisch Tyron. Aber ich war froh, dass er Trisha zum Lachen brachte und sie somit ebenfalls von Angus ablenkte.

Trisha:

Es machte Spaß, mit dem Handy zu schreiben und sich so zu unterhalten. Über Ethan hatte ich darüber sehr viel erfahren. Nun schrieben wir mit Tyron und reichten das Handy immer hin und her. Ethan hatte natürlich verraten, dass ich Geburtstag hatte, und so gratulierten mir Tyron, John und Neil, zu dem Tyron extra gegangen war, weil dieser den Wagen fuhr, per Handy, weil ich nicht wollte, dass Angus es mitbekam. Die Jungs drohten mir allerdings an, dass wir, sobald Lynn und Ebby da waren, ein wenig feiern würden, was mir gar nicht so gefiel. Ich war noch nie der Partytyp gewesen. Ich wollte auch gar nicht, dass sie für mich eine Party schmissen. Schließlich kannten sie mich doch gar nicht richtig. Und Geld sollten sie schon gar nicht für mich ausgeben. Die kleine Feier sollte dann abends, wenn wir in einem Motel übernachten würden, stattfinden. Ich versuchte sie davon abzubringen, aber es klappte nicht. Abgesehen von meinem Geburtstag wollten sie die Feier nutzen, um sich etwas von dem Stress der Flucht abzulenken.

Wir schrieben noch etwas weiter und ehe wir uns versahen, waren wir in Pittsburgh.

„So Leute, wir sind da. Hier werden wir heute übernachten", rief Neil, der den Wagen vor einem Motel geparkt hatte. „Ich gehe uns mal eben die Zimmer besorgen."

„Ich komme mit", entgegnete Vincent. Die Beiden stiegen aus und gingen in ein Haus, welches neben den bungalowartigen Gebäuden stand. Anscheinend war dort drin die Rezeption und in den Gebäuden waren die Motelzimmer. Es dauerte nicht lange und die Beiden kamen zum Wagen zurück. Sie setzten sich hinein und Neil fuhr um die Gebäude herum auf die Rückseite. Dort stellte er den Wagen ab.

„Also wir haben ein Doppelzimmer. Das heißt, es gibt darin zwei Schlafzimmer mit jeweils zwei Betten und dann noch im Wohnbereich eine ausziehbare Couch sowie Sessel", erklärte Neil.

„Ich soll mir mit euch ein Zimmer teilen", fragte Angus.

„Da wird dir nichts anderes übrig bleiben. Wir hatten Glück, überhaupt noch ein Zimmer bekommen zu haben. Sie sind nämlich ansonsten ausgebucht."

„Du kannst dir natürlich gerne ein anderes Motel suchen", schlug Tyron ihm vor.

„Nein, ist schon gut", murrte Angus, öffnete die Tür und stieg aus. Die Anderen folgten ihm. Neil schloss die Tür vom Motelzimmer auf und betrat es mit den Anderen zusammen.

„Komm, lass uns auch hineingehen", sagte Ethan, stand auf, nahm die Tüten in die eine Hand und mit der anderen fasste er meine. Ich schnappte mir meine Tasche und zusammen stiegen wir aus dem Wagen aus. Ich hatte wieder die Basketballkappe aufgesetzt, die ich im Wagen abgenommen hatte und so gingen wir ins Zimmer. Ich ließ meinen Blick durch das Motelzimmer schweifen. Es war etwas altmodisch eingerichtet. An der linken Seite, neben der Tür, gab es zwei weitere Zimmer. Das Erste war ein Schlafzimmer und das zweite das Badezimmer. Auf der rechten Seite gab es eine Tür. Diese musste zum zweiten Schlafzimmer führen. Mittendrin lag der Wohnraum mit einer Couch, einen Tisch und zwei Sesseln. Dazu befand sich noch an der Seite ein Kühlschrank. Die Jungs holten die Reisetaschen herein und stellten sie im Wohnraum ab. Anscheinend wollten sie nicht, falls der Wagen aufgebrochen wurde, dass die Taschen geklaut wurden. Man konnte ja nie wissen, wer vor dem Gebäude so herumlief. Vor allem, weil das Motel am Rande der Stadt an einer Landstraße lag. Hier würde ein Einbruch in einen Wagen nicht so viel Aufsehen erregen, wie mitten in der Stadt.

„So, nun lasst uns erst einmal etwas essen", sagte Tyron, schnappte sich seine Tüte von der Tankstelle, holte sich ein Sandwich heraus und begann zu essen.

„Du hast doch vor zwei Stunden erst etwas gegessen. Wie kannst du da denn schon wieder Hunger haben", fragte John verblüfft.

„Zwei Stunden sind eine lange Zeit. Außerdem muss ich bei Kräften bleiben", erklärte Tyron ihm kauend. Ethan holte eine unserer Tüten und führte mich zur Couch, auf der wir uns ebenfalls setzten. Anschließend reichte er mir zwei Sandwiches und eine Flasche Wasser.

„Danke", sagte ich leise und begann dann zu essen.

Als alle mit dem Essen fertig waren, unterhielten wir uns noch etwas. Eher gesagt, die Jungs unterhielten sich und ich saß nur schweigend da. Ich traute mich wegen Angus nicht etwas zu sagen.

„Du siehst müde aus", sagte Ethan nach einer Weile. Ich war

wirklich müde. Es war ein anstrengender Tag gewesen. „Komm, leg dich etwas hin." Ethan stand auf und ich tat es ihm gleich. Er brachte mich in eines der Schlafzimmer. „Hier hast du deine Ruhe und kannst dich ausruhen", sagte er und zog die Vorhänge vor dem Fenster zu.

„Und wo schlaft ihr? Ich möchte euch nicht den Platz wegnehmen", fragte ich unsicher.

„Das tust du auch nicht. Wir haben ja noch das andere Schlafzimmer und den Wohnraum", versicherte er mir und lächelte sanft. „Schlaf gut. Wenn etwas sein sollte, ich bin gleich nebenan."

„Danke. Schlaf du auch gut", erwiderte ich. Ethan verließ das Zimmer und schloss die Tür. Da ich keine Schlafsachen dabeihatte, beschloss ich einfach in den Sachen, die ich anhatte zu schlafen. Am nächsten Tag würde ich eh etwas anderes anziehen und ich wollte nicht halb nackt im Bett liegen, weil ich Angst hatte, dass Angus ins Zimmer käme. Ich zog meine Schuhe aus, legte mich ins Bett und deckte mich zu. Anschließend schaltete ich das Licht aus. Das Bett war nicht gerade bequem, aber es würde für eine Nacht gehen. Ich schloss die Augen und schlief auch gleich ein.

„Du gehst da nicht rein", hörte ich Ethan rufen und wachte auf.

„Oh doch, ich will in einem normalen Bett schlafen und nicht auf der Couch oder den Boden", erwiderte Angus und öffnete die Tür. Ehe Ethan ihn zu fassen bekam, war er schon im Zimmer und kam zu meinem Bett. Ängstlich schaute ich ihn an. Was hatte er nun vor?

„Ah, die Prinzessin ist wach", rief er, schnappte sich meine Bettdecke und warf sie mit einem Ruck vom Bett auf den Boden. Anschließend nahm er meinen Arm und zog mich mit Wucht aus dem Bett. Ich knallte mit den Knien auf den Boden und schrie auf.

„Du kannst auf dem Boden schlafen. Das Bett gehört mir", sagte Angus und schmiss sich ins Bett.

„Bist du jetzt völlig durchgeknallt? Was soll das", fragte Ethan bissig, kam zu mir und half mir beim Aufstehen.

„Nein, bin ich nicht. Ich habe ja wohl eher ein Recht auf ein gemütliches Bett, als die Geisel", erwiderte er. „Und jetzt raus, ich will schlafen."

„Tyron, ich glaube wir haben hier ein Problem", rief Ethan.

„Was ist los", fragte dieser, der gerade ins Zimmer kam.

„Angus", erwiderte Ethan nur und zeigte auf ihn. „Kannst du mir mal helfen, ich schaffe es nicht ihn alleine hier raus zu tragen."

„Natürlich", grinste Tyron. Er schnappte sich Angus Arme und zog ihn aus dem Bett. Angus versuchte sich zu wehren, schaffte es aber nicht. Ethan nahm einen von Angus Armen und schliff ihn zusammen mit Tyron aus dem Zimmer.

„Du bleibst aus diesem Zimmer raus. Sehe ich dich noch einmal darin, kannst du dir deine Zähne vom Boden aufsammeln", drohte ihm Tyron. Ich hörte Angus irgendetwas murmeln, verstand es aber nicht.

„Ist alles in Ordnung bei dir? Hast du dir wehgetan", fragte mich Ethan besorgt, als er wieder ins Zimmer kam.

„Nein, es ist alles gut. Er kann ruhig das Bett haben. Ich kann auch auf dem Sessel schlafen", erwiderte ich. Ich wollte keine Extrabehandlung haben.

„Das kommt gar nicht in Frage. Du schläfst hier im Bett. Im Übrigen hat sich Angus mit Vincent und Marek ins andere Schlafzimmer verzogen und Tyron, Neil, John und ich schlafen im Wohnbereich. Es ist schon alles aufgeteilt."

„Aber ich will euch kein Bett wegnehmen. Ich kann doch auch …", protestierte ich, wurde aber von Ethan gestoppt.

„Nichts da. Du bleibst hier. Komm, leg dich wieder hin. Ich passe auf, dass Angus nicht noch einmal hier hereinkommt." Ich tat, was er sagte, nahm die Decke vom Boden und legte mich wieder ins Bett. Diskutieren würde jetzt nichts bringen. Ich war auch viel zu müde dafür. Ethan ging aus dem Zimmer.

„Gute Nacht. Schlaf gut", sagte er sanft.

„Du auch", erwiderte ich. Er schloss die Tür. Ich kuschelte mich wieder in die Decke und schlief ein.

„Du wirst jetzt schön brav sein und alles tun, was ich dir sage", hörte ich seine Stimme über mir. Es war dunkel im Zimmer, nur das Mondlicht fiel herein und ich konnte sein markantes Gesicht und seine kurzen, schon angegrauten Haare sehen. Ich wusste, dass ich träumte, doch ich konnte nicht aufwachen. Ich lag im Bett und er war über mir. Ich konnte seine Hände überall an mir spüren. Ich wollte das nicht. Er sollte mich nicht anfassen. Ich wehrte mich und schlug um mich, aber er fasste meine Hände und hielt sie mir über den Kopf mit einer Hand fest. Er war so stark. Ich konnte mich nicht aus seinem Griff befreien. Ich schrie um Hilfe.

„Deine Schreie werden dir nichts nützen. Wir werden jetzt etwas Spaß miteinander haben", lachte er hämisch und fasste an meine

Brust. Ich schrie und strampelte mit den Beinen, versuchte ihn so von mir herunter zu bekommen.

„Trisha, Kleines. Es ist alles gut. Wach auf", hörte ich eine samtene Stimme sagen. Sie kam mir bekannt vor. Ich wachte auf und schreckte hoch.

„Hey, es ist gut. Es war nur ein Traum", sagte Ethan leise und nahm mich in den Arm. Beruhigend strich er mir über den Rücken. Ich hatte diesen und ähnliche Träume schon sehr oft gehabt. Fast jede Nacht verfolgten sie mich. Immer war ich allein gewesen, wenn ich aufgewacht war. Es tat so gut, nun von ihm beruhigt zu werden. Ich fühlte mich bei ihm sicher, obwohl wir uns doch erst seit zwei Tagen kannten. Langsam beruhigte ich mich.

„Geht es wieder", fragte Ethan und schob mich ein Stück von sich, um mich anzusehen.

„Ja. Es tut mir so leid, dass ich dich geweckt habe."

„Dir braucht es nicht leidzutun. Du kannst doch nichts dafür, wenn du einen Albtraum hattest. Möchtest du mir davon erzählen?" Nein, nein das konnte ich nicht. Noch nicht zumindest. Es war für mich so schwer. Vor allem wusste ich doch nicht, wie er reagieren würde? Würde er mir glauben, oder mich vielleicht als Lügnerin darstellen und mich sogar zu ihm zurückbringen? Nein, das glaubte ich nicht. Ich konnte es mir bei Ethan nicht vorstellen. So war er nicht. Ethan war liebevoll, fürsorglich, hatte einen Beschützerinstinkt. Bei ihm fühlte ich mich wohl und geborgen. Trotzdem konnte ich es ihm noch nicht erzählen. Das Vertrauen musste erst noch wachsen.

„Ich kann nicht. Bitte, es geht nicht", flehte ich ihn schon an und hoffte, er würde sich damit zufriedengeben.

„Das brauchst du auch nicht. Meinst du, du kannst noch ein bisschen schlafen? Morgen wird es ein anstrengender Tag werden und du brauchst deine Ruhe."

„Ich weiß es nicht. Ich habe Angst, dass ich wieder träume", gestand ich ihm und dann tat ich etwas, was ich noch nie getan hatte. Ich wusste auch gar nicht woher ich den Mut nahm. „Kannst du bei mir schlafen", fragte ich und war froh, dass das Licht aus war, denn ich war bestimmt rot geworden.

„Wenn du das möchtest, werde ich bei dir schlafen", erwiderte er.

„Ja, das heißt, nur wenn es dir nichts ausmacht."

„Nein, tut es nicht. Na dann rutsch mal ein Stück." Ich tat, was er sagte und er legte sich zu mir ins Bett. Ethan deckte uns beiden zu und legte seine Arme um mich.

„Ich werde jetzt alle schlechten Träume von dir fernhalten", flüsterte er an meinem Ohr.

„Danke, das ist lieb von dir." Es dauerte nicht lange und ich sank in einen traumlosen Schlaf.

Kapitel 13

Ethan:

Ich hörte einen Schrei, wovon ich aufwachte. Verwirrt schaute ich mich um. Wieder hörte ich einen Schrei und mir wurde klar, dass es Trisha sein musste. Ich sprang vom Boden auf, wo ich mein provisorisches Bett, aus einer Decke und einem Kissen, aufgebaut hatte und lief in das Schlafzimmer, indem sich Trisha befand. Sie lag im Bett, strampelte und schlug um sich. Immer wieder schrie sie. Ich setzte mich zu ihr auf das Bett und hielt ihre Arme fest. Beruhigend redete ich auf sie ein. Sie wachte auf und sofort nahm ich sie in meine Arme. Ich bot ihr an, mir von ihrem Traum zu erzählen, doch sie flehte mich an, es nicht tun zu müssen. Natürlich zwang ich sie nicht dazu. Aber warum wollte sie nicht darüber reden? Was war ihr so Schlimmes nur zugestoßen? Oder hatte der Albtraum mit der Geiselnahme zu tun? Als sie mich fragte, ob ich mich zu ihr legen könnte, sagte ich sofort zu. Ich konnte mir schließlich nichts Schöneres vorstellen, als sie in meinen Armen zu halten.

Der Morgen kam leider viel zu schnell. Ich wachte auf und das erste, was ich sah, war Trisha, die immer noch in meinen Armen lag. Ich hob meinen Kopf und sah auf diesen wunderschönen schlafenden Engel neben mir.

„Ach hier bist du", flüsterte Neil, der in der Tür stand.

„Ja, Trisha bat mich heute Nacht bei ihr zu bleiben", erwiderte ich leise. Ich löste mich vorsichtig von ihr und achtete darauf, dass sie nicht aufwachte. Sie sollte noch etwas weiterschlafen. Ich gab ihr einen Kuss aufs Haar und stand leise auf. Zusammen mit Neil ging ich aus dem Zimmer, schloss die Tür und da die Anderen noch schliefen, deutete ich ihm an, mit nach draußen zu kommen. Als wir vor der Tür des Motelzimmers standen, zündeten wir uns eine Zigarette an.

„Was war heute Nacht los? Ich habe sie schreien gehört, aber als ich sah, dass du schon in ihr Zimmer gegangen warst, habe ich mich wieder hingelegt", begann Neil zu sprechen.

„Trisha hatte einen Albtraum. Sie schrie und schlug um sich, aber ich konnte sie beruhigen", erklärte ich ihm.

„Meinst du, sie hat von dem Überfall oder der Geiselnahme geträumt", fragte er.

„Ich weiß es nicht. Ihr muss noch etwas anderes, Schreckliches passiert sein und ich vermute, es hat etwas mit ihrem Vormund zu tun. Sie hat so panisch reagiert, als Angus sie wegen des Lösegeldes anrufen wollte. Ihr ist an der Tankstelle herausgerutscht, dass sie wieder flüchten muss, wenn wir sie freilassen. Irgendetwas stimmt da nicht, aber sie möchte nicht darüber reden. Sie fleht mich regelrecht an, es nicht zu müssen. Ich werde sie nicht dazu zwingen. Trotzdem wäre ich froh, wenn sie mir sagen würde, was los ist. Dann könnte ich ihr doch helfen", erzählte ich.

„Sie scheint wirklich vor irgendjemand davon zu rennen, sonst hätte sie ihren Namen nicht geändert und ihre Geburtsurkunde gefälscht. Ob es wirklich wegen ihres Vormundes ist, weiß ich nicht. Vielleicht hat sie auch nur Angst, dass Ihnen etwas getan wird, falls sie das geforderte Lösegeld nicht zahlen könnten. Vielleicht ist sie auch auf der Flucht wegen eines irren Ex-Freundes oder wer weiß wen. Sie wird es dir sicherlich bald sagen. Wahrscheinlich muss sie erst Vertrauen zu dir aufbauen. So lange kennt ihr euch ja noch gar nicht."

„Da hast du recht", stimmte ich ihm zu. Trotzdem hoffte ich, dass sie mir bald genug vertrauen würde, um mir zu erzählen, was ihr passiert war. Ich wollte ihr doch nur helfen.

„Du empfindest sehr viel für sie." Es war keine Frage, sondern eher eine Feststellung. Er hatte recht. Ich empfand sehr viel für Trisha.

„Ja, das tue ich. Ich weiß nicht. Vielleicht hältst du mich auch für verrückt, aber ich liebe sie, auch wenn wir uns erst seit fast drei Tagen kennen", gestand ich ihm.

„Nein, ich halte dich nicht für verrückt. Bei Ebby und mir war es nämlich nicht anders. Wir liebten uns auch schon nach kurzer Zeit und du siehst, wir sind jetzt schon fast zwei Jahre zusammen. Es funktioniert. Also schnapp sie dir", sagte Neil lächelnd. Bevor ich etwas darauf antworten konnte, hörten wir einen Schrei. Ich erkannte die Stimme. Es war Trisha. Oh mein Gott, was war passiert? Wir rannten ins Zimmer zurück und ich sah, dass Tyron gerade dabei war, Angus aus dem Badezimmer zu zerren. Dabei fiel mir auf, dass Angus nur eine Boxershorts trug. Was war hier los? Und vor allem wo war Trisha? Ich zählte eins und eins zusammen. Trisha hatte geschrien und Tyron hatte Angus aus dem Badezimmer gezerrt. Sie musste also dort drin sein. Was hatte Angus mit ihr gemacht? Schnellen Schrittes ging ich zum Badezimmer. Ich klopfte an die Tür. Obwohl sie offenstand, trat ich nicht sofort ein. Ich wusste ja nicht, ob Trisha es wollte.

„Trisha, ist alles in Ordnung bei dir", fragte ich. Sie antwortete nicht und ich hörte nur ein Schluchzen. „Darf ich hereinkommen?"

„Ja", erwiderte sie leise. Ich ging ins Badezimmer und erschrak. Sie saß auf dem Boden und hatte sich nur ein Handtuch um den Körper geschlungen. Ich ging zu ihr, kniete mich hin und zog sie in meine Arme.

„Was ist passiert", fragte ich flüsternd.

Trisha:

Als ich aufwachte, lag ich alleine im Bett. Ethan war nicht da. Hatte ich es denn nur geträumt, dass er neben mir im Bett geschlafen hatte? Nein, hatte ich nicht. Ich hatte ihn gebeten, hier zu bleiben und er hatte es getan. Ich hörte Stimmen genau vor dem Fenster. Ich erkannte Ethans Stimme, konnte aber nicht verstehen, was er sagte. Ich stand auf und ging aus dem Zimmer.

„Guten Morgen", sagte Tyron grinsend, der gerade aus dem Badezimmer kam.

„Morgen", grüßte ich zurück. „Darf ich da rein?" Ich deutete auf das Bad.

„Natürlich. Geh nur. Ich bin fertig", erwiderte er. Ich schnappte mir meine neuen Anziehsachen sowie die Zahnbürste und die Zahnpasta und ging ins Badezimmer. Die Tür schloss ich mit dem Riegel unter der Türklinke ab. Schnell zog ich mich aus, schnappte mir ein frisches Badetuch, das in einem Regal lag, und ging unter die Dusche. Das Badetuch hing ich über die Glaswand der Duschkabine. Ich stellte das Wasser an und wartete, bis es warm wurde, bevor ich mich darunter stellte. Ich wollte mir gerade eines der Duschgelproben nehmen, die auf der Duschablage standen, als die Badezimmertür aufging und Angus hereinkam. Ich schrie auf und schnappte mir das Handtuch. Wie konnte er hier hereinkommen? Ich hatte doch abgeschlossen. Nun fiel mir ein, dass man das Schloss von außen mit einen Centstück öffnen konnte, in dem man es in den Schlitz zwischen dem Auf und Zu - Zeichen steckte.

„Na, wollen wir zusammen duschen", fragte Angus und begann sich auszuziehen. Ich band mir das Handtuch fest um den Körper, stieg aus der Dusche und wollte gerade aus dem Badezimmer verschwinden, als er mich am Arm packte und mich zurückzog.

„Du bleibst hier. Wir werden jetzt ein wenig Spaß zusammen unter der Dusche haben", knurrte er und zog mich dorthin. Ich versuchte mich zu wehren, holte mit meinem Bein aus und trat ihm mit all meiner Kraft gegen das Schienbein. Er kam ins Wanken und ließ mich los.

„Ah, du Schlampe. Das machst du nicht noch einmal", schrie er mich an und schlug mir mit seiner Hand ins Gesicht. Wieder schrie ich auf. Angus packte meinen Arm und wollte mich wieder zu der Duschkabine ziehen. Doch plötzlich tauchte Tyron im Bad auf, griff sich Angus und zog ihn aus dem Bad. Natürlich ließ er sich nicht einfach so mitschleifen, doch Tyron war stärker als er und zog ihn einfach mit sich. Ich ließ mich an der Wand neben der Dusche herunterrutschen, zog meine Knie nah an meinen Körper und schlang meine Arme darum. Tränen liefen nun meinen Wangen entlang. Ich war immer noch geschockt davon, als Angus plötzlich hier im Bad gestanden und mich unter die Dusche ziehen wollte. Sein Satz klang mir immer wieder in den Ohren. „Wir werden jetzt ein wenig Spaß zusammen unter der Dusche haben." Diesen Satz hatte ich schon oft von einer anderen Person gehört. Bilder tauchten in meinen Kopf auf. Bilder, die ich nie wieder sehen wollte. Ein Bild von ihm, als er mich genommen hatte. Es war so schrecklich gewesen. Ich wollte es verdrängen, vergessen. Aber es ging einfach nicht.

„Trisha, ist alles in Ordnung bei dir", hörte ich Ethan fragen. Nein, nichts war in Ordnung. Gar nichts. Ich schluchzte auf.

„Darf ich hereinkommen", fragte er nun.

„Ja", erwiderte ich leise. Ich hörte Schritte und im nächsten Moment wurde ich auch schon in seine Arme gezogen.

„Was ist passiert", fragte er und strich mir beruhigend über den Rücken.

„Angus ... er ... er kam hier rein und wollte, ... dass ich mit ihm duschen gehe und dann ... und dann... . Er wollte ...". Ich konnte nicht weitersprechen und schluchzte auf.

„Ist gut Kleines. Dieses miese Schwein. Den werde ich mir noch vornehmen", knurrte Ethan.

„Das habe ich schon getan", ertönte Tyrons Stimme in der Tür. Ethan und ich schauten überrascht zu ihm.

„Was hast du getan", fragte Ethan irritiert.

„Na ich habe ihm eine verpasst und jetzt schläft er", grinste sein Bruder.

„Du hast ihn K. O. geschlagen", fragte Ethan überrascht.

„Ja, so kann man es sagen. Ich kann ja schließlich nichts dafür, wenn dieser Junge keinen Schlag aushält." Irgendwie war ich erleichtert. Angus war erst einmal außer Gefecht gesetzt und konnte mir nichts tun. Auch wenn ich etwas gegen Gewalt hatte, so war ich doch froh darüber.

„Da hast du recht", erwiderte Ethan schmunzelnd. Dann wandte er sich an mich. „Geht es dir besser?"

„Ja, es geht schon", erwiderte ich und wischte mir die Tränen aus dem Gesicht.

„Ok, ich gehe dann mal raus, dann kannst du dich in Ruhe fertigmachen. Jetzt brauchst du keine Angst haben, dass Angus hereinkommt. Du wirst jetzt erst einmal deine Ruhe vor ihm haben." Ethan stand auf und verließ das Badezimmer. Ich stand ebenfalls auf und schloss vorsichtshalber die Tür ab. Ethan und seine Freunde würden zwar bestimmt nicht ins Bad hineinkommen, aber bei Angus, falls er früher wieder aufwachen würde, war ich mir da nicht so sicher.

Eineinhalb Stunden später saßen wir wieder im Wagen. Angus war mittlerweile wieder aufgewacht und hatte sich erst einmal mit Tyron wegen des Schlages gestritten. Wir hatten eine fast sieben Stunden Fahrt vor uns, bis wir in Chicago ankamen. Als Erstes fuhren wir zu einem Diner, der an dem Highway lag und gingen frühstücken. Anschließend gingen Ethan, Vincent und Neil noch für die lange Fahrt in einen Shop, der neben dem Diner lag, einkaufen. Ich ging mit den anderen Jungs zurück zum Wagen, wobei Tyron und John darauf achteten, dass Angus mir nicht zu nahekam. Es dauerte auch nicht lange, bis die anderen drei ebenfalls zum Wagen kamen. Wir stiegen ein und fuhren los.

„Ich habe dir etwas mitgebracht", sagte Ethan und reichte mir ein Buch.

„Danke. Aber das war doch nicht nötig", erwiderte ich, denn ich wollte nicht, dass er Geld für mich ausgab. Allerdings freute ich mich sehr über das Buch. So hatte ich während der Fahrt etwas zu lesen.

„Das habe ich gerne gemacht. So wird die Fahrt für dich nicht so langweilig."

„Jetzt bekommt die Geisel sogar schon Bücher, das kann doch nicht wahr sein", mischte sich Angus in einen ätzenden Ton ein.

„Ja bekommt sie. Die Zeit, die sie bei uns ist, soll halt für sie so angenehm wie möglich sein", erwiderte Ethan.

„So angenehm wie möglich. Was kommt denn als Nächstes? Bekommt sie vielleicht noch ein Cocktail serviert, Fünf-Gänge-Menü und am besten noch ein Fünf-Sterne-Hotelzimmer oder was", spottete Angus.

„Halt einfach nur deine Schnauze", antwortete Ethan genervt und wandte sich dann an mich. „Hör nicht auf das dumme Zeug, was er sagt."

Die Fahrt verging für mich irgendwie wie im Flug. Na ja gut, ich las die meiste Zeit auch in dem Buch. Ethan hatte mir ein wirklich gutes Buch ausgesucht. Es handelte von einer verbotenen Liebe zwischen einem Mann und einer Frau, die alles dafür taten, ihre Beziehung geheim zu halten und doch drohten sie aufzufliegen. Wir legten noch einige Pausen ein, damit sich Tyron und John, die sich mit dem Fahren abwechselten, die Beine vertreten konnten. Das Radio lief im Wagen die ganze Zeit und die Jungs verfolgten aufmerksam die Nachrichten, was es über sie Neues gab und wie weit die Polizei mit der Suche war. So viel hatte sich allerdings noch nicht getan, außer das nun von mir eine Personenbeschreibung durchgegeben wurde. Nun müsste ich noch etwas mehr aufpassen, dass ich nicht erkannt wurde. Um ganz ehrlich zu sein, wollte ich auch gar nicht erkannt werden, denn würde mich die Polizei finden, so wüsste auch er, wo ich wäre. Vielleicht würde die Polizei mich dann ja auch zu ihm zurückbringen. Und das wollte ich auf gar keinen Fall.

Am Abend kamen wir dann endlich in Chicago an. Wieder suchten wir uns ein Motel, etwas außerhalb der Stadt. Wir bekamen einen Bungalow, der genauso groß, wie das Doppelzimmer in Pittsburgh war und sich mit weiteren Bungalows hinter dem Motel befand. Dieses Mal würde ich aber auf einen Sessel oder der Couch übernachten. Ich wollte den Jungs nicht die Betten wegnehmen.

„Die Polizei schleicht hier über das Gelände", rief Marek, der gerade in den Bungalow kam.

„Was", fragte Neil.

„Ja, die Polizei ist hier und klopft an jeden Bungalow an. Anscheinend suchen sie jemand", erklärte er.

„Los, räumt die Taschen ins Schlafzimmer, damit sie sie nicht sofort sehen", wies Ethan die Anderen an. Ich war geschockt. Sollte die Polizei etwa mich suchen? Waren sie meinetwegen hier?

„Du warst es. Du hast uns verraten", knurrte Angus und kam drohend auf mich zu.

„Nein, nein, das habe ich nicht", erwiderte ich.

„Doch das hast du. Warum sonst sollte die Polizei hier sein", schrie er nun und schnappte sich meine Tasche, die auf dem Tisch stand. Ich versuchte sie noch zu ergreifen, aber er hatte sie schon in der Hand. „Wo ist dein Handy? Damit hast du doch die Polizei angerufen", brüllte er und wühlte in meiner Tasche herum. Dabei warf er alles heraus.

„Ich war es nicht", versuchte ich mich zu verteidigen. Ich sackte auf die Knie und sammelte alles ein, was Angus auf den Boden warf.

„Angus, was soll das", fragte Ethan und kam zu uns.

„Sie hat uns verraten. Die Polizei ist unseretwegen hier und sie ist dran schuld. Ah, da ist ja, was ich gesucht habe", sagte er und holte mein Handy aus der Tasche und ließ diese fallen. „Damit wirst du nie wieder jemanden anrufen und uns verraten." Er schmiss das Handy auf dem Boden und trat drauf. Das Handy zersprang in Einzelteile.

„Ich habe euch nicht verraten", schrie ich ihn nun an.

„Natürlich warst du das und jetzt halt deine Schnauze", knurrte er und trat mir gegen die Rippen. Ich keuchte auf. Ein Schmerz zog durch meine Rippen und ich hielt mir die Seite.

„Du verfluchtes Dreckschwein", hörte ich Ethan schreien und im nächsten Moment sprang er auf Angus und riss ihn zu Boden. Mit tränenverschleiertem Blick sah ich, wie Ethan über ihm gebeugt war und ihm in den Magen schlug. Angus versuchte sich zu wehren und aufzustehen, aber Ethan hielt ihn am Boden und schlug weiter auf ihn ein.

„Ethan, es ist gut. Wir müssen jetzt ruhig bleiben. Die Polizei ist wahrscheinlich gar nicht unseretwegen hier, aber sie dürfen auch keinen Verdacht schöpfen, dass hier etwas nicht stimmt", versuchte Neil ihn zu beruhigen und zog ihn von Angus weg.

„Du hast recht", sagte Ethan und wandte sich dann noch einmal zu Angus, der sich gerade vom Boden aufraffte. „Rührst du Trisha noch einmal an, bringe ich dich eigenhändig um, und dann ist es mir egal, was dein Onkel dazu sagt", drohte er ihm.

„Ja, ja, erzähl du ruhig", spottete Angus. Ethan ballte die Hände zu Fäusten und wollte gerade wieder auf ihn losgehen, als er von John zurückgehalten wurde.

„Lass ihn. Er ist es echt nicht wert, sich die Hände schmutzig zu machen", sagte John.

„Trisha, komm, leg dich auf die Couch", sagte Neil und half mir hoch. Ein Stich zog durch meine Seite und ich keuchte wieder auf. Vorsichtig führte er mich zur Couch und ich legte mich langsam hin. „Ich werde mir das gleich mal anschauen, wenn wir das mit der Polizei geklärt haben." Ethan kam mit meiner Tasche zur Couch, stellte sie auf dem Boden ab und setzte sich zu mir.

„Wie geht es dir", fragte er besorgt.

„Es geht schon", erwiderte ich. „Ich habe die Polizei nicht gerufen. Ich war es nicht. Bitte glaub mir. Ich würde euch nie verraten", flüsterte ich und eine Träne floss an meiner Wange entlang.

„Ich weiß. Ich glaube dir", sagte er und strich mir eine Strähne aus dem Gesicht. In dem Moment klopfte es an die Tür.

„Polizei, bitte öffnen Sie die Tür", rief eine männliche Stimme und ich erschrak.

„Verrätst du uns an die Polizei, bring ich dich um", drohte mir Angus und setzte sich auf den Sessel gegenüber der Couch.

„Halt´s Maul, Angus", zischte Ethan ihm zu und wandte sich dann zu mir. „Keine Angst. Es wird nichts passieren". Neil öffnete die Tür und davor standen zwei Polizisten.

Kapitel 14

Trisha:

„Guten Abend. Entschuldigen Sie bitte die Störung, aber wir suchen zwei weggelaufene Kinder und wollten fragen, ob Sie sie gesehen haben", fragte einer der Polizisten und zeigte nun zwei Bilder.

„Nein, tut mir leid. Ich habe sie nicht gesehen. Ihr vielleicht", fragte Neil in die Runde, aber auch die anderen Jungs verneinten.

„Ok, wenn Sie sie sehen sollten, bitte geben Sie uns doch Bescheid."

„Das werden wir Officer", bestätigte John.

„Machen Sie hier Urlaub", wollte nun der andere Officer wissen.

„Wir sind auf der Durchreise. Wir machen eine kleine Rundfahrt und schauen uns verschiedene Städte an. Als Nächstes wollen wir zu den Niagarafällen", erklärte Ethan.

„Also eine Art kleiner Urlaub, bevor die Uni wieder losgeht", fragte nun der andere.

„Ja genau", bestätigte Neil.

„Und was ist mit ihr", fragte nun wieder der neugierige Officer und deutete auf mich. Jetzt hatte er mich erkannt. Jetzt würden wir auffliegen. Oh mein Gott. Ich begann leicht zu zittern. „Miss, geht es ihnen nicht gut", fragte er mich und hatte mich anscheinend doch nicht erkannt. Erleichterung machte sich in mir breit. Aber er wollte noch eine Antwort. Was sollte ich bloß sagen. Ich meine, wie sah das denn aus? Ich lag hier auf der Couch mit tränenüberströmtem Gesicht und hielt mir meine Seite. Da kam mir eine Idee. Ich hoffte nur, es würde auch funktionieren.

„Nein, es ist alles gut. Nur Frauenprobleme", antwortete ich, legte meine Hände auf den Unterleib und beugte mich leicht nach vorne, sodass mir die Haare ins Gesicht fielen. Nicht das er mich doch noch erkannte. Ich hoffte, er würde verstehen, dass ich Menstruationsbeschwerden meinte.

„Oh, ach so", kam es von dem Officer nun.

„Ja, meine Freundin leidet sehr darunter, können Sie mir vielleicht sagen, wo die nächste Apotheke ist, die jetzt noch geöffnet hat. Sie hat nämlich ihre Tabletten vergessen und ich möchte ihr etwas gegen die Schmerzen holen", fragte Ethan schnell, bevor der Polizist noch etwas fragen würde. Ethan hatte dabei meine Hand in seine genommen und mich seine Freundin genannt. Natürlich wusste ich, dass es alles nur als Täuschung für die Polizisten gemacht wurde, aber es wäre bestimmt schön Ethans Freundin zu sein und ein Kribbeln zog sich durch meinen Bauch.

„Natürlich. Also wenn sie nach Chicago hineinfahren, bleiben sie am besten auf der Hauptstraße. Dort gibt es auf der rechten Seite eine Apotheke, die die ganze Nacht geöffnet hat", erklärte er.

„Danke. Dann werde ich dort doch gleich mal hinfahren", bedankte sich Ethan.

„Und wir müssen dann jetzt auch mal weiter. Einen schönen Abend zusammen und Ihnen eine gute Besserung", sagte der andere Polizist und machte sich mit seinen Kollegen auf den Weg. Neil schloss die Tür und ließ sich erleichtert auf einen Stuhl sinken.

„Das war eine sehr gute Idee mit den Frauenproblemen. Der Officer wusste gar nicht, was er dazu sagen sollte", lobte mich Ethan.

„Ja, der war sowieso ziemlich misstrauisch und neugierig noch dazu", entgegnete Tyron.

„Das mit den Frauenproblemen war das erste, was mir einfiel", gab ich zu.

„So, ich werde mir jetzt mal deine Rippen ansehen. Ich hole nur mal eben den Erste-Hilfe-Koffer aus dem Wagen", sagte Neil und ging aus dem Zimmer. Es dauerte nicht lange und er kam mit dem Erste-Hilfe-Koffer wieder zurück. Angus stand von dem Sessel, auf dem er die ganze Zeit gesessen hatte, auf und ging zur Tür.

„Wo willst du denn hin", fragte John ihn.

„Ich habe keine Lust, bei eurem Doktorspielchen zuzusehen. Neben dem Motel gibt es eine Bar und dort gehe ich hin", antwortete er.

„Warte, wir kommen mit", rief Vincent und verließ mit Marek ebenfalls das Zimmer.

„Endlich haben wir mal unsere Ruhe", sagte Tyron und ließ sich in den Sessel fallen.

„Sind beide Wagenschlüssel eigentlich da? Nicht das sie mit dem Wagen abhauen. Ich meine, das Geld haben sie dann zwar nicht, aber wer weiß, auf welche Ideen Angus sonst noch so kommt. Ihm ist alles zu zutrauen", fragte Ethan.

„Ich habe beide Schlüssel. Also mit dem Wagen können sie schon mal nicht weg", erwiderte Neil und kam nun zu mir. Er setzte sich zu mir auf die Couch. „Na dann lass mich mal nach deinen Rippen sehen." Er griff nach dem Saum des Pullovers und schaute mich fragend an. „Darf ich", fragte er und deutete auf den Pullover. Ich nickte und er zog mir den Pullover ein Stück hoch. In dem Moment hörte ich zischende Laute, die von den Jungs kamen und mir fiel ein, was sie gerade zu sehen bekamen. Oh nein, hätte ich doch nur nicht zugelassen, dass Neil mir den Pullover hochzog. Hätte ich doch nur gesagt, dass alles in Ordnung war und er gar nicht nach meinen Rippen sehen bräuchte. Nun stand ich da und wie sollte ich es ihnen erklären? Ich wollte es ihnen nicht sagen. Ich konnte es einfach nicht.

„Trisha, was ist das", fragte Ethan entsetzt.

„Es ist nichts. Es ist alles gut", erwiderte ich, setzte mich auf, was mir Schmerzen in der Seite einbrachte und zog schnell meinen Pullover wieder herunter.

„Nach nichts sieht das aber nicht aus. Es sieht eher nach einer Brandverletzung aus", stellte Neil fest und er hatte recht.

„Kleines, was ist passiert", probierte es Ethan noch einmal.

„Es ... es ... ist nichts. Ich ... kann es nicht", schluchzte ich und Tränen liefen nun an meinen Wangen entlang. Es ging einfach nicht. Ich konnte es ihnen nicht erzählen. Die Bilder von dem Tag, an dem das passiert war, schossen mir in den Kopf. Ich hatte die Wäsche gebügelt. Er hatte nach einem Bier geschrien. Ich lief in die Küche und holte es ihm sofort. Dabei hatte ich versehentlich das Bügeleisen auf ein Shirt stehen lassen. Als ich das Bügeleisen wieder hochnahm, befand sich auf dem Shirt ein brauner Abdruck des Eisens. Natürlich wurde mein Missgeschick bemerkt und ich entschuldigte mich mehrmals, aber es war egal. Ich wurde festgehalten. Mein Pullover wurde hochgezogen und das Bügeleisen wurde mir auf die rechte Seite meines Bauches gedrückt. Ich schrie vor wahnsinnigen Schmerzen, aber es wurde nur gelacht. Ethan nahm mich liebevoll in den Arm und strich mir beruhigend über den Rücken.

„Scht, es ist gut Kleines. Du brauchst nichts sagen, wenn du es nicht möchtest. Niemand wird dich dazu zwingen", sprach er beruhigend auf mich ein. Ich drückte mich enger an ihn. Immer wieder entwichen mir Schluchzer. Ethan wiegte mich in seinen

Armen und ich beruhigte mich etwas.

„Geht es dir besser", fragte er besorgt.

„Ja, es geht schon", erwiderte ich und wischte mir die Tränen weg. Ich schaute vorsichtig zu den anderen. Sie sahen mich an. Die Besorgnis stand ihnen ins Gesicht geschrieben. Aber ich konnte ihnen nicht erklären, woher ich diese Brandverletzung hatte. Es ging einfach nicht.

„Es ... es tut mir leid", entschuldigte ich mich bei ihnen und hoffte, sie würden verstehen, dass ich damit die Erklärung meinte, die ich ihnen nicht geben konnte.

„Es ist schon gut. Wie Ethan bereits sagte, du brauchst es uns nicht erzählen, wenn du es nicht möchtest", sagte John und lächelte mich an.

„Darf ich denn trotzdem deine Rippen verarzten", fragte Neil und ich nickte. Vorsichtig zog er mir den Pullover wieder hoch und tastete die Rippen ab. Ich zuckte zusammen, da es wehtat.

„Gebrochen scheint nichts zu sein. Es ist nur eine Prellung. Ich lege dir einen Salbenverband um und dann müsste es auch bald besser sein", sagte er. Nachdem er fertig war, zog ich meinen Pullover wieder herunter. „Ach so, die nächsten Tage, solltest du dich schonen. Also keine Turnübungen, Marathons oder so etwas in der Art". Ich nickte.

„Jetzt spricht der Doktor in ihm. Hey Neil, du hast deinen Beruf verfehlt", lachte Tyron.

„Na ja, wer weiß. Vielleicht werde ich das ja noch mal", grinste er. „Bei euch und euren ständigen Verletzungen kann ich gut üben."

Ethan:

Ich rastete aus, als ich sah, wie Angus Trisha in die Rippen getreten hatte. Das konnte doch nicht wahr sein. Niemand durfte meine Trisha verletzen. Meine Trisha. Das hörte sich gut an. Aber Neil hatte recht. Wir mussten uns aufgrund der Polizei zusammenreißen. Zum Glück waren sie nicht unseretwegen hier gewesen, sondern suchten nur zwei Kinder. Ich wusste sofort, dass Trisha nicht die Polizei gerufen hatte. So war sie nicht. Sie würde uns nicht verpfeifen. Das hatte sie schon einige Male gesagt.

Was war nur mit ihr passiert. Als ich die Brandwunde an ihrem Bauch gesehen hatte, war ich geschockt. Wer hatte ihr nur so etwas angetan? Wut kam in mir auf, als ich daran dachte, dass jemand Trisha wehgetan hatte. Wenn ich denjenigen erwischen würde, den würde ich fertigmachen. Trisha wollte uns nicht erzählen, was passiert war. Es musste wirklich etwas Schlimmes gewesen sein. Allerdings wollte ich sie auch nicht dazu zwingen. Sie sollte es uns schon freiwillig erzählen.

„Trisha, du wirst nicht hier auf dem Sessel schlafen", sagte ich am Abend, als wir schlafen gehen wollten. Das konnte doch nicht ihr Ernst sein. Angus hatte sich schon mit Marek und Vincent in eines der Schlafzimmer verzogen. Nun standen wir hier und diskutierten, wo Trisha nun schlafen sollte.

„Doch. Ich möchte euch nicht schon wieder ein Zimmer wegnehmen", erwiderte sie.

„Das tust du doch nicht. Außerdem ist es für deine Rippen besser, wenn du dich hinlegst und nicht auf einen Sessel schläfst", sagte ich und dachte, ich hätte sie damit. Aber da lag ich falsch.

„Dann schlaf ich halt auf dem Boden", entgegnete sie und wollte schon eine Decke ausbreiten.

„Das kommt gar nicht in Frage. Du legst dich ins Bett", sagte ich „Jetzt sagt doch auch mal etwas", wandte ich mich an die Anderen.

„Für deine Rippen ist ein Bett wirklich besser", kam es von Neil.

„Ja genau, du schläfst im Bett und da gibt es auch keine Widerrede", mischte sich nun Tyron ein, schnappte sich Trisha und trug sie auf seinen Armen ins Schlafzimmer. Vorsichtig und darauf bedacht, ihr nicht wehzutun ließ er sie auf dem Bett nieder.

„Aber ...", versuchte sie es noch einmal.

„Nichts aber. Du schläfst hier", unterbrach er sie und ging aus dem Zimmer. Zufrieden lächelte ich.

„Schlaf gut Kleines." Ich gab ihr einen Kuss aufs Haar und verließ ebenfalls das Zimmer. Ich schloss die Tür, schnappte mir eine Decke und ein Kissen und baute mein Nachtlager auf dem Boden.

„Man, das Frauen immer diskutieren müssen", stöhnte Tyron. „Und morgen wird es noch schlimmer, wenn Lynn und Ebby kommen."

„Ja, wobei ich mich schon auf Ebby freue", grinste Neil.

„Ich mich ja auch auf meine Lynn", erwiderte Tyron seufzend.

„Mich würde mal interessieren, was Trisha zugestoßen ist. Vielleicht schaffen die Mädels es ja, etwas aus ihr herauszubekommen", sagte John.

„Es muss etwas sehr Schlimmes gewesen sein", seufzte ich. „Wenn sie es doch nur sagen würde, dann könnten wir ihr doch helfen."

„Ja, aber drängen sollten wir sie nicht dazu. Sie muss erst einmal vertrauen zu uns fassen", sagte Neil und er hatte recht. Wir waren für sie ja eigentlich Fremde, auch wenn ich Trisha schon vor dem Überfall kennengelernt hatte. Sie musste zu uns erst einmal das Vertrauen aufbauen und ich würde ihr die Zeit geben.

Trisha:

Stöhnend wachte ich auf. Wo war ich? Es war dunkel. Ich lag auf etwas Kalten, Harten und stellte fest, dass es der Boden war. Ich raffte mich auf, keuchte allerdings auf, als mir ein Schmerz durch die Rippen zog. Ich schmeckte Blut. Woher kam das? Ich befühlte meine Lippen und fand auch gleich die Stelle. Meine Lippen waren aufgeplatzt. Was war nur passiert? Er hatte mich geschlagen und mir in die Seite getreten. Anschließend hatte er mich in den Keller geschleppt. Natürlich, ich war im Keller. Ich musste ohnmächtig geworden sein. Ich stand vorsichtig auf. Wo war die Tür noch mal? Ich tapste vorsichtig durch den dunklen Raum. Meine Hände hatte ich nach vorne ausgestreckt. Nach einigen Schritten fand ich die Wand. Ich ging an ihr entlang. Irgendwo hier musste die Tür sein. Ich fand die Tür und auch den Türgriff. Ich drückte den Griff herunter, aber die Tür ließ sich nicht öffnen. Ich versuchte es noch einmal, aber wieder nichts. Er hatte mich eingesperrt. Und das alles nur, weil ich zu spät gekommen war. Ich tastete neben die Tür an der Wand entlang. Irgendwo musste der Lichtschalter sein. Ich fand ihn. Allerdings ließ sich das Licht nicht einschalten. Er musste für den Keller den Strom abgestellt haben. Ich bekam Panik. Ich hatte fürchterliche Angst im Dunkeln. Ich wollte hier raus. Ich schrie und klopfte gegen die Tür. Ich musste hier raus und zwar schnell. Ich schrie und klopfte immer weiter.

„Halt deine Schnauze. Du kommst da nicht raus", ertönte seine Stimme vor der Tür. Nein, das konnte er mir doch nicht antun. Er sollte mich hier rauslassen. Ich schrie wieder und schlug mit all meiner Kraft gegen die Tür.

„Lass mich raus. Lass mich endlich hier raus", schrie ich.

„Kleines. Hey, wach auf. Es war nur ein Traum", hörte ich eine Stimme. Ich schlug die Augen auf und sah, dass Ethan über mir gebeugt war. Es war nur ein Traum. Zum Glück. Ich wollte es nie wieder erleben. Nie wieder. Seitdem er mich einige Tage im Keller eingesperrt hatte, bekam ich richtige Panikattacken, wenn ich nur in einem dunklen Raum war. Ich musste immer etwas Licht haben und alles sehen können. Ich zitterte am ganzen Körper.

„Komm her, Kleines. Alles ist gut", sagte er leise und zog mich in seine Arme.

„Es war so schrecklich. Alles war dunkel und ich kam nicht heraus. Die Tür ging nicht auf", schluchzte ich. Eigentlich wollte ich es ihm nicht erzählen, aber es kam einfach so aus meinem Mund heraus.

„Es ist gut. Es war nur ein Albtraum." Beruhigend strich er mir über die Haare.

Nach einer Weile hatte ich mich wieder beruhigt und wischte mir die Tränen weg.

„Du musst mich echt für eine Heulsuse halten", sagte ich.

„Nein, das tue ich nicht. Tränen sind ganz normal. Und in deiner Situation sowieso. Du wurdest als Geisel genommen und irgendetwas musst du in der Vergangenheit erlebt haben. Irgendetwas Schreckliches. Ich werde dich jetzt nicht zwingen es mir zu erzählen. Aber du sollst wissen, dass ich immer für dich da bin und du jederzeit mit mir reden kannst, ok?"

„Ja. Danke. Das ist so lieb von dir. Ich würde ja gerne, aber ich kann nicht."

„Es ist ok. Na komm, lass uns hinlegen", sagte Ethan und machte es sich in meinem Bett schon gemütlich.

„Du bleibst hier", fragte ich verdutzt.

„Ja, wenn ich darf? Ich möchte dir doch wieder die schlechten Träume fernhalten", erwiderte er lächelnd.

„Natürlich darfst du."

Kapitel 15

Trisha:

Als ich am nächsten Morgen erwachte, lag ich noch immer in Ethans Armen. Bei ihm fühlte ich mich richtig geborgen. Ich kuschelte mich enger an ihn und atmete seinen unbeschreiblichen Geruch ein. Er roch wirklich gut, so betörend.

„Guten Morgen Kleines. Hast du noch gut geschlafen", fragte er. Ich hatte gar nicht mitbekommen, dass er schon wach war.

„Guten Morgen. Ja, das habe ich. Danke, das du heute Nacht bei mir geblieben bist."

„Das habe ich doch gerne getan. Wie geht es deinen Rippen", fragte er.

„Es geht schon wieder. Tut nur noch ein bisschen weh", erwiderte ich. Es klopfte an die Tür.

„Herein", rief Ethan und setzte sich auf.

„Guten Morgen, ihr beiden. Gut das ihr schon wach seid. Lynn hat gerade angerufen. Sie sind in einer halben Stunde hier und bringen etwas zum Frühstücken mit", sagte Tyron, der in der Tür stand.

„Das ist gut", erwiderte Ethan und wandte sich dann zu mir. „Dann sollten wir jetzt mal langsam aufstehen, auch wenn ich noch gerne etwas mit dir hier liegen bleiben würde", lächelte er mich an. Ich wurde rot im Gesicht bei seiner Aussage. Ich würde natürlich auch gerne mit ihm hier liegen bleiben. Aber es ging ja nicht.

„Ach, ich darf nicht mit der Geisel zusammen duschen gehen, aber du darfst mit ihr in einem Bett liegen", sagte Angus, der in der Tür auftauchte, entrüstet und ich erschrak.

„Halt deine Schnauze, Angus. Im Gegensatz zu dir, zwinge ich Trisha zu nichts", zischte Ethan und strich mir sanft über den Arm. „Auch wenn es dich nichts angeht, aber Trisha hat mich gebeten, bei ihr zu bleiben."

„Vielleicht bittet sie mich ja heute Abend ihr Gesellschaft zu leisten", grinste Angus und schaute mich mit einem ekelhaften, lüsternen Blick an. Mich durchlief ein Schauder des Ekels.

„Das werde ich niemals tun", nuschelte ich leise.

„Was hast du gesagt", fragte Angus und sah mich wütend an. „Geiseln haben mir keine Widerworte zu geben." Er wollte auf mich zu stürmen, wurde aber von Tyron festgehalten. Ich duckte mich aus Reflex und legte die Arme schützend über meinen Kopf, was ich immer getan hatte, als er mich schlug. Ethan schlang beschützend seine Arme um meinen Oberkörper.

„Niemand wird dir etwas tun", flüsterte er und sprach dann lauter. „Und du brauchst auch nichts zu tun, was du nicht willst."

„Natürlich! Jetzt rede ihr das auch noch ein, dann tanzt sie uns bald auf der Nase herum. Es reicht ja schon, wenn gleich die Weiber kommen."

„Ich habe dir schon einmal gesagt, du sollst sie nicht so nennen. Ein bisschen mehr Respekt den Frauen gegenüber kann ja wohl nicht schaden", entgegnete Tyron und schubste Angus aus dem Zimmer. „Lies mal ein Buch darüber, wie man Frauen behandelt", rief er ihm noch hinterher. Ich hörte Angus irgendetwas grummeln, was ich leider nicht verstand. Ethan und ich standen auf und machten uns fertig. Dieses Mal achteten die Jungs darauf, dass Angus nicht zu mir ins Badezimmer kam. Ethan setzte sich sogar vor die Tür, was ich sehr süß fand.

Ich war im Bad fertig und sammelte meine Sachen ein, als ich im Wohnbereich ein Kreischen hörte.

„Neil", schrie eine Frauenstimme.

„Ebby. Vorsichtig Süße, nicht so stürmisch", hörte ich Neil lachend sagen. Die Mädchen mussten wohl gerade gekommen sein. Jetzt wurde ich etwas nervös. Was würden sie über mich denken? Würden sie mir die Schuld geben, dass ihre Jungs meinetwegen in Gefahr waren, erwischt zu werden, wenn mich jemand erkannte? Mit zittrigen Händen ging ich zur Tür. Ich musste das Badezimmer verlassen, denn ich konnte hier nicht die ganze Zeit drinbleiben und mich verstecken. Irgendwann würden wir weiterfahren und dann musste ich hier raus. Ich öffnete die Tür und trat aus dem Badezimmer. Sofort stürmte ein schlankes Mädchen mit schwarzen, stacheligen Haaren auf mich zu. Sie war ein Stückchen kleiner als ich.

„Du musst Trisha sein. Ich bin Ebony, aber alle nennen mich einfach Ebby. Wir werden bestimmt tolle Freundinnen", redete sie ohne Luft zu holen und fiel mir um den Hals.

„Ebby, nun mal langsam. Überfall sie doch nicht gleich", ermahnte Ethan sie und trat zu mir.

„Ist ja schon gut", murrte sie und ließ mich los.

„Hallo. Ich bin Lynn", sagte nun das andere Mädchen und reichte mir die Hand. Ich nahm sie und schüttelte sie kurz. Das Mädchen war sehr schön. Sie war groß, schlank und hatte lange, blonde, gelockte Haare.

„Trisha", erwiderte ich leise.

„So, wo ihr euch nun vorgestellt habt, wäre es jetzt ja wohl an der Zeit zu frühstücken", rief Tyron und setzte sich an den Tisch im Wohnbereich, wo sich schon belegte Brötchen darauf befanden.

„Du denkst wirklich nur ans Essen", lachte John.

„Na komm, dann wollen wir mal frühstücken gehen", lächelte Lynn mich an und führte mich zum Tisch.

„Hey Trisha, wir müssen unbedingt mal zusammen shoppen gehen", sagte Ebby aufgeregt neben mir.

„Hallo, geht es euch noch gut? Das ist eine Geisel. Sie wird nicht mit dir shoppen gehen", rief Angus.

„Halt dein Maul, Angus. Du bist so ein Idiot. Du änderst einfach den Plan, brichst die Vereinbarung, nimmst eine Geisel und damit bringst du alle in Gefahr. Nicht nur die Jungs, dass sie durch Trisha erkannt werden könnten, sondern auch Trisha, weil ihr bei der Flucht etwas zustoßen könnte. Und dann verletzt du sie auch noch einige Male. Was bist du nur für ein riesengroßes, geistesgestörtes Arschloch", schrie Ebby und ging wütend auf ihn zu. Staunend verfolgte ich die Situation. Es war einfach unglaublich. Die kleine Ebby legte sich mit dem stärkeren Angus an.

„Was willst du kleines wildgewordenes Etwas denn von mir", erwiderte Angus spöttisch.

„Ich gebe dir gleich wildgewordenes Etwas", brüllte sie und wollte gerade zum Schlag ausholen, als Neil sie festhielt.

„Ebby, Schatz. Beruhige dich. Er ist es doch nicht wert, dass du dich so aufregst", sagte er liebevoll und hielt sie in seinen Armen.

„Du hast recht", erwiderte sie und wandte sich dann an Angus. „Wenn du Trisha noch einmal etwas tust, dann tue ich dir etwas. Das kannst du aber glauben."

„Natürlich. Erzähl du mal ruhig", lachte er nur hämisch. Wieder wollte sie auf ihn losgehen, wurde aber weiterhin von Neil festgehalten.

„Komm, wir frühstücken jetzt", sagte Neil und zog sie mit sich zum Tisch.

„Hier, wir haben dir deine Sachen mitgebracht", sagte Lynn, als wir fertig gefrühstückt hatten und reichte mir eine Reisetasche.

„Danke", erwiderte ich lächelnd.

„Kein Problem. Wir wussten nicht genau, was du gerne haben wolltest und weil du nicht so viele Klamotten hast, haben wir einfach alles mitgenommen. Unterwäsche und Socken sind auch dabei." Ja, ich hatte wirklich nicht viele Klamotten. Dadurch, dass ich ständig flüchten musste und ich nicht so viel Geld hatte, hatte ich auch nicht so viel zum Anziehen. Andererseits war es auch praktisch, wenn ich meine Sachen für eine Flucht zusammenpacken musste. So war es nicht so viel und ich war schnell fertig.

„Das ist gut. Ich gehe mich dann mal umziehen." Ich nahm meine Tasche und machte mich auf den Weg zum Badezimmer.

„Ja mach das. Ach so, wir müssen dich gleich allerdings noch etwas umstylen. Keine Angst es wird nicht so schlimm, aber wir müssen schließlich verhindern, dass du erkannt wirst."

„Ja, das ist schon ok. Ich möchte schließlich auch nicht erkannt werden und vor allem möchte ich niemanden verraten", erwiderte ich und ging ins Badezimmer. Ich verschloss die Tür und holte aus meiner Tasche etwas Frisches zum Anziehen heraus. Ich entschied mich für ein dunkelblaues Oberteil und dazu eine graue Jeans. Ich zog mich um und packte die schmutzige Wäsche wieder in die Tasche. Anschließend verließ ich das Badezimmer und bekam eine Diskussion zwischen Ebby und Ethan mit. Lynn ging lachend an mir vorbei ins Badezimmer. Ihr folgte grinsend Neil. Was war denn hier los?

„Nein, ich werde mir nicht die Haare färben", sagte Ethan mit vor der Brust verschränkten Armen.

„Aber wir müssen euch etwas verändern", versuchte Ebby ihn zu überreden.

„Ich habe mir noch nie die Haare gefärbt und ich werde es auch jetzt nicht tun", protestierte er.

„Neil macht es aber auch", versuchte sie es noch einmal.

„Ich bin aber nicht Neil."

„Na gut, dann lass sie dir wenigstens etwas abschneiden", ergab

114

sie sich.

„Dagegen habe ich ja nichts. Aber die Farbe bleibt, wie sie ist."

„Na dann komm mit ins Badezimmer", sagte sie, schnappte sich einen Stuhl und ging voraus. Ethan folgte ihr. Als er mich sah, lächelte er mich an. Ich stellte meine Tasche ab und setzte mich auf die Couch. Angus grinste mich hämisch an und wollte sich gerade neben mich setzen, als er von Tyron weggeschubst wurde und dieser sich neben mich setzte. Auf die andere Seite setze sich John, sodass Angus keine Chance hatte.

„Hey, was soll das? Ich will mich doch nur setzen. Die Couch ist für alle da", beschwerte er sich.

„Wir lassen nicht zu, dass du in Trishas Nähe kommst", erklärte ihm Tyron.

„Ach weißt du, wenn ich es wirklich will, dann schaffe ich es auch. Du wirst mich nicht davon abhalten", höhnte Angus.

„Das wollen wir doch mal sehen."

„Das werden wir auch. Aber nicht jetzt. Jetzt werde ich mich noch etwas hinlegen. Weckt mich, wenn wir fahren", rief er und ging in eines der Schlafzimmer.

„Wir könnten ihn auch hierlassen", flüsterte John.

„Ja, das könnten wir. Aber ich will vermeiden, dass er uns dann bei der Polizei verpfeift. Ihm traue ich so etwas nämlich zu, auch wenn er damit seinen Onkel schadet. Das wäre ihm aber wahrscheinlich egal, denn er denkt nur an sich", erwiderte Tyron leise.

„Da hast du auch wieder recht."

„So, wer will denn nun als nächstes", fragte Lynn, die mit Neil, Ethan und Ebby aus dem Badezimmer kam. Mein Blick blieb an Ethan hängen. Er sah atemberaubend gut aus. Seine Haare waren kürzer im Nacken und an den Seiten anrasiert, aber sein Deckhaar lag immer noch ungebändigt auf seinen Kopf.

„Wir kommen ja schon", sagte John und riss mich somit aus meinen Gedanken. Tyron und er standen auf und gingen ins Badezimmer. Nun kamen Ethan und Neil zu mir und setzten sich auf die Couch. Erst jetzt fiel mir auf, dass Neil ein Handtuch um den Kopf gebunden hatte. Anscheinend hatte er die Färbung im Haar und damit sie besser einzog, wurde ein Handtuch darumgebunden.

„Wie sieht es eigentlich mit euch aus", wandte sich Lynn an Vincent und Marek. „Angus hat mir ja vorhin schon gesagt, dass er keine Veränderung will, aber was ist mit euch?"

„Also ich will nicht", antwortete Vincent.

„Ich auch nicht", kam es von Marek.

„Na gut", erwiderte sie und verschwand mit Ebby wieder im Badezimmer.

„Sagt mal, warum verändert ihr eigentlich euer Äußeres? Ich meine, beim Überfall hatte ihr doch alle diese Hauben auf, da konnte euch doch niemand erkennen", fragte ich Ethan.

„Das ist nur eine Vorsichtsmaßnahme, falls jemand vorher bei der Planung etwas mitbekommen hat und uns vielleicht verrät. Außerdem hat die Polizei uns gestern gesehen und wenn wir uns jetzt etwas verändern, wird es für sie schwieriger, uns zu finden", erklärte er mir.

„Das stimmt. Es sieht wirklich gut aus", rutschte es mir heraus und ich wurde rot im Gesicht.

„Danke", lächelte Ethan und strich mir über die Wange. „Es sieht so süß aus, wenn du rot wirst", flüsterte er an meinem Ohr und ich errötete noch mehr.

Kapitel 16

Trisha:

Nachdem alle fertig waren, kam ich an die Reihe. Ich wollte gerade ins Badezimmer gehen, als Ethan mich rief.

„Trisha, wir wollen kurz in den Waschsalon, soll ich deine schmutzigen Sachen mitnehmen", fragte er.

„Aber nur, wenn es keine Umstände macht", erwiderte ich.

„Nein, macht es nicht", lächelte er. Ich ging zu meiner Tasche und holte die Sachen heraus.

„Ähm Ethan", begann ich und wusste nicht, wie ich es ihm sagen sollte. Mir war es peinlich, ihm zu sagen, dass meine Unterwäsche dabei war. Ich wollte nicht, dass die Jungs sie sahen.

„Was ist los", fragte er und kam zu mir.

„Ich ... also da ist ... etwas dabei ... ich möchte nicht, dass sie es sehen", stotterte ich.

„Keine Angst, ich werde sie niemanden zeigen und sie mir auch nicht ansehen", sagte er lächelnd und hatte verstanden, was ich meinte.

„Danke."

„Ethan, wir müssen nachher noch eure abgeschnittenen Haare verbrennen. Wir können sie schließlich nicht hier in den Mülleimer schmeißen. Anhand der DNA könntet ihr erwischt werden", sagte Lynn.

„Ich weiß. Wir werden irgendwo an einem Waldstück halten. Wir müssen auch noch unsere Kleidung vom Überfall loswerden. Das können wir dann alles zusammen verbrennen."

„Gut. Komm Trisha, wir werden dich jetzt umstylen gehen", sagte Lynn, legte ihren Arm um meine Schulter und führte mich ins Badezimmer.

„Viel Spaß euch dreien. Wir sind dann mal weg", entgegnete Ethan.

„Macht nicht die Tür auf, wenn es klopft", kam es von Neil, der nun dunkelbraune Haare hatte. Auch Tyron hatte seine Haare gefärbt. Sie waren nun blond. John hatte sie sich nur kürzer schneiden lassen, was ihm aber gut stand.

„Ja Dad", lachten Lynn und Ebby.

„Ich meine es ernst", sagte Neil und verschränkte die Arme vor der Brust.

„Ja, jetzt geht endlich", erwiderte Ebby und wandte sich dann mir zu. „Zuerst müssen wir mal deine Haare noch einmal nassmachen, dann kann man sie besser schneiden." Wir hörten die Motelzimmertür, wie sie geschlossen wurde. Anscheinend waren die Jungs gegangen.

„Keine Angst. Es wird nicht schlimm und du kannst mitentscheiden, was wir machen", sagte Lynn.

„Ok, na dann lasst uns mal anfangen", erwiderte ich und ging zum Waschbecken. Ich beugte mich hinüber und wusch mir noch einmal die Haare, die schon angetrocknet waren. Anschließend trocknete ich sie ab und kämmte sie durch. Als ich damit fertig war, setzte ich mich auf den Stuhl.

„Also ich habe mir überlegt, wir schneiden dir die Haare bis Halslänge und anschließend noch stufig. Dann schneiden wir dir noch einen Pony und anschließend färben wir dir die Haare in Schwarz. Das steht dir bestimmt richtig gut. Was sagst du dazu", fragte mich Ebby und zeigte mir vor dem Spiegel, wie kurz meine Haare werden würden. Es war irgendwie schwer vorzustellen, wie ich mit kurzen Haaren aussehen würde, denn schließlich waren meine Haare bis knapp unter den Schulterblättern lang. Aber mal etwas Neues auszuprobieren wäre doch gar nicht schlecht. Außerdem wollte ich ja nicht, dass ich von der Polizei und den Leuten erkannt werden würde.

„Also gut. Dann fangt mal an", sagte ich entschlossen. Ebby nahm eine Schere und einen Kamm und begann mir die Haare zu schneiden. Lynn stand daneben und schaute zu.

„Wir haben übrigens, als wir deine Sachen aus der Wohnung geholt haben, deinen Vermieter getroffen. Was für ein schmieriger Typ", begann Ebby zu erzählen, während sie schnitt.

„Ja, das ist er wirklich", bestätigte ich ihr. „Hat er etwas zu euch gesagt?"

„Er hat uns erst gefragt, wer wir sind. Wir haben uns als deine Freundinnen ausgegeben. Dann sprach er davon, wie schrecklich es doch für dich sein muss, als Geisel genommen worden zu sein. Er hat dein Bild und den Bericht über den Überfall im Fernsehen gesehen. Natürlich fragte er auch, was wir in deiner Wohnung wollten. Aber wir waren gut vorbereitet und sagten ihm, dass wir deine Katze aus der Wohnung holen und uns um sie kümmern wollten. Er war ganz verwundert, dass du eine Katze hättest und sagte, er hätte sie noch nie in deiner Wohnung gesehen. Aber warum ist er in deiner Wohnung gewesen?"

„Na ja, er hat anscheinend einen Zweitschlüssel für die Wohnung. Ab und zu muss er mal drinnen gewesen sein. Ich habe mir aber ein Zusatzschloss gekauft und an die Tür angebracht, welches ich immer abgeschlossen hatte, wenn ich zu Hause war. Ich wollte nämlich nicht, dass er nachts plötzlich in meinem Schlafzimmer stehen würde. Der Kerl hat mich auch ständig angemacht und hat mir regelrecht im Hausflur aufgelauert", erklärte ich.

„Warum bist du denn noch nicht ausgezogen? Wenn ich so einen Vermieter hätte, dann hätte ich es schon längst getan", fragte Lynn.

„Das möchte ich ja auch. Ich habe auch schon eine neue Wohnung gefunden ...", begann ich zu erzählen.

„Aber", harkte Ebby nach. Es war mir ziemlich unangenehm, die Vorkommnisse wegen des Kredites und der Arbeit zu erzählen, aber ich tat es dann doch.

„Na ja und als ich vorgestern in der Bank war, hat mir die Angestellte gesagt, dass ich den Kredit nicht bekomme, da ich im Moment keinen Job habe", endete ich meine Erzählung.

„Das ist unglaublich, dass sie ihn dir nicht gegeben hat, nur weil du deinen Job unverschuldet verloren hast und dann kam noch der Überfall und Angus hat dich als Geisel genommen. Dass du das alles durchmachen musst, tut mir wirklich leid", sagte Ebby.

„Ja, mir auch", stimmte Lynn ihr zu. Ich war froh, dass die Beiden so freundlich zu mir waren und mir nicht die Schuld gaben, dass ihre Jungs nun ein hohes Risiko trugen, weil sie mich mit auf die Flucht nahmen. Wenn sie aber nur wüssten, wie viel ich wirklich schon durchgemacht hatte. Aber das würde ich ihnen jetzt nicht erzählen. Ich kannte sie ja kaum und hatte noch kein Vertrauen zu ihnen, was meine Geschichte anging.

„Ist schon gut", erwiderte ich.

„Nein, ist es nicht. Normalerweise nehmen die Jungs bei einem Überfall weder Geiseln noch verletzen oder töten sie Leute. So sind ihre Regeln. Aber Angus musste sie ja unbedingt brechen und den

Plan ändern", regte sich Ebby auf.

„Ebby, ganz ruhig. Pass auf ihre Haare auf", beruhigte sie Lynn.

„Oh, ja es ist nichts passiert. Ich bin auch schon fertig. Jetzt müssen wir sie nur noch färben", entgegnete sie und betrachtete ihr Werk. Ich durfte nicht in den Spiegel sehen, denn ich musste warten, bis alles fertig war. Ebby holte die Färbung, die Lynn schon gebrauchsfertig gemacht hatte und begann, meine Haare zu färben. Anschließend band sie mir ein Handtuch um den Kopf, damit die Farbe besser einzog. Jetzt hieß es warten.

Ethan:

Wir gingen in den Waschsalon, der sich auf dem Gelände des Motels befand. Ich fand es richtig süß, als Trisha mir versucht hatte zu erklären, dass ihre Unterwäsche bei den schmutzigen Sachen dabei war. Ich hatte ihr versprochen, sie niemanden zu zeigen und würde sie mir selbst auch nicht ansehen. So etwas tat ich nicht, wenn sie es nicht wollte. Ich nahm zuerst ihre Wäsche und packte sie in eine der Waschmaschinen. Ich fügte noch Waschpulver und Weichspüler hinzu, was man im Waschsalon bekam und schaltete die Maschine ein. Das Gleiche tat ich mit meinen Klamotten. Wir wuschen eigentlich immer unsere Wäsche in Waschsalons, wenn wir auf der Flucht waren, denn schließlich brauchten wir auch saubere Klamotten. Die Anderen taten es mir gleich. Während wir warteten, bis die Wäsche fertig war, setzten wir uns auf die Stühle, die in dem Salon standen und unterhielten uns.

Als die Wäsche fertig war, holte ich zuerst die Sachen von Trisha aus der Maschine und wollte sie in den Trockner stecken, als mir ihr BH herunterfiel. Noch bevor ich ihn aufheben konnte, hatte sich Angus ihn schon geschnappt.

„Oh, was haben wir denn da? Ist der von unserer Geisel", fragte er grinsend.

„Das geht dich gar nichts an", zischte ich und versuchte ihn ihm aus der Hand zu reißen. Angus reagierte schnell und zog seine Hand weg.

„Gib sofort den BH her", knurrte ich.

„Wieso? Vielleicht will ich ihn auch als kleines Andenken an unsere Geisel behalten, wenn ich sie schon nicht haben darf."

„Du wirst sie auch nicht bekommen und jetzt gib ihn her."

„Du hast gehört, was Ethan gesagt hat", kam es von Tyron hinter Angus und griff sich seinen Arm. „Lass den BH los."

„Nein", erwiderte Angus und hielt den BH weiterhin fest.

„Na dann muss ich dich halt dazu zwingen", knurrte Tyron und drehte Angus den Arm auf den Rücken.

„Aua, lass das. Das tut weh", rief Angus und versuchte sich aus Tyrons Griff zu befreien. Doch dieser ließ ihn nicht los.

„Ich weiß. Also lass den BH los und ich werde dich loslassen", entgegnete Tyron und verstärkte seinen Griff noch etwas.

„Aua, ja ist ja gut. Hier habt ihr das blöde Teil und jetzt lass mich los", schrie Angus und warf den BH in meine Richtung. Ich fing ihn auf und steckte ihn zu den anderen Sachen in den Trockner. Mein Bruder ließ Angus los, der sich mit schmerzverzerrtem Gesicht den Arm hielt.

„Du hast mir fast den Arm gebrochen", schnauzte er ihn an.

„Das ist deine eigene Schuld. Du hättest gar nicht erst den BH nehmen sollen", konterte Tyron und kümmerte sich um seine Wäsche.

Trisha:

Es war soweit. Die Einwirkungszeit der Färbung war vorbei. Ich beugte mich über das Waschbecken und Ebby wusch mir die Haare, bis keine Farbe mehr herauskam. Anschließend trocknete sie mir die Haare ab und ich musste mich wieder auf den Stuhl setzen. Ich hatte mich immer noch nicht im Spiegel sehen können. Ebby wollte mich erst fertig frisieren und dann durfte ich mir das Ergebnis anschauen. Sie föhnte mir die Haare und stylte sie mit Haarspray.

„Komm, ich schminke dich jetzt noch", sagte Lynn und hockte sich vor mich. Sie nahm einen Schminkkoffer und suchte die passenden Farben heraus. „Ich werde dich nur ganz dezent schminken. Das wird dir besser stehen." Als erstes nahm sie einen braunen Lidschatten, dazu einen schwarzen Kajal. Sie verzichtete auf Puder und Make-up und nahm nur einen Lipgloss.

„Fertig", rief Lynn und betrachtete ihr Werk.

„Darf ich mich jetzt mal im Spiegel ansehen", fragte ich und schaute erst Lynn und dann Ebby an.

„Ja, jetzt darfst du", erwiderte Ebby lächelnd. „Ich bin gespannt, was du sagen wirst." Ich stand auf und ging zu dem Badezimmerspiegel über dem Waschbecken, den Lynn mit einem Handtuch verdeckt hatte. Ich nahm das Handtuch herunter und erstarrte, als ich mich im Spiegel sah. Das sollte ich sein? Ich sah eine sehr schöne Frau, mit schwarzen, stufigen kurzen Haaren im Spiegel. Es war Wahnsinn, was Ebby aus meinen Haaren gemacht hatte. Und die geschminkten Augen und der Lipgloss, sah einfach gut aus.

„Und was sagst du", fragte Lynn und war auf meine Antwort gespannt.

„Wahnsinn. Es sieht einfach klasse aus. Danke", erwiderte ich immer noch faszinierend davon, was ich im Spiegel sah.

„Na dann haben wir doch eine gute Arbeit gemacht", grinste Ebby.

„Ja, das habt ihr wirklich", stimmte ich ihr zu.

„Wir sind wieder da", hörte ich Tyrons Stimme im Wohnraum.

„Oh, das ist gut. Dann können wir dich gleich mal den Jungs präsentieren. Komm mit", sagte Ebby, schnappte sich meinen Arm und zog mich mit sich. Lynn ging vor und trat als Erstes aus dem Badezimmer.

„Meine Herren, darf ich vorstellen? Hier kommt Trisha", sagte sie und schon wurde ich von Ebby in den Raum geschoben. Nun lagen alle Blicke auf mir, was mir gar nicht gefiel. Ich mochte es nicht, wenn ich im Mittelpunkt stand.

„Wow", kam es von John.

„Wer bist du und wo hast du Trisha gelassen", fragte Tyron.

„Du siehst wunderschön aus", sagte Ethan und kam zu mir.

„Bla bla bla. Sie ist immer noch unsere Geisel, vergesst das mal nicht", rief Angus.

„Halt´s Maul Angus", erwiderte Ethan.

„Eben, du hast hier gar nichts zu melden", stimmte John ihm zu.

„Das wollen wir doch mal sehen", rief Angus und kam auf mich zu. Ich bekam Angst, denn ich wusste nicht, was er nun tun würde.

Ethan stellte sich vor mich und somit ihm in den Weg.

„Du bleibst von ihr fern", knurrte er.

„Warum? Lass mich doch mal etwas Spaß mit ihr haben. Du kannst sie ja dann danach haben", grinste Angus und versuchte an Ethan vorbei zu kommen. Dieser holte aus und verpasste ihm mit seiner Faust einen Schlag ins Gesicht, der Angus taumeln ließ.

„Du wirst sie nicht anrühren."

„Du Arschloch, du hast mir gar nichts zu sagen", schrie Angus und stürmte auf Ethan los. Doch ehe er ihn erreichen konnte, hatte Tyron ihn schon am Hemd gepackt und schleuderte ihn zu Boden.

„Lass es sein, oder du wirst wieder einmal K. O. geschlagen", zischte er wütend.

„Das werde ich alles meinen Onkel erzählen. Ihr werdet schon sehen, was ihr davon habt", schrie Angus und verschwand in eines der Schlafzimmer.

„Tu es doch. Mal sehen, was er dazu sagt, was du hier tust", rief Ethan ihm noch hinterher. Er wandte sich zu mir. Ich zitterte am ganzen Körper. Er wollte etwas Spaß mit mir haben. Genau das hatte er auch immer zu mir gesagt und wieder tauchten die Bilder in meinen Kopf auf. Ich wollte sie nicht sehen. Ich wollte sie nie wieder sehen.

„Hey, es ist alles gut", sagte Ethan und nahm mich in den Arm. „Er wird dir nichts tun. Ich werde dich vor ihm beschützen", flüsterte er an meinem Ohr. Beruhigend strich er mir über den Rücken und ich beruhigte mich etwas.

„Geht es wieder", fragte Ethan nach einer Weile.

„Ja, es geht schon", erwiderte ich und war froh, dass das Zittern nachgelassen hatte.

„Wir müssen noch Fotos von euch für eure neuen Ausweise machen", sagte Lynn und holte eine Kamera aus ihrer Tasche. „Trisha, du musst dir noch einen anderen Namen überlegen. Schließlich bekommst du auch einen neuen Ausweis und damit du nicht erkannt wirst, brauchst du auch einen anderen Namen." Einen anderen Namen? Ich wollte keinen anderen Namen. Trisha hatten mich meine Eltern immer genannt. Es war eines der wenigen Sachen, die ich noch von ihnen hatte.

Kapitel 17

Angus:

Man, die gönnten mir auch gar keinen Spaß. Erst stellten sie sich so an wegen des BHs und dann ließen sie mich gar nicht mehr an unsere Geisel ran. Ethan könnte sie doch ruhig mal mit mir teilen. Ich wollte doch nur etwas Spaß mit ihr im Bett haben. Danach könnte Ethan sie doch wieder haben. Aber nein, er war echt ein Spielverderber. Sein Bruder und seine Freunde genauso. Aber sie würden noch sehen. Ich würde Trisha bekommen und dann würde ich ihr zeigen, wie viel Spaß man im Bett haben konnte. Sie schien so unschuldig zu sein. Vielleicht war sie ja sogar noch Jungfrau. Oh, das wäre noch ein größeres Vergnügen für mich, der Erste bei ihr zu sein.

Nachdem Tyron mir Schläge angedroht hatte, verzog ich mich ins Schlafzimmer und legte mich noch etwas hin. Ich hatte keine Angst vor ihm. Nein, ich würde den Kampf auch gewinnen, aber ich hatte einfach keine Lust, mich mit ihm anzulegen. Stattdessen nahm ich mein Handy und wählte die Nummer von meinem Onkel. Ich wollte ihm mal erzählen, wie sie mich hier behandelten. Also eigentlich wollte ich die Anderen bei ihm verpetzen, denn es reichte mir langsam mit ihnen. Ich hatte eigentlich keinen Bock mehr, weiter mit ihnen zusammen zu arbeiten.

„Ja", meldete er sich.

„Hallo Onkelchen. Ich bin es, Angus", grüßte ich ihn.

„Wie oft habe ich dir schon gesagt, dass du mich nicht so nennen sollst", meckerte er, denn er konnte es nicht leiden, wenn ich ihn Onkelchen nannte. Ich tat es aber um ihn ein bisschen zu ärgern.

„Ja, ist ja schon gut."

„Wie läuft es denn bei euch? Ist alles in Ordnung oder ist die Polizei euch schon auf den Fersen", fragte er.

„Nein sind sie noch nicht. Vom Plan her ist auch alles in Ordnung."

„Das ist gut. Und was ist mit eurer Geisel? Ich möchte nicht, dass deswegen etwas schief geht", sagte er ernst.

„Ihr geht es gut. Du brauchst dir keine Sorgen machen. Es wird alles glattgehen", versicherte ich ihm.

„Dann ist ja gut, weil eines kann ich dir sagen, sollte irgendetwas passieren, was mit der Geisel zu tun hat, solltet ihr ihretwegen von der Polizei geschnappt werden und ich bekomme deswegen nicht den Schmuck, dann mache ich dich dafür verantwortlich", knurrte er ins Telefon.

„Aber wieso? Ich habe doch gar nichts getan."

„Oh doch. Du hast die Regeln gebrochen, die dein Team aufgestellt hat und hast eine unschuldige Frau als Geisel genommen. Was hast du dir dabei eigentlich gedacht", fragte er wütend.

„Ich ... ich hatte keine Lust mehr nach deren Pfeife zu tanzen. Also habe ich den Plan einfach etwas geändert. Ich will doch nur etwas Spaß mit ihr haben", versuchte ich mich zu verteidigen.

„Etwas Spaß haben? Weißt du was das jetzt für die Frau bedeutet? Wir werden sie töten müssen, wenn ihr wieder hier seid. Sie kann nicht am Leben bleiben, dafür hat sie zu viel mitbekommen. Und eines sage ich dir. Fasst du sie gegen ihren Willen an, dann kannst du was erleben. Vergewaltigung toleriere ich gar nicht", drohte er mir. Er drohte mir. Mir, wo ich doch sein Neffe war. Aber ich würde mir nicht drohen lassen. Ich würde das tun, was ich wollte. Er brauchte es ja nicht zu erfahren.

„Ist ja schon gut. Weshalb ich eigentlich anrufe, ich wollte mich über die Anderen beschweren. Sie lassen mich nichts tun und schlagen mich", änderte ich das Thema.

„Sie tun was? Warum schlagen sie dich? Dafür wird es doch einen Grund geben", wollte er nun wissen.

„Ich weiß es nicht. Es gibt eigentlich keinen Grund", log ich.

„Gib mir mal Ethan", forderte James nun. Das konnte ich nicht tun. Ethan würde ihm doch alles erzählen.

„Er ist gerade nicht da."

„Das glaube ich nicht. Du gibst mir jetzt sofort Ethan", schrie er nun.

„Ist ja gut."

Ethan:

Als Trisha aus dem Badezimmer kam, konnte ich meinen Blick nicht von ihr abwenden. Sie sah wunderschön aus. Klar, das war sie vorher auch schon gewesen, aber ihre neue Frisur und die Haarfarbe, dazu noch die dezente Schminke, das sah alles so gut an ihr aus.

Als Lynn erwähnte, Trisha müsste sich für ihren neuen Ausweis einen anderen Namen überlegen, schaute sie ganz erschrocken. Aber es war auch Traurigkeit in ihren Augen zu sehen.

„Kleines, was ist los", fragte ich sie.

„Ich verstehe ja, dass ich einen neuen Namen brauche, um nicht erkannt zu werden, aber meine Eltern haben mich immer Trisha genannt. Es ist eines der wenigen Dinge, die ich noch von ihnen habe", erklärte sie mir.

„Hey, wir werden schon eine Lösung finden", sagte ich sanft.

„Meinst du", fragte sie.

„Natürlich. Es wird doch bestimmt noch Namen geben, bei dem du Trisha als Spitznamen behalten kannst", versicherte ich ihr und führte sie zur Couch, wo wir uns hinsetzten. Die Anderen nahmen ebenfalls platz und so überlegten wir zusammen.

„Wie wäre es denn mit Patricia. So ist Trisha immer noch in den Namen mit drin", schlug Ebby vor. Trisha zuckte neben mir zusammen. Ich wusste, dass Patricia ihr wirklicher Name war und sie ihn aus irgendeinem Grund geändert hatte. Aber Ebby wusste es nicht.

„Nein, das geht nicht", sagte Trisha leise.

„Warum denn nicht", harkte Ebby nach. Das sie immer so neugierig sein musste.

„Weil ... weil das schon mein Name ist", erklärte Trisha zögernd.

„Aber du heißt doch Trisha. Ich habe in deiner Wohnung Post mit diesem Namen gesehen."

„Ja ... aber ich heiße eigentlich Patricia. Ich habe nur meinen Namen in meinen Spitznamen geändert."

„Und warum das", fragte Ebby neugierig.

„Ich ... ich ... kann nicht", flüsterte Trisha und senkte ihren Kopf. Ich legte meinen Arm um ihre Schulter und zog sie zu mir.

„Scht. Du brauchst es nicht zu erzählen, wenn du es nicht willst", flüsterte ich ihr zu und wandte mich dann an Ebby. „Lass es bitte. Sie möchte darüber nicht reden. Suchen wir lieber nach einem anderen Namen."

„Na gut", gab sie schließlich nach, warf mir aber einen Wir-reden-später-Blick zu, worauf ich kurz nickte. Viel konnte ich ihr sowieso nicht erzählen, denn ich wusste ja selbst nicht so viel.

„Was haltet ihr denn von Beatrice", schlug Lynn vor. Ich fand den Namen sehr schön und Trisha könnte ihren Spitznamen dadurch behalten.

„Was sagst du dazu", fragte ich Trisha und schaute sie an.

„Der Name klingt gut", erwiderte sie und ein kleines Lächeln bildete sich auf ihren Lippen.

„Gut, dann haben wir doch schon einen Namen. Dann brauchen wir nur noch einen Nachnamen, aber da wird es doch wohl keine Probleme geben", sagte Lynn lächelnd.

„Na wie wäre es denn mit Clarkson? Der hört sich doch gut an", kam es von Ebby.

„Beatrice Clarkson. Das hört sich gut an", erwiderte Trisha und nun lächelte sie richtig.

„Dann haben wir doch schon einmal deinen neuen Namen. Nun fehlen nur noch die Jungs", kam es von Lynn und notierte sich auf einen Zettel den Namen. Nicht bei jedem Auftrag änderten wir unsere Namen. Wobei wir meisten nach ein paar Monaten wieder unsere alten Namen annahmen. Zumindest sprachen wir uns untereinander mit dem richtigen Namen an, achteten aber darauf, es nicht in der Öffentlichkeit zu tun.

„Also für Ethan würde ich Donald vorschlagen", kam es von Tyron lachend.

„Das ist doch nicht dein Ernst. Ich werde nicht wie eine Ente heißen", erwiderte ich empört. Es gab doch so viele Namen, die sich auch noch gut anhörten. Aber doch nicht Donald.

„Na gut, dann eben Friedhelm oder Adalbert", lachte er. Trisha neben mir kicherte ebenfalls.

„Machst du dich etwa über mich lustig", fragte ich sie. „Wir können dir gerne auch noch einen anderen Namen aussuchen."

„Nein, bitte. Ich möchte diesen Namen. Ich lache dich gar nicht aus", sagte sie schmunzelnd.

„Na gut, dann werde ich es dir mal glauben", erwiderte ich lächelnd und wandte mich dann an meinen Bruder. „Tyron, du kannst gerne einen der Namen nehmen, aber ich suche mir meinen Namen schon selbst aus."

„Ach man", murrte er.

„Ethan, James will dich sprechen", rief Angus, der aus dem Schlafzimmer kam und reichte mir sein Handy.

„Ja", meldete ich mich etwas verblüfft darüber, dass er mich sprechen wollte.

„Hallo Ethan. Mein Neffe erzählte mir gerade, dass ihr ihn schlagen würdet. Er meinte, es gäbe keinen Grund, aber ich kann mir nicht vorstellen, dass ihr es einfach so tut. Sollte es doch so sein, dann werdet ihr meine Wut darüber zu spüren bekommen", drohte er aufgebracht.

„Ich kann dir versichern, dass es dafür Gründe gab", sagte ich und sah zu Angus herüber, der etwas nervös zurück ins Schlafzimmer ging. Er wusste, dass nun seine Lügen auffliegen würden.

„Und was für Gründe waren das", wollte James nun von mir wissen.

„Er hat dem Mädchen mehrmals mit der Pistole bedroht, ihr Angst gemacht, sie verletzt und sie auch noch versucht, unter die Dusche zu ziehen. Du kannst dir wahrscheinlich denken, was er da vorhatte", erklärte ich ihm.

„Das ist doch wohl die Höhe. Ich habe ihm gerade noch zu verstehen gegeben, dass ich Vergewaltigung nicht dulde und dass er es sich nicht wagen soll, so etwas zu tun. Ich werde ihn mir vornehmen, wenn ihr hier seid", empörte er sich. „Wie läuft es denn sonst bei euch? Ich habe Angus zwar schon gefragt, aber ich möchte es lieber noch einmal von dir hören. Läuft alles nach Plan", fragte er nun etwas ruhiger.

„Ja, es läuft alles gut."

„Dann bin ich ja beruhigt." Wir verabschiedeten uns voneinander und legten auf.

„War das James", fragte Neil, der gerade aus dem Badezimmer gekommen war.

„Ja, Angus hat ihn irgendeinen Mist erzählt und er wollte wissen, ob es stimmt. Ich konnte ihn allerdings beruhigen", erwiderte ich und legte das Handy auf den Tisch.

„Na, hast du gepetzt", fragte Angus und kam aus dem Schlafzimmer. Er nahm sein Handy und steckte es sich in die Tasche.

„Nein, ich habe nur die Wahrheit erzählt, das was du anscheinend nicht getan hast."

„Ja ja ist klar", murmelte er und ging wieder zurück ins Schlafzimmer. Ich war froh, dass er dort hinging. So ging er uns wenigstens nicht auf die Nerven.

Eine Stunde später waren die neuen Ausweise mit Foto und Namen fertig und wir machten uns für die Abreise bereit. Tyron hatte sich Donald genannt. Er fand den Namen cool. Als Nachnamen hatte er sich Bower ausgesucht. Neil hieß nun Alan Stanfort und John nannte sich Brian Davids. Ich hatte mich für Marc Richard entschieden. Marc war eigentlich mein Zweitname in meinen richtigen Namen. Ich hieß eigentlich Ethan Marc Bolton. Tyrons und mein richtiger Familienname war Armstrong, aber da wir nichts mehr mit unseren Eltern zu tun haben wollten, änderten wir unseren Nachnamen in Bolton um. Angus, Vincent und Marek hatten ihre Namen nicht geändert. Sie hatten keine Lust dazu. Mir war es egal. Sie mussten wissen, was sie tun. Auch wenn es besser gewesen wäre, um später nicht erkannt zu werden. Lynn und Ebby hatten sich ebenfalls neue Ausweise gemacht. Ebby hieß nun Jasmin Tirado und Lynn nannte sich Charlotte Durand. Beide hatten ihr Aussehen vor ihrer Ankunft etwas verändert. Ebby hatte sich die Haare abgeschnitten und Lynn ihre von braun wieder zu blond, was ihre eigentliche Haarfarbe war, gefärbt. Braun hatte sie sich ihre Haare beim letzten großen Coup vor einem halben Jahr gefärbt und es seitdem in dieser Farbe gelassen. Eigentlich mussten sie es nicht, aber es war zur Vorsicht, falls doch irgendjemand etwas im Vorfeld mitbekommen haben sollte. Ich packte gerade die Taschen ins Auto, als Lynn und Ebby zu mir kamen. Wie gesagt, untereinander sprachen wir uns mit unseren richtigen Namen an. Nur nicht in der Öffentlichkeit.

„Du hast uns da mal etwas zu erklären", begann Ebby und ich wusste, was sie meinte.

„Was soll ich euch dazu schon groß sagen. Ich weiß doch selbst nichts. Ich weiß nur, dass ihre Eltern gestorben sind und sie einen Vormund hat beziehungsweise hatte. Irgendetwas muss aber mit ihr passiert sein. Sie hat ihren Namen geändert und eine Brandwunde am Bauch", erklärte ich. „Außerdem hat sie nachts Albträume."

„Oh mein Gott. Das ist ja schrecklich", kam es von Ebby.

„Meinst du ihr Vormund hat etwas damit zu tun", fragte Lynn.

129

„Ich weiß es nicht. Sie flehte mich an, als Angus sogar Lösegeld für sie fordern wollte, sie nicht anzurufen. Sie sagte auch etwas, wenn wir sie freilassen, dass sie sowieso wieder flüchten müsse. Allerdings will sie mir nichts erzählen. Sie sagt sie kann nicht.“

„Aber sie kann uns doch vertrauen“, entgegnete Ebby.

„Ja, so sehen wir das. Aber sie sieht es wohl etwas anders. Sie hat noch nicht das Vertrauen zu uns, damit sie uns davon erzählen kann. Sie scheint Menschen gegenüber ziemlich argwöhnisch zu sein. Allerdings wurde sie auf ihrer Arbeitsstelle gemobbt, und wenn sie dann noch etwas Schrecklicheres erlebt hat, kann ich natürlich verstehen, dass sie Zeit braucht, um Vertrauen zu fassen“, erklärte ich.

„Da hast du recht“, stimmte mir Lynn zu. „Wir werden auf jeden Fall für sie da sein und ihr helfen.“

„Auf jeden Fall“, sagte Ebby zustimmend.

„Wusstest du, dass sie von ihrem Vermieter belästigt wurde und dass er ihr ständig im Haus aufgelauert hat“, fragte mich Lynn.

„Nein, das hat sie mir nicht erzählt.“

„Sie wollte aus der Wohnung ausziehen, brauchte aber einen Kredit, damit sie die Kaution für eine neue Wohnung, die sie bekommen konnte, bezahlen konnte. Deshalb war sie an dem Tag auch in der Bank, als ihr sie überfallen habt. Sie hat den Kredit nur leider nicht bekommen, weil sie keine Arbeit hatte“, erzählte sie. Ich konnte es nicht fassen. Dieser Typ belästigte meine Trisha und die Bank half ihr nicht aus der Wohnung ausziehen zu können. Deshalb also hatte Trisha die Tränen in den Augen gehabt, als wir in die Bank kamen. Das muss es gewesen sein. Sie war traurig, weil sie den Kredit nicht bekommen hatte. Aber warum hatte sie mir das mit ihrem Vermieter nicht erzählt? Ich hätte sie doch an dem Abend, wo wir Essen waren, doch bis zur Wohnung gebracht. Wenn ich es gewusst hätte, hätte ich sie doch nie alleine in dieses Haus gehen lassen.

Kapitel 18

Lorenzo:

Lorenzo, Lorenzo komm schnell ins Wohnzimmer", rief meine Frau Sally aufgeregt. Ich wusste nicht, was los war und eilte in unser Wohnzimmer.

„Schau", sagte sie und zeigte zum Fernseher. Dort liefen gerade die Nachrichten, wo sie über einen Überfall der New Yorker Bank berichteten und ein Bild einer jungen Frau zeigten. Es stand auch ein Name unter dem Bild. Trisha Anderson. Mir kam die junge Frau so bekannt vor. Der Sprecher sprach von einer Geiselnahme, bei der diese junge Frau als Geisel genommen wurde. Die Verbrecher hätten noch keine Lösegeldforderung gestellt und man wusste nicht, wie es der Geisel ging und ob sie noch am Leben wäre. Als ich mir das Bild genauer ansah, erkannte ich sie. Das war doch tatsächlich Trisha. Oh mein Gott. Sie hatte ihren Namen geändert. Aber warum? Hatte sie vielleicht geheiratet und den Namens Ihres Ehemannes angenommen? Ich hatte sie seit Jahren nicht mehr gesehen.

„Haben Ethan und die Jungs nicht die Bank in New York ausgeraubt", fragte Sally.

„Ja, zumindest hatten sie das vor."

„Oh mein Gott und sie haben eine Geisel genommen. Lorenzo, die Frau sieht aus wie Trisha."

„Das habe ich auch gerade gedacht. Und ich bin mir sicher, sie ist es wirklich. Ich muss Ethan anrufen und fragen, was da los ist", sagte ich, nahm mein Handy und wählte seine Nummer.

Ethan:

Mein Handy klingelte und als ich auf das Display schaute, sah ich, dass es Lorenzo war.

„Ja", meldete ich mich und entfernte mich ein wenig vom Motelzimmer, damit Angus und seine Freunde nicht mitbekamen, mit wem ich telefonierte. Ich wollte nicht, dass unser Plan abzuhauen und unterzutauchen, damit James uns nicht fand, aufflog.

„Ethan, sag mal, was ist bei euch los? Seit wann nehmt ihr bei Überfällen Geiseln? Sally und ich haben es gerade in den Nachrichten gesehen. Wir kamen gestern Abend erst aus Italien wieder."

„Das ist nicht unsere Schuld. Angus, der Neffe von James hat sie als Geisel genommen. Er hat einfach den Plan geändert und als ich etwas dagegen unternehmen wollte, hat er gedroht sie umzubringen. Das wollte ich natürlich nicht. Jetzt versuchen wir sie so gut es geht vor Angus zu beschützen", erklärte ich ihm.

„Oh dieser Angus. Ich habe euch doch gesagt, dass dieser Kerl ärger machen wird. Geht es Trisha denn gut", wollte er nun wissen. Mich wunderte es, dass er sie beim Namen nannte. Woher kannte er sie? Wahrscheinlich wurde der Name in den Nachrichten genannt und Lorenzo hatte sich ihn gemerkt.

„Ja, ihr geht es gut", bestätigte ich ihm.

„Na da bin ich aber beruhigt. Ethan ihr müsst so schnell wie möglich hierherkommen. Ich würde euch ja meinen Privatjet schicken. Allerdings ist er gerade zur Inspektion und ich werde ihn erst in zwei Tagen zurückbekommen. Wie lange braucht ihr noch, bis ihr hier seid", fragte er mich nun. Was war denn auf einmal los? Warum sollten wir plötzlich so schnell zu ihm kommen?

„Wir werden noch drei Tage mit Pausen, Übernachtungen und Wagen tauschen brauchen, wenn wir allerdings die Nacht durchfahren, würde es schneller gehen. Zumindest wenn unser Plan klappt und wir abhauen können. Aber was ist denn los", fragte ich ihn.

„Das kann ich dir jetzt nicht auf die Schnelle erklären. Beeilt euch bitte. Es ist sehr wichtig. Und Ethan, pass mir bitte gut auf Trisha auf. Ihr darf nichts passieren", drängte er.

„Ja, das werde ich, versprochen." Wir verabschiedeten uns und legten auf. Ich fand dieses Gespräch wirklich seltsam. Was war denn los? Und warum war es ihm so wichtig, dass Trisha nichts passierte?

Trisha:

Ich war gerade dabei, meine gewaschenen Sachen in die Tasche zu packen, als Neil vor meiner Schlafzimmertür auf und ab lief.

„Was machst du da", fragte ich ihn neugierig.

„Ich passe auf, dass ein gewisser Herr dich nicht belästigt", erwiderte er lächelnd.

„Danke, das ist wirklich nett von dir, aber das musst du doch nicht tun." Ich wollte nicht, dass er seine Zeit damit verbrachte auf mich aufzupassen. Er hatte bestimmt noch etwas anderes zu tun, was er meinetwegen nun nicht machen konnte.

„Natürlich, denn ich möchte nicht, dass er dir etwas tut."

„Na gut, aber dann setz dich doch. Du brauchst doch nicht hin und her zu laufen."

„Ok", sagte Neil, kam ins Zimmer und setzte sich aufs Bett.

„Erzählst du mir etwas", fragte ich ihn.

„Was möchtest du denn hören", wollte er lächelnd wissen.

„Ich weiß nicht. Vielleicht wie du zu dieser Truppe kamst. Ich meine, nur wenn du natürlich möchtest, denn es geht mich ja eigentlich nichts an."

„Nein, ist schon gut. Also ich kam damals in das gleiche Heim, wie Ethan und Tyron. Ich weiß nicht, ob Ethan dir von ihrer Geschichte erzählt hat", begann er.

„Ja, das hat er", erwiderte ich, wobei er nicht den Namen seines Bruders erwähnt hatte. Also war Tyron der Bruder von Ethan.

„Ich war sieben Jahre alt, als meine Mutter an Krebs gestorben war. Mein Vater hat meine Mutter schon vor meiner Geburt verlassen. Ich habe ihn nie kennengelernt und mittlerweile habe ich auch gar nicht mehr das Bedürfnis, ihn überhaupt kennenzulernen. Ich kam erst zu meinen Großeltern, sie wurden allerdings beide schwer krank und es war ihnen nicht mehr möglich, für mich zu sorgen. Deshalb hatte mich das Jugendamt in das Kinderheim gesteckt. Ich durfte sie besuchen, allerdings sind beide noch im gleichen Jahr gestorben."

„Das ist ja schrecklich", sagte ich mitfühlend.

„Ja, das war es wirklich. Allerdings habe ich dann Ethan und Tyron kennengelernt, die beide erst seit ein paar Monaten dort waren. Sie und John wurden meine besten Freunde, wobei er erst etwas später zu uns gestoßen war. Na ja, wir gingen normal zur Schule, aber das Heimleben war nicht gerade das Beste. Wir bekamen zwar ein kleines Taschengeld, aber davon konnte man sich auch nicht gerade viel kaufen. Auch hatten wir ständig Ärger mit der Heimleitung, da wir oft erst spät in der Nacht ins Heim zurückkamen. Als Tyron und ich dann achtzehn und mit der Schule fertig waren, sollten wir in ein betreutes Wohnen, bis wir jeder einen Job hatten und auf eigenen Beinen stehen konnten. Für ein Studium war einfach kein Geld da und wir konnten es auch nicht bezahlen. Da Ethan zu der Zeit erst sechzehn und John fünfzehn waren, mussten sie noch im Heim bleiben. Wir wären also getrennt gewesen und das wollten wir nicht. Wir vier waren und sind es immer noch wie eine Familie. Also hauten wir mit Ethan und John ab und hielten uns mit kleinen Kriminalitäten über Wasser. Eines Tages lernten wir Freddie kennen. Er ist einer der Handlanger von James, unserem Boss. Er stellte ihn uns vor und er nahm uns auf. Ethan und John machten ihre Schule zu Ende. Das wollten Tyron und ich so und auch James fand es besser, wenn die Beiden einen Schulabschluss hatten, denn Schulbildung ist wichtig. Natürlich mussten Beide in dieser Zeit ihre Namen ändern und wir waren auch in einem ganz anderen Bundesstaat, weil die Polizei und das Jugendamt die Beiden gesucht hatten. Tja, und seitdem arbeiten wir für ihn", erzählte Neil und ich hatte interessiert zugehört.

„Ich finde es schön, dass ihr eine Art Familie seid und zusammenhaltet."

„Ja, das ist es wirklich und ich bin sehr froh darüber", erwiderte Neil lächelnd.

„Seid ihr soweit? Wir müssen sofort aufbrechen. Vincent und Marek sind gerade an der Rezeption um das Zimmer zu bezahlen", sagte Ethan, der in der Tür stand.

„Ja, wir sind soweit", entgegnete Neil, stand auf und nahm meine Reisetasche, die ich gerade zu gemacht hatte. „Aber warum hast du es denn so eilig?"

„Lorenzo hat angerufen. Er hat in den Nachrichten von der

Geiselnahme erfahren. Er war ganz komisch und sagte, wir sollen so schnell wie möglich zu ihm kommen. Ich habe keine Ahnung was los ist. Aber es wird sowieso Zeit, dass wir weiterfahren", flüsterte Ethan.

„Und wie fahren wir jetzt", wollte Tyron wissen, der mit John neben ihm aufgetaucht war.

„Wir tauschen eben in Chicago den Wagen und fahren dann direkt nach Tulsa durch", antwortete Ethan.

„Was? Das ist ja fast eine zehn Stunden Fahrt", rief Angus aus dem Wohnbereich.

„Ich weiß. Aber wir müssen halt vorankommen", entgegnete Ethan.

„Außerdem können wir ja auch noch Pausen machen und uns mit dem Fahren abwechseln", warf John ein.

„Ja, in einer Pause müssten wir unsere Klamotten und die abgeschnittenen Haare verbrennen", sagte Ethan.

„Also, dann lasst uns mal aufbrechen", rief Tyron und machte sich auf den Weg aus dem Zimmer. Die Anderen folgten ihm. Ethan, Neil und ich gingen zum Schluss.

„Beatrice kann bei uns mitfahren", rief Ebby, nannte dabei meinen neuen Namen und zog mich schon am Arm in Richtung ihres schwarzen BMWs.

„Nein, das wird sie nicht. Sie wird mit uns fahren", knurrte Angus und zog mich zu dem Van. Durch die Kraft ließ Ebby mich los und Angus schubste mich in den Wagen. Ich fiel auf meine Knie und stöhnte auf.

„Das wüsste ich aber, dass unsere Geisel einen gemütlichen Ausflug mit den Weibern macht", sagte er wütend und stieg ebenfalls in den Wagen.

„Ach halt doch deine Schnauze, Angus", entgegnete Ethan, schubste ihn zur Seite und kam zu mir. „Hast du dir wehgetan", fragte er und half mir hoch.

„Nein, es geht schon", erwiderte ich. Ethan führte mich zu den Viererplätzen und wir setzten uns. Die Anderen kamen ebenfalls in den Wagen und kaum waren die Türen zu, startete Tyron auch schon den Wagen. Ich schaute auf meine Uhr und sah, dass wir schon dreizehn Uhr hatten. Das würde also noch ein langer Tag werden, wenn wir dieses Mal so eine lange Fahrt hatten. Wir fuhren nach Chicago hinein zu einer großen Werkstatt. Tyron fuhr gleich in eine

135

große Halle und stellte den Wagen ab. Ebby und Lynn warteten draußen auf dem Parkplatz auf uns.

„Da seid ihr ja", rief ein großer, muskulöser Mann und kam auf uns zu, als wir ausgestiegen waren.

„Hallo Tom. Leider haben wir nicht viel Zeit. Hast du den Wagen", begrüßte Neil ihn.

„Ja natürlich. Kommt mit", sagte er freundlich und führte uns in eine weitere Halle. „Hier steht er." Er deutete auf einen schwarzen VW Van mit schwarzen getönten Scheiben.

„Gut, dann lasst uns mal schnell umpacken", rief Tyron und begann schon die Taschen aus dem anderen Wagen zu holen.

„Wie ich sehe, seid ihr allerdings eine Person mehr. Der Wagen hat aber leider nur sieben Sitze. Einen anderen konnte ich leider nicht auftreiben", sagte Tom und sah kurz mich an.

„Das macht nichts. Sie wird bei den Mädels mitfahren", erwiderte Ethan und lächelte mich an. „Das heißt, wenn es ok für dich ist", fragte er mich.

„Ja, das ist kein Problem."

„Das kommt gar nicht in Frage. Sie fährt bei uns mit", rief Angus aufgebracht.

„Nein, sie wird bei den Mädels mitfahren und damit hat sich das", setzte Ethan ihm entgegen und wandte sich dann zu mir. „Ich bringe dich eben raus zum Auto." Ich nickte.

„Sie wird hierbleiben", knurrte Angus und wollte mich am Arm packen, aber Ethan schubste ihn einfach zur Seite.

„Sie bleibt nicht hier und du wirst sie ihn Ruhe lassen", zischte Ethan. Legte einen Arm um meine Schulter und ging mit mir zum Ausgang der Halle.

„Ethan warte mal kurz. Hier fehlen drei Taschen", rief ihm Tyron zu.

„Die sind bei Ebby und Lynn im Wagen gut versteckt", erwiderte er und wir gingen weiter.

„Ist das wirklich ok, wenn ich bei ihnen mitfahre? Ich möchte nicht, dass ihr Ärger meinetwegen habt", fragte ich ihn.

„Nein, das ist wirklich in Ordnung. Ebby und Lynn wollten doch vorhin schon, dass du mit ihnen fährst. Außerdem bist du so erst einmal von Angus weg und er kann dir nichts tun." Da hatte er recht und ich freute mich auch darauf mit den beiden in einem Auto zu fahren. Sie schienen wirklich nett zu sein. Und ich mochte sie jetzt schon.

„Hey ihr Beiden. Ihr habt ab jetzt eine Mitfahrerin", rief Ethan den Beiden zu, die vor dem Auto standen.

„Das ist ja super. Aber wie kommt das? Angus hat doch vorhin so einen Aufstand gemacht", fragte Ebby.

„Ach, der soll mal ganz ruhig sein. Ich hätte vorhin schon etwas dagegen unternehmen sollen. Aber jetzt ist es eine passende Gelegenheit, weil der neue Wagen nur sieben Sitze hat. Angus wollte zwar wieder einen Aufstand machen, aber ich habe mich durchgesetzt", erklärte Ethan ihnen.

„Das ist gut. Wie weit seid ihr denn", fragte Lynn.

„Fast fertig."

„Ok, also wir haben noch gar nichts für die Fahrt eingekauft. Dort ist ein Supermarkt. Ich schlage vor, wir fahren schon einmal dorthin und ihr kommt einfach nach", schlug Lynn vor.

„Ja, so können wir es machen. Aber wollt ihr Trisha dort mit hineinnehmen?"

„Hm, das geht leider nicht", sagte Lynn und schaute mich entschuldigend an. Die Gefahr ist doch etwas groß, dass du trotz deiner neuen Frisur erkannt wirst. In einen Supermarkt sind immer viele Menschen."

„Das ist nicht schlimm. Ich warte einfach im Auto", sagte ich.

„Na gut. Dann lasst uns fahren", rief Ebby und stieg schon in den Wagen.

„Bis gleich", sagte Ethan und ging zurück in die Halle. Lynn und ich stiegen ebenfalls in den Wagen und fuhren los. Der Supermarkt war nicht weit entfernt. Zum Glück waren die Scheiben vom Wagen getönt, sodass mich niemand im Wagen, auf der Rückbank, sitzen sah. Ebby fuhr auf den Parkplatz und hielt etwas abseits von den anderen geparkten Wagen.

„Sollen wir dir etwas mitbringen", fragte Lynn.

„Nein, ich brauche nichts", erwiderte ich. Natürlich hätte ich gerne etwas zu trinken gehabt, allerdings hatte ich kein Geld, um es zu bezahlen. Ich brauchte gar nicht erst in mein Portemonnaie, welches sich in meiner Tasche, die neben mir auf dem Sitz stand, befand, zu schauen. Es war kein Cent darin. Mir war es so peinlich, dass ich mir noch nicht einmal etwas zu trinken kaufen konnte. Tränen bildeten sich in meinen Augen, aber ich konnte sie erfolgreich zurückhalten.

„Aber etwas zu trinken bringen wir mit. Was möchtest du denn gerne haben", fragte Ebby.

„Ich brauche nichts. Danke", sagte ich, denn ich wollte weder nach Geld betteln noch jemanden auf der Tasche liegen.

„Du musst aber etwas trinken."

„Ich möchte wirklich nichts."

„Trisha, wenn es um Geld geht, da brauchst du dir keine Sorgen machen. Wir bezahlen es schon", sagte Lynn und drehte sich zu mir um.

„Woher weißt du ...", begann ich und wunderte mich, woher sie das wusste.

„Die Jungs haben mir erzählt, dass Angus allen Leuten in der Bank das Geld weggenommen hat. Du warst auch in der Bank, also nehme ich einfach mal an, dass er es bei dir auch getan hat. Außerdem ist es seine Schuld, dass du hier bist und mit uns flüchten musst. Da ist es selbstverständlich, dass du nichts bezahlen muss. Also was möchtest du haben", fragte Lynn noch einmal.

„Ich nehme dann ein Wasser", erwiderte ich.

„Gut. Wir werden dann mal eben kurz gehen. Etwas zu Essen bringen wir auch noch mit", sagte sie zufrieden und stieg aus dem Wagen aus. Ebby folgte ihr und sie beide machten sich auf dem Weg zum Supermarkt. Ich nahm mir mein Buch, was ich in der Tasche hatte, zur Hand und begann zu lesen. Ich war gerade in das Buch vertieft, als es an die Scheibe klopfte. Ich erschrak und im selben Moment wurde die Tür geöffnet.

Kapitel 19

Trisha:

„Hey Kleines, ich wollte dich nicht erschrecken", sagte Ethan und setzte sich neben mich. „Ich habe dir etwas zu Essen mitgebracht." Er reichte mir einen Hotdog und eine Flasche Cola.

„Danke. Aber das war doch nicht nötig", erwiderte ich und nahm die Sachen entgegen.

„Natürlich. Du musst doch schließlich Hunger und Durst haben. Wir haben doch noch gar nichts zu Mittag gegessen", lächelte er. Ich biss in den Hotdog. Er schmeckte richtig gut.

„Geht es dir gut", fragte Ethan, als wir aufgegessen hatten und schaute mich mit besorgtem Blick an.

„Ja, mir geht es gut", bestätigte ich ihm.

„Das ist schön", lächelte er und strich mir mit dem Handrücken über die Wange. Ich würde von dieser süßen Geste rot im Gesicht. Schnell suchte ich ein anderes Thema.

„Darf ich dich mal etwas fragen?" Ich wollte gerne wissen, wie ihre weiteren Fluchtpläne aussahen. Schließlich wollte ich schon gerne wissen, wohin die so gesehene Reise eigentlich ging, denn ich musste ja mit. Ich wusste nur nicht, ob er mir es verraten würde.

„Du darfst alles fragen, was du möchtest", antwortete er lächelnd.

„Wie sehen eure weiteren Fluchtpläne aus? Wohin fahren wir? Ich würde es gerne wissen. Das heißt, wenn du es mir erzählen darfst."

„Natürlich darf ich dir das erzählen. Du würdest es doch sowieso sehen, wohin wir fahren. Also wir fahren jetzt erst einmal nach Tulsa. Dort wird es etwas heikel, denn wir werden dort vor Angus und seinen Freunden abhauen. Aber verrate uns bitte nicht bei Angus und behalte das für dich. Er und seine Freunde dürfen es nicht erfahren, denn sie würden unseren Plan durchkreuzen und uns an James verraten."

„Nein, das werde ich nicht. Das verspreche ich. Warum wollt ihr abhauen?"

„Wir möchten raus aus dem kriminellen Geschäft und wollen ein neues Leben anfangen. Durch diesen Coup haben wir genug Geld um ein sorgenfreies Leben führen zu können. Von Tulsa aus geht es dann nach Albuquerque. Dort wird uns Lorenzo mit der Flucht helfen. Er ist ein guter Freund von uns. Irgendetwas stimmt nur nicht, denn er will, dass wir so schnell es geht zu ihm kommen." Lorenzo, der Name kam mir bekannt vor. Ich kannte einen Mann, der so hieß, aber es gab wahrscheinlich so einige Männer mit diesem Namen. „Wir werden dich natürlich mitnehmen und nicht bei Angus lassen. Lorenzo wird dir sicherlich ebenfalls helfen und dich vor James und Angus beschützen. Es tut mir so leid, dass wir dich in solch eine Situation und in Gefahr gebracht haben. Das habe ich nie gewollt." Ethan schaute mich entschuldigend an.

„Es ist nicht deine Schuld. Wenn, dann ist es alleine Angus seine Schuld. Er hat mich schließlich als Geisel genommen," erwiderte ich.

„Na ja, da hast du recht. Wenn er nicht gewesen wäre, hättest du noch deine Freiheit und würdest mit uns nicht auf der Flucht vor der Polizei sein. Wenn du möchtest, kannst du aber schon vorher gehen. Wir lassen dich dann an einem Bahnhof oder einem Flughafen raus und du bekommst von mir nicht nur dein Geld zurück, sondern auch eine große Entschädigung. Allerdings wäre es mir lieber, wenn du mit uns nach Albuquerque kommen würdest."

„Warum", fragte ich.

„Aus egoistischen Gründen, denn ich möchte dich gerne bei mir haben", grinste er, wurde aber anschließend wieder ernst. „Aber Lorenzo wird dir helfen, denn es kann für dich gefährlich werden, wenn du alleine unterwegs bist. Ich weiß nicht, was James und Angus mit dir machen werden, sollten sie dich in die Hände bekommen, denn sie werden dich suchen, da bin ich mir sicher. Du hast die Gesichter von Angus und seinen Freunden gesehen und weißt von dem Überfall." Ich zuckte bei seinen Worten zusammen. Ethan legte einen Arm um mich und zog mich zu sich.

„Keine Angst. Es wird dir nichts passieren, dafür werde ich sorgen", beruhigte er mich.

„Was ist denn mit Ebby und Lynn. Nehmt ihr sie mit", fragte ich nun.

„Ja, sie werden mit uns kommen."

„Und was ist mit uns", fragte ich vorsichtig.

„Wenn du es möchtest, werden wir uns, wenn alles vorbei ist, wiedersehen", sagte er und schaute mich vorsichtig an.

„Ja, das wäre sehr schön", erwiderte ich lächelnd.

„Du könntest auch mit uns kommen, wenn du möchtest."

„Du würdest mich mitnehmen", fragte ich überrascht.

„Natürlich. Wenn du das möchtest."

„Ja." Ich sagte es ohne groß darüber nachzudenken. Mich hielt eigentlich nichts in New York und da ich mich in Ethan verliebt hatte, stellte ich es mir schön vor mit ihm irgendwo anders vielleicht auch in einem anderen Land ein neues Leben anzufangen. Vielleicht könnte ich dann auch endlich in Ruhe Leben ohne Angst haben zu müssen, dass er mich fand oder wieder flüchten zu müssen. Wir sahen uns tief in die Augen. In meinen Bauch kribbelte es. Es fühlte sich an, als wenn tausend Schmetterlinge darin herumfliegen würden. Mein Herzschlag beschleunigte sich. Wir kamen uns immer näher. Ich wollte ihn. Ich wollte seine Lippen auf meinen spüren. Gerade wollte ich den letzten Abstand zwischen uns überbrücken, als die Fahrertür aufgerissen wurde.

„Wir sind wieder da", rief Ebby und wir schreckten auseinander. Irgendwie war es uns einfach nicht vergönnt uns zu küssen. Ständig wurden wir gestört.

„Ach Ethan, du bist ja auch da", sagte Lynn überrascht.

„Ja, ich habe Trisha, solange ihr weg gewesen seid, Gesellschaft geleistet", erwiderte er, wobei sein Blick weiterhin auf mir ruhte.

„Wir haben uns auch schon extra beeilt, damit sie nicht so lange alleine war, aber sie hatte ja gute Gesellschaft", sagte Lynn.

„Ach dein Bruder hat übrigens den halben Laden leer gekauft", grinste Ebby.

„Oh nein, wie kann der Kerl nur so viel essen", fragte Ethan.

„Das frage ich mich auch immer wieder", seufzte Lynn. Es klopfte an die Autotür und im gleichen Moment wurde sie geöffnet.

„Wir wären soweit", sagte Neil und hielt die Wagentür fest. „Ethan, fährst du mit uns oder mit den Mädchen mit?"

„Ich werde mit euch mitfahren, schließlich muss ich Angus unter Kontrolle halten, damit er nicht noch weiter unseren Plan durchkreuzt. Außerdem können die Mädels sich dann über den ganzen Mädchenkram unterhalten", erwiderte Ethan grinsend.

„Oh, das werden wir. Wir haben auch Zeitschriften gekauft, damit die Fahrt nicht so langweilig wird", sagte Ebby und hielt die besagten hoch. „Ach ja Trisha, dir haben wir auch noch etwas mitgebracht, damit du nicht so schnell erkannt wirst, auch wenn wir dein

Aussehen etwas verändert haben." Sie reichte mir eine Sonnenbrille. „Los setz sie mal auf", forderte sie mich auf. Ich tat was sie sagte.

„Sie steht dir richtig gut", sagte Lynn und die Anderen nickten zustimmend.

„Danke, aber ihr hättet doch kein Geld für mich ausgeben müssen", erwiderte ich.

„Ach quatsch. Das haben wir gerne gemacht", tat Ebby lächelnd ab.

„Gut, dann lasst uns mal los. Wir haben noch einen langen Weg vor uns", rief Neil und ging zu dem Van.

„Also wir sehen uns dann später", sagte Ethan und stieg aus dem Wagen aus. „Viel Spaß euch dreien." Er lächelte mich an und schloss dann die Tür.

„Ok, dann wollen wir mal weiterfahren", entgegnete Ebby und startete den Motor. Die Jungs fuhren vor und wir hinterher.

„Sag mal, was läuft da eigentlich zwischen Ethan und dir", fragte mich Ebby neugierig, als wir schon eine Weile gefahren waren und uns über verschiedene Sachen unterhalten hatten. Das fragte ich mich auch, denn ich wusste es selber nicht. Fest stand, dass ich mich in Ethan verliebt hatte. Ich wusste nur nicht, ob er das Gleiche für mich empfand. Klar, er wollte mich sogar mitnehmen, wenn sie vor Angus und vor allem vor James auf der Flucht waren, deswegen konnte ich mir nicht vorstellen, dass er nur so liebevoll und zuvorkommend zu mir war, weil ich ihm auf Grund der Geiselnahme leidtat. Außerdem hatten wir uns schon vor dem Überfall kennengelernt.

„Nichts", sagte ich deshalb, wobei ja auch eigentlich wirklich nichts zwischen uns lief.

„Das glaube ich nicht. Das sieht doch ein Blinder mit einem Krückstock, dass da irgendetwas ist. Was empfindest du für ihn", fragte sie nun. Sollte ich ihnen die Wahrheit sagen? Ich entschloss mich dafür. Warum denn auch nicht?

„Na ja, also … ich … ich empfinde viel für ihn", gestand ich ihr.

„Oh, ich wusste es", rief Ebby und hüpfte auf ihren Sitz auf und ab.

„Ebby, würdest du bitte auf die Straße achten", ermahnte sie Lynn.

„Ja, ist ja schon gut. Aber ich wusste es. Und ich weiß auch, dass

Ethan etwas für dich empfindet."

„Woher weißt du das", wollte ich nun wissen.

„Na ja, alleine wie er sich dir gegenüber verhält. Er ist so liebevoll zu dir und so beschützerisch. Und dann, wie er dich anschaut. Sein Blick. Das habe ich noch nie bei ihm gesehen."

„Wirklich", harkte ich nach.

„Ja, das habe ich auch schon bemerkt. Ich weiß ja nicht, was du nach dieser Flucht hier vorhast, nur wenn du wirklich etwas für ihn empfindest, dann schnapp ihn dir und halte ihn fest. Ethan ist kein schlechter Mensch. Er tut es nur um seinen Lebensunterhalt zu verdienen, so wie die anderen Jungs auch", sagte Lynn, die sich dabei zu mir umgedreht hatte und lächelte mich an. Ich nickte verstehend. Ihr Handy klingelte und sie ging dran.

„Ja", meldete sie sich. „Ja ist gut. Bis gleich." Sie legte auf und wandte sich dann Ebby und mir zu.

„Das war Tyron. Wir halten gleich an einem Waldstück, um dort Pause zu machen und die Sachen zu verbrennen."

„Ja, eine Pause wäre wirklich nicht schlecht. Ich muss mir mal die Beine vertreten", sagte Ebby. Wir fuhren den Jungs hinterher zu einem Waldgebiet. Auf einen abgelegenen Waldparkplatz hielten wir an und stiegen aus.

„Na wie war die Fahrt mit den Mädels", fragte Tyron, der mit Ethan zu uns kam.

„Sie war gut", erwiderte ich lächelnd.

„Ja, wir hatten sehr viel Spaß. Wie war eure Fahrt", fragte Ebby.

„Na ja, sie ging so. Angus war die ganze Zeit nur am Nörgeln", sagte Ethan, zündete eine Zigarette an und reichte sie mir. Anschließend zündete er sich selbst eine an.

„Danke", sagte ich und nahm einen Zug von der Zigarette. Es tat wirklich gut.

„Warum hat er denn genörgelt", harkte Lynn nach.

„Ach, das wir ihn unterdrücken und alles alleine entscheiden würden. Außerdem wären ja alle gegen ihn", erklärte Tyron, nahm sich ebenfalls eine Zigarette und zündete sie sich an.

„Ach ist das denn ein Wunder? Er hat doch einfach so den Plan geändert und Trisha als Geisel genommen. Er hätte sich doch einfach nur mal an den Plan halten sollen, dann wäre doch alles gut", regte Ebby sich auf.

Als wir aufgeraucht hatten, nahmen die Jungs die abgeschnittenen Haare, die Lynn in eine Tüte gepackt hatte und ihre schwarzen Klamotten. Sie gingen etwas in den Wald hinein, wo sie mit einer Schaufel ein Loch gruben.

„Woher habt ihr denn die Schaufel", fragte ich Neil, der gerade zum Van kam, vor dem ich stand.

„Wir haben sie vorhin im Supermarkt gekauft", antwortete er.

„Und was macht ihr da?"

„Wir graben ein Loch, in das wir die Sachen hineinwerfen und sie verbrennen werden. So brauchen wir nur das Loch zuschütten und das Feuer erlischt", erklärte er lächelnd. Er stieg in den Wagen und kam wenig später mit einer schwarzen Hose zurück. Die musste er wohl vergessen haben.

„Kommst du mit", fragte er und deutete zum Wald.

„Nein, ich bleibe hier", sagte ich und setzte mich auf dem Boden des Wagens, an die Tür. Gut das der Wagen etwas höher war, so konnte ich die Beine baumeln lassen.

„Ok. Wenn etwas ist, dann ruf einfach", erwiderte Neil und ging zu den Anderen. Ich schaute mich etwas um und sah Lynn und Ebby, die am Waldrand spazieren gingen. Sie waren wirklich sehr nett und ich wünschte mir solche Freundinnen, wie sie es waren. Vielleicht konnten wir ja wirklich Freunde werden.

„Na sitzt du hier ganz alleine? Ist keiner deiner Beschützer da? Na dann können wir ja jetzt etwas Spaß zusammen haben", hörte ich Angus Stimme und erschrak. Oh nein, was wollte er. Ich hatte Angst, was er jetzt tun würde. Ich wollte gerade nach Ethan schreien, als er mir eine Pistole an die Schläfe hielt.

„Schreist du, bringe ich dich um", drohte er mir. Ich bekam Panik und begann zu zittern. Ich wollte nicht sterben. Ganz bestimmt nicht und deshalb hielt ich den Mund. Woher hatte er die Waffe? Die Jungs hatten sie ihm doch weggenommen. „So ist es brav. Und jetzt werden wir ein kleines Spiel spielen", sagte er und fummelte an der Watte herum. „Na dann lass uns mal beginnen. Kennst du das Spiel Russisches Roulette? Es ist ganz einfach. In diesem Revolver befindet sich eine Kugel. Ich drücke nur einmal ab. Wenn du Glück hast, befindet sich in einem anderen Kugelfach der Trommel die Kugel und nicht in dem ersten", erklärte er mir, drehte die Trommel und hielt mir nun wieder den Revolver an die Schläfe. Oh mein Gott, das konnte doch nicht wahr sein. Er wollte mit mir dieses tödliche

Spiel spielen. Ich hatte davon schon gehört. Beziehungsweise kam es schon mal in einem Film vor. Aber ich wollte so etwas nie spielen.

„Bitte, ich möchte es nicht spielen. Bitte lass mich einfach in Ruhe", bat ich ihn verzweifelt.

„Das kannst du vergessen. Jetzt möchte ich mal meinen Spaß haben", lachte er hämisch. Oh nein, jetzt würde mein Ende kommen. Wenn diese Kugel genau in diesem Fach sein sollte, bei dem die Trommel am Lauf gehalten hatte und Jacob abdrückte, würde ich sterben. Tränen sammelten sich nun in meinen Augen und liefen meinen Wangen entlang. Ich hatte panische Angst und schluchzte auf.

„Bitte, hör auf. Ich möchte nicht sterben", schluchzte ich.

„Oh, hat die Prinzessin etwa Angst", höhnte er und drückte den Revolver fester an meine Schläfe. Automatisch schrie ich auf und hatte im nächsten Moment Angst, was er jetzt tun würde, da ich geschrien hatte. „Halt´s Maul. Wir werden jetzt spielen", schrie er mich an. Ich betete, dass die Kugel nicht in diesem Fach war. Das ich nicht sterben würde. Ich wollte nicht sterben. Ich schloss die Augen. Die Tränen liefen immer noch meine Wangen entlang. „Bitte lieber Gott, lass mich nicht sterben. Bitte", flehte ich gedanklich. Ich hörte einen Klick. Das musste der Abzug sein. Oh nein, jetzt käme mein Ende. Bitte nicht. Jetzt würde ich sterben.

Kapitel 20

Angus:

Endlich gab es die Gelegenheit, sich Trisha zu nähern, ohne dass ihre Beschützer bei ihr waren. Ethan und die Anderen waren im Wald, um die Sachen zu verbrennen. Niemand bemerkte, dass ich nicht bei ihnen war, und ich konnte in Ruhe zu Trisha gehen. Sie saß im Van auf dem Boden und baumelte mit den Beinen. Anscheinend hatte sie mich gar nicht gesehen, denn sie erschrak, als ich sie ansprach. Ich wollte doch nur ein kleines Spielchen spielen und holte einen Revolver hinten aus meinem Hosenbund. Ethan und seine Freunde hatten mir zwar die Pistole weggenommen, aber sie wussten nicht, dass ich noch einen Revolver in meiner Tasche hatte und dieser kam jetzt zum Einsatz. Ich drohte ihr, wenn sie schrie, dass ich sie umbringen würde. Trisha flehte mich regelrecht an. Sie wollte nicht spielen, aber ich und deswegen drückte ich ihr den Revolver an die Schläfe. Russisches Roulette! Das würde ein Spaß werden. Die kleine Prinzessin fing doch tatsächlich an zu heulen. Leider schrie sie auch einmal auf, doch das hielt mich nicht davon ab und so drückte ich ab.

Ethan:

Wir waren mit dem Verbrennen der Sachen fertig. Nun schütteten wir gerade das Loch zu, als ich einen Schrei hörte. Dieser Schrei hörte sich nach Trisha an. Oh mein Gott, Trisha! Schnell schaute ich mich um. Angus war nicht bei uns.

„Wenn er ihr auch nur irgendetwas tut, bringe ich ihn um", knurrte ich und rannte los in Richtung, woher der Schrei gekommen war.

„Ethan, was ist los", fragte Tyron und kam mir hinterher.

„Trisha hat geschrien und Angus scheint bei ihr zu sein", rief ich ihm zu.

„Oh mein Gott. Dieses Arschloch kann etwas erleben", hörte ich Tyron hinter mir. Ich hoffte wirklich, dass es Trisha gut ging. Dass er ihr nichts getan hatte. Ich hätte sie nicht alleine lassen dürfen. Ich hätte bei ihr bleiben müssen. Endlich kam ich auf dem Parkplatz an. Ich konnte schon den Van sehen und was ich da sah, durfte nicht wahr sein. Angus hielt ihr eine Waffe an den Kopf. Woher hatte er die? Wir hatten ihm doch die Waffe abgenommen. Ich rannte zu ihnen, und als ich bei ihnen ankamen, hörte ich den Abzug. Nein, bitte nicht. Bitte, bitte nicht.

Trisha:

Ich hörte es klicken, aber es kam kein Schuss. Die Kugel befand sich nicht in diesem Fach. Langsam öffnete ich die Augen, konnte aber durch die Tränen nichts sehen. Ich lebte noch. Ich konnte es nicht glauben. Im nächsten Moment hörte ich Gebrüll und der Revolver war nicht länger an meinen Kopf.

„Du dreckiges Arschloch", hörte ich eine Stimme schreien. Ich erkannte sie. Es war Ethan. Es gab einen Schlag und ich hörte Angus aufstöhnen. Langsam konnte ich wieder etwas sehen, wobei mir die Tränen immer noch die Wangen entlangliefen. Ich konnte es nicht glauben. Ich war so kurz davor gewesen zu sterben. Mein Leben wäre dann zu Ende gewesen. Auch wenn ich so viel Schlimmes durchgemacht hatte, so wollte ich nicht sterben. Mein Leben lag doch noch vor mir. Ich sah, wie Angus sich auf dem Boden zusammenkrümmte und Ethan mit wutverzehrtem Gesicht über ihm stand.

„Ich weiß gar nicht, was du hast. Ich wollte doch nur ein Spiel mit ihr spielen. Mehr nicht", keuchte Angus.

„Mehr nicht? Du hättest sie fast umgebracht. Wolltest du das etwa", schrie Ethan ihn an.

„Nein, ich habe doch die Kugel extra ins letzte Fach gesteckt. Es wäre doch gar nichts passiert", verteidigte sich Angus. Er richtete den

Revolver auf den Weg. „Pass auf, da passiert nichts", sagte er und drückte ab. In dem Moment lief Vincent in die Schussrichtung. Oh nein, das durfte doch nicht sein. Die Kugel traf Vincent genau in den Brustkorb und er brach blutend zusammen. Ich schrie auf und hielt mir die Hände vor die Augen. Ich wollte das nicht sehen. Ich wollte es einfach nicht sehen.

„Bist du wahnsinnig geworden", hörte ich nun Tyron rufen.

„Ich ... ich wollte das nicht. Die Kugel hätte gar nicht in diesem Fach sein dürfen", rief Angus verzweifelt. „Vincent! Nein, was habe ich nur getan? Warum ist er denn auch in die Schussrichtung gelaufen?"

„Er ist tot", kam es von Neil und ich schrie wieder auf. Im nächsten Moment wurde ich in zwei starke Arme gezogen. Durch den atemberaubenden Geruch, den ich einatmete, erkannte ich, dass es Ethan war und ich war froh, dass er bei mir war.

„Scht Kleines. Es ist alles gut", versuchte er mich zu beruhigen. Ich schüttelte an seiner Brust den Kopf.

„Nein, ist es nicht. Er ... er wollte mich ... umbringen und nun hat er ihn umgebracht", schluchzte ich und mir wurde schwindelig. Alles drehte sich in meinen Kopf. Immer wieder sah ich Angus Gesicht vor mir, wie er mich angegrinst hatte und mir die Waffe an den Kopf hielt. Ich hörte noch einmal den Klick des Abzugs. In meinen Ohren begann es nun zu Rauschen. Ich sah Vincent, wie er blutend zusammenbrach und dann wurde alles schwarz vor meinen Augen. Ich sank in eine ruhige Bewusstlosigkeit und ich war dankbar dafür.

Ethan:

Ich hielt Trisha fest in meinen Armen und versuchte sie zu beruhigen. Ich bemerkte, wie sie plötzlich ganz schlapp in meinen Armen lag. Oh nein, sie war ohnmächtig geworden.

„Trisha, Kleines bitte wach auf", redete ich auf sie ein, aber sie rührte sich nicht. „Neil", rief ich und er kam sofort. Als er Trisha sah, wusste er gleich, was los war.

„Sie hat nur das Bewusstsein verloren. Sie wird gleich wieder aufwachen. Der Puls und die Atmung sind normal", sagte er, als er es überprüft hatte. „Es war einfach zu viel für sie. Erst spielt Angus mit ihr Russisches Roulette und dann erschießt er Vincent genau mit der Waffe, mit der er zuvor mit ihr gespielt hatte, und sie sieht es auch noch. Ihr Körper und ihr Bewusstsein müssen diesen Schock erst einmal verdauen."

„Ich weiß. Ich hätte sie nicht alleine lassen dürfen. Ich habe ihr doch versprochen, sie zu beschützen", sagte ich niedergeschlagen.

„Hey, hör auf dir Vorwürfe zu machen. Wir hatten ebenfalls versprochen, sie zu beschützen und haben es auch nicht getan. Abgesehen davon hat ja auch niemand geahnt, dass Angus so etwas tun würde."

„Da hast du recht. Trotzdem. Ich werde sie jetzt nicht mehr aus den Augen lassen. So etwas darf nicht mehr passieren", erwiderte ich und strich Trisha über die Haare.

„Was ist passiert", fragte Ebby, die mit Lynn gerade zum Van kam. „Wir waren spazieren und haben einen Schuss gehört. Wir sind sofort wieder hier her zurückgekommen."

„Angus hat erst mit Trisha Russisches Roulette gespielt und hat dann Vincent erschossen", erklärte ich ihr.

„Er hat was", kreischte sie. „Das kann doch nicht wahr sein. Ist Trisha etwas passiert?"

„Nein. Die Kugel war in einem anderen Fach, aber sie ist ohnmächtig geworden. Das war alles zu viel für sie. Nicht nur, dass er mit ihr dieses Spiel gespielt hat, wofür er noch bezahlen wird, sondern sie musste auch noch mit ansehen, wie er Vincent, bei der Demonstration, dass die Kugel angeblich im letzten Fach wäre, erschoss.

„Dieses Schwein. Das ist wirklich unglaublich", kam es von Lynn.

„Was machen wir eigentlich mit Vincent", fragte John.

„Na Angus wird seinen Freund im Wald vergraben", antwortete Tyron und kam mit einer Schaufel zu uns.

„Ich soll was", fragte dieser ungläubig.

„Du wirst ihn vergraben, oder willst du ihn etwa hier auf dem Weg liegen lassen?"

„Nein, aber ich alleine", fragte Angus nun.

„Ja sicher. Du hast ihn doch auch erschossen. Natürlich kannst du Marek fragen, ob er dir hilft, aber vielleicht möchte er ja nicht, da er Angst hat, du könntest ihn auch erschießen", erwiderte Tyron.

149

„Es war doch nicht mit Absicht", verteidigte sich Angus.

„Das weiß ich. Also los jetzt. Wir wollen hier nicht den ganzen Tag verbringen."

„Ist ja gut." Angus ging zu Vincent und hob ihn hoch. Marek kam ihm zur Hilfe und zusammen trugen sie ihn in den Wald.

„Ich werde mal mitgehen und aufpassen, dass er nicht noch eine Dummheit anstellt", sagte Tyron.

„Hast du ihm den Revolver weggenommen", fragte ich ihn.

„Ja und er hat mir auch erzählt, woher er ihn hat. Er hatte ihn in seiner Tasche. Die hätten wir mal durchsuchen müssen."

„Das kann ich ja jetzt mal machen. Nicht das sich dort noch ein Paar Waffen befinden. Mareks werde ich mir auch mal vornehmen", sagte John und ging zum Kofferraum.

„Vergiss bitte nicht Vincent noch seinen Ausweis und solche Sachen wegzunehmen, damit man ihn nicht so schnell identifizieren kann", bat ich Tyron.

„Das mache ich", sagte er und ging in den Wald.

Trisha:

Langsam kam ich wieder zu mir und öffnete die Augen. Ethan schaute mich erleichtert an.

„Trisha, Gott sei Dank. Du hast mir einen ganz schönen Schreck eingejagt."

„Tut mir leid. Das wollte ich nicht", erwiderte ich leise. Langsam kamen die Erinnerungen wieder, was eigentlich passiert war und ich begann wieder zu zittern.

„Hey, es ist alles gut", versuchte Ethan mich zu beruhigen und nahm mich wieder fester in den Arm. „Dir wird nichts mehr passieren. Ich werde dich nicht mehr alleine lassen."

„Was hat denn die kleine Prinzessin", fragte Angus und grinste hämisch.

„Was sie hat? Das musst du doch wohl am besten wissen. Du warst es doch, der sie fast umgebracht hat", knurrte Ethan und verspannte sich.

„Genau und deswegen wirst du jetzt nicht mehr in ihre Nähe kommen", sagte Tyron und zog ihn zurück.

„Hey, was tust du da", fragte Angus und ich sah, dass Tyron ihm die Arme auf den Rücken zog.

„Ich werde dich jetzt daran hindern, überhaupt noch etwas zu tun", erwiderte Tyron und wandte sich dann an John. „Hol mir doch bitte mal die Seile aus dem Wagen."

„Du wirst mich nicht fesseln", schrie Angus und versuchte sich aus seinem Griff zu befreien. Allerdings schaffte er es nicht. Tyron hielt ihn so fest, dass er sich nicht befreien konnte.

„Ich hole sie", rief John und kam zum Wagen, wo er hineinstieg und wenig später mit den Seilen wieder herauskam.

„Marek, hilf mir doch mal", schrie Angus. Marek wollte gerade zu den Beiden gehen, als er von Neil aufgehalten wurde, der sich ihm in den Weg stellte.

„Das würde ich lieber lassen, oder willst du auch noch ärger haben."

„Nein, ist schon gut", sagte Marek ängstlich und blieb stehen. Neil hatte ihn mit einem wirklich angsteinflößenden Blick angesehen. Bei ihm hätte man nicht gedacht, dass er jemanden Angst einjagen könnte. Er wirkte eigentlich so, als ob er keiner Fliege etwas zuleide tun konnte. Das Gleiche dachte man eigentlich auch von Ethan. Er war liebevoll, aber ich hatte ihn auch schon einige Male wütend erlebt, wenn Angus mir etwas antat. Andererseits gab es mir allerdings auch das Gefühl von Sicherheit. Ich war froh, dass er mich beschützte. Ehrlich gesagt konnte ich mir auch keinen besseren Beschützer, als ihn vorstellen. John ging mit den Seilen zu Tyron und half ihm Angus die Hände zu fesseln.

„So, wir sind fertig. Wir können dann weiterfahren", rief Tyron und schubste Angus vorwärts in Richtung Van.

„Gut, dann lasst uns mal los", erwiderte Ethan. „Ich fahre mit euch mit", wandte er sich an Lynn und Ebby.

„Ok", sagte Lynn und ging zum BMW. Ich stand auf, aber meine Beine zitterten so stark, dass Ethan mich festhalten musste.

„Komm Kleines, ich trage dich", sagte er und hob mich auf seine Arme. Er trug mich zum Wagen und setzte mich auf dem Rücksitz ab. Anschließend setzte er sich neben mich und zog mich wieder in seine Arme. Ebby setzte sich auf den Beifahrersitz und Lynn fuhr los. Der Van fuhr wieder vor uns.

„Was habt ihr mit Vincent gemacht", fragte ich leise und schauderte bei der Erinnerung daran, wie er blutend zusammengebrochen war.

„Angus und Marek haben ihn unter Tyrons Aufsicht im Wald vergraben", antwortete Ethan. „Wie geht es dir denn", wollte er wissen.

„Es geht schon. Es war alles so schrecklich. Ich hatte solche Angst und dachte, ich müsste sterben."

„Das wird dir jetzt nicht mehr passieren. Ich werde ab jetzt immer bei dir sein und aufpassen. Versprochen", sagte er und strich mir sanft über den Rücken.

Kapitel 21

Angus:

Es war wirklich unglaublich. Sie hatten mich gefesselt. Sie hatten mich wirklich gefesselt. Jetzt saß ich hier im Van und konnte mich nicht bewegen. Meine Arme schmerzten langsam, da sie auf dem Rücken zusammengebunden waren. Sie meinten, es sei zur Vorsicht, damit ich nichts mehr anstellen könnte. Das ich nicht lache. Ich wollte doch unserer Geisel nur etwas Angst einjagen. Sie sollte merken, dass mit mir nicht zu spaßen war. Umbringen wollte ich weder sie noch Vincent. Das mit Vincent war wirklich nur ein Versehen. Ich wollte ihn nicht umbringen. Ich dachte, ich hätte die Kugel wirklich ins letzte Fach gesteckt. Ich musste mich wohl vertan haben. Nun war er tot. Ich konnte es nicht fassen. Er war für mich ein wirklich guter Freund gewesen. Wir kannten uns schon seit der Schulzeit. Dort hatten Vincent, Marek und ich uns angefreundet und nun war er nicht mehr da. Ich spielte nun den harten Kerl, so sollte es auch für die Anderen wirken, aber innerlich trauerte ich schon um ihn. Als wir den Schulabschluss endlich hatten und volljährig waren, wollte ich unbedingt zu meinem Onkel. Vincent und Marek hatten mich begleitet. Sie wollten, genauso wie ich für meinen Onkel arbeiten. Die beiden kamen aus einem armen Elternhaus. Sie hatten nie viel Geld. Bei James sahen sie die Chance, endlich ein besseres Leben führen zu können und deshalb hatte ich sie mitgenommen, als ich zu meinem Onkel abgehauen war. Er hatte sie, wie mich, aufgenommen. Ihren Eltern hatten sie beide erzählt, sie hätten einen Job in einer Firma für Stahl bekommen, allerdings in einer anderen Stadt. Ihre Eltern freuten sich für sie, auch wenn sie traurig waren, dass ihre Kinder wegzogen. Meine Eltern wussten nichts davon, dass Vincent und Marek mit mir abgehauen waren. James sagte ihnen auch nichts. Eigentlich redete er gar nicht mit meinen Eltern, da sie mit ihm keinen Kontakt wollten.

„Ich weiß, dass es nur ein Versehen war, aber ich kann es immer noch nicht glauben, dass Vincent tot ist. Was sollen wir nur seinen

Eltern erzählen", fragte Marek, der neben mir im Van saß. In seiner Stimme schwang tiefe Traurigkeit mit. Natürlich trauerte auch er um Vincent. Schließlich war es auch sein bester Freund gewesen. Er hatte die ganze Zeit, seit dem Vincent tot war, nichts gesagt gehabt. Auch bei der kleinen Beerdigung, zu der Tyron mich gezwungen hatte, hatte er kein Wort gesagt und alles stillschweigend hinter sich gebracht. Es tat mir leid. Es tat mir wirklich leid, denn ich wusste, dass er durch diesen Verlust litt.

„Ich weiß es nicht. Ich weiß es wirklich nicht. Sie wollen bestimmt seine Leiche haben, um ihn in seiner Heimat zu begraben. Aber wir können ihnen wohl kaum sagen, dass er in einem Waldstück begraben liegt", erwiderte ich.

„Da hast du recht", stimmte er mir zu, wobei in seiner Stimme etwas vorwurfsvolles lag.

„Was hätte ich denn tun sollen? Ihn in den Kofferraum legen und mitnehmen?"

„Nein, du hättest ihn einfach nicht erschießen sollen", mischte sich nun John mit ein. „Der arme Vincent ist deinetwegen tot, nur weil du ein egoistisches Arschloch bist und deinen Kopf durchsetzen und einer jungen Frau Angst einjagen wolltest. Was geht nur in deinem kranken Hirn vor?"

„Halt deine Schnauze. Ich weiß, dass ich an seinem Tod schuld bin und ich bin nicht stolz darauf. Im Gegenteil. Es war ein Unfall, ok", schrie ich ihn an. Ich wusste es doch wirklich selbst, dass er meinetwegen gestorben war. Meinetwegen war er tot, aber was sollte ich denn jetzt tun? Ihn zurückholen ging ja wohl kaum.

„Ja, du bist daran schuld. Du hast ohne nachzudenken um dich geschossen. Und das ist nicht das erste Mal, wenn man mal drüber nachdenkt. Du hältst dich nicht an die Regeln, nimmst eine Geisel, bringst sie auch noch in Gefahr, erschießt insgesamt drei Menschen, wovon einer noch dein Freund ist und schießt Ethan an. Was kommt als Nächstes", schrie John zurück und kam nun drohend auf mich zu. Klar, ich hatte das getan, was er gerade aufgezählt hatte, aber ich ließ mir von niemanden etwas vorschreiben. Wirklich von niemanden.

„Ich haue dir gleich eine rein", knurrte ich wütend und zerrte an meinen Fesseln.

„Na dann komm schon. Glaubst du, ich habe etwa Angst vor dir", spottete er. Ich wurde immer wütender und versuchte mich zu befreien, doch die Fesseln waren so fest, dass sie sich nicht lösten.

„Es reicht. Schluss jetzt. John, hör auf und du hältst deine verdammte Schnauze und bleibst ganz ruhig. Ich möchte keinen Ton mehr hören", brüllte Tyron, der nun vom Beifahrersitz aufstand und zu uns nach hinten kam.

„Von dir lasse ich mir nichts befehlen", zischte ich zurück.

„Oh, doch das wirst du, wenn du nicht willst, dass ich dich wieder K. O. schlage", drohte Tyron mir. Ich ließ mir das nicht gefallen. Schließlich hatte ich noch ein Ass im Ärmel. Ich wusste, was sie vorhatten. Dass sie abhauen wollten und ich würde es James erzählen.

„Versuch es doch. Du wirst schon sehen, was du davon hast. Ich werde es euch allen heimzahlen", provozierte ich ihn und grinste hämisch.

„Wenn du es nicht anders willst", knurrte er, hob seine Faust und kam auf mich zu. Ich hatte keine Angst vor ihm. Sollte er mich doch schlagen.

„Tyron, komm ist gut", hielt ihn John zurück.

Trisha:

„Am nächsten Rastplatz halten wir an", rief Ebby, die gerade telefoniert hatte. Wir hatten eine lange Fahrt ohne eine Pause hinter uns und die Sonne ging bereits unter. Während der ganzen Fahrt hatte Ethan mich in seinen Armen gehalten. Des Öfteren hatte er mich gefragt, ob es mir gut ging und ich musste zugeben, dass es mir schon besser ging. Das Zittern hatte ganz nachgelassen und ich versuchte nicht mehr an das Geschehene zu denken. Nach meiner Vergangenheit war ich im Verdrängen von Dingen doch recht gut geworden. Nur nachts schaffte ich es nicht, meine Albträume loszuwerden.

„Das ist gut. Ich müsste nämlich mal auf die Toilette", sagte Lynn und steuerte den Wagen auf den Rastplatz zu. Sie parkte ihn und stellte den Motor ab. Neben uns hatten die Jungs den Van geparkt und waren schon ausgestiegen. Auch Angus lief draußen herum und er war nicht gefesselt. Anscheinend hatten sie ihn losgebunden. Ebby, Lynn und Ethan stiegen ebenfalls aus. Nur ich blieb im Wagen sitzen. Ich hatte Angst. Angst davor, was Angus mir wieder antun würde. Deswegen wollte ich nicht aussteigen. Wobei ich wusste, dass ich im Wagen ebenfalls nicht sicher war. Er konnte jederzeit hier hereinkommen. Meine Autotür wurde geöffnet und ich erschrak.

„Hey Kleines. Es ist alles gut", sagte Ethan und kniete sich neben die Tür. „Ich weiß, dass du Angst hast. Das brauchst du nicht. Angus wird dir nichts tun. Wir passen auf dich auf. Er ist nur losgebunden worden, damit er auf die Toilette gehen kann. Tyron lässt ihn aber nicht aus den Augen. Na komm, ein bisschen die Beine vertreten wird dir guttun. Außerdem gibt es da vorne ein Restaurant und dort wollen wir etwas essen gehen." Er deutete auf das Gebäude, neben dem sich die Sanitäranlagen befanden. Langsam stieg ich aus, wobei Ethan mir half. Ebby schloss das Auto ab und kam zu mir.

„Komm, wir Mädels werden uns jetzt erst einmal ein wenig frisch machen gehen", sagte sie und legte mir einen Arm um die Schulter. Zusammen mit Lynn gingen wir zu den Sanitäranlagen. Als Erstes gingen wir zu den Toiletten. Als ich damit fertig war, ging ich zum Waschbecken und wusch mir die Hände. Ebby und Lynn kamen kurz nach mir und taten das Gleiche. Ich spritzte mir etwas Wasser ins Gesicht und trocknete es mit einen Papiertuch ab.

„Und jetzt, lasst uns etwas essen gehen. Die Fahrt hat mich ganz schön hungrig gemacht", sagte Ebby, als wir fertig waren.

„Ja mich auch", stimmte Lynn ihr zu. Wir gingen aus dem Toilettenraum zum Restaurant, vor dem schon die Jungs warteten.

„Da seid ihr ja endlich. Ich verhungere schon", rief Tyron uns zu.

„Das du am Verhungern bist, ist mir klar. Dein Hobby ist es doch zu essen", erwiderte Ebby.

„Na dann lasst uns mal hineingehen", rief John und betrat als Erster das Restaurant. Wir folgten ihm, wobei Ethan an meine Seite trat und mich so vor Angus beschützte, der ebenfalls mit ins Restaurant kam. Wir setzten uns an zwei Tische. Zum Glück, dass Angus mit John, Tyron und Lynn an einen Tisch sitzen musste. Ethan, Ebby, Neil, Marek und ich saßen an einem anderen Tisch. Ich war froh, dass er nicht bei uns saß.

„Du kannst dir alles bestellen, was du möchtest und wehe du achtest auf die Preise", flüsterte Ethan mir zu und reichte mir die Karte. Ich schlug sie auf und schaute, was es für Gerichte gab.

„Und hast du schon etwas gefunden", fragte er nach einer Weile.

„Ja, ich glaube, ich nehme einen Salat", erwiderte ich. Klar, ich hätte gerne etwas anderes genommen, aber ich wollte nicht dreist sein und ein teures Gericht nehmen, auch wenn er gesagt hatte, ich sollte nicht auf die Preise achten.

„Einen Salat? Du musst etwas vernünftiges Essen."

„Aber Salat ist doch vernünftig", erwiderte ich.

„Nein ist es nicht. Na los, was möchtest du haben."

„Also ich kann ihr da nur zustimmen", kam es von Ebby und grinste mich an.

„Jetzt fall du mir doch nicht in den Rücken", erwiderte Ethan empört.

„Ihr Männer versteht das nicht. Salat ist wirklich nahrhaft und dazu auch noch gesund. Ihr wollt doch immer nur Fleisch essen", verteidigte sie sich.

„Ich weiß selbst, dass Salat gesund ist, aber Beatrice soll etwas richtiges essen. Sie ist viel zu dünn", argumentierte Ethan und nannte mich erstmals mit meinen neuen Namen. Klar, wir waren in einem Restaurant, wo andere Menschen waren, die mich immerhin erkennen konnten.

„Na ja, etwas mehr auf den Rippen könntest du wirklich vertragen", wandte sich Ebby an mich. Ich fand mich jetzt zwar nicht zu dünn und war mit meinen zweiundfünfzig Kilo recht zufrieden, aber ich wollte jetzt keine Diskussion anfangen. Deshalb schaute ich noch einmal in die Karte und suchte mir etwas anderes aus.

„Dann nehme ich ein Zigeunerschnitzel mit Pommes", gab ich schließlich nach.

„Na siehst du. Es geht doch", lächelte er mich an. „Ich glaube, das werde ich auch nehmen." Die Kellnerin kam und nahm unsere Bestellung auf. Ethan bestellte für mich mit und ich achtete darauf, dass sie nicht so viel von meinem Gesicht zu sehen bekam. Schließlich hätte sie mich erkennen können und das wollte ich nicht. Es dauerte nicht lange und wir bekamen unsere Getränke und die Gerichte von der Kellnerin gebracht.

„Hey schau mal", stieß Tyron Neil an und deutete auf den Fernseher, der an einer Wand hing. Dort liefen gerade die Nachrichten. Es ging um den Banküberfall.

„Die Polizei hat Hinweise bekommen, dass sich die Bankräuber nach Toronto in Kanada abgesetzt haben. Die kanadische Polizei ist informiert und sucht nach den Verbrechern", sagte der Nachrichtensprecher.

„Ha ha, sind die doof", lachte Angus.

„Geht es noch lauter? Sollen alle hier im Restaurant mitbekommen, dass wir die gesuchten Verbrecher sind", motzte Tyron ihn leise an.

„Ist ja schon gut", erwiderte Angus und trank ein Schluck Bier aus seinem Glas. Zum Glück saßen wir etwas weiter von den anderen Gästen entfernt, sodass sie es wahrscheinlich nicht mitbekommen hatten. Zumindest schaute niemand in unsere Richtung.

„Von der Geisel Trisha Anderson gibt es nach wie vor kein Lebenszeichen. Auch wurde von den Bankräubern noch keine Lösegeldforderung gestellt. Die Polizei gibt die Hoffnung nicht auf, dass sie noch am Leben ist." Ich schaute auf den Tisch und hoffte, dass kein Gast in meine Richtung schauen würde und mich erkannte, denn schließlich wurde gerade mein Bild im Fernsehen gezeigt.

„Die arme Trisha. Sie ist so eine gute Freundin. Bitte tut ihr nichts an." Ich schaute auf und sah, dass Emily im Fernsehen von jemanden interviewt wurde. Kopfschüttelnd schaute ich auf meinen Teller und aß weiter. Das konnte doch nicht wahr sein. Ausgerechnet sie, die mich immer gemobbt hatte. Sie tat jetzt auf freundlich und behauptete auch noch, dass ich ihre Freundin gewesen wäre.

„Was für ein Miststück", sagte Ethan und schüttelte ebenfalls den Kopf.

„Kennst du sie", fragte Ebby ihn.

„Ja, sie war eine von denen, die Trisha in der Firma gemobbt hat. Außerdem hat sie uns, als wir ausgegangen sind, gestört und sie beleidigt. Sie ist echt eine armselige Person", erklärte Ethan ihr leise.

„Ich kann es gar nicht glauben. Die arme Trisha. Sie tut mir so leid", hörte ich eine sehr bekannte Stimme im Fernsehen sagen und ich zuckte zusammen. Nein, das konnte doch nicht wahr sein. Ich schaute auf und da sah ich ihn. Er trug zwar jetzt einen Vollbart, aber ich erkannte ihn. Er war es wirklich. Der Nachrichtensender musste wohl Interviews mit einigen Leuten geführt haben, die mich kannten.

„Wenn die Verbrecher das hier sehen, möchte ich sie bitten, Trisha frei zu lassen. Sie ist eine so liebe Person. Bitte tun Sie ihr nichts an", sagte er nun. Dieser Heuchler. Er war es doch, der mir einiges angetan hatte. Er und niemand anderes. Seinetwegen hatte ich diese verdammten Albträume und musste ständig flüchten. Alleine, dass ich ihn jetzt sah und seine Stimme hörte, kam alles wieder in mir hoch. Die ganzen Bilder, alles was geschehen war, spielte sich vor meinen Augen wieder ab. Ich begann zu zittern und ließ meine Gabel fallen.

„Kleines, was ist los", fragte Ethan und schaute mich an. Ich konnte nicht sprechen. Ich musste hier raus. Dieser Typ sprach immer noch mit dem Reporter, aber ich hörte nicht mehr, was er sagte. Immer wieder sah ich ihn, wie er mich angrinste.

„Lass uns Spaß haben", hörte ich seine Stimme in meinen Kopf. Ich hielt es nicht mehr aus.

„Ich muss hier raus", sagte ich, stand auf und rannte aus dem Restaurant.

Kapitel 22

Ethan:

Ich merkte, dass etwas mit Trisha nicht stimmte. Sie ließ ihre Gabel fallen und zitterte am ganzen Körper. Was war bloß los? Gerade war doch noch alles in Ordnung. Hatte es etwa etwas mit dem Fernsehbericht zu tun? Aber als diese Emily interviewt wurde, war mit Trisha noch alles in Ordnung. Hatte es etwa mit diesem Typen zu tun, der nun sprach?

„Kleines, was ist los", fragte ich sie, doch sie gab mir keine Antwort.

„Ich muss hier raus", sagte sie plötzlich und sprang von ihrem Stuhl auf. Im nächsten Moment lief sie auf die Restauranttür zu.

„Warte", rief ich ihr nach. Fast hätte ich sie Trisha genannt, doch ich konnte es gerade noch verhindern, denn ich wollte uns ja nicht verraten, wer wir waren.

„Was ist los", fragte Ebby und einige Restaurantbesucher schauten zu uns hinüber.

„Ihr ist schlecht", sagte ich deswegen etwas lauter und schaute sie mit einem Ich-weiß- es- nicht-Blick an. Ich wandte mich um und lief ihr nach. Trisha war schon aus dem Restaurant raus. Ich hatte keine Angst, dass sie flüchten und uns verraten würde. Nein, ich machte mir Sorgen um sie und wollte ihr helfen. Ich verließ das Restaurant und schaute mich um. Wo war sie nur. Es war mittlerweile schon dunkel draußen und wer weiß, was für Typen hier herumlungerten. Ich wollte nicht, dass ihr irgendetwas passierte. Ich lief zu unseren Autos, aber dort war sie nicht. War sie etwa doch geflüchtet? Nein, das konnte ich mir nicht vorstellen. Das würde sie nicht tun. Ich hörte ein Schluchzen und drehte mich in die Richtung, aus der das Geräusch kam. Wieder kam ein Schluchzen. Es hörte sich nach Trisha an. Ich sah sie. Sie saß zusammengekauert auf einer Bank, die sich in der Nähe der Parkplätze befand. Sie hatte ihre Beine nah an ihren Körper gezogen, sie mit den Armen umschlungen und den Kopf auf die Knie gelegt.

160

„Trisha. Hey Kleines", sagte ich und ging auf sie zu. Sie rührte sich nicht. Ich setzte mich neben sie und strich ihr über das Haar.

„Was ist denn los", fragte ich sie. „Warum bist du so plötzlich abgehauen? Was ist denn nur passiert?" Sie sagte kein Wort und schluchzte unaufhörlich.

„Hat es etwas mit dieser Emily zu tun? Das was sie vielleicht im Fernsehen gesagt hat", versuchte ich es noch einmal. Irgendworan musste es doch liegen, dass sie so aufgelöst war. Sie schüttelte den Kopf.

„Hat es etwas mit diesem Mann zu tun gehabt, der im Fernsehen etwas über dich gesagt hatte?" Trisha versteifte sich und schluchzte wieder auf. Das musste es gewesen sein. Der Mann hatte sie so verschreckt. Aber warum? Da kam mir ein ganz schrecklicher Gedanke.

„Hat dieser Typ dir etwas angetan? Hat er es getan, worüber du nicht sprechen kannst", fragte ich sie und schaute sie erschrocken an. Nun brach sie endgültig zusammen. Ich zog sie zu mir und nahm sie fest in den Arm. Beruhigend strich ich ihr über ihren Rücken.

„Scht, alles ist gut. Er wird dir nie wieder etwas antun, das verspreche ich dir", sagte ich leise. Ich konnte es echt nicht glauben. Dieser Typ hatte meiner Trisha etwas angetan. Meiner Trisha, wie schön es sich doch anhörte. Wut kam in mir auf, als ich daran dachte, wie dieses Schwein so nett und fürsorglich im Fernsehen gesprochen hatte, dabei hatte er ihr wehgetan. Ich wusste zwar noch nicht, was er genau getan hatte, aber wenn ich ihn in die Finger kriegen würde, würde ich ihn fertigmachen. Langsam beruhigte sie sich und setzte sich auf. Tränen liefen immer noch ihre Wangen entlang und ich wischte sie sanft weg. Ängstlich schaute sie mich an, als ob sie jetzt alles erzählen müsste. Aber das musste sie nicht. Ich würde sie nicht dazu zwingen.

„Du brauchst mir jetzt nichts zu erzählen. Natürlich würde ich gerne wissen, was dieses Schwein dir angetan hat, aber zwingen werde ich dich nicht dazu. Ich bin immer für dich da, und wenn du dazu bereit bist, kannst du es mir erzählen", beruhigte ich sie und strich ihr sanft mit dem Handrücken über die Wange.

„Danke, das ist so lieb von dir. Ich kann es einfach nicht sagen. Noch nicht", erwiderte sie und senkte den Blick.

„Ich weiß. Es ist auch ok", versicherte ich ihr. Ich holte meine Zigarettenschachtel aus der Tasche, zündete zwei Stück an und reichte ihr eine. „Komm, wir rauchen erst einmal eine Zigarette."

Trisha:

Ich rannte aus dem Restaurant. Ich musste einfach raus, denn ich konnte seine Stimme einfach nicht mehr hören. Diese verfluchten Bilder sah ich immer wieder vor mir. Ich kauerte mich auf einer Bank zusammen und schluchzte auf. Ethan kam mir hinterher und fragte mich, was los sei. Als er fragte, ob es etwas mit diesem Typen zu tun hatte, ob er mir das angetan hatte, worüber ich nicht sprechen konnte, brach ich zusammen. Ich konnte einfach nicht mehr. Ethan nahm mich in seine Arme und hielt mich einfach fest. Ich war so froh, dass er da war. Allerdings konnte ich ihm immer noch nicht erzählen, was damals passiert war. Es ging einfach nicht. Ethan war so verständnisvoll und zwang mich nicht, ihm etwas zu erzählen. Ich war ihm so dankbar dafür. Er gab mir eine Zigarette, die wir erst einmal rauchten. Ich brauchte sie in dem Moment. Es beruhigte meine Nerven.

„Sollen wir wieder zurück ins Restaurant gehen? Die Anderen werden sich bestimmt schon fragen, wo wir bleiben", fragte Ethan. Eigentlich wollte ich nicht mehr zurück in das Restaurant, aber mir würde ja nichts anderes übrig bleiben. Ich hatte Angst, noch einmal seine Stimme hören zu müssen, obwohl es doch eher unwahrscheinlich war, dass der Fernsehbericht noch laufen würde.

„Ja, denn schließlich musst du ja etwas essen. Es tut mir so leid. Meinetwegen ist dein Essen kalt geworden", entschuldigte ich mich bei ihm.

„Hey, dir braucht nichts leidzutun. Du bist mir wichtiger, als Essen", sagte er und schaute mir dabei fest in die Augen. „Außerdem war ich eh schon so gut wie fertig. Aber wo wir schon dabei sind. Dir werde ich etwas Neues bestellen müssen. Dein Essen ist nämlich ebenfalls kalt."

„Nein, das brauchst du nicht. Ich habe keinen Hunger mehr", versuchte ich ihn davon abzuhalten. Ich hatte wirklich keinen Hunger mehr. Er hatte mir den Appetit verdorben. Ihn im Fernsehen zu sehen, war das letzte womit ich gerechnet hatte.

„Aber du musst etwas essen."

„Ich habe wirklich keinen Hunger mehr", erwiderte ich.

„Na gut. Aber wie wäre es dann mit einem Nachtisch? Sie haben hier Muffins", fragte er nun und versuchte damit, mich doch noch zum Essen zu bekommen.

„Ok", gab ich schließlich nach und warf meine Zigarette, die schon aufgeraucht war, auf den Boden.

„Na dann komm", sagte Ethan lächelnd und stand auf. Ich tat es ihm gleich und zusammen gingen wir zurück zum Restaurant. „Ach noch etwas, als du gerade rausgerannt bist, haben einige Gäste zu uns herübergeschaut. Ebby fragte, was los sei und ich habe etwas lauter gesagt, dass dir übel wäre, sodass die anderen Gäste nicht misstrauisch werden würden. Nur damit du Bescheid weißt, falls sie dich fragt."

„Oh ok. Danke", erwiderte ich überrascht, wobei ich hoffte, dass sie nicht fragen würde, was los gewesen sei, denn ich wusste nicht, was ich hätte antworten sollen. Die Wahrheit auf keinen Fall. Das hätte zu viele Fragen aufgeworfen und die konnte ich nicht beantworten. Ethan hielt mir die Tür auf und wir traten ins Restaurant. Wir gingen zu unserem Tisch und setzten uns.

„Alles in Ordnung", fragte Ebby und schaute mich an.

„Ja, alles gut", erwiderte ich.

„Sagt mal, wo sind denn unsere Teller", fragte Ethan und deutete auf den Tisch. Jetzt fiel mir erst auf, dass unsere Teller gar nicht mehr auf unseren Plätzen standen. Allerdings hatten die Anderen ihre noch.

„Frag mal Tyron", grinste Neil und deutete auf ihn am Nebentisch. Wir drehten uns um und sahen, dass er unsere mittlerweile leeren Teller vor sich stehen hatte.

„Hast du etwa alles aufgegessen", fragte ihn Ethan.

„Ja. Ich habe einfach mal angenommen, dass ihr es sowieso nicht mehr essen wolltet. Also habe ich eure Reste aufgegessen. Oder wolltet ihr sie etwa noch", fragte Tyron.

„Nein, ist schon gut", grinste Ethan und ich schüttelte nur den Kopf. Die Kellnerin kam und Ethan bestellte zwei Muffins und noch zwei Gläser Cola.

„Ich möchte auch einen Muffin", rief Tyron der Kellnerin zu.

„Bist du immer noch nicht satt", fragte Lynn.

„Ach so einen Nachtisch kann ich noch vertragen."

Nachdem wir fertig gegessen und bezahlt hatten, verließen wir das

Restaurant und gingen zu den Wangen.

„Ethan, kannst du bitte weiterfahren. Ich bin so müde", fragte Lynn und im nächsten Moment gähnte sie herzhaft.

„Klar, mache ich. Ruhe dich aus", erwiderte er und setzte sich auf den Fahrersitz. Lynn und ich nahmen auf der Rückbank platz und Ebby saß auf dem Beifahrersitz. Ethan startete den Motor und fuhr los.

„Wie lange werden wir noch bis Tulsa brauchen", fragte Ebby ihn.

„Na ja also uns hat die eine Pause, bei der Vincent vergraben werden musste, ziemlich aus dem Plan geworfen. Wir konnten zwar etwas Zeit aufholen, weil wir schneller gefahren sind, als eigentlich erlaubt war, aber es wird bestimmt so zwei Uhr werden, bis wir in Tulsa ankommen", erklärte Ethan.

„Solange noch", fragte nun Lynn.

„Ja, leider. Aber ihr könnt natürlich gerne schlafen. Ich werde schon weiterfahren", schlug er vor.

Ethan:

Wir waren schon eine Weile gefahren und hatten noch eine kleine Pause gemacht. Jetzt wollten wir das restliche Stück ohne Pause durchfahren. Na ja es wären noch knapp drei Stunden, die wir unterwegs wären.

„Wie lange noch", fragte Ebby, die kurz eingeschlafen war und sich nun reckte.

„Psst, Trisha schläft", kam es von Lynn. Ich schaute in den Rückspiegel und sah Trisha, wie sie schlafend an der Scheibe lehnte. Ein Lächeln legte sich auf meine Lippen, als ich diesen wunderschönen Engel sah.

„Noch ungefähr drei Stunden", beantwortete ich ihre Frage.

„Sag mal, was war vorhin mit Trisha los", fragte Lynn leise und rutsche näher an die Vordersitze heran, damit Trisha nicht aufwachte.

„Wenn ich es aus ihrer Reaktion richtig gedeutet habe, hat dieser Typ, der im Fernsehen interviewt wurde, ihr das angetan, worüber sie nicht sprechen kann. Sie ist regelrecht zusammengebrochen, als ich sie darauf ansprach", erklärte ich ihnen leise und spannte mich bei der Vorstellung an, dass er ihr wehgetan hatte.

„Das gibt es doch nicht. Dieses Schwein. Ich weiß ja nicht, was Trisha genau passiert ist, aber es muss etwas Schreckliches gewesen sein und dieser Typ tut auch noch so freundlich", regte sich Lynn auf.

„Psst", machte ich und deutete auf Trisha, die immer noch schlief.

„Entschuldige."

„Arme Trisha. Sie tut mir so leid. Hat sie dir denn etwas erzählt, was er getan hat", fragte Ebby.

„Nein, leider nicht. Sie sagt, sie kann es nicht und ich werde sie dazu nicht drängen", erwiderte ich.

„Das bringt auch nichts. Ich hoffe nur, sie vertraut es uns bald an. Nur so können wir ihr doch helfen", sagte Lynn.

„Ja, das hoffe ich auch", seufzte ich und schaute durch den Rückspiegel zu ihr.

„Du liebst sie", kam es von Ebby.

„Ja, das tu ich wirklich. Sie ist so eine wundervolle Frau und dazu noch wunderschön", schwärmte ich.

„Man Ethan, dich hat es ja voll erwischt. Aber ich freue mich für dich, dass du auch endlich die richtige Frau gefunden hast. Es wurde ja auch mal Zeit", kam es von Lynn.

„Ja mich hat es wirklich voll erwischt. Aber ich weiß nicht, ob sie wirklich das Gleiche für mich empfindet. Sie möchte mich zwar wiedersehen, wenn das alles hier vorbei ist, aber ich habe doch Angst, dass sie, nachdem was jetzt alles passiert ist, es sich doch anders überlegt", sagte ich und wurde traurig.

„Das glaube ich nicht. Ich weiß, dass Trisha sehr viel für dich empfindet. Das hat sie uns gestanden. Deswegen wird sie es sich nicht anders überlegen. Vertrau mir. Vor allem gestehe ihr deine Gefühle. Du wirst sehen, es wird alles gut", versicherte mir Ebby. Vielleicht hatte sie wirklich recht. Vielleicht empfand Trisha wirklich das Gleiche für mich, wie ich für sie.

Um zwei Uhr nachts kamen wir endlich an dem Motel in Tulsa an, wo wir die Nacht verbringen wollten. Neil besorgte uns dieses Mal zwei Zimmer, da wir nun zwei Personen mehr waren. Die Taschen waren schon alle in den Motelzimmern, wobei die Reisetaschen mit dem Geld in dem Zimmer waren, in dem Neil, Ebby, Trisha und ich schlafen würden, damit Angus und Marek nicht auf dumme Gedanken kamen und mit dem Geld abhauen würden. Angus musste sich ein Zimmer mit Marek, John, Tyron und Lynn teilen, was ihm gar nicht gefiel. Er hatte versucht, in unser Zimmer zu kommen, um sich wieder Trisha nähern zu können. Aber mein Bruder und ich verhinderten es. Nun hatte ich unsere Motelzimmertür abgeschlossen, damit er nicht hereinkam. Trisha hatte ich, da sie immer noch schlief, auf meine Arme genommen und sie ins Schlafzimmer getragen. Als ich sie auf das Bett gelegt hatte, regte sie sich etwas und öffnete ihre Augen.

„Hey Kleines. Schlaf weiter", flüsterte ich.

„Wo sind wir", fragte sie verschlafen.

„Wir sind in Tulsa". Sie setzte sich auf und schwang ihre Beine aus dem Bett.

„Wo willst du denn hin", fragte ich sie.

„Ich möchte noch kurz ins Badezimmer", sagte sie, nahm aus ihrer Tasche ihr Waschzeug und etwas für die Nacht zum Anziehen und ging ins Badezimmer. Als sie fertig war, ging ich ins Bad und duschte mich. Anschließend zog ich mir meine Schlafsachen an und putzte mir die Zähne. Als ich fertig war, ging ich in den Wohnbereich, wo ich es mir mit einer Decke auf der Couch gemütlich machen wollte. Neil und Ebby schliefen in dem anderen Schlafzimmer, was es hier in dem Motelzimmer gab.

„Ethan", rief Trisha, als ich mich gerade hingelegt hatte. Ich stand auf und ging zu ihr ins Zimmer.

„Kannst du hier schlafen", fragte sie und wurde rot im Gesicht. Ich fand es so süß, wenn sie errötete.

„Wenn du das möchtest", erwiderte ich. Sie schlug die Bettdecke zur Seite und rutschte ein Stück.

„Ja, ich möchte es", sagte sie schüchtern. Ich ging zu ihr und legte mich ins Bett. Ich zog Trisha zu mir und schlang meine Arme um ihren Bauch.

„Schlaf gut Kleines", flüsterte ich und gab ihr einen Kuss aufs Haar.

„Du auch", erwiderte sie und gähnte.

Kapitel 23

Trisha:

Ich schreckte auf, als ich einen grellen Piepton hörte. Was war das? Ich öffnete die Augen und sah, dass es draußen schon hell war. Also war es morgens. Etwas unter mir bewegte sich und ich bemerkte, dass ich auf Ethans Brust lag. Er griff nach seinem Handy, das auf dem Nachttisch lag und tippte darauf herum.

„Guten Morgen Kleines. Entschuldige, das war der Handywecker", erklärte er und schaute zu mir.

„Das macht doch nichts. Ich nehme an, das war das Zeichen, dass wir jetzt aufstehen müssen."

„Ja leider. Wir haben heute noch einen langen Weg vor uns, bis wir in Albuquerque ankommen."

„Schade", sagte ich und setzte mich auf.

„Ja, das ist wirklich schade", erwiderte Ethan und lächelte mich an. Wir standen auf und ich ging zu meiner Tasche. Dort nahm ich mir mein Waschzeug und etwas Frisches zum Anziehen heraus. Ich ging aus dem Zimmer und traf dort Neil an, der auf dem Sofa saß.

„Guten Morgen", sagte ich und ging Richtung Badezimmer.

„Guten Morgen. Du brauchst dort gar nicht hingehen. Ebby ist im Bad und das kann noch ein wenig dauern. Ich warte nämlich auch schon", sagte er seufzend.

„Oh, ok", erwiderte ich und setzte mich neben ihm auf das Sofa. Meine Sachen legte ich auf meinen Schoss.

„Also brauche ich auch nicht ins andere Motelzimmer gehen, um dort das Bad zu benutzen, da es dort bestimmt von Lynn besetzt wird", stöhnte Ethan, der gerade fertig angezogen, in den Wohnraum gekommen war.

„Ja, das nehme ich an", sagte Neil.

„Gut, da es ja bestimmt noch etwas dauern wird, gehe ich draußen eine rauchen", erwiderte Ethan.

„Gute Idee", stimmte Neil ihm zu und stand auf.

„Kleines kommst du mit", fragte mich Ethan.

„Nein, ich werde schon mal meine Sachen in die Tasche packen, die ich nicht mehr brauche, dann geht es nachher schneller", sagte ich und stand auf.

„Ok, wenn etwas sein sollte, wir sind vor der Tür", lächelte Ethan und ging mit Neil aus dem Zimmer. Ich ging ins Schlafzimmer und packte meine Anziehsachen, die ich den Tag davor getragen hatte, in die Tasche.

Ethan:

Ich hatte meinen Handywecker auf neun Uhr gestellt. Da wir erst um halb drei ins Bett gekommen waren, hatten wir uns mit dem Aufstehen auf neun Uhr geeinigt. Um zehn Uhr wollten wir eigentlich weiterfahren. Na da war ich ja mal gespannt, ob das klappen würde, wo nun die Mädels die Bäder besetzten. Kurz bevor wir weiterfahren würden, wollten wir unseren Plan durchziehen. Neben der Hotelrezeption gab es ein Bistro, in dem sie auch Kaffee und Muffins verkauften. Nachdem wir uns fertiggemacht hätten, würden Neil und ich die Sachen holen und es als Frühstück tarnen. Vor der Motelzimmertür würde Neil dann das Schlafmittel in die Kaffees und Muffins spritzen. Dann mussten wir nur aufpassen, dass die drei auch genau diese Sachen nahmen.

Am liebsten wäre ich noch mit Trisha im Bett liegen geblieben. Ich war schon etwas eher wach gewesen und hatte sie beim Schlafen beobachtet. Sie hatte so friedlich ausgesehen, wie sie auf meiner Brust gelegen hatte. Die Nacht selbst hatte sie sehr unruhig geschlafen und sich immer von einer auf die andere Seite gewälzt. Dabei hatte sie immer wieder „Lass mich in Ruhe", gesagt, war aber nicht aufgewacht. Anscheinend hatte sie wieder schlecht geträumt. Wie gerne würde ich ihr helfen. Sie einfach ihre Vergangenheit vergessen lassen. Dafür musste sie sich mir aber anvertrauen.

„Na kommt ihr auch nicht ins Badezimmer", fragte John, als wir draußen vor die Tür traten.

„Ja leider. Ich hoffe sie beeilt sich etwas", antwortete ich.

„Das glaube ich nicht. Wenn Ebby einmal im Bad ist, dann kann es dauern. Ich spreche da aus Erfahrung", seufzte Neil und zündete sich eine Zigarette an.

„Lynn, komm endlich aus dem Bad. Es gibt noch andere Leute, die ins Bad müssen", rief Tyron und hämmerte an die Tür.

„Bist du bald fertig mit deinem Rumgehämmer? Ich bin sofort fertig", hörten wir Lynn sagen.

„Lass mich rein", forderte Tyron.

„Nein", rief Lynn und knallte die Tür zu.

„Dann pinkel ich hier halt mitten in den Raum", drohte er ihr.

„Das wirst du nicht", schrie sie aus dem Badezimmer und wir hörten die Tür gegen die Wand knallen. Anscheinend hatte sie die Tür aufgerissen.

„Das Theater muss ich mir anschauen", sagte John grinsend und ging ins Motelzimmer.

„Ich auch", grinste ich und folgte ihm. Auch Neil wollte sich die Auseinandersetzung zwischen Tyron und Lynn nicht entgehen lassen und setzte sich in Bewegung. Das war immer besser, als in jeder Soap.

Angus:

Ich konnte das Herumgeschreie von Tyron und diesem Weib nicht mehr ertragen. Sie stritten sich hier um das Badezimmer. Zum Glück war ich schon etwas früher aufgestanden und hatte mich gewaschen. Ich wusste, dass ich sonst nicht mehr hineinkommen würde, wenn Lynn erst einmal wach war. Nun kamen die Anderen zu uns in den Wohnraum und schauten sich das Theater an. Mir kam eine Idee. Sie wollten mich gestern schon nicht im gleichen Motelzimmer wie Trisha schlafen lassen. Sie ließen es nicht zu, dass ich etwas Spaß mit ihr hatte. Nun waren sie alle abgelenkt. Trisha war nicht hier, also schien sie in dem anderen Motelzimmer zu sein. Ich bräuchte mich hier nur herausschleichen. Sie würden gar nichts mitbekommen. Unauffällig ging ich zur Tür und schlich mich hinaus. Da sie schon offenstand, fiel es niemanden auf, dass ich rausging. Ich beeilte mich, um in das andere Zimmer zu kommen. Ich trat gerade ein, als sie aus dem Schlafzimmer kam.

Trisha:

Ich kam gerade aus dem Schlafzimmer und erschrak. Angus stand grinsend in der Tür.

„Hallo Trisha", sagte er, kam in den Wohnbereich und schloss die Tür. „Nun, lass uns doch etwas Zeit miteinander verbringen und damit uns keiner stört, werde ich nun die Tür abschließen." Oh nein, der Zimmerschlüssel steckte von innen im Schloss und nun drehte er ihn um. Er hatte uns eingesperrt. Nun war ich ihm ausgeliefert. Er kam auf mich zu. Ich wich zurück, bis ich gegen die Zimmerwand stieß.

„Lass mich in Ruhe", schrie ich.

„Nein, das werde ich nicht", sagte er und packte mich am Arm. Ich versuchte mich zu befreien, doch sein Griff war sehr stark und ich schaffte es nicht, von ihm loszukommen. Er kam noch näher auf mich zu und nun drückte sein Oberkörper gegen meinen. „Ich weiß, dass du es doch auch willst."

„Nein, ich will das nicht. Lass mich los", schrie ich und wehrte mich gegen ihn.

„Doch, das tust du. Ich weiß es", sagt er und fuhr nun mit seiner anderen Hand unter mein Shirt. Ich zuckte bei seiner Berührung zusammen. Panik kam in mir auf. Ich wollte es doch nicht. Er sollte mich in Ruhe lassen. Ich überlegte, was ich tun konnte. Ich könnte um Hilfe schreien und hoffen, dass mich jemand hörte. Ebby war noch im Badezimmer, vielleicht konnte sie wenigstens die Tür aufschließen und den Jungs Bescheid sagen. Ich wusste nicht, wie weit Angus gehen würde und ob er ihr etwas antun würde. Er war gefährlich, das wusste ich und ich wollte eigentlich nicht, dass Ebby etwas passierte, aber mir blieb keine andere Wahl, denn er ließ mich nicht in Ruhe.

„Hilfe", schrie ich so laut ich konnte.

„Halt deine Schnauze", knurrte Angus und schlug mir mit seiner Hand ins Gesicht. Der Schlag war sehr stark gewesen und meine Wange brannte. Tränen bahnten sich ihren Weg aus meinen Augen. Aber ich musste stark sein. Ich wollte es ihm nicht so leicht machen. Ich bemerkte, dass er doch Angst hatte, von den Anderen bei seiner Tat erwischt zu werden. Deshalb schrie ich noch einmal so laut ich konnte.

„Hilfe!" Die Badezimmertür ging auf und Ebby kam heraus.

„Was ist denn hier los", fragte sie und sah zu uns herüber, in dem Moment schien sie zu verstehen, was Angus vorhatte. Sie ging auf ihn los und versuchte ihn von mir wegzuzerren.

„Lass Trisha los, du mieses Schwein", schrie sie ihn an und schlug auf seinen Rücken ein.

„Was willst du denn, du kleine Schlampe", knurrte er und schlug auch ihr ins Gesicht. Der Schlag war so kräftig, dass sie rückwärts taumelte und zu Boden ging. Benommen schaute sie mich an.

„Ebby", schrie ich und versuchte zu ihr zu kommen, doch Angus hielt mich weiterhin fest.

„Du bleibst hier", sagte er wütend. In dem Moment wurde an der Motelzimmertür gerüttelt.

„Hey, macht die Tür auf", rief Ethan. Ethan! Oh mein Gott. Ich war so froh, dass er da war.

„Ethan, Hilfe. Bitte hilf uns", schrie ich.

„Halt´s Maul", zischte Angus und verpasste mir noch eine Ohrfeige. Durch die Wucht knallte ich mit dem Kopf gegen die Wand und stöhnte auf. Angus wurde nervös. Er wusste, was passieren würde, wenn die Jungs ins Zimmer kommen würden, Sie würden ihn fertigmachen. Mir wurde schwindelig und vor meinen Augen begann sich alles zu drehen.

„Los, mitkommen", befahl er und zog mich mit in Richtung Badezimmer. Ich sah, dass Ebby wieder zu sich gekommen war. Sie schnappte sich sein Bein und wollte ihn zu Fall bringen. Aber Angus bemerkte es und trat ihr gegen die Schulter. Sie schrie auf und ließ sein Bein los.

„Tja, das hast du nun davon, Schlampe", lachte er und zog mich ins Badezimmer. Er schubste mich, sodass ich auf die harten Fliesen fiel.

„Trisha, keine Angst, wir werden dich da rausholen", rief Ebby und ich sah, wie sie zur Zimmertür lief. Angus knallte die Badezimmertür zu und verriegelte sie, indem er den Schlüssel im Schloss herumdrehte.

„So und jetzt komm her", sagte er, kam zu mir und beugte sich über mich. Ich wimmerte und wich vor ihm zurück. „Ich habe gesagt, du sollst herkommen", schrie er und zog mich am Bein zu sich. „So ist es gut." Er setzte sich auf meine Oberschenkel, sodass ich nicht wegkonnte, glitt wieder mit seiner Hand unter mein Shirt und begann mich zu streicheln. Ich wollte es nicht. Er sollte es sein lassen. Ich schluchzte und die Tränen liefen nun in Strömen meine Wangen entlang.

„Das hier stört etwas", sagte er und zerriss einfach das Shirt in der Mitte. Nun lag ich im BH und Shorts vor ihm und hatte wahnsinnige Angst.

Ethan:

Wir amüsierten uns gerade über den Streit zwischen Tyron und Lynn, als wir jemanden um Hilfe schreien hörten. Die Stimme kam mir bekannt vor. Es musste Trisha gewesen sein. Daran gab es eigentlich gar keinen Zweifel. Ich schaute mich um und erschrak.

„Wo ist Angus", fragte ich hektisch.

„Ich weiß es nicht. Er war gerade noch hier", antwortete John.

„Scheiße", rief ich und lief aus dem Motelzimmer. Die Anderen folgten mir. Wir liefen zum anderen Zimmer und bemerkten, dass die Tür geschlossen war. Ich war mir ganz sicher, dass wir die Tür offengelassen hatten, als wir hinausgingen und nun war sie zu. Ich versuchte die Tür zu öffnen, bemerkte aber, dass sie abgeschlossen war. Warum war diese Tür abgeschlossen? Was war darin los?

„Ebby", hörte ich Trisha angsterfüllt schreien.

„Hey, macht die Tür auf", rief ich und versuchte die Tür noch einmal zu öffnen.

„Ethan, Hilfe. Bitte hilf uns", schrie Trisha.

„Halt´s Maul." Das war Angus Stimme. Oh mein Gott. Angus, dieses Arschloch war bei meiner Trisha. Das durfte nicht sein. Ich musste ihr helfen. Ich schlug gegen die Tür, doch dadurch ging sie natürlich nicht auf.

„Was ist denn hier los", fragte Tyron, der mit Lynn zu uns kam.

„Angus ist dort mit Trisha und Ebby drin", erwiderte ich und schmiss mich gegen die Tür. Sie ging nicht auf, dafür tat mir meine Schulter weh, die ich mir rieb.

„Lass mich mal", sagte Tyron und wollte gerade die Tür eintreten, als sie geöffnet wurde und eine aufgelöste Ebby vor uns stand.

172

„Schnell beeilt euch. Angus hat Trisha ins Badezimmer geschleppt und die Tür verriegelt", rief sie und rannte schon zum Badezimmer. Wir folgten ihr sofort.

„Weg da", sagte Tyron und rammte seine Schulter gegen die Tür. Durch die Wucht brach die Tür auf und was ich da sah, war einfach unglaublich. Trisha lag weinend am Boden. Sie blutete an der Lippe. Sie blutete, das durfte nicht sein. Er hatte sie verletzt. Ihr Shirt war zerrissen und Angus beugte sich über ihr und hielt ihre Arme fest. Dieses miese Schwein. Ich stürmte in das Badezimmer, packte Angus am Kragen seines T-Shirts und zog ihn von Trisha herunter. Völlig überrascht und verwirrt, da er wahrscheinlich nicht damit gerechnet hatte, dass wir hier ins Badezimmer hereinkommen würden, wehrte er sich nicht. Ich holte mit meiner Faust aus und schlug ihm ins Gesicht. Er knallte mit dem Kopf auf dem Boden und stöhnte auf.

„Du mieses Stück Dreck. Jetzt hast du es eindeutig zu weit getrieben. Ich hatte dich gewarnt", knurrte ich ihn an. Die Wut brodelte nur so in mir. „Neil, bringst du mir mal meine Waffe?"

„Nicht hier Ethan. Nicht vor den Mädchen. Lass uns raus gehen", sagte Tyron, schnappte sich Angus und schliff ihn aus dem Badezimmer heraus. Er hatte recht. Ich wollte Angus nicht vor den Mädchen erschießen. Und erst recht nicht vor Trisha. Sie sollte so etwas nicht sehen.

Angus:

Scheiße, sie hatten mich erwischt. So war das Ganze gar nicht geplant gewesen. Nun wurde ich von Tyron aus dem Motelzimmer geschliffen. Wir waren auf der Rückseite des Motels. Diese Seite zeigte zu einem Wald, der genau nach dem Parkplatz anfing. Ich schaute mich hilfesuchend um, aber hier war niemand, der mir helfen konnte. Nur diese Verrückten, die mich jetzt in den Wald zogen. Ich bekam schon ein wenig Angst. Würden sie mich jetzt umbringen? Vielleicht konnte ich sie ja davon abhalten. Ich schaute zum Motel und sah Marek dort stehen. Er gab mir ein Zeichen, dass er mir helfen würde. Ich hoffte es wirklich, denn sterben wollte ich jetzt noch nicht. Tyron warf mich auf den Boden und trat mir in die Seite. Ich stöhnte auf. Über mir stand Ethan und richtete eine Pistole auf mich.

„Du wirst mich nicht erschießen. Den Schuss wird jeder in diesem Motel hören", versuchte ich ihn davon abzubringen.

„Dafür habe ich den hier", sagte er und steckte einen Schalldämpfer auf den Pistolenlauf. So ein Mist. Damit könnte er mich umbringen und niemand würde den Schuss hören. Was sollte ich denn jetzt tun?

„Ich habe dich gewarnt. Du solltest deine dreckigen Hände von Trisha lassen, aber du wolltest ja nicht hören. Für das, was du jetzt getan hast, werde ich dich umbringen", knurrte er und sein Gesicht war wutverzerrt.

„Aber komm schon. Das war doch nicht so schlimm", redete ich mich heraus.

„Nicht so schlimm? Du wolltest Trisha vergewaltigen und hast Ebby verletzt. Das nennst du nicht so schlimm", schrie er mich an.

„Sie ... sie wollte es doch."

„Sie wollte es gar nicht. Du wolltest sie dazu zwingen, du Bastard und dafür wirst du jetzt sterben." Oh scheiße, er wollte mich wirklich erschießen. Ich musste meine Taktik ändern und ich wusste auch schon wie.

„Erschieß mich doch. Dann wird James erfahren, was ihr vorhabt. Ich weiß, dass ihr abhauen wollt. Wenn du mich jetzt tötest, wird ein Freund von mir, es James erzählen und du weißt, was er dann mit euch machen wird. Bei James gibt es kein Entkommen", sagte ich. Sie schauten mich geschockt an. Ein Grinsen bildete sich auf meinen Lippen. Ich hatte natürlich vorgesorgt. Ein Freund von mir, würde James alles erzählen, wenn mir etwas passierte. Ich meldete mich bei ihm zwei Mal am Tag. Sollte ein Anruf ausbleiben, wusste er, dass etwas nicht stimmte und würde sofort zu meinem Onkel gehen.

„Du bluffst doch", unterstellte Tyron mir.

„Wenn du meinst. Sollte der Freund heute keinen Anruf mehr von mir bekommen, weiß er, dass mir etwas passiert ist und geht dann direkt zu meinem Onkel. Ich bin nicht so doof, wie ihr meint. Ich habe vorgesorgt." Die Jungs schauten sich kurz an und nickten. Gut sie würden jetzt also von mir ablassen.

„Das ist uns egal. Du wirst jetzt sterben", zischte Ethan und richtete wieder die Pistole auf meinen Kopf, die er gerade heruntergenommen hatte. So ein Mist. Sie ließen sich davon nicht abschrecken. Jetzt konnte mir nur noch Marek helfen.

„Sprich dein letztes Gebet", knurrte Ethan und sein Finger zuckte am Abzug.

„Polizei", rief Marek plötzlich und deutete auf den Vorplatz des Motels. Auf ihn konnte ich mich immer verlassen.

„Was", fragte Neil und schaute sich verwirrt um. Die Anderen taten es ihm gleich. Marek gab mir ein Zeichen und ich nickte leicht. Ich sprang auf, schubste Ethan zur Seite und rannte aus dem Wald.

„Ethan nicht", hörte ich John rufen und schon traf mich ein stechender Schmerz in der Schulter. Er hatte mich angeschossen. Ich lief weiter. Marek saß schon in dem Wagen der Mädels und startete den Motor. Ich warf mich auf den Beifahrersitz und Marek fuhr mit quietschenden Reifen los. Ich drehte mich um und sah, wie die Anderen aus dem Wald gestürmt kamen. Ich grinste in mich hinein. Tja Pech gehabt.

„Danke Mann. Ich bin dir etwas schuldig", sagte ich.

„Kein Problem. Ich konnte doch nicht zusehen, wie sie dich töten", erwiderte Marek.

„Das war wirklich knapp. Sie meinten es echt ernst."

„Das war auch kein Kavaliersdelikt, was du getan hast", sagte Marek ernst.

„Ich weiß. Aber ich wollte diese Mädchen einfach. Es kam einfach so über mich." Mir fiel etwas ein. Die Jungs hatten doch hier drei Taschen mit dem Geld versteckt. Ich drehte mich um und schaute, wo sie sein könnten.

„Was suchst du", fragte Marek.

„Die Taschen mit dem Geld", antwortete ich.

„Vergiss es. Die Anderen haben sie gestern Abend hier aus dem Wagen geholt und ich hatte gerade keine Zeit sie mitzunehmen. Ich habe es gerade so geschafft unsere Taschen in den Wagen zu packen."

„Scheiße. Na ja etwas Geld habe ich noch. Damit werden wir bis zu James kommen. Ich rufe ihn gerade mal an. Ich muss ihm unbedingt etwas erzählen." Ich holte mein Handy aus der Hosentasche und wählte die Nummer von meinem Onkel.

„Ja", meldete er sich, als er dran ging.

„James, ich muss dir etwas erzählen."

„Was ist denn los Angus? Haben die Jungs dich wieder grundlos geschlagen", fragte James genervt.

„Nein, sie wollten mich erschießen."

„Sie wollten was? Wieso? Was war los", wollte er nun wissen und ich merkte, dass er versuchte seine Wut zu unterdrücken.

„Keine Ahnung. Angeblich hätte ich die Geisel angefasst. Das habe ich aber nicht. Das schwöre ich dir. Marek hat mir geholfen, den Jungs zu entkommen, und nun sind wir auf dem Weg zu dir. Aber was ich dir eigentlich erzählen will, ist Folgendes. Die Jungs haben vor auszusteigen. Sie wollen während dieses Coups verschwinden."

„Wie bitte? Niemand steigt einfach so bei mir aus", knurrte er. „Wo sind sie jetzt?"

„Sie sind noch in Tulsa in einem Motel", antwortete ich und gab ihm den Namen und die Adresse des Motels.

„Wo ist die Beute?"

„Die ist noch bei ihnen. Wir hatten keine Zeit sie mitzunehmen", erklärte ich ihm.

„Ok, ich werde mich um die Jungs kümmern und ihr werdet erst einmal herkommen."

„Äh ja, allerdings müsste ich dringend zu einem Arzt."

„Wieso das", fragte James.

„Ethan hat mich angeschossen und mich an der Schulter verletzt."

„Das gibt es doch nicht. Ok gut. Fahr zu Ernest Norten. Das ist ein guter Bekannter von mir. Ich schicke dir die Adresse gleich auf dein Handy. Ich rufe ihn an und sage ihm, dass ihr vorbeikommt."

„Ok, danke Onkel", erwiderte ich und legte auf.

176

Kapitel 24

Trisha:

Angus hörte nicht auf. Er fasste mir an die Brust und drückte sie. Ich versuchte mich wegzudrehen und schlang meine Arme um meinen Körper.

„Oh nein, das wirst du schön bleiben lassen", knurrte er und schlug mir mit der Hand ins Gesicht. Ein Schmerz durchzog meine Wange und ich schmeckte Blut. Meine Lippe musste aufgeplatzt sein. Er packte meine Arme, zog sie mir über den Kopf und hielt sie dort mit einer Hand fest. Mit der Anderen streichelte er mich von meinen Brüsten an abwärts. Ich wollte es nicht. Wollte es einfach nicht mitbekommen. Ich versuchte alles auszublenden. Es einfach über mich ergehen zu lassen, denn gegen ihn wehren, konnte ich mich nicht. Ich versuchte an meine Eltern zu denken. An die schönen Tage, die wir zusammen erlebt hatten. Das hatte damals bei ihm auch immer funktioniert. So war ich in meiner eigenen Welt. In einer Welt, in der alles in Ordnung war. Gerade als ich abdriften wollte, wurde die Tür aufgebrochen und die Jungs kamen herein. Ethan sah mich geschockt an. Im nächsten Moment zog er Angus von mir herunter und schlug auf ihn ein. Er schrie ihn an und forderte dann seine Pistole. Wollte er ihn jetzt etwa erschießen? Bei dem Gedanken lief es mir eiskalt den Rücken hinunter. Angus wurde von Tyron aus dem Raum gezogen.

„Trisha, geht es dir gut", fragte Ebby und kam zu mir. Ich schüttelte nur den Kopf. Die Tränen liefen in Strömen meine Wangen hinunter. „Hey, es wird alles gut. Er wird dir nichts mehr tun."

„Nein, das wird er nicht mehr. Kommt lasst uns in den Wohnbereich gehen", sagte Lynn, die neben mir kniete. „Kannst du aufstehen?"

„Ich weiß es nicht", erwiderte ich leise. Schwankend und noch immer zitternd stand ich auf. Lynn und Ebby mussten mich stützen, damit ich nicht umfiel. Zusammen gingen wir in den Wohnbereich und ich sollte mich auf das Sofa legen, was ich auch tat.

„Ich hole dir mal eben etwas zum Anziehen", sagte Lynn und ging ins Schlafzimmer, wo meine Tasche stand. Sie kam mit einem Pullover wieder und reichte ihn mir. „Zieh den hier mal drüber." Ich zog das zerrissene Shirt aus und dafür den Pullover an. Ich trug zwar noch meine Schlafshorts, aber das war mir egal. Plötzlich hörten wir draußen Reifen quietschen und ein Tumult. Was war da los?

„Los wir müssen hinter ihnen her", rief Neil und kam ins Zimmer gerannt. Er schnappte sich den Autoschlüssel, der auf dem Tisch lag und verschwand auch schon wieder.

„Was ist denn los", fragte Ebby und lief ihm hinterher.

„Angus und Marek sind abgehauen", hörte ich Neil sagen. Das konnte doch nicht wahr sein. Klar, war ich erschrocken, dass die Jungs Angus töten wollten, denn schließlich hatte kein Mensch den Tod verdient. Aber er stellte doch eine Gefahr dar. Nicht nur für die Jungs. Ich hatte Angst, dass er wiederkommen würde und ich wollte mir nicht vorstellen, was er dann mit mir machen würde.

„Was", schrie Ebby.

„Äh Leute, schaut mal", rief John.

„Scheiße", hörte ich Ethan fluchen. „Das darf doch nicht wahr sein."

„Und was jetzt", fragte John.

„Ich weiß es nicht. Lasst uns erst einmal reingehen und überlegen, was wir jetzt tun werden", sagte Ethan und kam ins Zimmer. Sofort war er bei mir und nahm mich in den Arm.

„Geht es dir gut? Tut dir etwas weh", fragte er mich und schaute mich besorgt an.

„Nein, mir tut nichts weh", erwiderte ich leise.

„Kleines, es tut mir so leid. Ich hätte dich beschützen müssen, doch ich habe nicht aufgepasst."

„Du kannst mich nicht immer beschützen. Er hätte irgendwie einen Weg gefunden."

„Trisha hat recht. Angus hätte es immer weiter versucht an sie heranzukommen", stimmte Lynn mir zu.

„Ich weiß", seufzte Ethan.

„Könntet ihr uns jetzt vielleicht mal aufklären, was da draußen los war", forderte Ebby die Jungs auf.

„Also wir waren gerade dabei, Angus das Leben auszupusten, als Marek plötzlich „Polizei" schrie und auf dem Vorplatz zeigte. Er lenkte uns damit ab und Angus flüchtete. Ethan hat ihm noch in die Schulter geschossen, aber er ist mit Marek abgehauen. Ach ja, außerdem hat Marek uns alle vier Reifen am Van zerstochen", berichtete Tyron.

„Moment mal, wenn der Van noch hier ist, heißt das, er ist mit meinem Auto abgehauen", fragte Lynn aufgebracht.

„Ja, aber das ist noch nicht alles", gestand Tyron ihr.

„Was denn noch?"

„Angus weiß, dass wir abhauen wollen. Er wird es James erzählen", sagte Neil und sah sehr besorgt aus.

„Und das heißt", hakte Ebby nach.

„James wird es nicht so einfach hinnehmen. Er wird uns nicht gehen lassen. Niemand steigt einfach bei ihm aus, es sei denn, man ist tot", erklärte Ethan und ich zuckte dabei zusammen. „Hey, wir werden eine Lösung finden", beruhigte er mich und strich mir sanft über den Rücken.

„Warum habt ihr uns das nie erzählt? Ihr sagtet nur, dass ihr bei ihm aussteigen wollt und dann abhaut und nicht, dass es so gefährlich ist", fragte Lynn und schaute in die Runde.

„Wir wollten euch nicht erschrecken", antwortete Tyron.

„Und jetzt müssen wir überlegen, was wir tun können. Wer weiß, vielleicht hat Angus ihm schon Bescheid gesagt und James´ Männer sind schon unterwegs zu uns. Wir müssen hier so schnell wie möglich verschwinden", sagte Neil.

„Ja, aber wir brauchen für den Van erst einmal neue Reifen, sonst können wir nicht fahren", erwiderte Ethan.

„Das wird kein Problem sein. Direkt neben dem Motel ist eine Tankstelle mit Werkstatt. Dort werden wir bestimmt die Reifen bekommen", sagte Tyron.

„Gut und ich werde Lorenzo anrufen. Vielleicht kann er uns helfen", entgegnete Ethan.

„Komm Trisha, du willst dich doch bestimmt waschen gehen. Wir können den Jungs eh nicht beim Reifenwechsel helfen", schlug Ebby vor.

„Ok", sagte ich unsicher und schaute zu Ethan. Ich wollte nicht weg von ihm. Bei ihm war ich sicher, das wusste ich.

„Geh nur. Dir wird nichts passieren. Er ist weg und wird bestimmt nicht wiederkommen", versicherte er mir.

„Dann komm", sagte Ebby und ging schon in Richtung

Badezimmer. Ich bewegte mich kein Stück und schaute ängstlich in die Richtung. Ich wollte nicht wieder in dieses Badezimmer zurück. Dort würde mich alles an diese Tat erinnern. Verwundert darüber, dass ich nicht mitkam, schaute Ebby mich an. Dann allerdings schien sie zu verstehen. „Oh, wir gehen besser ins andere Motelzimmer." Sie machte kehrt und ging zur Motelzimmertür. Ich stand auf, nahm meine Sachen, die auf dem Tisch lagen und folgte ihr. Lynn kam uns hinterher. Wir kamen beim Badezimmer an und ich ging hinein. Die Beiden blieben vor der Tür stehen. Panik überkam mich, als ich alleine im Badezimmer stand. Ich wollte nicht alleine sein.

„Könnt ihr vielleicht mit hineinkommen", fragte ich die Beiden. „Ich ... ich kann nicht alleine sein."

„Natürlich. Ich muss mir sowieso noch die Haare machen", erwiderte Lynn.

„Ja und ich bin auch noch nicht ganz fertig", stimmte Ebby ihr zu. „Danke."

„Kein Problem." Ich zog mich schnell aus und stieg unter die Dusche. Irgendwie machte es mir nichts aus, dass sie dabei im gleichen Raum waren. Im Moment war es mir lieber, als wenn ich alleine gewesen wäre. Ich wusch mich so gründlich ich konnte. Überall wo Angus mich berührt hatte. Ich wollte seinen Geruch nicht an mir kleben haben. Nachdem ich fertig war, trocknete ich mich ab und zog mich an.

„Wie geht es dir", fragte Ebby mich.

„Es geht schon", erwiderte ich. Ich hatte gelernt, diese Geschehnisse einfach zu unterdrücken, und das tat ich nun wieder. Ich schob den Vorfall in die hinterste Ecke meines Gedächtnisses und versuchte es zu vergessen. Klar, es funktionierte nicht so, wie ich es wollte und solche Geschehnisse kamen immer wieder hoch. Meistens halt nachts, wenn ich schlief. Aber ich wollte jetzt nicht daran denken. Mir fiel etwas ein. „Geht es dir gut? Was macht dein Kopf und was ist mit deiner Schulter?" Ich hatte sie ganz vergessen danach zu fragen. Sie war doch mit dem Kopf auf dem Boden aufgeschlagen, als Angus sie geschlagen hatte und wurde vom ihm gegen die Schulter getreten.

„Mir geht es gut. Macht dir darüber keine Gedanken", versicherte sie mir.

„Es tut mir so leid, dass du meinetwegen verletzt wurdest."

„Dir braucht es nicht leidzutun. Du hast überhaupt keine Schuld.

Der Einzige, der sich entschuldigen müsste, wäre Angus und zwar nicht nur bei mir, sondern erst recht bei dir. Aber das, was er mit dir vorhatte, ist nicht zu entschuldigen."

„Ich muss mich aber bei dir bedanken. Eher gesagt bei euch allen, wenn ihr mir nicht geholfen hättet, wer weiß, was er dann noch alles getan hätte."

„Hey, wir hätten doch nicht zusehen können, wie er dich vergewaltigt. Auf gar kleinen Fall. Schade, dass er fliehen konnte. Er hat eigentlich eine gerechte Strafe verdient", sagte Ebby.

„Das finde ich auch", stimmte Lynn ihr zu. Ja, eine Strafe hatte er wirklich verdient. Aber gleich der Tod? Waren die Jungs so brutal, dass sie einfach so jemanden erschießen konnten? Lynn musste meinen meine Gedanken erraten haben. „Ich weiß, was du jetzt denkst. Die Jungs sind nicht gewalttätig und sie würden auch nicht einfach jemanden töten. Aber wenn es sein muss oder sie den Auftrag von James bekommen, müssen sie es tun. Sie tun es wirklich nicht gerne und bei Aufträgen nagt schon das Gewissen an ihnen, aber ihnen bleibt nicht viel anderes übrig. Sie wollen sich schließlich nicht mit James anlegen, wenn sie den Auftrag ablehnen und jetzt weiß ich auch warum. Sie haben uns nie erzählt, was passieren kann, wenn sie einen Auftrag ablehnen. Aber wenn er sie schon töten will, wenn sie aussteigen wollen, dann kann ich mir so ungefähr vorstellen, was passiert, wenn sie den Auftrag nicht erledigen wollen."

„Wie kommt ihr damit zurecht, dass sie ständig Aufträge erledigen müssen", fragte ich sie.

„Na ja, so toll finden wir es nicht, aber wir unterstützen sie, wo wir nur können", sagte Lynn.

„Sie machen es ja nur, um ihren Lebensunterhalt zu verdienen, wir profitieren ja auch davon. Wobei ich natürlich froh bin, wenn sie endlich von James loskommen und ein normales Leben führen", entgegnete Ebby.

„Und, was sagen eure Eltern dazu? Ich meine, wissen sie, was Neil und Tyron tun", fragte ich nun neugierig.

„Meine Eltern haben mich damals, als ich mit Tyron zusammenkam, vor die Wahl gestellt. Sie wissen zwar nicht, was er „beruflich" tut, aber sie konnten ihn von Anfang an nicht leiden. Sie sagten, ich sollte mich zwischen ihnen und Tyron entscheiden. Sie wussten genau, wenn ich mit ihm zusammenbleiben würde, wäre ich weniger zu Hause und könnte nicht auf meine vier Geschwister aufpassen. Ich bin die Älteste und meine Eltern hatten alle Aufgaben auf mich abgewälzt. Sie waren kaum zu Hause und ich musste alles tun. Vom Haushalt bis zur Kindererziehung. Darauf hatte ich keine Lust. Zum College durfte ich nicht gehen, denn dann hätte ich weniger Zeit für den Haushalt gehabt. Ich entschied mich für Tyron. Ich liebe ihn über alles. Auch wenn ich meine Geschwister liebe und sie mir doch sehr fehlen, so weiß ich, dass ich die richtige Entscheidung getroffen habe", erzählte Lynn und ich konnte sie irgendwie verstehen. Sie wollte ihr Leben leben, daran war nichts Verwerfliches.

„Das ist wirklich allerhand, was deine Eltern von dir verlangt haben. Und dich dann noch vor die Wahl zu stellen. Ich kann dich wirklich verstehen, dass du dich für Tyron entschieden hast", sagte ich und wandte mich dann an Ebby. „Wie war es denn bei dir?"

„Also meinen Eltern ist es so ziemlich egal, was ich tue. Das war schon immer so gewesen. Ich war eigentlich das Kind, was sie nie wollten. So hatten sie es mir auch schon oft gesagt gehabt. Also ein Übel, was sie mit durchfüttern mussten. Ich war sehr oft alleine zu Hause. Sie sind sogar ohne mich in den Urlaub gefahren. Die Entscheidung, mit Neil zu gehen, fiel mir also sehr leicht. Meine Eltern haben mir noch nicht einmal auf Wiedersehen gesagt, als ich auszog. Es tut zwar sehr weh zu wissen, dass man von seinen Eltern nicht geliebt wird, aber dafür habe ich jetzt Neil, der mich liebt", erzählte sie mit verträumtem Blick.

„Eure Geschichten sind wirklich traurig. Ich verstehe nicht, wie Eltern ihren Kindern so etwas nur antuen können", sagte ich.

„Ja es ist wirklich traurig. Aber wir haben uns damit abgefunden und wissen, wenn wir mal Kinder haben, werden wir es besser machen, als unsere Eltern", erwiderte Lynn und begann sich zu schminken. Ich nahm meine Zahnbürste und putzte mir die Zähne. Anschließend föhnte ich noch meine Haare. Da Ebby und Lynn noch nicht fertig waren, ging ich schon einmal alleine aus dem Badezimmer. Ich wusste ja, dass Ethan vor der Motelzimmertür stehen würde.

Kapitel 25

Ethan:

Ich hatte so eine Wut auf diesen Bastard. Er hatte es wirklich gewagt, Trisha noch einmal zu belästigen. Nicht nur belästigen. Er wollte sie sogar vergewaltigen. Nicht auszudenken, wenn Ebby nicht im Motelzimmer gewesen wäre und wir es gar nicht mitbekommen hätten. Mit Freude hätte ich ihm eine Kugel durch den Kopf gejagt. Ich war nicht skrupellos, ich würde auch nie einfach so einen Menschen töten. Doch Angus hatte es zu weit getrieben. Im Nachhinein würde ich es bestimmt bereuen, aber ich hatte eine Mordswut. Marek störte uns bei unserem Vorhaben, indem er uns zurief, dass die Polizei da wäre. Erschrocken hatten wir uns umgedreht und leider nicht mehr auf Angus geachtet. Ihn hätten wir sowieso nicht umbringen können, wenn die Polizei in der Nähe gewesen wäre. Wie hätten wir ihnen denn die Leiche erklären sollen? Noch dazu mit einem Einschussloch im Körper. Angus entwischte uns und haute mit Marek in Lynns Wagen ab. Marek hatte uns hereingelegt, um Angus zu retten. Wir hätten es wissen müssen. Aber es war zu spät. Eigentlich wollten wir ihnen mit dem Van folgen. Doch Marek hatte alle vier Reifen zerstochen. Nun mussten wir uns überlegen, wie es weiter gehen sollte. Ich war froh, dass es Trisha so weit gut ging. Ich wusste, dass sie dieses Erlebnis nicht einfach so wegstecken würde. Wer konnte das auch schon? Sie ging mit Ebby und Lynn zusammen in das andere Motelzimmer. Dort wollte sie sich im Bad fertigmachen. Ich machte mir immer noch Vorwürfe, da ich ihr doch versprochen hatte, auf sie aufzupassen und sie zu beschützen. Aber sie hatte recht. Angus hätte immer wieder versucht, an sie heranzukommen und irgendwann hätte er es vielleicht auch geschafft. Ich sah, wie Ebby und Lynn mit Trisha ins Bad gingen. Anscheinend wollte sie nicht alleine sein. Tyron und John liefen zu der Werkstatt, die sich neben dem Motel befand, um neue Reifen zu besorgen. Ich nahm mein Handy aus der Hosentasche und wählte Lorenzos Nummer. Ich hoffte, er könnte uns helfen.

„Ja", meldete er sich.

„Lorenzo?"

„Ach hallo Ethan. Hör mal, ich bin gerade in einer Besprechung. Kann ich dich nachher zurückrufen", fragte er.

„Das ist ganz schlecht. Wir haben ein großes Problem und brauchen ganz dringend deine Hilfe. Es ist wichtig", erwiderte ich.

„Warte kurz", sagte er und im nächsten Moment hörte ich eine Tür schließen. Er musste aus dem Raum gegangen sein. „Was ist los, Ethan?" Ich erzählte ihm kurz was passiert war.

„Wie geht es Trisha", fragte er.

„Ihr geht es soweit gut."

„Angus ist jetzt also mit Marek abgehauen." Es war keine Frage, sondern eher eine Feststellung.

„Ja und ich befürchte, er wird James von unserem Plan erzählen, dass wir nach diesem Coup abhauen wollen, wenn er es nicht schon getan hat. James wird nicht erfreut darüber sein. Du weißt ja, man steigt bei ihm nicht einfach aus, es sei denn man ist tot."

„Was glaubst du, wird er tun?"

„Ich weiß es nicht. Ich glaube, er wird einige seiner Leute schicken um uns zu schnappen und zu ihm zu bringen. Wir müssen so schnell wie möglich von hier weg. Es kann sein, dass sie schon auf dem Weg zu uns sind. James hat seine Leute in verschiedenen Städten", sagte ich und wurde nervös. Ich wusste, dass seine Männer nicht zimperlich mit uns umgehen würden und James erst recht nicht. Er hatte keine Skrupel, uns einfach umzubringen, denn schließlich wollten wir ihn hintergehen und abhauen. Das war für ihn eines der schlimmsten Vergehen, die man ihn antun konnte. Ich dachte aber vor allem an die Mädchen. Ich wusste nicht, was er mit ihnen tun würde, wenn sie erst einmal bei ihm wären. Wahrscheinlich würde er sie ebenfalls töten, damit sie ihn nicht an die Polizei verraten konnten. Das wollte ich auf gar keinen Fall.

„Beruhige dich Ethan. Ich helfe euch natürlich. Wo seid ihr jetzt", fragte Lorenzo.

„Wir sind jetzt in Tulsa."

„Ok. Also wir haben ein Ferienhaus in Aspen, Colorado. Davon weiß niemand etwas. Wir treffen uns dort. Am besten fahrt ihr mit dem Wagen, denn wenn James doch mal etwas mitbekommen haben sollte, dass wir uns kennen, könnte er annehmen, dass ich euch helfe und meinen Jet schicke. Vielleicht würden dann James´ Leute schon

184

am Flughafen auf euch warten. Das dürfen wir nicht riskieren."

„Da hast du recht", stimmte ich ihm zu. Ich holte die Straßenkarte aus dem Van und breitete sie auf der Motorhaube aus. „Wir brauchen allerdings noch einen anderen Van. Angus wird ihm bestimmt auch gesagt haben, mit was für einem Wagen wir unterwegs sind."

„Ok, also dann fahrt zuerst nach Pittsburgh in Kansas. Dort gibt es einen Autohandel namens Auto Brown. Der Besitzer heißt Marshall Brown. Sagt ihm, dass ich euch schicke. Ich werde ihn gleich anrufen und gebe ihm Bescheid. Wann könnt ihr da sein?"

„Na ja, wir müssen noch eben die Reifen wechseln, die Marek uns zerstochen hat. Das wird ungefähr eine Stunde dauern. Bis Pittsburgh sind es ungefähr zwei. Wir haben jetzt zehn. Also sind wir so um ein Uhr da", rechnet ich aus.

„Gut. Wie ihr dann nach Aspen kommt, weißt du", fragte Lorenzo.

„Ja, ich schaue mir auch gerade schon die Straßenkarte an. Wenn alles gut läuft sind wir morgen Nachmittag in Aspen."

„Passt auf euch auf", sagte Lorenzo.

„Das werden wir". Er gab mir noch die Adresse von dem Haus in Aspen und wir verabschiedeten uns. Ich drehte mich zur Tür des Motelzimmers um und sah Trisha dort stehen. Sie sah etwas unsicher aus, als ob sie nicht wüsste, was sie tun sollte.

„Komm her, Kleines", sagte ich und klappte die Straßenkarte zu. Sie kam und ich zog sie in meine Arme.

„Wie geht es dir", fragte ich sie.

„Es geht schon wieder", versicherte sie mir.

„Bist du dir sicher", hakte ich noch einmal nach.

„Ja, es war nur so schrecklich. Ich … ich hatte solche Angst, dass er … , dass er …", schluchzte sie.

„Es ist vorbei und er wird dir nichts mehr tun", beruhigte ich sie.

„Halt mich bitte einfach nur fest", flüsterte sie.

„Das werde ich." Ich verstärkte meinen Griff und zog sie damit noch näher an mich heran. So standen wir einige Minuten da, bis Tyron und John mit den neuen Reifen wiederkamen.

„Da sind wir wieder", grinste Tyron.

„Das sehe ich und ihr habt auch neue Reife", erwiderte ich.

„Ja genau."

„Gut, dann lasst uns mal anfangen die Reifen zu wechseln, weil wir so schnell es geht hier wegmüssen. Wer weiß, ob James schon

Bescheid weiß und ob er schon seine Männer zu uns geschickt hat", sagte ich. Neil kam aus dem anderen Motelzimmer und gesellte sich zu uns.

„Hast du mit Lorenzo gesprochen", fragte er mich.

„Ja, das habe ich. Ich erzähle euch gleich, was wir besprochen haben. Lasst uns erst einmal die Reifen wechseln. Bis dahin müssten die Mädels aus dem Bad heraus sein." Ich wandte mich an Trisha. „Kleines, ich muss dich jetzt leider kurz mal loslassen. Die Jungs brauchen meine Hilfe."

„Mach ruhig. Wir bleiben bei Trisha", sagte Lynn, die mit Ebby aus dem Zimmer kam.

„Ok. Und ihr Mädels könntet ja schon mal eure Sachen zusammenpacken. Dann geht es gleich schneller, wenn wir fertig sind", erwiderte ich. Ebby und Lynn gingen mit Trisha zusammen ins Zimmer zurück und ich machte mich mit den Jungs daran die Reifen zu wechseln. Zu viert ging es recht schnell und es dauerte nicht lange, bis wir fertig waren. Auch die Mädchen waren mit dem packen fertig und hatten ihre Taschen schon einmal nach draußen getragen. Ich ging ins Bad, wusch mir die Hände und putzte mir noch die Zähne. Dazu war ich noch gar nicht gekommen. Als ich fertig war, packten wir die Taschen in den Van.

„Erzählst du uns nun, was Lorenzo gesagt hat", harkte Tyron nach.

„Ja, kommt her", sagte ich, nahm die Straßenkarte und legte sie wieder auf die Motorhaube. „Ich werde jetzt keine Orte nennen. Ich werde nur drauf zeigen. Ich weiß nicht, ob Angus im Wagen Wanzen angebracht hat und uns hören kann. Ihm ist alles zuzutrauen." Ich erklärte ihnen wo wir zuerst hinfahren würden und was unser neues Ziel sein würde. Außerdem vereinbarten wir, dass wir, bis wir in dem neuen Wagen sitzen würden, keinen der Orte erwähnen würden.

„Wir müssen noch hier in Tulsa den Wagen wechseln. Falls James Leute schon hier in der Stadt sind, so werden sie sicherlich auch wissen, mit welchem Wagen wir unterwegs sind und könnten uns aufspüren", überlegte Neil.

„Da hast du recht. Jason hat doch seinen Autohandel hier in der Stadt. Ich rufe ihn eben mal an", sagte Tyron, holte sein Handy aus der Tasche und wählte die Nummer. Jason war ein alter Bekannter von uns, der uns schon einmal einen Wagen für einen Coup besorgt hatte. Ich hoffte, er könnte uns helfen und hätte einen Wagen da.

„Sag ihm es muss nicht unbedingt ein Van sein. Wir nehmen auch zwei Autos", rief ich meinen Bruder zu.

„Alles klar", erwiderte er und ging ein paar Schritte von uns weg, um in Ruhe telefonieren zu können. Nach zwei Minuten kam er grinsend zu uns zurück und steckte sein Handy wieder in die Hosentasche. „Es ist alles geklärt. Jason hat zwei Autos für uns, die er uns für den Van gibt. Wir sollen sofort zu ihm kommen. Er bereitet alles vor."

„Das klingt doch gut. Dann lasst uns mal los", erwiderte ich. Neil ging zur Rezeption und bezahlte die Zimmer. Dabei legte er noch etwas Geld drauf, wegen des kaputten Badezimmerschlosses. Er erklärte es, dass die Tür trotzdem sie nicht abgeschlossen war, nicht zu öffnen ging. Wir stiegen alle in den Van und John fuhr los. Trisha saß neben mir und hatte sich an mich gekuschelt. Anscheinend fühlte sie sich bei mir sicher und darüber war ich mehr als glücklich. Natürlich würde ich sie beschützen. Ab jetzt würde ich ihr nicht mehr von der Seite weichen. Ich hatte meinen Arm um sie gelegt und streichelte ihren Arm. John fuhr auf dem Platz des Autohandels. Jason gab ihm ein Zeichen, dass er in die Halle fahren sollte. John tat es, fuhr in die Halle und stellte dort den Wagen ab.

„Hallo Jason", grüßte Tyron ihn, der zuerst aus dem Van gestiegen war. Wir stiegen ebenfalls aus und gesellten uns zu ihnen.

„Hallo zusammen. Ich habe zwei schicke BMWs für euch. Sie stehen vor der Halle bereit", sagte Jason.

„Danke, dass du uns hilfst", bedankte ich mich bei ihm.

„Das ist doch selbstverständlich."

„Hier ist der Van. Der Schlüssel steckt. Er läuft ohne Probleme. Er braucht nur eine Grundreinigung", sagte Tyron und deutete auf den Wagen hinter uns.

„Die bekommt er und es werden keine Spuren von euch mehr zu finden sein. Hier sind die Schlüssel für die beiden Wagen", erwiderte Jason und gab Tyron die Autoschlüssel.

„Danke. So dann werden wir eben noch die Sachen aus dem Van holen." Tyron ging zum Kofferraum und öffnete die Tür. Wir halfen alle mit die Taschen herauszuholen und verteilten sie auf die zwei Wagen. Tyron, Lynn, Ebby und Neil würden in einem Wagen zusammenfahren und John, Trisha und ich würden den anderen Wagen nehmen.

„So der Van ist leer. Danke noch mal für deine schnelle Hilfe", bedankte sich Tyron bei Jason.

„Kein Ding. Ich helfe doch gerne."

„Wir müssen dann auch mal los. Ach falls jemand nach uns fragt, du hast uns nicht gesehen", sagte mein Bruder.

„Ihr seid nie hier gewesen und den Van werde ich gleich mal aus dem Sichtbereich fahren, damit ihn keiner sieht", grinste Jason. Wir verabschiedeten uns, stiegen in die Wagen und fuhren los.

Trisha:

Ethan fuhr den Wagen. Ich saß neben ihm auf dem Beifahrersitz. John hatte mir den Vortritt gelassen, denn er wollte sich auf der Rückbank ausstrecken. Tyron, Lynn, Ebby und Neil fuhren in dem anderen Wagen. Sie nahmen einen anderen Weg als wir nach Pittsburgh, falls James`Leute bereits hier in der Stadt wären und uns verfolgen würden. So müssten sie sich ebenfalls trennen und wären leichter abzuschütteln. Zumindest hatte es mir so Ethan erklärt gehabt, als wir ins Auto eingestiegen waren.

„Wie lange werden wir bis nach Pittsburgh brauchen", fragte ich Ethan.

„So ungefähr zwei Stunden. Je nachdem, wie gut wir durchkommen und wie der Verkehr ist", erwiderte er und schaute in den Rückspiegel.

„Was ist los", fragte ich ihn, als er immer wieder abwechselnd auf die Straße und in den Rückspiegel sah.

„Ich habe das Gefühl, dass wir verfolgt werden."

„Wir werden was? Etwa von James`Leuten", fragte ich und schaute in den Seitenspiegel.

„Ich nehme es an", antwortete er und wandte sich dann an John. „John, schau doch bitte mal unauffällig nach hinten. Siehst du die zwei Motorradfahrer?"

„Ja, die sehe ich."

„Sie fahren nun schon eine ganze Weile hinter uns her. Es wäre nichts Ungewöhnliches, wenn sie denselben Weg hätten, allerdings bin ich gerade eine Runde gefahren und sie sind uns gefolgt. Das ist doch schon sehr ungewöhnlich", sagte Ethan und holte sein Handy aus der Tasche. Er wählte eine Nummer, drückte die Lautsprechertaste und steckte das Handy in die Handyhalterung, die es hier im Wagen am Armaturenbrett gab.

„Hey Bruder, was gibt es", meldete sich Tyron.

„Sag mal, werdet ihr auch verfolgt", fragte Ethan ihn.

„Nein, also zumindest ist mir nichts aufgefallen. Wieso?"

„Na ja uns fahren schon seit einiger Zeit zwei Motorräder hinter uns her. Ich habe es mit einem Umweg getestet. Ich habe den Verdacht, dass es zwei von James`Leuten sind."

„Scheiße. Und nun? Sollen wir zu euch kommen", fragte Tyron besorgt.

„Nein, das braucht ihr nicht. Wir fahren gleich auf dem Highway und dort werden wir sie abhängen."

„Ok, aber wenn ihr Hilfe braucht sagt Bescheid und vor allem haltet uns auf dem Laufenden", sagte Tyron.

„Das machen wir", versicherte ihm Ethan und legte auf.

„Was machen wir denn jetzt", fragte ich und die Panik stieg in mir hoch. Wenn das wirklich Leute von James waren, die uns verfolgten, dann hätten sie doch sicherlich auch Waffen dabei und hatten den Auftrag uns entweder zu töten oder zu ihm zu bringen.

„Ganz ruhig Kleines, wir versuchen sie jetzt erst einmal abzuhängen", versuchte er mich zu beruhigen und fuhr auf den Highway.

„Die beiden folgen uns", berichtete John, der sich nun ganz nach hinten gedreht hatte und unserer Verfolger durch das Rückfenster beobachtete.

„Sollen sie ruhig. Wir wollen doch mal sehen, ob sie auch Schritt mit uns halten können", grinste Ethan und trat auf das Gaspedal. Wir sausten über den Highway, wobei Ethan dabei gekonnt den anderen Autos auswich, die ebenfalls auf dieser Straße fuhren. „John, wie sieht es aus", fragte er ihn.

„Sie sind noch da."

„Ok, dann müssen wir doch etwas anderes versuchen", überlegte er und fuhr auf die Abfahrtsspur.

„Was hast du vor", wollte ich wissen und schaute ängstlich zu ihm herüber.

„Wir werden sie etwas verarschen und hoffentlich damit loswerden." Er fuhr weiter die Abfahrt entlang. Ich schaute nach hinten und sah, dass uns die zwei Motorradfahrer folgten. Ich war gespannt, was Ethan vorhatte. Er fuhr weiter. Kurz bevor die Abfahrt kam, scherrte er wieder auf den Highway aus. Ich schrie auf. Hinter uns hörte ich quietschende Bremsen und Gehupe.

„Bist du wahnsinnig", schrie ich ihn an und krallte meine Finger in den Sitz.

„Hat es denn etwas gebracht", fragte er.

„Leider nein. Sie sind immer noch hinter uns. Übrigens war es deren schuld, dass die Autofahrer hinter uns bremsen mussten und gehupt haben. Sie sind ganz knapp vor ihnen wieder eingeschert", sagte John.

„Sie sind wirklich hartnäckig", kam es von Ethan, der gleich wieder auf das Gaspedal trat. Er schlängelte sich zwischen den Autos hindurch, indem er ziemlich schnell die Spuren wechselte.

„Oh Scheiße", hörten wir John fluchen.

„Was ist los", fragte Ethan.

„Wir haben ein ganz großes Problem", antwortete John. „Sie haben Waffen." Kaum hatte er das gesagt, schon hörten wir einen Schuss.

„Auch das noch", sagte Ethan und schien zu überlegen, was wir nun tun könnten. Wieder ertönte ein Schuss und traf die Heckscheibe, die zersprang. Ich schrie wieder auf, machte mich ganz klein in meinen Sitz und schlang die Arme schützend über meinen Kopf.

„Kleines, ganz ruhig. Es wird dir nichts passieren", beruhigte mich Ethan und wandte sich dann an John. „Es hilft nichts, wir müssen sie von den Motorrädern holen. Du links und ich rechts."

„Du hast recht. Anders werden wir sie nicht los", stimmte John ihm zu.

„Kleines. Wir müssen die Plätze tauschen. Du musst den Wagen fahren", sagte Ethan zu mir.

„Ich soll was", fragte ich und wurde panisch.

„Du musst den Wagen fahren, denn John und ich müssen unsere Verfolger ausschalten. Keine Angst. Du schaffst das. Du musst nur den Wagen gerade halten. Mehr nicht", erklärte er mir. „Komm. Rutsch zu mir rüber. Wir tauschen eben die Plätze." Ich tat, was er sagte, wobei ich leicht zitterte, als ich mich auf seinen Schoß setzte. Ethan rutschte unter mir zur Seite. „Du musst auf das Gaspedal treten", wies er mich an und in dem Moment, wo er seinen Fuß vom

Pedal nahm, stellte ich meinen drauf. Ethan rutschte nun auf den Beifahrersitz hinüber und bekam von John eine Waffe gereicht. „Kleines, du musst weiterhin Gas geben und den Wagen nun so gerade wie möglich halten." Ich nickte nur und heftete meinen Blick auf die Straße. John und Ethan öffneten die Seitenfenster und lehnten sich raus. Ich hörte Schüsse und hatte dadurch Mühe, den Wagen gerade und das Tempo bei zuhalten. Ich musste immer wieder einigen Autos ausweichen, die regelrecht schleichend vor mir fuhren. Ausgerechnet heute mussten so einige Sonntagsfahrer unterwegs sein, obwohl es gar kein Sonntag war. Ich hörte einen Schrei und kurz darauf gab es einen Knall. Erschrocken schaute ich in den Rückspiegel und sah, dass einer von den beiden Motorradfahrern nun mitten auf dem Highway lag. Er schien tot zu sein.

„Das war Nummer eins", rief Ethan.

„Ah scheiße", schrie John auf.

„Was ist passiert", fragte Ethan.

„Ich wurde angeschossen. Dieser Mistkerl hat mich am Oberschenkel getroffen."

„Du wurdest was? Oh mein Gott", rief ich und wurde panisch. Er wurde angeschossen. Wir mussten sofort in ein Krankenhaus. Aber wir wurden immer noch verfolgt.

„Trisha, es ist alles gut. Mach dir keine Sorgen. Mir geht es gut. Aber dem Typen gleich nicht mehr", knurrte John und im nächsten Moment ertönte ein Schuss. Ein Schrei und ein weiterer Knall folgten. „Erledigt", grinste John und kam wieder ins Auto. Ethan tat es ihm gleich und setzte sich auf den Beifahrersitz.

„Wie geht es dir", fragte Ethan seinen Freund.

„Es geht schon. Es scheint nur ein Streifschuss gewesen zu sein."

„Wir werden trotzdem gleich mal Rast machen und dann schaue ich es mir mal an", erwiderte Ethan und wandte sich dann zu mir. „Wie geht es dir? Alles gut?"

„Ja, es geht schon", entgegnete ich und beruhigte mich langsam wieder.

„Ok, fahr bitte mal hier die Abfahrt ab." Ich tat, was er sagte und fuhr vom Highway hinunter. Ethan lotste mich quer durch die Stadt, über eine Bundesstraße zu einem Waldparkplatz auf dem wir hielten. Wir stiegen aus dem Wagen aus und als Erstes schaute sich Ethan die Schussverletzung von John an. Wie sich herausstellte war es zum Glück wirklich nur ein Streifschuss gewesen. Ethan holte aus dem

Kofferraum den Verbandskasten und verarztete Johns Bein, in dem er die Wunde desinfizierte und anschließend einen Verband anlegte. Danach holte er aus dem Kofferraum andere Nummernschilder, die wir zur Vorsicht von Jason bekommen hatten und tauschte sie mit den anderen.

„So, nun kann uns niemand so schnell mehr finden. Weder James`Leute, falls unsere Verfolger das Nummernschild an James weitergegeben haben sollten noch die Leute, die auf dem Highway die Schießerei mitbekommen haben und es der Polizei gemeldet haben sollten", sagte Ethan und warf die alten Nummernschilder in den Kofferraum. Er holte die Zigarettenschachtel aus seiner Tasche, nahm zwei Zigaretten heraus und zündete sie an. Er reichte mir eine und warf John die Schachtel zu. Anschließend nahm er sein Handy und rief seinen Bruder an, um ihn zu berichten, was passiert war.

Ethan:

Wir hatten unserer Verfolger erfolgreich unschädlich gemacht. Leider wurde John dabei angeschossen. Glücklicherweise war es nur ein Streifschuss gewesen und somit würde die Wunde gut verheilen. Ich war so stolz auf Trisha, wie sie den Wagen gefahren hatte, während wir die Verfolger ausgeschaltet hatten. Sie war relativ ruhig geblieben und schaffte es immer wieder, ihre Panik zu unterdrücken. Ich hatte gerade Johns Wunde versorgt und hatte Trisha und mir jeweils eine Zigarette angezündet, als ich mein Handy aus der Tasche holte und meinen Bruder anrief.

„Hey Bruder", sagte ich, nachdem er abgenommen hatte.

„Ist alles ok bei euch", fragte er sofort.

„Ja, alles gut. Wir haben unsere Verfolger ausgeschaltet. John hat eine Kugel am Oberschenkel abbekommen. Es ist zum Glück aber nur ein Streifschuss gewesen. Wir mussten die Nummernschilder tauschen, falls es James bekannt ist oder anderer Autofahrer die Polizei gerufen haben sollten", berichtete ich ihm.

„Das ist gut. So werden sie euch nicht finden."

„Ist bei euch denn auch alles in Ordnung oder hattet ihr ebenfalls noch Verfolger", wollte ich von ihm wissen.

„Nein, bei uns ist alles gut. Wie machen gerade eine kurze Rast. Die Frauen mussten auf die Toilette", seufzte er.

„Erzähl ihm doch nicht so einen Mist. Du hattest Hunger und wolltest dir etwas zu essen holen", rief Lynn im Hintergrund.

„Ah ja, ok", grinste ich. „Wir werden auch gleich noch kurz etwas zu essen holen und dann direkt weiterfahren."

„Alles klar. Dann treffen wir uns in Pittsburgh beim Autohandel", sagte Tyron.

„Ja genau. Bis nachher und wenn etwas sein sollte, meldet euch."

„Ihr ebenso. Bis nachher." Wir legten auf und ich steckte mein Handy wieder in die Tasche. „So dann lasst uns mal weiterfahren", wandte ich mich an Trisha und John und stieg in den Wagen ein. Ich startete den Wagen und fuhr in den Ort geradewegs zu einem Park and Ride Parkplatz.

„Was wollen wir denn hier", fragte John verwundert.

„Wir brauchen ein anderes Auto. Wir können nicht mit einer zerschossenen Heckscheibe nach Pittsburgh fahren. Das wäre zu auffällig", erklärte ich ihm.

„Da hast du recht", stimmte er mir zu.

„Ihr wollt ein Auto klauen", fragte Trisha entsetzt.

„Uns bleibt leider nichts anderes übrig, Kleines." Entschuldigend sah ich sie an. Ich parkte den Wagen in einer der freien Parklücken, genau neben einen anderen BMW.

„Aber das ist doch kriminell", wandte Trisha ein.

„Ich weiß", grinste ich.

„Ok, wie kann ich helfen", fragte sie plötzlich und überraschte mich damit. Sie wollte wirklich mithelfen einen Wagen zu klauen. Damit hatte ich nicht gerechnet.

„Du kannst gleich unsere Fingerabdrücke vom Wagen entfernen, während wir die Taschen umladen", bot ich ihr an.

„Alles klar", erwiderte sie, kramte kurz in ihrer Tasche und holte eine Packung Desinfektionstücher heraus. Es war immer wieder verwunderlich, was Frauen so alles in Ihren Taschen hatten.

„Wir müssen uns beeilen", sagte ich zu John und wir stiegen aus. Trisha begann unsere Fingerabdrücke im Wagen zu beseitigen. John holte aus seiner Tasche ein Brecheisen heraus, welches er genau für so einen Fall mitgenommen hatte, und wir gingen zu dem anderen Wagen hinüber. John war der Experte in Autos aufbrechen. Er ging zur Fahrertür und machte sich daran zu schaffen. Ich stand daneben und passte auf, dass niemand kam. Kaum eine halbe Minute später hatte er den Wagen auch schon geöffnet. Zum Glück war die Alarmanlage nicht angegangen. Wenn der Wagen überhaupt eine hatte. Wir luden die Taschen in den anderen Wagen. Immer wieder schauten wir uns um, aber es war außer uns niemand auf diesem Parkplatz. Ich wechselte noch schnell die Nummernschilder, falls der Besitzer des Wagens kam und den Diebstahl bei der Polizei melden würde. So würden sie uns nicht finden. Trisha war mit der Spurenbeseitigung fertig und wir stiegen in den anderen Wagen ein. John, der auf dem Fahrersitz saß, startete den Wagen. Dabei musste er ihn noch nicht einmal kurzschließen, denn der Besitzer war anscheinend nicht der schlauste und hatte den Ersatzschlüssel im Handschuhfach deponiert. Der Fahrzeugschein befand sich ebenfalls im Handschuhfach. Ich saß auf dem Beifahrersitz und Trisha hatte es sich auf den Rücksitz gemütlich gemacht. John fuhr aus der Parklücke heraus, vom Parkplatz herunter auf die Straße.

Nach zwei Stunden kamen wir in Pittsburgh an und fanden auch gleich den Autohandel. John fuhr auf dem Parkplatz und stellte den Motor ab. Die anderen waren bereits da und warteten auf uns.

„So da sind wir", sagte John.

„Ok, dann lasst uns mal aussteigen", erwiderte ich und öffnete die Tür. Wir stiegen aus und John schloss den Wagen ab. Ich hatte meinen Arm um Trishas Schulter gelegt, sodass sie dicht bei mir war.

„Da seid ihr ja. Hattet ihr denn noch eine angenehme Fahrt", grinste mein Bruder.

„Soweit schon. Keine lästigen Verfolger mehr, die hinter uns hergefahren sind", erwiderte ich.

„Was ist das für ein Wagen", fragte Neil verwundert.

„Wir mussten den Wagen noch einmal wechseln, da uns James´ Leute die Heckscheibe zerschossen haben. Damit konnten wir nicht durch die Gegend fahren. Es wäre doch sehr auffällig gewesen", erklärte ich ihnen.

„Und wo habt ihr den Wagen her", wollte Tyron wissen.

„Na ja, er stand einfach so auf einen Park and Ride Parkplatz herum", grinste ich.

„Guten Tag, kann ich ihnen helfen", fragte ein dicklicher Mann, der etwa einen Kopf kleiner war als ich.

„Wir möchten gerne zu Marshall Brown", sagte ich freundlich.

„Das bin ich. Was kann ich für sie tun?"

„Lorenzo schickt uns", erwiderte ich nur. Es sollte ein Test sein, denn sollte dieser Mann nicht Marshall Brown sein und sich nur für ihn ausgeben, so würde er nichts mit dem Namen anfangen können.

„Ah, alles klar. Lorenzo hat mich schon angerufen. Na dann kommt mal mit. Ich habe das Passende für euch da. Aber wo ist denn der Van", fragte er und sah sich um.

„Den mussten wir wechseln und dafür sind wir mit zwei Autos hierhergekommen", erklärte ich ihm.

„Ach so. Ich hatte mich nur gewundert, weil Lorenzo den Van erwähnt hatte. Aber das ist kein Problem. Fahrt die Wagen hier in die Halle", sagte er und ging zu der Halle.

„Der blaue Wagen ist allerdings nicht vom Autohändler", teilte ich ihm mit. „Wir mussten ihn wechseln."

„Das ist kein Problem. Dann werden wir die Seriennummer im Wagen doch einfach mal ändern", grinste Brown. Tyron und ich stiegen in die Autos und taten, was er sagte. Die anderen folgten uns. Wir stellten die Motoren ab und stiegen aus.

„Da ist er", grinste Brown und zeigte auf einen Wagen, der etwas weiter entfernt von uns stand. Ich traute meinen Augen nicht. Das konnte doch nicht wahr sein.

„Der ist ja pink", rief Tyron entsetzt.

„Ja, aber dafür hat er sehr viel an Ausstattung."

„Das ist egal. Der Wagen ist pink. Mit dem werden wir nicht fahren. Der ist doch viel zu auffällig", erwiderte Tyron empört. Brown begann zu lachen. Warum lachte er denn jetzt?

„Das war nur ein kleiner Scherz von mir. Hier ist euer Van", sagte er und deutete auf einen silbernen Van. Ich atmete erleichtert aus. Mit diesem pinken Etwas hätten uns die Polizei und auch James´ Männer sofort gefunden.

„Bitte, zu Scherzen sind wir heute echt nicht aufgelegt. Wir haben schon genug Stress", bat ich ihn.

„Oh. Ich verstehe. Es tut mir leid. Aber ich konnte es mir einfach nicht verkneifen", lächelte er.

„Ist schon in Ordnung", winkte Neil ab. „Dann lasst uns mal die Sachen umräumen." Er ging mit Tyron und Ebby zu den Wagen und holte die Taschen heraus. Ich wollte ihnen gerade helfen, als ich eine Stimme hinter mir hörte.

„Na, was haben wir denn da für eine heiße Schnecke?" Ich drehte mich um und sah einen Typen, der Trisha gierig anstarrte. Er war etwas kleiner als ich und hatte blonde kurze Haare. Mein Beschützerinstinkt meldete sich in mir und ich zog Trisha hinter meinen Rücken. Ihr war dieser Typ nicht geheuer. Das sah man ihr an. In ihren Augen blitzte Angst auf. Sie brauchte keine Angst zu haben, denn ich würde sie beschützen. Dieser Typ würde ihr nicht zu nahekommen. Mit verengten Augen sah ich ihn an.

„Lass sie in Ruhe", knurrte ich ihn an.

„Hey keine Angst, ich nehme dir die Kleine schon nicht weg. Es sei denn, sie will es. Vielleicht möchtest du aber auch teilen", provozierte er mich. Ich ballte meine Hände zu Fäusten. Ich würde Trisha mit niemanden teilen. Was dachte er sich eigentlich. Wut stieg in mir auf und ich wollte gerade auf ihn losgehen, als ich von Tyron zurückgehalten wurde.

„Lass es. Er ist es nicht wert, sich die Hände schmutzig zu machen", versuchte Tyron mich zu beruhigen.

„Adam, was soll der Scheiß? Hör sofort auf damit unsere Gäste zu belästigen. Geh wieder in die Werkstatt. Die Arbeit wartet", rief Brown ihm zu.

„Ist ja gut", murrte dieser Adam und machte sich auf dem Weg in die Werkstatt. Dabei warf er mir noch einen herausfordernden Blick zu. Ich ging nicht darauf ein und drehte mich zu Trisha um.

„Ist alles in Ordnung", fragte ich sie besorgt.

„Ja, alles gut", bestätigte sie. Ich nahm sie kurz in den Arm. Anschließend machten wir uns daran, die Taschen umzuladen. Auch Trisha half mit, obwohl ich ihr sagte, dass sie es nicht bräuchte. Allerdings ließ sie sich nicht davon abbringen. Ich war froh, als endlich alles im Van war, denn ich wollte so schnell wie es ging hier weg.

„Ich möchte mich bei Ihnen für meinen Angestellten entschuldigen, vor allem bei Ihnen Miss", sagte Brown, als wir fertig waren und noch einmal zu ihm gingen.

„Es ist schon gut", erwiderte Trisha und lächelte leicht.

„Ich werde ihm auf jeden Fall noch die Leviten lesen. So behandelt man keine Kunden."

„Tun Sie das. Wie geht es jetzt weiter", fragte ich ihn, weil ich nicht wusste, wie er das mit dem Geld für den Wagen handhaben wollte.

„Ich habe mit Lorenzo schon alles geklärt. Wir tauschen die

196

Wagen einfach nur. Ihre Autos werde ich gründlich waschen und alle Fingerabdrücke und Spuren beseitigen. Sie brauchen sich überhaupt keine Sorgen machen", erwiderte Brown.

„Ok. Gut, dann machen wir uns jetzt mal auf den Weg. Danke für die schnelle Hilfe", sagte ich und gab ihm die Hand.

„Keine Ursache. Wollen Sie vielleicht nicht doch den pinken Wagen noch mitnehmen? Vielleicht für die Damen", fragte er grinsend.

„Nein, den können wir nicht wirklich gebrauchen." Ich schüttelte den Kopf.

„Schade. Dann bleibt er weiterhin ein Ladenhüter. Vielleicht schicke ich ihn Lorenzo, als neuen Dienstwagen oder so", überlegte er und grinste immer noch.

„Ja, tun Sie das. Ich möchte gerne sein Gesicht sehen, wenn der Wagen plötzlich vor der Tür steht und er mit ihm fahren soll. Wie die Leute wohl gucken, wenn er damit zu einem Geschäftstermin kommt", lachte Tyron. Wir verabschiedeten uns und stiegen in unseren neuen Van ein. Neil startete den Motor und fuhr los.

Kapitel 26

Lorenzo:

Ich war gerade in einer Besprechung mit einem Kunden über ein neues Bauprojekt, als Ethan anrief. Er hörte sich sehr nervös an. Irgendetwas stimmte nicht. Ich entschuldigte mich kurz bei meinem Kunden und ging aus dem Zimmer. Ethan erzählte mir, was passiert war. Ich konnte es nicht fassen. Dieser Angus wollte Trisha wirklich vergewaltigen. Das arme Mädchen. Wenn ich ihn in die Finger bekommen würde, würde ich ihn umbringen. Mir fiel unser Ferienhaus in Aspen ein. Dorthin sollten die Jungs fahren und wir würden uns dann dort treffen. Ich wusste von den Jungs, dass mit James wirklich nicht zu spaßen war. Ich kannte ihn zwar nicht persönlich, aber er war in der kriminellen Szene bekannt. James zögerte nicht, jemanden umzubringen, wenn er ihn hinterging. So wäre es auch, wenn die Jungs abhauen würden. Für mich war es selbstverständlich, dass ich ihnen half. Sie waren für mich und meine Frau nicht nur gute Bekannte. Sie waren so etwas wie unsere Kinder. Zwischen ihren Aufträgen waren sie oft bei uns. Wir hatten uns vor drei Jahren nach einen ihrer Aufträge kennengelernt. Neil war am Bein angeschossen worden und brauchte dringend einen Arzt. Ein Bekannter rief mich an, als die Jungs bei ihm waren, um einen neuen Wagen zu holen. Er schickte sie zu mir und ich brachte Neil zu meinem Freund, der eine Praxis in Albuquerque hatte. Er behandelte Neil und versorgte die Wunde. Sally und ich nahmen die Jungs für ein paar Tage auf, damit sich Neil erholen konnte. Normalerweise hätten wir so etwas nicht getan, denn schließlich waren sie uns fremd. Aber sie hatten etwas Vertrauenswürdiges und auch, wie Sally immer sagte, Liebenswürdiges an sich. Und so war es auch. Ich konnte den Jungs vertrauen und sie taten es uns gegenüber ebenfalls. Ich half ihnen gerne und verwaltete für sie sogar ihr Geld. Sie sahen mich wie einen Vater und Sally wie eine Mutter an. Wahrscheinlich waren wir auch eine Art Elternersatz für die Jungs, denn sie hatten entweder keine mehr oder sie wurden von ihren Eltern weggegeben. So etwas war für mich unvorstellbar. Niemals würde ich ein Kind einfach weggeben und ich hatte auch kein Verständnis für Eltern, die so etwas Grausames taten. Ich gab Ethan die Adresse von dem Ferienhaus und rief, nachdem wir aufgelegt hatten, Marshall Brown an. Er war ein alter Bekannter und verschaffte mir immer wieder Autos. Ich schilderte ihm, welchen Wagen ich bräuchte und wer bei ihm vorbeikommen würde. Ich nannte nie einen Namen meiner Auftraggeber und das wusste Marshall auch. Die meisten wollten nämlich nicht, dass jemand ihren Namen erfuhr. Ich vereinbarte mit ihm noch, dass ich ihm das Geld für den Wagen überweisen würde und wir beendeten das Gespräch. Ich ging zu meinem Kunden zurück, obwohl ich jetzt eigentlich keinen Kopf für ein Kundengespräch hatte. Ich machte mir Sorgen um die Jungs und erst recht um Trisha. Schnell brachte ich das Gespräch hinter mir und fuhr nach Hause. Es war noch etwas vorzubereiten, denn ich würde morgen früh direkt nach Aspen fliegen.

„Du bist aber schon früh zu Hause", sagte Sally, als ich das Haus betrat.

„Ja, es ist etwas passiert. Setz dich am besten. Ich werde es dir erzählen", erwiderte ich und führte sie ins Wohnzimmer. Wir setzten uns auf die Couch und sie schaute mich erwartungsvoll an. Ich erzählte ihr, was geschehen war.

„Das ist ja schrecklich. Arme Trisha, dass ihr so etwas passieren muss. Wie geht es denn jetzt weiter", fragte sie mich.

„Ich habe Ethan gesagt, dass sie nach Aspen zu unserem Ferienhaus fahren sollen. Außerdem habe ich sie zu Marshall geschickt. Er wird ihnen einen anderen Wagen geben. Ich werde auch noch George anrufen. Er hat einen Autohandel in Wichita. Dort sollen sie noch einmal den Wagen wechseln. Vorsichtshalber. Sie werden morgen Nachmittag in Aspen ankommen und ich werde dann da sein", erklärte ich ihr.

„Du weißt, dass ich mitkommen werde", sagte sie nun. Natürlich wusste ich das. Ich würde sie auch nicht davon abbringen können. Sie setzte immer ihren Kopf durch. Aber schließlich wollte sie, genauso wie ich, Trisha wiedersehen.

„Ja, das weiß ich."

„Wo wollt ihr hin", fragte meine Tochter Samantha, als sie ins Wohnzimmer kam.

„Warum bist du nicht in der Uni", stellte ich die Gegenfrage, denn schließlich hatten wir erst zwölf Uhr und da müsste sie eigentlich in der Uni sein.

„Zwei Kurse sind ausgefallen. Deshalb bin ich schon zu Hause. Also wo wollt ihr hin?"

„Wir müssen morgen nach Aspen", erwiderte ich.

„Und warum", fragte sie neugierig.

„Na komm, erzähl es ihr", forderte mich Sally auf. Ich tat es, weil ich vor meiner Tochter, wie auch vor meiner Ehefrau keine Geheimnisse hatte. Sie wussten beide, was ich neben der Architekturfirma noch tat, aber ich hielt sie immer aus meiner Arbeit heraus. Ich wollte sie dort nicht mit hineinziehen. Sie akzeptierten es so, wie es war und wollten eigentlich auch gar nicht wirklich wissen, was ich tat. Natürlich wusste Samantha auch, dass Trisha bei dem Überfall als Geisel genommen worden und nun bei den Jungs war. Sie hatte sie ebenfalls in den Nachrichten gesehen. Samantha war genauso wie Trisha, zwanzig Jahre alt und studierte Journalismus. Nach dem Tod ihrer Eltern hatten wir keinen Kontakt mehr zu Trisha. Er brach plötzlich ab und wir wussten nicht warum.

„Es ist doch wohl klar, dass ich ebenfalls mitkommen werde. Schließlich möchte ich Trisha wiedersehen und natürlich die anderen auch", sagte Samantha, nachdem ich ihr alles erzählt hatte.

„Du musst doch zur Uni", erwiderte ich.

„Ach, die kann ich auch mal ausfallen lassen. Im Moment werden sowieso keine Klausuren geschrieben. Kommen Ebby und Lynn auch mit?"

„Ja, sie sind auch dabei."

„Prima, dann können wir ja shoppen gehen", rief Samantha erfreut.

„Nein, das werdet ihr nicht. Sie stecken in Schwierigkeiten und wir müssen ihnen helfen. Da werdet ihr bestimmt nicht shoppen gehen und euch in Gefahr bringen", erwiderte ich streng.

„Ach man."

„Hältst du es für eine gute Idee sie mitzunehmen", fragte mich Sally besorgt.

„Eigentlich nicht, aber ich werde sie bestimmt nicht davon abhalten können. Sie kommt da ganz nach ihrer Mutter", antwortete ich und schaute Sally liebevoll an. „Außerdem wird unser Sicherheitspersonal dabei sein. Da wird schon nichts passieren. Des Weiteren glaube ich nicht, dass James sich mit der Mafia anlegen will", grinste ich.

„Da hast du recht."

Nachdem wir noch über den Ablauf gesprochen hatten und ich Samantha einige Anweisungen gegeben hatte, was nicht gemacht werden würde, da sie schon am Planen war, ob sie nicht in Clubs gehen würden, wenn das Shoppen schon ausfiel, rief ich George an. Er versprach mir einen Van zu besorgen. Außerdem besorgte er noch ein Paar andere Nummernschilder und fälschte den zum Wagen passenden Kfz-Schein, in dem er das neue Paar Nummernschilder mit eintragen würde. Es war zur Vorsichtsmaßnahme, falls die Jungs in eine Polizeikontrolle geraten sollten und in dem Kfz-Schein das falsche Nummernschild eingetragen wäre. Das würde schon auffallen. Allerdings hoffte ich, dass so etwas nicht passieren würde. Das zweite Paar Nummernschilder sollte dazu dienen, falls sie noch einmal den Wagen wechseln müssten. So bräuchten sie nur andere Nummernschilder darauf befestigen, denn es gab in Amerika mehrere Wagen von einer Sorte und Farben. Die Nummernschilder gab es allerdings nur einmal. Anschließend rief ich noch Ethan an, um zu fragen, ob bei Marshall alles geklappt hatte und ihm Georges Adresse in Wichita durchzugeben, damit sie dort noch einmal den Wagen tauschen konnten.

Angus:

Wir fuhren zu meinen Bekannten nach Oklahoma City. Er war Arzt und ein guter Bekannter von meinem Onkel. Er half des Öfteren, wenn jemand von James' Leuten eine Verletzung hatte. In Krankenhäusern wäre es zu auffällig gewesen, wenn man dort mit einer Schusswunde angekommen wäre. Sie stellten dort zu viele Fragen und wollten immer gleich die Polizei einschalten. Das konnte ich natürlich nicht gebrauchen.

Der Arzt Dr. Ernest Norten, hatte seine Praxis am Rande der Stadt. Er holte mich durch den Hintereingang in seine Praxis, damit mich niemand sah. Mit einer lokalen Betäubung entfernte er die

Kugel aus meiner Schulter, nähte die Wunde zusammen und legte mir einen Verband an. Anschließend gab er mir noch eine Packung Schmerztabletten. Ich gab ihm Geld für die Behandlung und verabschiedete mich. Marek hatte im Auto gewartet. Ich brauchte auch niemanden, der mir die Hand hielt. Nachdem ich eingestiegen war, fuhr Marek los. Nun hatten wir noch eine einundzwanzig Stunden Fahrt vor uns. Wir würden irgendwo übernachten, ansonsten aber ohne viele Unterbrechungen durchfahren und würden, wenn alles gut ging, morgen spätabends bei James in Mexico City ankommen. Zum Glück konnte ich meinen Arm bewegen und wurde durch die Schusswunde nicht behindert. So konnte ich ebenfalls den Wagen fahren.

James:

Ich war außer mir vor Wut, als Angus mir erzählt hatte, dass die Jungs ihn umbringen wollten. Sie wollten auch noch bei mir aussteigen und das konnte ich nicht zulassen. Sie wussten von Anfang an, wer für mich arbeitete, konnte nicht aussteigen, es sei denn, derjenige wäre tot. Sie hatten es so akzeptiert und nun wollten sie mich auch noch hintergehen und nach diesem Coup flüchten. Aber ohne mich. Ich wusste zwar nicht, ob ich Angus glauben konnte, dass er der Geisel nichts getan hätte oder ob er nicht doch etwas anderes getan hatte. Vielleicht hatte er doch etwas mit der Geisel gemacht. Denn die Jungs brachten nicht einfach einen Menschen auf Grund eines Streits um. Das wusste ich. Und selbst wenn. Sie würden für den Mordversuch an meinen Neffen und dem Verrat ihre gerechte Strafe bekommen. Ich würde sie töten. Einen nach dem anderen. Was ich mit den Frauen und der Geisel tun würde, wusste ich noch nicht, aber mir würde schon etwas einfallen. Angus hatte mir den Wagen, das Nummernschild und den Plan, wo sie hinwollten, durchgegeben. Ich nahm an, dass sie ihren Plan ändern würden. Bestimmt würden sie von diesem Lorenzo Caroso Hilfe bekommen. Ich wusste, dass sie sehr gut mit ihm und seiner Familie befreundet waren. Sie hatten es mir zwar nicht selbst erzählt, aber ich hatte sie von einen meiner Männer, der immer loyal mir gegenüber gewesen war, beschatten lassen. Ich wollte wissen, was sie so taten, wenn sie keinen Auftrag für mich zu erledigen hatten. Vertrauen war gut, aber Kontrolle war besser. Und nun hatte sich ja herausgestellt, dass man ihnen nicht trauen konnte. Trotzdem musste ich mir erst einmal überlegen, wie ich weiter vorgehen würde, denn wenn ihnen wirklich Caroso half, würde es für mich schwierig werden. Er gehörte schließlich einer Mafiafamilie in Italien an. Mit dieser wollte ich mich natürlich nicht anlegen. Wer legte sich schon gerne mit der Mafia an?

Ich beschloss Ethan anzurufen. Ich wollte mich unwissend stellen und einfach mal nachfragen, ob noch alles nach Plan verlief. Der Anruf hatte natürlich andere Zwecke. Erst einmal wollte ich schauen, ob er noch sein Handy hatte und ob es eingeschaltet war. So könnte ich nämlich beauftragen, die Jungs orten zu lassen. Das Zweite wäre, dass ich ihnen mit meinem Anruf etwas Angst einjagen wollte. Sie würden sich fragen, ob ich schon etwas wüsste. Ich wählte Ethans Handynummer. Es klingelte, aber es nahm niemand ab. Ich ließ es noch einige Male klingeln und legte dann auf. Also die Nummer bestand noch, so viel stand fest. Jetzt war allerdings die Frage, ob Ethan das Handy noch besaß. Vielleicht hatte er es auch weggeworfen oder jemand anderes gegeben. Ich suchte mir die Handynummern der anderen heraus. Aber auch hier ging niemand dran. Ich musste es also auf gut Glück versuchen und die Handys orten lassen. Gut, dass ich meine Männer in ganz Amerika verteilt hatte. So konnte ich diejenigen, die in der Nähe von den Jungs waren, zu ihnen schicken. Vielleicht würden sie sie ja noch bekommen, bevor sie bei Caroso ankämen. Ich nahm das Telefon, wählte und begann alles zu organisieren. Eines stand auf jeden Fall fest, sie würden für ihren Vertrauensbruch bezahlen. Wie, würden wir noch sehen. Einen James Burton hinterging man nicht!

Kapitel 27

Ethan:

Wir waren gerade wieder auf dem Weg, als Lorenzo mich anrief. Ich ging dran und er teilte mir mit, dass er in Wichita einen Bekannten namens George hatte, dem ebenfalls ein Autohandel gehörte. Bei ihm sollten wir noch einmal den Wagen wechseln und wir würden sogar noch ein Extrapaar Nummernschilder bekommen, damit wir sie wechseln konnten, falls es nötig war. Schließlich wollten wir weder von der Polizei noch von James´ Leuten gefasst werden. Er fragte noch, ob bei Marshall alles gut gelaufen wäre, was ich bejahte. Abgesehen von diesem Zwischenfall mit Adam war ja auch alles gut gelaufen. Ich erzählte ihm noch schnell, dass wir vorher noch den Van tauschen mussten und Brown nun statt einen Van zwei Autos bekommen hatte. Ebenso erzählte ich von der Verfolgungsjagd und das John einen Streifschuss davongetragen hatte.

Kurz nachdem wir aufgelegt hatten, bekam ich einen weiteren Anruf. Ich schaute auf das Display und erschrak. Es war James. Mir hätte klar sein sollen, dass er sich noch einmal melden würde. Ich ließ es einfach klingeln.

„Ethan, was ist los? Warum gehst du nicht an dein Handy", fragte mich John verwundert.

„Es ist James", war das Einzige, was ich dazu sagte.

„Oh scheiße. Ob er schon Bescheid weiß", fragte Neil.

„Das nehme ich mal ganz stark an. Angus wird es ihm bestimmt schon erzählt haben", erwiderte ich. Das Klingeln hörte auf, setzte aber einige Minuten später bei Tyrons Handy ein.

„Oh man, jetzt ruft der Typ auch noch bei mir an. Ich werde nicht mit ihm sprechen. Hier Lynn, geh du ran", sagte er und warf Lynn das Handy zu.

„Wieso ich? Ich habe mit dem Typen doch gar nichts zu tun", fragte sie verwundert.

„Vielleicht stimmt ihm eine Frauenstimme etwas versöhnlich."

„Das glaubst du doch wohl selber nicht. Ich werde nicht mit ihm sprechen." Das brauchte sie auch gar nicht, denn das Klingeln hörte auf. Als Nächstes klingelte erst Neils und dann im Anschluss Johns Handy. Beide gingen sie ebenfalls nicht dran.

„Und was sollen wir jetzt tun", fragte John.

„Nichts. Wir werden ganz normal unseren Plan nachgehen und nach Aspen fahren. Ach ja, und wenn er noch einmal anruft, gehen wir nicht an unsere Handys", sagte Neil.

„Wird ihn das nicht misstrauisch machen", fragte Ebby.

„Das glaube ich nicht. Denn wenn Angus es ihm schon gesagt hat, dass wir abhauen wollen, dann kann er sich denken, dass wir jetzt nicht mit ihm reden wollen. Vor allem, wie würde das Gespräch denn verlaufen? Vielleicht sind die Anrufe auch nur ein Trick gewesen, um zu schauen, ob wir ans Handy gehen würden", mutmaßte Neil.

„Nein, ich glaube eher, dass er schauen wollte, ob die Handys eingeschaltet sind", sagte ich, und dann kam mir ein Verdacht. „Oh scheiße, er will uns orten lassen. Macht die Handys aus", rief ich und hatte meines schon in der Hand.

„Wie kommst du denn darauf", hakte John nach.

„Na ganz einfach. Er ruft uns nacheinander an. Ich weiß nicht, was er getan hätte, wenn wir wirklich dran gegangen wären. Aber das Freizeichen zu hören reicht ihm doch auch schon aus. Er müsste nur noch befürchten, dass wir die Handys nicht mehr haben. Aber das wäre eine Fünfzig-Fünfzig-Chance, die er eingeht, da er uns ja zu fassen bekommen könnte. Ohne das Orten kann er in ganz Amerika und noch weitersuchen", erklärte ich ihm.

„Da hast du recht."

„Ich rufe nur kurz Lorenzo an, um ihn Bescheid zu geben, dass er uns nicht mehr erreichen kann, und dann schalte ich es aus."

„Nein, tu es sofort. Wer weiß wie schnell James ist. Warte, hier ist ein Telefonladen. Lass uns hier eben neue Prepaidkarten für die Handys holen", sagte Neil und hielt am Straßenrand.

„Gute Idee, wie viele benötigen wir denn", fragte ich und schaute in die Runde, während ich mein Handy ausstellte.

„Na ja also wir vier sollten schon neue Karten nehmen, falls wir getrennt werden sollten, müssen wir doch in Kontakt bleiben. Wie sieht es bei euch Mädels aus? Möchtet ihr auch neue Simkarten", wandte sich John an die drei Mädchen.

„Wenn es sein muss, würde ich eine Neue nehmen", erwiderte

Lynn und Ebby nickte ebenfalls.

„Es wäre besser, falls James eure Nummern hat und diese versucht zu orten. Trisha, wie ist es mit dir", fragte er und sah mich an.

„Ich brauche keine. Angus hat doch mein Handy zerstört. Damit wird mich niemand mehr orten können."

„Oh stimmt. Das werden wir dir auch noch ersetzen", sagte ich.

„Nein, das braucht ihr nicht."

„Das werden wir aber. Keine Widerrede." Natürlich würden wir ihr, wenn alles vorbei wäre ein neues Handy kaufen. Am liebsten hätten ich es jetzt schon getan, nur sollte sie sich selbst eins aussuchen und dafür hatten wir gerade keine Zeit. Ich stieg aus dem Wagen. Neil folgte mir und zusammen gingen wir in den Telefonladen.

„Guten Tag, was kann ich für Sie tun", fragte eine freundliche junge Frau mit langen braunen Haaren. Ihr Name war Jodie. Zumindest nahm ich es an, denn dieser stand auf ihrem Namensschild, das sie an Ihrer Bluse befestigt hatte.

„Wir benötigen sechs Prepaidhandykarten", antwortete Neil.

„Natürlich sehr gerne." Sie drehte sich um und holte aus einem Schrank hinter sich die Karten. „Wofür benötigen Sie denn so viele Handykarten", wollte sie neugierig wissen und schaute dabei Neil zuckersüß an. Oh wie gut, dass Ebby jetzt nicht hier war. Sie konnte zur Furie werden, wenn eine andere Frau ihren Freund anmachte. Ich hatte es schon einige Male erlebt.

„Wir haben gerade eine Firma gegründet und haben heute unsere neuen Firmenhandys bekommen. Dafür benötigen wir nun noch die Simkarten", log Neil und beachtete dabei gar nicht die schmachtenden Blicke, die Jodie ihm zuwarf.

„Oh was ist das denn für eine Firma", fragte sie nun.

„Eine Finanzfirma. Könnten wir jetzt bitte die Karten bekommen? Wir haben noch so einiges zu tun und müssen uns beeilen. In einer Viertelstunde müssen wir bei einem wichtigen Geschäftstermin sein und Sie möchten doch bestimmt nicht schuld daran sein, wenn wir dorthin zu spät kommen und dadurch vielleicht noch ein sehr wichtiger Deal platzt", fragte ich sie.

„Nein natürlich nicht. Hier Ihre Prepaidkarten. Das macht dann sechzig Dollar", erwiderte sie schnell und schob uns die Karten zu. Wir bezahlten und nahmen die Karten vom Tresen. Als wir den Laden verließen, kam Jodie um den Tresen gerannt und steckte Neil einen Zettel zu. Ich schmunzelte, denn ich wusste genau, was auf diesen Zettel stand. Die Handynummer von Jodie.

„Lass den Zettel ja nicht Ebby sehen. Sie wird ausflippen", lachte ich, als wir den Laden verlassen hatten.

„Ich werde ihn bei der nächsten Rast entsorgen. Kein Wort zu Ebby", mahnte er.

„Versprochen", grinste ich. Wir stiegen wieder in den Van und fuhren los. Ich verteilte die Simkarten und steckte meine in mein Handy hinein. Nachdem ich es eingeschaltet hatte, rief ich Lorenzo an. Zum Glück waren alle Handynummern auf meinem Handy gespeichert. Auswendig kannte ich sie nämlich nicht.

„Ja", meldete er sich.

„Lorenzo, ich bin es Ethan."

„Ethan, was ist los", fragte er leicht panisch.

„Keine Angst, es ist nichts Schlimmes. James hat uns gerade nacheinander auf unseren Handys angerufen. Ich wollte dir nur mitteilen, dass wir uns andere Simkarten besorgt haben, damit er uns nicht orten kann", beruhigte ich ihn.

„Ok, dann weiß ich Bescheid. Ach ich sehe, mir wird deine neue Nummer auch auf dem Display angezeigt, dann speichere ich sie gleich in meinem Handy ab." Wir verabschiedeten uns und legten auf.

Trisha:

Wir kamen in Wichita an. Hier wollten wir noch einmal den Wagen tauschen. Dieser James musste sehr gefährlich sein, denn die Anderen hatten alle ihre Simkarten getauscht, damit er uns nicht orten konnte. Ich hatte ja keines mehr, denn Angus hatte meines an dem Abend, als die Polizei vor dem Motelzimmer stand, kaputtgemacht. So brauchte ich es weder auszuschalten noch die Karte zu tauschen. Wir kamen bei dem Autohändler an und Tyron parkte den Wagen.

„Wir bräuchten noch etwas zu essen", sagte Tyron. „Langsam bekomme ich Hunger."

„Wann hast du mal keinen Hunger", fragte Lynn und verdrehte die Augen.

„Na ja, Hunger bekomme ich auch langsam", kam es von John.

„Dann müssen wir noch etwas holen", sagte Neil. „Wer geht freiwillig?"

„Ich mache das schon. Da vorne ist ein Supermarkt", erwiderte Ethan und wandte sich dann an mich. „Kommst du mit?"

„Ja, wenn ich darf."

„Natürlich. Ich glaube nicht, dass dich hier in der Stadt jemand erkennt. Ansonsten schau einfach nicht in die Kameras im Laden", lächelte Ethan mich an und ich nickte.

„Ich komme mit und helfe euch beim Tragen", entgegnete John.

„Meinst du, dass du das mit deiner Wunde kannst", fragte Ethan.

„Das geht schon. Es tut kaum noch weh. Den Wagen konnte ich schließlich auch fahren", erwiderte John.

„Da hast du recht", entgegnete Ethan.

„Wir regeln das hier mit dem Wagen", sagte Neil und öffnete die Wagentür.

„Und bringt etwas zu trinken mit", rief Tyron, als er ausstieg.

„Und ihr denkt bitte an das zweite Paar Nummernschilder. Ach, und der Autohändler heißt George", erwiderte Ethan. Wir stiegen mit den Anderen aus dem Wagen aus. Ethan legte einen Arm um meine Taille.

„Könntet ihr vielleicht noch eben in die Apotheke gehen und Schmerztabletten holen? Ich habe Kopfschmerzen", fragte uns Lynn.

„Ja machen wir. In der Nähe des Supermarktes habe ich beim Vorbeifahren eine Apotheke gesehen", erwiderte Ethan. „Braucht sonst noch jemand etwas?" Die Anderen verneinten und wir gingen los. Der Supermarkt war nicht weit von dem Autohändler entfernt.

„Ethan, meinst du das ist wirklich so eine gute Idee, wenn ich da mit reingehe? Ich möchte nicht, dass mich jemand erkennt und ich euch in Gefahr bringe", fragte ich ihn zweifelnd.

„Das wird schon nicht passieren. Außerdem kannst du so auch mal etwas anderes sehen, als immer nur das Wageninnere. Na komm schon", forderte er mich lächelnd auf.

„Na gut", gab ich mich geschlagen. Wir gingen in den Laden. Soweit ich schon sehen konnte, waren nicht sehr viele Leute hier drin. Ethan nahm einen Einkaufskorb und wir gingen zuerst zu den

Getränken. Ich achtete darauf, dass ich in keine Kamera schaute und ich auch niemanden von den wenigen Leuten hier im Laden ansah.

„Was möchtest du denn", fragte er mich.

„Ich nehme ein Wasser". Er packte sieben Flaschen Wasser in den Korb. Anschließend gingen wir noch zu der Frischetheke, an der es die Sandwiches und belegte Brötchen gab. Ethan und John nahmen für jeden Sandwiches und Brötchen mit. Außerdem kauften wir noch Muffins, Donuts und Ethan nahm noch drei Tafeln Schokolade und zwei Tüten Chips mit. John kam mit Energiedrinks und Coladosen unterm Arm zu uns.

„Möchtest du noch etwas", fragte Ethan mich.

„Nein", erwiderte ich. Wir gingen zur Kasse, bezahlten die Ware und verstauten sie in Tüten. Anschließend verließen wir den Supermarkt.

„Wir müssen dann jetzt noch eben in die Apotheke", sagte Ethan.

„Gebt mir die Tüten. Ich gehe schon mal zu den Anderen zurück", schlug John vor.

„Bist du sicher, dass du das alles alleine tragen möchtest", fragte Ethan ihn.

„Ja, ich schaffe das schon. Gib schon her", grinste John.

„Na gut. Wir kommen dann gleich nach." Ethan gab ihm die Tüten und schaute ihn skeptisch an.

„Und du bist dir wirklich sicher, dass du das alleine tragen willst", fragte er ihn noch einmal.

„Ja, und jetzt geht schon", drängte uns John.

„Ok. Du willst es ja nicht anders", lachte Ethan. „Komm, wir gehen eben in die Apotheke", wandte er sich an mich. Er legte mir wieder einen Arm um die Taille und zusammen gingen wir los. Die Apotheke befand sich vier Häuser weiter. Wir gingen hinein und Ethan holte eine Packung Schmerztabletten. Wie auch schon im Supermarkt achtete ich darauf, dass mich niemand erkennen konnte. Als wir fertig waren, gingen wir aus dem Laden wieder heraus.

„Patricia? Patricia Sloan", fragte jemand und ich erschrak. Hatte mich jemand etwa erkannt? Aber wie und vor allem woher wusste er meinen richtigen Namen? Verwundert schaute ich auf und sah, dass ein Mann mittleren Alters vor uns stand. Er war etwa so groß wie Ethan und hatte schon leicht angegrautes, kurzes Haar. Ethans Griff um meine Taille wurde fester und ich merkte, wie er sich etwas versteifte.

„Entschuldigung, meinten Sie mich", fragte ich und tat überrascht.

„Ja natürlich. Patricia, kennst du mich denn nicht mehr? Ich habe mit deinem Vater im Polizeirevier zusammengearbeitet. Ich bin es, Chester Barns." Natürlich kannte ich ihn. Er war ein Arbeitskollege von meinem Vater und war oft bei uns zu essen gewesen. Scheiße. Er hatte mich erkannt. Was würde er jetzt nur tun? Ich musste mich beruhigen. Ich musste mir schnell etwas einfallen lassen und vor allem durfte ich mir nicht anmerken lassen, dass ich ihn erkannt hatte.

„Es tut mir leid, aber ich kenne Sie nicht. Sie müssen mich verwechseln", erwiderte ich.

„Aber Patricia, du musst mich doch noch kennen. Ich war des Öfteren bei euch zu Hause zum Essen", sagte er nun.

„Ich heiße nicht Patricia. Mein Name ist Jennifer. Sie müssen mich wirklich mit jemanden verwechseln." Ich hoffte, dass er meine Nervosität nicht bemerkte.

„Oh, dann Entschuldigen Sie. Sie sehen ihr wirklich sehr ähnlich."

„Das macht ja nichts", erwiderte ich lächelnd.

„Ich gehe dann mal", sagte Mr. Barns und ging an uns vorbei in Richtung des Autohandels. Das war knapp gewesen.

„Lass uns hier lang gehen", flüsterte Ethan mir zu und wir gingen in die entgegengesetzte Richtung.

„Ethan, was sollen wir denn jetzt tun", fragte ich leise, als wir uns schon ein Stück entfernt hatten. Wir bogen in eine Straße ein. „Der Mann ist Polizist. Was ist, wenn er mir meine Lüge nicht abkauft und seinen Kollegen Bescheid sagt, dass ich hier in der Stadt bin?"

„Du warst sehr überzeugend mit deiner Lüge. Ich glaube nicht, dass er daran zweifeln wird. Aber wir gehen auf Nummer sicher. Da vorne ist ein Park. Wir werden einen kleinen Umweg zum Autohandel machen müssen", sagte er und ging etwas schneller. Ich hatte Mühe mit ihm Schritt zu halten, schaffte es aber. Plötzlich hörten wir Polizeisirenen. Ich wusste nicht, ob sie unseretwegen kamen, oder wegen jemand anderes. Ethan schaute sich kurz um und ich tat es ihm gleich. Noch war kein Polizeiauto zu sehen, aber sie würden gleich kommen.

„Lauf", sagte Ethan, nahm meine Hand und wir liefen in den Park hinein. Der Park bestand aus einem Wald, indem sich Erholungsplätze befanden. Zum Glück waren hier im Moment keine Leute unterwegs. Was hätten sie wohl gedacht, wenn sie uns gesehen hätten, wie wir hier durchgerannt wären. Vielleicht hätten sie uns auch an die Polizei verraten. Panik stieg in mir auf. Was wäre, wenn die Polizei uns kriegen würde? Ich wollte nicht, dass Ethan ins Gefängnis kam. Wir liefen immer weiter. Immer wieder schaute ich mich um, konnte aber niemanden sehen, der uns verfolgte. Plötzlich stolperte ich und fiel hin. Ethan stoppte sofort.

„Trisha, ist dir etwas passiert", fragte er und kniete sich zu mir hin.

„Ich bin auf mein Knie gefallen", erwiderte ich und verzog mein Gesicht, als ich es bewegte und ein Schmerz hindurchschoss.

„Komm, ich trage dich", sagte Ethan und wollte mich hochheben.

„Nein, lauf weiter. Ich möchte nicht, dass sie dich kriegen", erwiderte ich.

„Ich werde dich hier nicht alleine lassen", sagte Ethan.

„Doch du musst. Bitte. Wenn sie dich schnappen, wirst du eingesperrt. Bitte geh. Ich komme hier schon zurecht", flehte ich ihn an.

„Nein. Ich geh nicht ohne dich."

„Aber ...", wollte ich protestieren, doch er unterbrach mich.

„Kleines, ich lasse dich nicht alleine hier. Ich liebe dich und auch wenn es sich egoistisch anhört, möchte ich dich bei mir haben", sagte er und schaute mir dabei fest in die Augen. Ich konnte es nicht glauben, er liebte mich. Er liebte mich wirklich.

„Ich liebe dich auch", erwiderte ich und genauso war es. Ich liebte ihn und ich war überglücklich, dass er das Gleiche für mich empfand.

„Wirklich", fragte er noch einmal nach. Vielleicht dachte er, er hätte sich verhört.

„Ja."

„Du glaubst gar nicht, wie froh ich bin, dass du das Gleiche für mich empfindest, wie ich für dich", sagte er lächelnd und seine Augen strahlten. Wir schauten uns weiterhin in die Augen und kamen uns immer näher. Unsere Lippen waren nur noch Zentimeter voneinander entfernt.

Kapitel 28

Chester Barns:

Ich hatte wirklich gedacht, dass es Patricia Sloan gewesen war, die ich auf der Straße gesehen hatte. Ich war fest davon überzeugt, die Tochter von Edgar Sloan, meinen alten Arbeitskollegen gesehen zu haben. Wir hatten einige Jahre zusammengearbeitet und ich war öfter bei ihnen zum Essen gewesen. Allerdings wurde ich vor fünf Jahren nach Wichita versetzt. Ein Jahr später starben Edgar und seine Frau bei einem schrecklichen Unfall. Ich war wirklich geschockt gewesen, denn er war zu einem guten Freund geworden, als ich mit ihm in einem Polizeirevier gearbeitet hatte.

Ich hatte Edgars Tochter in den Nachrichten gesehen. Sie wurde bei einem Banküberfall als Geisel genommen. Allerdings hieß sie nicht mehr Sloan, sondern Anderson. Aber ich war mir sicher, dass das Patricia Sloan war. Nur warum sie einen anderen Namen hatte, war mir schleierhaft. Vielleicht hatte sie aber auch schon geheiratet. Das wäre zumindest eine Erklärung gewesen. Dieses Mädchen auf der Straße sah ihr so ähnlich. Nur ihre Haare waren anders. Sie wirkte etwas nervös, als sie mir sagte, dass sie nicht Patricia Sloan wäre. Aber vielleicht lag es auch einfach nur an der Überraschung und Verwirrtheit, weil ich sie verwechselt hatte. Ich ging in das Polizeirevier, wo ich meinen Dienst beginnen musste.

„Was ist los", fragte ein Kollege in der Umkleide, als ich meine Uniform anzog.

„Ach, ich dachte gerade, ich hätte die Tochter von einem alten Freund gesehen, aber als ich sie ansprach, sagte sie, dass sie es nicht sei und anstatt Patricia, Jennifer heißen würde. Dabei war ich mir so sicher. Allerdings meine ich auch, dass sie bei dem Banküberfall in New York als Geisel genommen wurde. Sie heißt zwar Trisha Anderson, aber ich bin mir sicher, dass es Patricia Sloan ist. Ihre Eltern haben sie auch oft Trisha genannt. Sie hat nur ihren Nachnamen geändert", erzählte ich ihm.

„Du hast dich mit Sicherheit geirrt. Überleg doch mal, wenn sie es wirklich sein sollte und als Geisel genommen wurde, warum sollte sie dann einfach auf der Straße herumlaufen", fragte mich der Kollege. Er hatte vollkommen recht. Die Geiselnehmer würden sie doch nie frei auf der Straße herumlaufen lassen. Klar, es war ein Mann bei ihr, aber er hätte ja Gefahr laufen müssen, dass sie die Gelegenheit nutzt und ihn verrät.

„Du hast recht. Ich muss mich geirrt haben", erwiderte ich.

„Los Leute, Einsatz bei einer Schlägerei im Shoppingcenter", rief ein anderer Kollege, der gerade die Tür zur Umkleide geöffnet hatte.

„Wir kommen", erwiderte ich, band mir meinen Schuh noch zu und schnappte mir meine Sachen. Wir stiegen ins Polizeiauto hinein und fuhren mit Blaulicht und Sirene los.

Ethan:

Ich konnte es wirklich nicht glauben. Trisha liebte mich wirklich. Ich war so glücklich und vor allem froh darüber, dass es endlich raus war. Ich hatte ihr endlich meine Liebe gestanden. Auch wenn es nicht gerade der richtige Zeitpunkt und auch nicht gerade romantisch war, aber ich musste es ihr einfach sagen. Unsere Lippen waren nur noch Zentimeter voneinander entfernt. Ich überbrückte den letzten Abstand zwischen uns und legte meine Lippen auf ihre. Sie waren so weich und sinnlich. Trisha erwiderte den Kuss und legte ihre Arme um meinen Nacken. Ich zog sie näher an mich. Wollte sie einfach spüren. Schwer atmend lösten wir uns beide wieder voneinander und schauten uns an. Mir fiel ein, dass wir weitermussten. Ich wusste nicht, ob die Polizei schon in der Nähe war. Zwar konnte ich die Polizeisirene nicht mehr hören, aber sie konnten ja schließlich schon zu Fuß hier im Park sein. Ich schaute mich zu allen Seiten um, konnte aber niemanden entdecken.

„Kleines, wir müssen weiter. Die Polizei kann jede Minute hier sein", sagte ich und stand auf.

„Du hast recht", erwiderte sie und schaute sich ängstlich um.

„Keine Angst. Sie werden uns nicht kriegen", versicherte ich ihr und half ihr beim Aufstehen. „Kannst du laufen oder soll ich dich tragen?"

„Nein, es geht schon", erwiderte sie. Wir liefen los, weiter durch den Park. Ich konnte schon die Straße sehen, die an den Park grenzte.

„Wenn wir gleich aus dem Park heraus sind, gehen wir direkt zu dem Autohandel. Schaue niemanden an, nur auf dem Boden, ok", wies ich sie an.

„Ja ist gut", erwiderte sie und schaute sich unsicher um.

„Hey, wir schaffen das, ok?" Ich blieb stehen, hielt Trisha fest und schaute ihr in die Augen. Sie nickte nur. Ich gab ihr einen kleinen Kuss auf ihre süßen Lippen. „Komm." Ich legte meinen Arm um ihre Schulter und zusammen gingen wir im schnelleren Schritt aus dem Park heraus und die Straße entlang. Ich wusste, dass der Autohandel auf der linken Seite liegen musste. Weswegen wir ihn auch ohne fragen von Leuten finden würden. Mit gesenkten Köpfen liefen wir die Straße entlang, wobei wir den einen oder anderen Passanten ausweichen musste.

„Wo wart ihr", fragte Tyron, als wir eine halbe Stunde später am Autohandel ankamen. Lange Geschichte. Erzählen wir euch gleich. Lasst uns erst einmal losfahren", sagte ich seufzend.

„Ok. Dann mal los", rief Tyron und stieg in den neuen Van. Wir folgten ihm. Die Taschen hatten sie schon in den neuen Van geladen gehabt. So konnten wir sofort losfahren. Sobald die Anderen ebenfalls im Wagen saßen, startete Neil den Van und fuhr los.

Trisha:

Der Kuss von Ethan und mir war einfach unglaublich. Seine sinnlichen Lippen, die sich auf meinen bewegten. Ich hätte ihn ewig küssen können. Leider ging uns beiden die Luft aus und wir mussten uns voneinander lösen. Aber ich war überglücklich, dass er mich wirklich liebte. Ich fragte mich nur, wie es denn jetzt zwischen uns weitergehen würde. Waren wir nun ein Paar? Wollte er denn eigentlich eine feste Beziehung? Ich musste ihn unbedingt fragen, nur nicht jetzt. Ich würde warten, bis wir etwas Ruhe hatten und

214

alleine waren. Ich wollte ihn nämlich nicht vor den Anderen fragen.

Wir waren wieder unterwegs und Ethan hatte den Anderen erzählt, dass ich von dem Polizisten erkannt worden war und dass wir aufgrund der Polizeisirene in den Park flüchten mussten. Neil hatte im Radio den Polizeifunk eingeschaltet, wo wir erfahren hatten, dass die Polizei wegen einer Schlägerei im Einkaufszentrum ausgerückt war. Erleichtert atmeten wir auf, als wir herausfanden, dass sie nicht hinter uns her gewesen waren.

Gegen Abend hielten wir an einer Tankstelle an. Neil stieg aus und tankte den Wagen voll. Anschließend ging er mit Tyron zusammen in den Shop. Sie wollten etwas zu Essen und zu Trinken holen. Währenddessen gingen wir Mädchen zu den Sanitäranlagen, denn die Blasen drückten. Ethan und John begleiteten uns, denn sie mussten ebenfalls auf die Toilette. Als wir fertig waren gingen wir wieder zurück zum Van.

„Wer soll das denn alles essen", fragte Lynn und deutete auf die vielen Sachen, die Neil und Tyron mitgebracht hatten, als sie ebenfalls zum Van zurückkamen.

„Na ich werde mich schon darum kümmern", grinste Tyron.

„Das glaube ich aufs Wort."

„Wo übernachten wir eigentlich", wollte Ebby wissen, als Neil gerade den Wagen startete und losfuhr.

„Wir werden hier in der Nähe von Dodge City im Wald campen müssen", sagte Ethan.

„Campen? Aber wir haben doch gar keine Zelte dabei", stellte Ebby verwirrt fest.

„Deswegen werden wir auch im Wagen übernachten", entgegnete Neil.

„Im Wagen? Oh nein, das ist doch so unbequem. Warum können wir denn nicht in ein Motel", fragte Lynn.

„Das Risiko ist zu groß, dass James die Motels abklappern lässt und herausbekommt, wo wir sind. Deshalb werden wir in einen Waldweg den Wagen abstellen und dort übernachten. Wir wollen schließlich nichts riskieren", erklärte Ethan.

„Es ist doch nur für eine Nacht", versuchte Tyron Lynn zu besänftigen, die gar nicht glücklich über unseren Übernachtungsort war.

„Na gut", willigte sie ein.

„Und wenn wir die Nacht über durchfahren", fragte Ebby.

„Ich glaube, die Idee ist nicht so gut. Wir sind alle sehr geschafft und würden kaum Schlaf bekommen, weil wir uns ständig abwechseln müssten mit dem Fahren. Außerdem müssten wir dann auch im Wagen übernachten", entgegnete Neil.

„Da hast du recht. Also gut. Auf zum Waldweg", seufzte Ebby.

Wir fuhren noch ein Stück, bis Neil in einen Waldweg einbog. Er fuhr etwas tiefer in den Wald und parkte den Wagen. Ich schaute auf meine Uhr. Es war bereits neun und es dämmerte draußen schon.

„Ich würde vorschlagen, wir machen draußen ein gemütliches Lagerfeuer", sagte Tyron und stieg aus dem Wagen.

„Wie wäre es mit einem kleinen Spaziergang", fragte mich Ethan.

„Das hört sich gut an", erwiderte ich. Es war eine gute Idee, denn von der Fahrt und dem langen sitzen, taten mir doch etwas die Beine weh.

„Oh, wenn ihr eh spazieren gehen wollt, könnet ihr doch Holz für das Lagerfeuer mitbringen", schlug Tyron grinsend vor.

„Ja, machen wir", stöhnte Ethan und half mir aus dem Wagen.

„Gut. Ich werde schon einmal versuchen, mit dem, was hier so herum liegt, ein Feuer zu machen", erwiderte er und suchte die Umgebung ab. Ethan legte einen Arm um mich und wir gingen in den Wald hinein. Durch die Bäume war es hier recht dunkel und es wirkte unheimlich. Automatisch drückte ich mich enger an Ethan.

„Hast du Angst", fragte er mich und ich konnte ein Schmunzeln in seiner Stimme hören.

„Etwas. Hier ist es so dunkel."

„Hm, dann nimm doch einfach die hier", grinste er nun und drückte mir eine Taschenlampe in die Hand. Ich schaltete sie ein und leuchtete etwas durch die Gegend.

„Danke. Warum hast du sie denn nicht sofort eingeschaltet?"

„Ich wollte mal sehen, ob du Angst hast."

„Ja, die habe ich", erwiderte ich. Wir gingen noch ein wenig weiter. Ich genoss die frische Luft und atmete einige Male tief ein. Meine Gedanken drehten sich immer wieder um diese eine Frage, was nun zwischen uns wäre. Jetzt wäre eigentlich die richtige Gelegenheit, ihn zu fragen. Wir waren allein. Irgendwie traute ich mich nicht. Aber ich musste es tun, denn schließlich wollte ich es wissen. Ich nahm all meinen Mut zusammen und atmete noch einmal tief durch.

„Ethan, kann ich dich etwas fragen", begann ich.

„Natürlich. Du kannst mich alles fragen, das weißt du doch", sagte er und blieb stehen.

„Es ... also ...", stotterte ich herum.

„Na komm schon, raus mit der Sprache. Ich beiße dich schon nicht", drängte er mich lächelnd und drehte mich zu sich herum, sodass ich ihn ansehen musste.

„Was ... was ist das zwischen uns? Ich meine, im Park, der Kuss, unsere Geständnisse. Sind wir nun ein ... Paar oder möchtest du keine Beziehung. Ich muss es einfach wissen."

„Zwischen uns kann alles sein, was du möchtest. Wir können fest zusammen sein oder auch nur Freunde, wenn dir das lieber wäre. Mir wäre es zwar lieber, wenn wir fest zusammen wären, aber ich weiß nicht, ob du mit einem Kriminellen eine Beziehung eingehen möchtest", sagte er und schaute mir dabei fest in die Augen. Bei seinen letzten Satz konnte ich etwas Trauriges in seinen Augen sehen. Natürlich wollte ich mit ihm zusammen sein. Wie kam er denn nur darauf, dass ich es nicht wollte. Ich fand es so süß von ihm, dass er mir die Wahl ließ. Mir war es egal, ob er kriminell war oder nicht. Wie viele Banküberfälle er getan hatte oder ob er jemanden verletzt oder sogar erschossen hatte. Ich hatte meine Entscheidung schon länger getroffen. Ich liebte ihn und wollte mit ihm mein Leben verbringen. Natürlich gäbe es einige Leute, die mich für verrückt halten würden, da ich mich in einen Verbrecher verliebt hatte, aber das war mir egal. Ich glaube. meinen Eltern wäre es auch egal gewesen, wenn sie noch am Leben wären. Sie wären zwar nicht erfreut darüber gewesen, was Ethan tat, gerade da mein Vater Polizist gewesen war, aber erstens wollte Ethan aus diesem kriminellen Leben aussteigen, und zweitens hätten sie nur gewollt, dass ich glücklich bin. Und ich war glücklich. Sogar überglücklich, dass Ethan mich liebte und mit mir zusammen sein wollte. Meine Eltern hätten ihn bestimmt gemocht. Mein Entschluss stand fest und ich musste ihn Ethan mitteilen.

„Es ist mir egal, ob du kriminell bist oder nicht. Ob du Menschen getötet oder verletzt hast oder wie viele Banken du schon ausgeraubt hast. Es ist mir egal, was du schon alles getan hast. Ich liebe dich und natürlich möchte ich mit dir fest zusammen sein. Ich möchte eine Beziehung mit dir", beendete ich meine kleine Ansprache und lächelte ihn an.

„Du machst mich zum glücklichsten Menschen der Welt", sagte

Ethan, zog mich an sich und im nächsten Moment lagen seine Lippen schon auf meinen. Sofort erwiderte ich den Kuss und schlang meine Arme um seinen Nacken. Seine Zunge bat an meiner Unterlippe um Einlass und ich gewährte sie ihm. Wir verfielen in einen langen, leidenschaftlichen Kuss und unsere Zungen spielten miteinander. Schwer atmend lösten wir uns und schauten uns in die Augen.

„Ich liebe dich", sagte Ethan lächelnd.

„Ich liebe dich auch", erwiderte ich, zog ihn an mich und unsere Lippen trafen wieder aufeinander.

„Wie süß", quietschte eine Stimme plötzlich. Verwirrt schauten wir uns um und sahen, dass Ebby mit einer Taschenlampe ein paar Meter von uns entfernt stand. Neben ihr stand Neil und grinste uns an. Mir war es etwas peinlich, dass sie uns beim Herumknutschen erwischt hatten und wurde rot im Gesicht.

„Na hat das Traumpaar endlich zusammengefunden? Das wurde auch mal Zeit. Ebby wollte schon die Verkupplerin bei euch spielen", lachte Neil.

„Nein, wir haben das alleine geschafft. Ebby sollte lieber mal bei John und Samantha die Verkupplerin spielen. Die brauchen eher ihre Hilfe", grinste Ethan und zog mich dicht zu sich.

„Ja das glaube ich allerdings auch."

„Wer ist denn Samantha", fragte ich neugierig.

„Sie ist die Tochter von Lorenzo. Ich nehme an, dass du sie morgen kennenlernen wirst. Sie wird bestimmt mit ihm nach Aspen fahren, um John wiederzusehen. Die Beiden sind ineinander verliebt, aber keiner traut sich, dem anderen das zu sagen", erklärte mir Ethan.

„Ach so." Ich kannte auch eine Samantha. Wir waren mal gut befreundet, bis der Unfall meiner Eltern passierte. Ihr Vater hieß ebenfalls Lorenzo. Ich glaubte aber nicht daran, dass sie es war. Das wäre ein purer Zufall. Wobei es schön wäre sie wiederzusehen. Sie fehlte mir schon sehr.

„Was wolltet ihr eigentlich hier", fragte Ethan die Beiden.

„Wir sollten euch suchen gehen, weil Tyron auf das Holz wartet. Er hat nicht so viele Äste gefunden und sein Feuer droht bald auszugehen", lachte Neil.

„Na dann sollten wir ihm Nachschub beschaffen. Sag Tyron, wir kommen gleich", erwiderte Ethan und begann vom Boden dicke Äste aufzusammeln. Ich tat es ihm gleich. Ebby und Neil gingen wieder zurück, wobei sie auf dem Weg auch noch einige einsammelten.

Kapitel 29

Trisha:

„Ach da sind ja unsere Turteltauben. Ich habe schon gehört, was ihr statt Äste sammeln gemacht habt", rief Tyron uns zu, als wir zum Wagen zurückkamen. Auf den Armen hatten wir einige Äste.

„Ebby, du Petze", wandte sich Ethan zu ihr, meinte es allerdings nicht böse, denn er schmunzelte dabei. Sie streckte ihm nur die Zunge heraus. Wir luden das Holz auf dem Boden ab und Tyron begann sofort etwas davon ins Feuer zu werfen. Wir setzten uns zu den Anderen ans Lagerfeuer, wobei mich Ethan zwischen seine Beine zog, sodass ich mit dem Rücken an seiner Brust gelehnt saß. Neil holte aus einer Tüte Sandwiches heraus und verteilte sie. Er und Tyron hatten von der Tankstelle noch Cola mitgebracht, die sie nun in die Pappbecher, die sie ebenfalls gekauft hatten, schütteten und an uns verteilten. Wir aßen die Sandwiches und ich merkte, was ich für einen Hunger hatte. Ich hatte heute Mittag nur ein belegtes Brötchen gegessen.

„So jetzt bekommt jeder einen Stock", sagte Tyron, als wir mit dem Essen fertig waren und verteilte dünne Äste.

„Wofür sind die", fragte John und schaute sich den Stock an.

„Na für die Marshmallows natürlich", erwiderte Tyron.

„Hast du schon mal Marshmallows am Lagerfeuer gegessen", fragte mich Ethan.

„Nein, bis jetzt noch nicht", gestand ich ihm.

„Ich zeige dir, wie das geht." Ethan nahm sich ein Marshmallow aus der Tüte und steckte ihn an den Stock. Diesen hielt er über die Flammen. Ich tat es ihm gleich. Als die Marshmallows etwas geschmolzen waren, zogen wir die Stöcke wieder heraus.

„Sei vorsichtig. Es ist sehr heiß", sagte Ethan, als ich das Marshmallow vom Stock nehmen wollte. Ich pustete, bis er etwas abgekühlt war und aß ihn dann.

„Hey John, wie wäre es denn mal mit einer Gruselgeschichte, wo wir hier schon mal zusammensitzen", fragte Tyron.

220

„Oh nein, keine Gruselgeschichte", stöhnte Lynn auf.

„Warum denn nicht? So etwas gehört doch zu einem Lagerfeuer dazu", sagte Tyron.

„Tyron hat recht", pflichtete John ihm bei.

„Na gut. Aber bitte nichts Ekeliges. Ihr Jungs neigt ständig dazu, die Geschichten mit Blut und Gedärme ausarten zu lassen", gab sie nach.

„Nein, versprochen", sagte John.

„John ist unser Experte für Gruselgeschichten. Er kann die Besten erzählen", erklärte Ethan mir. „Magst du Gruselgeschichten?"

„Nicht so besonders. Also wenn ich solche Filme im Fernsehen gucke, dann nur mit eingeschaltetem Licht und die Hände vor den Augen. Ach ja und schreien tu ich auch", gestand ich ihm.

„Du brauchst keine Angst zu haben. Ich bin bei dir", sagte Ethan, beugte sich zu mir vor und legte seine Lippen auf meine.

„Hey, hier wird jetzt nicht herumgeknutscht", rief Tyron, als ich den Kuss gerade vertiefen wollte. Ich drehte mich wieder nach vorne und kuschelte mich an Ethan an, der seine Arme um meinen Bauch legte.

„Also ...", begann John mit der Gruselgeschichte. Es ging ausgerechnet auch noch um eine Gruppe Jugendlicher, die in einen Wald gingen. Allerdings entdeckten sie ein altes Haus, was sie betraten. In der Geschichte kamen Schreie, Kinderstimmen und weiße Gestalten vor. Immer wieder blickte ich mich um, weil ich dachte, ich hätte etwas Weißes hinter einen Baum hervorschauen gesehen. Aber ich musste es mir nur eingebildet haben. Ethan bemerkte es immer wieder und strich mir beruhigend über den Arm.

„Soll ich noch eine erzählen", fragte John, als er geendet hatte.

„Also ich bin mit einer schon bedient", sagte Ebby.

„Ach komm schon Ebby. Noch eine bitte", quengelte Tyron.

„Von mir aus", gab sie nach und legte sich gemütlich in die Arme von Neil.

„Ok", entgegnete John und begann nach kurzen überlegen, eine weitere Geschichte zu erzählen. Tyron hatte die Chips und die Schokolade, die wir heute Nachmittag gekauft hatten, aus dem Wagen geholt und reichte beides herum. In der Geschichte ging es dieses Mal um eine Familie, die in ein Haus zog, wo seltsame Dinge geschahen. Sie war für mich nicht so gruselig, wie die Erste und ich konnte entspannt zuhören. Als auch diese geendet hatte, wollten wir uns schlafen legen. Es war schon spät und wir hatten am nächsten Tag noch eine anstrengende Fahrt vor uns. Da wir allerdings kein Badezimmer hier hatten, putzten wir uns in der freien Natur die Zähne und spülten uns den Mund mit Mineralwasser aus.

„Sagt mal, hier fehlen doch Reisetaschen", stellte Ethan fest, als er seine Zahnbürste aus seiner Tasche holen wollte.

„Wir haben einige unter den Sitzen versteckt, da wir im Kofferraum nicht für alle Platz hatten", erklärte ihm Neil.

„Na dann ist ja gut."

„Trisha, kommst du mit? Wir wollen mal eben unser Geschäft erledigen. Leider müssen wir das hier draußen tun", fragte Ebby mich.

„Ja, ich müsste auch mal", erwiderte ich. Ja auch das mussten wir in der Natur erledigen, da es hier keine Toiletten gab. Ich ging mit Ebby und Lynn, mit eingeschalteten Taschenlampen, ein Stück in den Wald hinein. Wir fanden ein paar Büsche, hinter denen wir uns entleeren konnten. Als wir fertig waren, gingen wir zum Wagen zurück. Die Jungs hatten das Feuer gelöscht und so war der Platz sehr dunkel. Von den Jungs war nichts zu hören. Wir traten gerade aus dem Wald heraus, als es neben uns raschelte. Erschrocken schauten wir in die Richtung. Ich hielt die Taschenlampe dort hin, aber es war nichts, außer den Büschen, zu sehen. Nun raschelte es auf der anderen Seite.

„Mich hat etwas berührt", schrie Lynn plötzlich auf und im nächsten Moment sprang etwas auf uns zu. Wir schrien und rannten zum Wagen. Lachen ertönte und es hörte sich sehr nach den Jungs an. Unsere Taschenlampen leuchteten genau in die Richtung. Dort standen Tyron und John, die gerade lachend aus dem Wald traten. Ich schaute mich um und entdeckte Neil und Ethan lachend am Wagen stehen.

„Wie sie aussahen. Die Gesichter, wie sie geguckt haben", lachte Tyron sich schlapp.

„Das war überhaupt nicht witzig", schrie Lynn die Jungs an. Sie war sauer, das konnte man sehen.

„Sorry, aber das musste einfach sein", entschuldigte sich John grinsend.

„Wir haben gar nichts damit zu tun. Dein Freund hatte die Idee", stellte Neil klar, als sie ihn und Ethan ebenfalls sauer ansah.

„Verräter", kam es von Tyron.

222

„Das habe ich mir schon gedacht", erwiderte Lynn.

„Wenn ihr mit euren Erschreckspielchen fertig seid, können wir ja schlafen gehen", sagte Ebby etwas genervt und öffnete die Tür vom Van.

„Bist du sauer", fragte mich Ethan und kam zu mir.

„Nein, ich habe mich nur so erschrocken", erwiderte ich.

„Tut mir leid, Kleines. Wir konnten es ihnen nicht ausreden."

„Ist nicht so schlimm." Ich stellte mich auf Zehenspitzen und gab ihm einen Kuss.

„Mh, wenn ich immer einen Kuss von dir bekomme, erschrecke ich dich öfter."

„Das war nur eine Ausnahme", erwiderte ich. Wir stiegen in den Van und machten es uns auf dem Zweisitzer bequem. Ebby und Neil hatten den Dreisitzer hinter uns genommen, Lynn und Tyron saßen auf Fahrer- und Beifahrersitz und John machte es sich auf dem Boden bequem. Er wollte dort schlafen, weil er der Meinung war, er hätte dort mehr Platz. Nachdem alle im Wagen waren, schloss Tyron per Knopf die Türen von innen ab, sodass niemand in den Wagen kam. Wir stellten alle die Lehnen von den Sitzen etwas zurück, damit wir bequem liegen konnten. Ich lag in Ethans Armen und kuschelte mich an seine Brust.

„Schlaf gut, mein Engel", flüsterte er und gab mir einen Kuss.

„Du auch", erwiderte ich, schloss meine Augen und schlief auch gleich ein.

In der Nacht wachte ich auf. Ich hatte Durst und setzte mich auf. Dabei wandte ich mich vorsichtig aus Ethans Armen, um ihn nicht zu wecken.

„Was ist los Kleines", fragte er schlaftrunken.

„Ich habe Durst. Wo ist denn die Wasserflasche", flüsterte ich, damit die Anderen nicht wach wurden.

„Sie steht hier vor dem Sitz", sagte er, bückte sich, um sie mir zu holen. In dem Moment sah ich draußen einen Lichtschein und jemand am Wagen vorbeilaufen.

„Ethan, da draußen ist jemand", flüsterte ich und Panik kam in mir auf. Wir standen weit im Wald. Von der Straße aus konnte uns keiner sehen, also wäre es unwahrscheinlich, dass es die Polizei war.

„Was", fragte er und schaute ebenfalls nach draußen. Wieder sahen wir einen Lichtstrahl von einer Taschenlampe.

„Scheiße", zischte er, stand auf und kniete sich zwischen die beiden Vordersitze, auf denen Tyron und Lynn schliefen. Zum Glück waren alle Scheiben, bis auf die Windschutzscheibe, getönt, sodass niemand hineinsehen konnte. Tyron hatte, bevor wir uns schlafen gelegt hatten, einen Sonnenschutz aus Pappe vor die Windschutzscheibe angebracht, sodass nun auch dadurch keiner hineinsehen konnte. „Tyron, wach auf", flüsterte Ethan und rüttelte an seiner Schulter.

„Was willst du", knurrte Tyron.

„Psst. Da draußen laufen zwei Typen um unseren Wagen. Der eine kommt mir sehr bekannt vor. Er ist einer von James´ Leuten. Der Andere nehme ich an ebenfalls", erklärte ihm Ethan leise und ich erschrak. Dieser James hatte uns also gefunden. Was würde jetzt nur passieren?

„Was", fragte Tyron und schaute vorsichtig nach draußen. „Du hast recht. Der Eine ist Harold."

„Was ist los", fragte Lynn und reckte sich.

„Scht. Draußen sind zwei von James´ Leuten. Wir dürfen nicht so laut sein. Sie können uns bestimmt hören", flüsterte Tyron.

„Ich geh die Anderen wecken", sagte Ethan und ging zuerst zu John. Anschließend weckte er Ebby und Neil. Jedem erzählte er leise, was los war.

„Du hast mir noch nicht gesagt, was wir genau tun sollen", hörten wir den einen sagen.

„James hat gesagt, wir sollen alle außer das Mädchen, welches sie als Geisel genommen haben, erschießen. Anschließend sollen wir den Van in die Luft jagen und das Mädchen zu ihm bringen. Er hat mir ein Foto von ihr gegeben, damit wir wissen, wie sie aussieht. Er sagte, ein Freund von ihm, würde sie lebend brauchen", erklärte ihm der Andere. Ich zuckte zusammen. Sie wollten mich mitnehmen und alle anderen töten. Aber was wollte er von mir oder eher gesagt, was wollte dieser Freund von mir? Mir kam ein schlimmer Verdacht. Es gab nur einen, der mich haben wollte und wegen diesem jemand war ich auf der Flucht. Konnte das wirklich sein? Konnte es sein, dass er mit James befreundet war und dass er ihn beauftragt hatte, mich ihm zu übergeben, wenn ich in James´ Gewalt war? Ein eiskalter Schauer lief mir über den Rücken.

„Keine Angst. Ich werde nicht zulassen, dass sie dich mitnehmen", flüsterte Ethan und nahm mich in den Arm.

„Aber sie wollen euch töten. Ich will nicht, dass euch etwas passiert. Das ihr getötet werdet. Was ist, wenn ich freiwillig mitgehe", schlug ich ihm vor. Lieber würde ich freiwillig gehen, anstatt ich zulassen würde, dass die Anderen getötet wurden. Wenn es diese Möglichkeit gab, würde ich sie auch nutzen.

„Bist du wahnsinnig? Ich werde dich nicht mit ihnen gehen lassen. Wer weiß, was James oder dieser Freund von ihm dann mit dir macht. Außerdem werden sie uns nicht am Leben lassen. James hat den Auftrag, uns zu töten, erteilt und sie werden ihn auch ausführen, egal ob du freiwillig mitgehen würdest oder nicht."

„Hol das Werkzeug aus dem Wagen. Wir werden die Tür aufbrechen", wies der eine den anderen an.

„Was machen wir jetzt", fragte John.

„Wir werden ihnen eine Überraschung bereiten", grinste Tyron, der mittlerweile zu uns nach hinten gekommen war.

„Ich nehme an, du hast schon einen Plan", flüsterte Neil.

„Ja genau. Also hier im Boden ist eine Klappe eingebaut. Dadurch werden zwei von uns nach draußen kriechen und sie von beiden Seiten des Wagens umzingeln. Die anderen zwei positionieren sich hier genau an der Tür, und wenn sie diese öffnen, schlagen wir zu", erklärte Tyron ebenfalls im Flüsterton, damit die zwei Typen draußen nichts mitbekamen.

„Ok, so machen wir es. Also wer kommt mit mir nach draußen", fragte Ethan.

„Ich komme mit dir mit", sagte John und machte sich daran, auf dem Boden die Klappe zu öffnen.

„Warte, wir brauchen noch unsere Waffen", stoppte Ethan ihn, als er gerade durch die Klappe nach draußen kriechen wollte.

„Stimmt. Tyron, wo hast du die Waffen hingelegt", fragte John ihn.

„Die sind im Handschuhfach. Ich wusste nicht, ob wir sie brauchen werden und dort kann man sie schneller herausholen, als wenn man erst in den Taschen wühlen muss", erklärte er, lehnte sich über die Vordersitze und holte die Waffen. Er verteilte sie an die Jungs. Anschließend gab er noch Lynn eine. „Hier, falls etwas schieflaufen sollte und ihr euch verteidigen müsst."

„Es wird nichts schief gehen", sagte Lynn zuversichtlich.

„Da bin ich mir sicher. Es ist ja auch nur eine Vorsichtsmaßnahme." Wir hörten draußen jemandem am Schloss herumfummeln. „So jetzt wird es Zeit. Ihr Mädels versteckt euch am besten in der hinteren Reihe. Also los. Und ihr macht das ihr rauskommt", wandte Tyron sich an seinen Bruder.

„Bis gleich Kleines. Keine Angst. Es wird nichts passieren", flüsterte Ethan und gab mir einen Kuss. Anschließend kletterte er hinter John nach draußen.

„Komm Trisha. Wir verstecken uns", sagte Ebby und zog mich zu der letzten Sitzreihe. Dort kauerten wir drei uns zusammen, sodass uns niemand sehen konnte. Allerdings konnte ich an den Vordersitz etwas vorbeisehen und dadurch die Tür beobachten.

Kapitel 30

Ethan:

Ich kletterte mit John durch die Luke aus dem Wagen. Wir krochen auf der anderen Seite unter dem Wagen hervor. Leise schlich John zur Rückseite des Wagens und ich zur Vorderseite. Ein Blick um die Ecke verriet mir, dass die beiden Typen sich an der Seitentür zu schaffen machten. Ich hielt meine Pistole bereit. Harold öffnete die Tür und ich schlich zu ihnen. Ich kannte Harold flüchtig. Er war ein Handlanger von James und wir waren uns einige Male bei James über den Weg gelaufen. Er war etwas kleiner als ich, hatte schwarze lange Haare und einen Kinnbart. Außerdem hatte er ein breites Kreuz und sah dadurch gefährlich und stark aus. Er war ein skrupelloser Typ, der Leute einfach so tötete, wenn er den Auftrag dazu erhielt. Der andere Typ schien ein Neuling in dieser Branche zu sein. Zumindest hatte ich ihn noch nie gesehen. Er war um die ein Meter siebzig groß, hatte dunkelblondes kurzes Haar und wirkte eher schmächtig. Er war noch recht jung. Ich hätte ihn gerade mal auf achtzehn Jahre geschätzt.

„Überraschung", rief Tyron und im nächsten Moment wurde Harold mit einem Tritt von ihm in die Brust, auf den Boden befördert. Noch bevor der andere Typ seine Waffe aus der Tasche ziehen konnte, hielt ich ihm meine an den Kopf.

„Das würde ich lieber sein lassen", knurrte ich und sofort ließ er seine Hand sinken. John war zu uns gestoßen und richtete seine Waffe auf Harold. Neil und Tyron sprangen aus dem Wagen und stellten sich vor die Beiden.

„Und nun, werdet ihr uns ein paar Fragen beantworten", forderte Tyron die Beiden auf. „Also wie habt ihr uns gefunden?"

„Fick dich, du Arschloch. Wir werden nichts verraten", spie Harold.

„Ach nein? Mal sehen, ob du gleich sprechen wirst", zischte Tyron, hob seine Waffe und schoss ihm in den Oberschenkel. Harold schrie auf, aber ich hörte noch einen weiteren Schrei. Dieser Schrei kam von Trisha. Oh mein Gott. Sie hatte es mit angesehen, wie mein Bruder diesem Typen kaltblütig ins Bein geschossen hatte. Was würde sie nun von uns denken? Würde sie uns jetzt als skrupellose, kaltblütige Verbrecher ansehen? Panik kam in mir auf. Was würde sie jetzt von mir denken? Ich hatte Angst, dass sie sich nun von mir abwandte. Ich schaute zu ihr und unsere Blicke trafen sich. Verschiedene Emotionen spiegelten sich in ihren Augen wider. Darunter war Angst, aber auch Liebe. Sollte sie mich wirklich noch lieben, nachdem was hier gerade passierte? Eine Träne lief an ihrer Wange herunter und es brach mir das Herz. Ich konnte es nicht ertragen, dass sie wegen unseres Handelns weinte. Am liebsten hätte ich sie in den Arm genommen und sie beruhigt. Aber ich konnte hier jetzt nicht weg und die Jungs alleine lassen.

„Kommt, lasst uns etwas spazieren gehen", schlug Lynn vor und stand auf. Ebby und Trisha taten es ihr gleich. Sie stiegen aus dem Wagen.

„Danke", flüsterte ich Lynn zu, als sie an mir vorbeiging. Ich war ihr dankbar, dass sie Trisha etwas ablenken und vom Geschehnis wegbringen wollte. Da wir die beiden Typen unter Kontrolle hatten, konnten sie den Mädchen schon einmal nichts mehr tun.

„Kein Problem", erwiderte Lynn lächelnd.

„Wo wollt ihr hin", fragte Neil.

„Nur etwas den Waldweg entlang", erklärte ihm Ebby.

„Ok, aber geht nicht zu weit weg. Wer weiß, wie viele von diesen Typen sich hier noch herumtreiben", sagte Neil und deutete mit dem Kopf auf Harold und seinem Kumpanen.

„John, begleite sie bitte, falls noch einer von denen aufkreuzt", bat Tyron ihn.

„Klar, mache ich", erwiderte er, ohne zu zögern und ging mit den Mädchen mit. Trisha blickte sich zu mir um und ich lächelte sie an. Sie erwiderte mein Lächeln und ich war so froh darüber. Sie verschwand mit den Anderen hinter dem Wagen und ich wandte mich wieder diesen Typen zu. Harolds Gesicht war schmerzverzerrt und er drückte die Hand auf die Schusswunde, die stark blutete.

„Also, wo waren wir stehen geblieben", fragte Tyron die Zwei. „Ach ja richtig, wie habt ihr uns gefunden? Und dieses Mal bitte die richtige Antwort, sonst bekommt jemand von euch die nächste Kugel ab."

„Wir haben euch durch Zufall an der Tankstelle gesehen und

haben euch einen GPS-Sender unter den Wagen angebracht", plapperte nun der Typ, dessen Namen wir nicht kannten, drauf los.

„Mike, halt deine verfluchte Schnauze", schrie Harold ihn an. Mike hieß er also. Er schien Angst vor uns zu haben. Anscheinend war es auch sein erster Auftrag, den er ausführen sollte. Und dann gleich auch noch ein Mordauftrag. Das musste echt nicht leicht für ihn sein. Er wirkte nicht so abgebrüht, wie Harold. Ich konnte mich noch an unseren ersten Mordauftrag erinnern. Ich war gerade erst siebzehn und hatte schwer damit zu kämpfen, es mit meinen Gewissen zu vereinbaren, einen Menschen umzubringen. Den Mann, den wir umbringen sollten, wollte kein Schutzgeld mehr an James bezahlen und drohte zur Polizei zu gehen, wenn er ihn nicht in Ruhe ließ. Der Mann war einer von der mutigen Sorte. Natürlich konnte James es nicht zulassen, dass der Typ ihn bei der Polizei verpfiff. Deswegen gab er uns den Auftrag, ihn zu töten, den wir ausführen mussten. James duldete es nicht, wenn man einen Auftrag ablehnte und ihn nicht ausführen wollte. Er drohte einem mit dem Tod, wenn man es nicht tat. Also erledigte man den Auftrag, wenn man sein Leben behalten wollte. Es fiel mir damals so schwer, den Mann zu töten und wollte sogar den Auftrag schon ablehnen, obwohl ich die Konsequenzen kannte. Aber Neil, Tyron und John hielten mich davon ab und wir halfen uns gegenseitig mit dem schlechten Gewissen fertig zu werden, denn auch sie hatten ihre Schwierigkeiten einfach so einen Menschen zu töten. Wir wollten keine Mörder sein, aber es gehörte zu unserem Job dazu.

„So so, einen GPS-Sender", sagte Neil, ging hinter den Van und kam einen Augenblick später mit dem Sender in der Hand zurück. „Ist das der hier", fragte er die Beiden.

„Ja", bestätigte Mike.

„Seid ihr sicher, dass es nur einer war, oder befinden sich sonst noch Sender am Wagen", hakte Neil nach.

„Ja, es war nur der eine Sender", entgegnete Mike und schaute nervös zu Harold herüber. Anscheinend hatte er Angst, was dieser nun tun würde, da Mike uns das mit dem Sender verraten hatte.

„Ok, und weiter? Wie lautet euer Auftrag", fragte nun Tyron.

„Du wirst nichts sagen", knurrte Harold Mike an. In dem Moment schrie er auf, denn Tyron hatte ihm auf seine Schusswunde getreten.

„Tat das etwa weh", fragte Tyron und grinste hämisch. „Sagst du mir jetzt, wie euer Auftrag lautet?"

„Nein", zischte Harold.

„Gut, entweder du sagst es mir, oder ich werde deinen Kollegen hier umbringen", drohte Tyron ihm und zielte mit der Pistole auf Mike. Natürlich wussten wir schon, wie der Auftrag lautete, denn wir hatten es ja gehört, als er es Mike gesagt hatte. Aber wir wollten hören, wie er es uns erzählte.

„Tu es doch. Von mir erfahrt ihr nichts", sagte Harold gleichgültig.

„Nein, bitte tut es nicht. Ich sage euch auch alles, was ihr wissen wollt", flehte Mike uns an.

„Das wirst du nicht tun", knurrte Harold, zog blitzschnell eine Pistole aus seiner Tasche und bevor wir reagieren konnten, schoss er ihm in den Kopf. Mikes Körper sackte in sich zusammen und fiel tot zu Boden. Ich sagte doch Harold war skrupellos. Er wollte gerade seine Pistole auf Tyron richten, als ich sie ihm aus der Hand trat. Neil nahm die Waffe und warf sie zu Harolds Wagen hinüber. Nun konnte er sie nicht mehr erreichen.

„Wie wäre es, wenn du uns jetzt erzählst, wie euer Auftrag lautete", forderte ich ihn auf.

„Das kannst du dir doch wohl denken. Ihr habt James hintergangen und dafür werdet ihr mit eurem Leben bezahlen."

„Ach und du meinst, du könntest uns so einfach umbringen", fragte Neil spöttisch.

„Wenn nicht ich, dann wird euch jemand anderes erledigen. James hat zwar gesagt, dass wir nur eure Geisel mitnehmen sollen, aber vielleicht hat er ja auch für eure Frauen Verwendung. Er überlegt sowieso ein Bordell zu eröffnen. Da würden eure Frauen bestimmt gute Huren abgeben", grinste Harold hämisch.

„Du mieser kleiner Wichser", knurrte Tyron und trat Harold in die Rippen. Dieser stöhnte auf und hielt sich mit einer Hand die Seite. Im nächsten Moment hörten wir Schreie und ein Schuss folgte. Oh mein Gott. Die Schreie kamen von den Mädchen. Was war da los? Erschrocken drehten wir uns um und schauten am Wagen vorbei auf dem Waldweg. Allerdings war es dort so dunkel, dass wir nichts sehen konnten. Im Augenwinkel sah ich, dass Harold etwas aus seinem Hosenbund zog. Er richtete den Gegenstand auf Neil, der mit dem Rücken zu ihm stand. Nun erkannte ich, dass es noch eine Pistole war. Er wollte meinen besten Freund erschießen. Das konnte ich nicht zulassen. Gerade hatte er den Abzug gezogen, als ich ihm einen Schuss in die Brust verpasste. Wir hätten diesen schmierigen

Typen sowieso nicht am Leben gelassen.

„Was ist passiert", fragte Tyron und schaute mit Neil zu dem nun toten Harold herunter.

„Er hatte noch eine Waffe und wollte gerade Neil erschießen. Na das konnte ich doch nicht zulassen", erklärte ich den Beiden.

„Da hast du recht. Danke. Ich war so abgelenkt von dem Geschrei und dem Schuss, dass ich gar nicht auf Harold geachtet habe", sagte Neil.

„Kein Problem. Aber nun sollten wir nachschauen gehen, was bei den anderen los ist", erwiderte ich und lief am Wagen vorbei. Tyron und Neil folgten mir. Ich hoffte, dass weder den Mädchen noch John etwas passiert war.

Trisha:

Ich hatte gesehen, wie Tyron diesem Typen ins Bein geschossen hatte. Ich hatte mich so erschrocken. Lynn hatte vorgeschlagen, dass wir einen kleinen Spaziergang machen sollten. Darüber war ich heilfroh, denn obwohl ich wusste, dass die Jungs nicht gewalttätig waren und nur uns allen das Leben retten wollten, so wollte ich nicht sehen, was sie mit diesen beiden Typen taten. John begleitete uns zur Sicherheit, damit uns nichts passierte. Wir gingen den Waldweg entlang und ich atmete erst einmal tief durch.

„Geht es dir gut", fragte mich Ebby und schaute mich besorgt an.

„Ja, es geht schon. Ich habe mich nur erschrocken, als Tyron geschossen hat", erklärte ich ihr.

„Das ist verständlich. Uns geht es da nicht anders", sagte Ebby und Lynn nickte zustimmend. „Wir bekommen ja schließlich auch nicht oft mit, wenn die Jungs auf jemanden schießen. Aber denk daran, sie tun es nur, wenn es wirklich notwendig ist."

„Das weiß ich. Schließlich wollten diese Typen euch alle töten und mich verschleppen", erwiderte ich. Ein Schuss halte durch den Wald und ich zuckte zusammen. Hatten sie jetzt einen von ihnen getötet? Oder war einem der Jungs etwas passiert? Ethan vielleicht? Oh mein Gott, bitte nicht. Erschrocken drehten wir uns um und sahen zu dem

Wagen. Allerdings konnten wir nichts erkennen, da es so dunkel war. Wir waren ganz leise und konnten die Stimmen von den Jungs hören. Zwar konnten wir nicht verstehen, was sie sagten, weil wir schon ein ganzes Stück vom Wagen entfernt waren, aber es schien ihnen gut zu gehen.

„Gott sei Dank, unseren Jungs scheint nichts passiert zu sein. Ich habe gerade die Stimmen von ihnen erkannt", sagte Lynn erleichtert.

„Da bin ich aber froh. Ich hatte schon Angst, dass einem von ihnen etwas passiert ist", entgegnete ich.

„Du meinst wohl eher, dass Ethan etwas passiert ist", grinste Ebby.

„Oh, ihr seid so ein süßes Paar", sagte Lynn verzückt. „Es wurde auch echt Zeit, dass ihr Beiden zusammenkommt."

„Ja, so wie es bei dir und Samantha Zeit wird", wandte sich Ebby an John. „Sag es ihr endlich, dass du sie liebst. Du wirst schon sehen. Sie empfindet das Gleiche für dich, wie du für sie. Sonst muss ich bei euch nachhelfen."

„Nein, ich mache das schon", erwiderte John. „Ich muss nur den richtigen Moment abwarten."

„Ja, das sagst du ständig, wie lange willst du denn noch warten? Ihr könntet schon lange zusammen sein. Lass mich dir helfen."

„Nein. Ich werde das schon alleine machen", entgegnete John gereizt.

„Jetzt stell dich doch nicht so an."

„Ebby, lass mich jetzt in Ruhe." Ich fand es lustig, wie die Beiden sich stritten und verfolgte ihren Streit mit einem Lächeln. Plötzlich wurde ich von hinten gepackt und mir wurde der Mund zugehalten.

„Sei schön ruhig und tu was ich dir sage, dann passiert dir auch nichts", flüsterte eine dunkle, männliche Stimme in mein Ohr und ein Schauer lief mir eiskalt den Rücken herunter. Was wollte dieser Typ nur von mir? Was hatte er mit mir vor. Er zog mich nach hinten zum Wald, von den Anderen weg. Ich wehrte mich und versuchte mich aus seinem Griff zu befreien. Er war zu stark und ich schaffte es nicht. Ich zappelte und versuchte somit die Anderen auf mich aufmerksam zu machen. Allerdings waren sie so in ihren Streit vertieft, dass sie es nicht mitbekamen. Auch Lynn nicht, die zwar nicht mitstritt, allerdings langsam weiterlief. Ich biss diesem Kerl in die Hand. Dieser fluchte leise und nahm seine Hand von meinem Mund und schüttelte sie. Das war meine Chance.

„Hilfe", schrie ich und wehrte mich weiter. Ich sah, wie John und Ebby zu mir schauten. Lynn sah erschrocken zu mir und kam den Weg wieder zurück.

„Halt´s Maul", knurrte der Typ hinter mir und verpasste mir einen Schlag auf den Kopf. Ich schrie auf. In meinen Kopf dröhnte es durch den harten Schlag und mir wurde schwindelig.

„Lass sie sofort los", rief John, der drohend auf uns zu kam. Lynn stand bei Ebby und beide verfolgten schockiert das Geschehen.

„Und wenn nicht? Was willst du dann tun", fragte dieser Typ spöttisch.

„Dann werde ich dich erschießen", erwiderte John und holte seine Pistole aus dem Hosenbund hervor.

„Ach wirklich? Das traust du dich sowieso nicht. Nicht wenn du sie verletzen willst", spottete er weiter und verfestigte seinen Griff. „Weißt du, ich habe einen Auftrag und den werde ich jetzt erfüllen." Anscheinend gehörte er zu den beiden Typen, die um den Van geschlichen waren. Er versuchte mich wieder in den Wald zu ziehen, doch ich stemmte mich mit all meiner Kraft gegen seine Arme und versuchte gegen ihn anzukommen. Dabei schaute ich hilfesuchend zu John. Auch er schaute mich an und schien zu überlegen, was er tun könnte. Ich tat es ebenfalls. Der Typ hinter mir schien keine Waffe zu haben. Zumindest bedrohte er mich mit keiner. Ich schaute zu Lynn hinüber. Sie deutete nach unten und ich begriff sofort, was sie meinte. Ich hoffte nur, es würde funktionieren. Ich hob mein Bein an. John verfolgte jede meiner Bewegungen und schien ebenfalls zu begreifen, was ich vorhatte. Ich holte aus und trat diesem Typen genau zwischen seine Beine. Er schrie auf und ließ mich los. Ich warf mich auf den Boden. John hob seine Waffe und schoss auf diesen Typen. Er traf ihn direkt ins Herz und dieser Typ fiel tot zu Boden. Ebby und Lynn kamen sofort zu mir.

„Trisha, geht es dir gut", fragte Lynn besorgt.

„Ja. Mir tut nur etwas der Kopf weh von dem Schlag, den er mir verpasst hat, aber ansonsten ist alles gut", versicherte ich ihr.

„Na da bin ich aber beruhigt. Dieser Typ muss zu den anderen Beiden gehört haben", vermutete sie.

„Ja, das glaube ich auch", stimmte John ihr zu, kam zu uns und half mir hoch. „Ist wirklich alles ok mit dir", wandte er sich an mich.

„Ja", bestätigte ich. Ein weiterer Schuss ertönte. Er kam wieder aus der Richtung, wo sich die Jungs befanden. War dieses Mal etwa jemand von ihnen verletzt worden? Ich hoffte, dass es nicht so war. Im nächsten Moment hörten wir schnelle Schritte von mehreren Personen und dann sahen wir die Jungs, die zu uns gelaufen kamen.

„Was ist passiert", fragte Ethan und schaute uns an. Sein Blick glitt zu dem Typen, der tot am Boden lag und blieb dann bei mir hängen.

„Dieser Typ kam plötzlich aus dem Wald und wollte Trisha entführen", erklärte ihm Ebby.

„Deine Freundin war aber einfach klasse. Sie hat ihm zwischen die Beine getreten, sodass er sie losließ und ich ihn erschießen konnte", grinste John. „Sie hat einen ganz schönen Tritt drauf. Ich würde mich nicht mit ihr anlegen."

„Na ja, Lynn hat mich auf die Idee gebracht. Ich habe nur gehofft, dass sie auch funktioniert", gestand ich.

„Kleines, hat er dir etwas getan? Bist du verletzt", fragte Ethan mich und zog mich in seine Arme.

„Mein Kopf tut mir nur weh, weil ich einen Schlag abbekommen habe, aber ansonsten ist alles gut", erklärte ich ihm.

„Ich schau ihn mir gleich mal an", sagte Neil. „Ist dir schwindelig oder übel?"

„Nur etwas schwindelig, aber es geht schon."

„Komm, ich bringe dich zum Van, dort kannst du dich hinlegen", sagte Ethan und hob mich auf seine Arme. Dann wandte er sich an die Anderen. „Wir müssen gleich überlegen, was wir nun tun."

„Da hast du recht", stimmte Neil ihm zu und begleitete uns zum Wagen.

Kapitel 31

James:

Ich hielt eigentlich gar nichts davon, was dieser Typ mit dieser Patricia oder Trisha, wie sie sich nun nannte, vorhatte. Allerdings war er ein guter Freund von mir und ich hatte ihm schon einmal geholfen, sie zu bekommen. Er wollte sie sich als Sklavin halten und ich konnte mir nur zu gut vorstellen, was er mit ihr tun würde. Aber da hielt ich mich heraus. Ich mischte mich nicht in anderer Leute Angelegenheiten ein. Ich würde anderen Leuten auch nie so einen Gefallen tun. Aber Freunden half man nun einmal. Vor allem, weil er für mich auch einiges tat, was meine Geschäfte anging.

Was Frauen anging, so hatte ich mir überlegt, ein Bordell zu eröffnen. Allerdings würde ich keine Frau zur Prostitution zwingen. Viele taten es freiwillig und bevor sie auf der Straße anschaffen würden, gab ich ihnen die Chance, in meinem Bordell arbeiten zu können. Das war eine weitere Geldeinnahmequelle für mich.

Harold hatte mir mitgeteilt, dass sie den Van von Ethan und seinen Freunden gefunden und ihn mit einem GPS-Sender ausgestattet hatten. Sie wollten ihnen folgen und nachts dann zuschlagen. Sie hatten genaue Anweisungen, dass sie Trisha zu mir bringen und die Anderen einfach töten sollten. Ich hoffte, es würde ihnen gelingen und alles glattgehen. Sie wollten sich melden, sobald der Auftrag erledigt war.

Ethan:

Dieser Typ hatte doch tatsächlich versucht, Trisha zu entführen und hatte sie auch noch am Kopf verletzt. Wenn er nicht schon tot gewesen wäre, hätte ich ihn dafür umgebracht. Niemand tat meiner

Trisha weh oder versuchte sie zu entführen. Er gehörte zu James´ Leuten. So dachten wir es zumindest, da er erwähnt hatte, er müsste einen Auftrag erfüllen. Ich trug Trisha zum Van und setzte sie drinnen auf dem Sitz ab. Dabei hatte ich darauf geachtet, dass sie nicht unbedingt die beiden Toten auf dem Boden liegen sah. Neil schaute sich ihren Kopf an. Sie hatte zum Glück nur eine Beule. Da ihr noch schwindelig war, sollte sie sich hinlegen.

„Hier nimm die Schmerztablette. Die hilft gegen die Kopfschmerzen", sagte ich und gab ihr eine Tablette und dazu noch eine Wasserflasche.

„Danke." Sie nahm sie und schluckte sie mit etwas Wasser herunter.

„Wir fahren gleich an einer Tankstelle vorbei und dort werde ich dir etwas Eis holen, damit du deine Beule kühlen kannst", sagte ich und strich ihr eine Haarsträhne aus dem Gesicht.

„Das brauchst du nicht. Es geht schon", erwiderte sie.

„Keine Widerrede, ich werde dir das Eis holen, außerdem wird es dir helfen und du möchtest doch nicht mit einer riesigen Beule am Kopf herumlaufen oder", fragte ich sie grinsend.

„Nein, das möchte ich nicht."

„Siehst du. Und jetzt ruhe dich etwas aus. Wir werden nur noch besprechen, wie es weiter geht und dann fahren wir weiter."

„Was macht ihr mit diesen Typen", fragte sie mich.

„Tyron und John haben sie in ihren Wagen gesetzt. Wir werden es, wie einen Unfall aussehen lassen und den Wagen in die Luft sprengen. Es geht leider nicht anders. Wir müssen die Spuren verwischen", erklärte ich ihr.

„Da hast du recht", erwiderte sie.

„Es tut mir leid, dass du das miterleben musstest", entschuldigte ich mich bei ihr.

„Nein, du musst dich nicht entschuldigen. Ich weiß, ihr habt es nur getan, um unser Leben zu retten. Es ist doch dann in Ordnung", erwiderte sie und lächelte leicht.

„Weißt du, ich hatte solche Angst, dass du mich nicht mehr willst, nachdem was geschehen war", gestand ich ihr.

„Ethan, ich habe dir doch schon gesagt, dass es mir egal ist, was du bist und was du tust. Und ich wusste, was ihr mit diesen Typen tun werdet, denn schließlich wollten sie euch töten und mich mitnehmen. Deswegen empfand ich es nicht als allzu schlimm. Und natürlich will ich dich noch. Das wird sich auch nie ändern. Ich liebe dich", versicherte sie mir und ich war so froh, dass sie mich noch wollte und mich nicht wegen der Taten abstoßend fand.

„Ich liebe dich auch." Ich zog sie zu mir und küsste sie. Meine Lippen wurden fordernd und meine Zunge drang in ihren Mund, den sie mir bereitwillig öffnete, um mit ihrer Zunge zu spielen.

„Hey, entschuldigt, dass ich euch störe, aber wir müssten mal besprechen, wie es nun weitergehen wird", störte Neil uns, wobei ich mich nur widerwillig von Trisha löste.

„Du hast recht", erwiderte ich und wandte mich dann an Trisha. „Das hier werden wir wohl später fortsetzen müssen."

„Das glaube ich auch", stimmte sie mir lächelnd zu.

„Ok", sagte ich, stand auf, holte die Straßenkarte und breitete sie auf dem Boden des Vans aus. Die Anderen kamen zu uns und schauten nun auf die Karte. „Also unser eigentlicher Weg ist dieser hier. Ich zeigte ihnen den Weg auf der Karte bis Aspen.

„Wir werden einen Umweg einlegen müssen, falls noch welche von James´ Leuten hier in der Gegend sind und uns beobachten. Vielleicht hat Harold ja auch ihnen schon unser Nummernschild durchgegeben", warf Tyron ein.

„Stimmt. Sie sollen schließlich nicht mitbekommen, wo wir hinwollen und anhand des Nummernschildes können sie uns leicht finden. Den Wagen und die Farbe gibt es ja öfter, aber nicht das Nummernschild."

„George hat uns doch andere mitgegeben. Die sollten wir dann mal anschrauben", entgegnete John.

„Ja genau. Gut, dann sollten wir sie jetzt eben wechseln, damit wir gleich von hier verschwinden können. John, Neil, könnt ihr das bitte tun, dann werden mein Bruder und ich schauen, welche Umwege wir nehmen", fragte ich die Beiden.

„Ja, natürlich", sagte John und verschwand hinter dem Wagen. Aus dem Kofferraum holte er die Nummernschilder und das Werkzeug, was sie benötigen würden. Neil folgte ihm. Ich schaute mir mit Tyron noch einmal die Karte an und besprach mit ihm, welche Umwege wir nehmen würden, da ich mich mit ihm mit dem Fahren abwechseln würde. Anschließend steckten wir den Wagen von Harold in Brand, wobei Tyron schon mal den Van zur Straße fuhr, damit die Mädchen, die ebenfalls im Wagen saßen, nicht mit ansehen mussten, wie der Wagen in Flammen aufging. Als das

237

erledigt war, fuhren wir los. Unser erster Halt war an einer Tankstelle, wo ich Trisha einen Beutel Crush-Eis kaufte. Ich bat den Verkäufer noch um eine Plastiktüte und nahm noch etwas zu trinken sowie Sandwiches mit. Im Van füllte ich etwas von dem Crush-Eis in die Plastiktüte. Den Rest legte ich, mit der Verpackung in die Kühlbox, die sich bereits im Van befunden hatte, damit die Getränke gekühlt blieben. Ich nahm die Tüte, wickelte sie in ein Tuch ein und legte sie Trisha vorsichtig auf ihre Beule am Kopf.

Ethan, kannst du bitte mal weiterfahren", bat Tyron mich, als wir schon zwei Stunden unterwegs waren.

„Natürlich", erwiderte ich, stand vorsichtig auf und legte Trishas Kopf, der auf meinen Beinen gelegen hatte, auf den Sitz. Wir hatten die Lehnen wieder auf die Normalposition gestellt. Ich hatte am Fenster gelehnt und Trisha lag auf dem Sitz. Hinter uns schliefen John und Neil im sitzen und Ebby hatte sich quer über ihre Beine gelegt. Trisha regte sich und schaute mich verschlafen an.

„Schlaf weiter Kleines. Ich werde nur für eine Weile den Wagen fahren", flüsterte ich, um die Anderen nicht zu wecken.

„Komm Trisha, du darfst deinen Kopf auf meine Beine legen", sagte Tyron, der den Wagen am Straßenrand geparkt hatte und nun zu uns nach hinten kam. Ich tauschte mit ihm den Platz und setzte mich auf dem Fahrersitz. Als ich nach hinten schaute, sah ich, wie Trisha ihren Kopf wirklich auf Tyrons Beine legte und weiterschlief.

„Du kannst auch ruhig schlafen, wenn du möchtest", sagte ich zu Lynn, die auf dem Beifahrersitz saß und die Straßenkarte in der Hand hielt.

„Nein, ist schon gut. Ich bin nicht mehr müde", erwiderte sie.

„Na gut. Kannst du mir dann bitte mal eine Dose Energiedrink aus der Kühlbox holen? Die kann ich gut gebrauchen, damit ich wach werde", bat ich sie, denn ich hatte ebenfalls, bis Tyron mich gefragt hatte, ob ich tauschen würde, etwas geschlafen.

„Ja, mache ich", sagte sie und holte mir auch gleich eine Dose. Sie brachte sich ebenfalls eine mit.

„Danke. Ich werde mal eben Lorenzo anrufen und ihm mitteilen, dass wir etwas später ankommen werden". Ich nahm das Handy und wählte Lorenzos Nummer.

„Caroso", meldete er sich.

„Hallo Lorenzo, ich bin es Ethan. Habe ich dich geweckt", fragte ich ihn leise, da es erst halb acht Uhr morgens war.

„Nein, hast du nicht. Wir sind schon länger wach. Wir müssen ja gleich zum Flughafen. Ist etwas passiert", fragte er.

„Na ja, es gab etwas Ärger mit James´ Leuten. Sie haben an einer Tankstelle einen GPS-Sender am Van angebracht und sind uns gefolgt. Heute Nacht wollten sie uns dann überraschen und töten. Trisha ist zum Glück aufgewacht und hat sie um den Wagen schleichen sehen. Sie sollten sie entführen. James wollte sie an einen Freund von ihm übergeben. Wir haben sie allerdings erledigt und müssen nun ein paar Umwege fahren, falls uns jemand folgt. Deshalb werden wir etwas später in Aspen ankommen", berichtete ich ihm.

„Ist jemand von euch verletzt", fragte Lorenzo nun.

„Nein, zumindest nichts Schlimmes."

„Na dann bin ich ja beruhigt. Habt ihr die Spuren beseitigt, oder soll ich jemanden schicken, der es tut?"

„Nein, das brauchst du nicht. Wir haben diese Kerle in ihren Wagen gesetzt und ihn angezündet. Außerdem haben wir nun auch die Nummernschilder gewechselt, falls sie diese schon an James durchgegeben haben sollten", sagte ich.

„Das ist gut. Warte mal kurz", erwiderte Lorenzo und ich hörte im Hintergrund Geräusche. „Samantha, wie viele Koffer möchtest du noch mitnehmen? Das ist schon der Dritte. Wir bleiben nur ein paar Tage und ziehen nicht um." Er sprach mit seiner Tochter und ich musste schmunzeln. Das könnten auch glatt Lynn und Ebby sein, wobei sie mittlerweile gelernt hatten, nicht so viel auf einer Flucht mitzunehmen. Neil, Tyron, John und ich besaßen in Chicago ein Haus, in dem wir wohnten, wenn wir mal keinen Auftrag zu erledigen hatten. Dort wohnten auch die Mädchen. Es lag etwas außerhalb der Stadt in einer ruhigen Gegend.

„Aber Dad, ich brauche doch etwas zum Anziehen", hörte ich Samantha sagen.

„Ja, aber du brauchst nicht deinen ganzen Kleiderschrank mitzunehmen. Deine Mutter und ich haben auch nur jeder einen Koffer. Also los, pack nur das ein, was du wirklich brauchst", wies er sie an und kam dann ans Handy zurück. „Entschuldige Ethan. Ich musste meine Tochter erst einmal zurechtweisen, sonst nimmt sie noch ihren ganzen Kleiderschrank mit."

„Das ist kein Problem. Ich kenne es. Wir haben zwei von der Sorte", lachte ich.

„Ach stimmt ja. Sag mal, haben diese Kerle gesagt, was für ein Freund das von James ist?"

„Nein. Leider nicht. Ich frage mich auch schon, was er von ihr will", erwiderte ich. Ich hatte mir darüber bereits Gedanken gemacht. Warum wollte James sie an einen Freund übergeben? Was wollte er mit ihr? Ich würde es auf jeden Fall nicht zulassen, dass James oder dieser Freund sie bekommen würde. Ich würde sie vor ihnen und jeden Anderen, der ihr etwas tun wollen würde, beschützen.

„Ok, darüber können wir uns später noch Gedanken machen. Jetzt kommt erst einmal nach Aspen. Wenn etwas sein sollte, meldet euch."

„Das werden wir", versicherte ich ihm.

„Passt auf euch auf. Wir sehen uns dann heute Nachmittag."

„Natürlich. Machen wir doch immer." Wir verabschiedeten uns und legten auf.

Um vier Uhr nachmittags kamen wir endlich in Aspen an. Das Haus von Lorenzo und Sally war schnell gefunden. Es lag auf einem Hügel, abseits von der Stadt selbst. Das war auch gut so. Aspen war eine Touristenstadt, durch das beliebte Skigebiet. Dadurch war viel los in der Stadt. Hier oben auf dem Hügel, war es schön ruhig. Richtig entspannend. Das Haus, war kein Haus. Es glich eher einer Villa. Eine lange Auffahrt, die durch ein großes Eisentor versperrt war, führte zum Haus. Tyron fuhr die Auffahrt hoch, nachdem er an der Anlage, die an dem Tor befestigt war, den Klingelknopf gedrückt hatte und Lorenzo, nachdem er uns durch die Kamera, die angebracht war, gesehen hatte, hereingelassen hatte. Er parkte vor der Villa und stellte den Motor ab. Links und rechts von der Auffahrt befanden sich zwei Wiesenflächen, auf denen Bäume standen. Vor der Villa gab es große, gepflegte Blumenbeete, in denen sich Rosen befanden. Die Villa selbst war in Weiß gehalten und so wie es aussah, gab es drei Stockwerke. Die großen Fenster ließen das Haus offen erscheinen. Ich sah zu Trisha, sie hatte ihre Augen weit aufgerissen und schaute sich alles genau an.

„Gefällt es dir", fragte ich sie lächelnd.

„Ja und wie. Es ist echt der Wahnsinn", erwiderte sie staunend.

„Na, dann lass uns doch mal sehen, wie es drinnen aussieht", sagte ich und stand auf. Neil hatte schon die Tür geöffnet und war ausgestiegen. Die Anderen folgten ihm. Ich reichte Trisha die Hand und zusammen verließen wir den Van und gingen den anderen hinterher zur Haustür. Ich merkte, dass Trisha nur zögerlich ging.

„Was ist denn los", fragte ich sie und schaute sie an.

„Ich habe etwas Angst. Was ist, wenn sie mich nicht mögen oder mir die Schuld an eurer Situation geben."

„Du brauchst gar keine Angst zu haben. Sie werden dich mögen. Wer könnte es schon nicht. Außerdem werden sie dich nicht für das verantwortlich machen, was passiert ist. Das weiß ich. Vertrau mir einfach", beruhigte ich sie. Die Haustür wurde geöffnet und ich konnte Lorenzos Stimme hören, wie er die Anderen begrüßte. Ich legte einen Arm um Trishas Schulter, um sie weiter zu beruhigen und ging mit ihr die Treppe zur Veranda herauf. Nun waren wir an der Reihe. Lorenzo schaute erst lächelnd zu mir.

„Hallo Ethan, schön das ihr da seid", sagte er und umarmte mich kurz. Anschließend wandte er sich zu Trisha, die sich halb hinter meinen Rücken versteckt hatte. Ich hatte es nicht geschafft, ihr die Angst ganz zu nehmen. „Trisha", war alles, was er sagte. Verschiedene Gefühle liefen über sein Gesicht. Traurigkeit, Freude, Besorgnis. Was war hier los? Ich sah zu Trisha. Auch sie sah Lorenzo an. In ihrem Gesicht konnte ich die gleichen Gefühle erkennen. Sie löste sich aus meinem Arm und ging mit wackeligen Beinen auf ihn zu.

„Onkel Lorenzo", sagte sie nur und fiel ihm in die Arme.

Kapitel 32

Trisha:

Ich konnte es kaum glauben. Er war es wirklich. Er stand wirklich vor mir. Es war vier Jahre her, dass ich ihn gesehen hatte. Also war er es doch, von dem die Anderen ständig gesprochen hatten. Er trug seine schwarzen Haare nun kürzer und, die an den Seiten bereits leicht grau wurden. Lorenzo war fünfundvierzig Jahre alt, hatte eine sportliche Figur und war ein Meter fünfundachtzig groß. Und dann war auch Samantha diejenige, die ich gekannt hatte, die mit mir befreundet war. Samantha, ich hatte sie so vermisst, genauso wie Lorenzo und ... Sally! Ich wand mich aus Lorenzos Umarmung und schaute mich kurz um. Ich sah sie, wie sie gerade Neil umarmte. Ich zitterte am ganzen Körper und Tränen liefen meinen Wangen entlang. Als sie mich sah, ließ sie Neil los und kam mit ausgebreiteten Armen auf mich zu.

„Oh Liebes", sagte sie und hatte Tränen in den Augen.

„Tante Sally", schluchzte ich und schon lag ich in ihren Armen. Sie drückte mich eng an sich und wir beide schluchzten regelrecht um die Wette.

„Kann mich bitte mal jemand aufklären, was hier los ist? Ich komme irgendwie nicht mehr mit", fragte Tyron.

„Ja, das wäre gut", kam es von Ethan.

„Das werden wir, aber ich würde vorschlagen, wir zeigen euch erst einmal eure Zimmer. Ihr möchtet euch doch bestimmt nach der langen Fahrt erst einmal frisch machen. Ich werde in der Zeit etwas zu Essen machen und anschließend reden wir", schlug Sally vor, löste sich von mir und wischte sich die Tränen aus dem Gesicht. Sally war eine so liebenswerte Person und sie war immer meine Ziehmutter gewesen. Sie war zweiundvierzig Jahre alt, hatte blonde Haare, die sie zu einem kurzen Bob trug und war ein Meter sechzig groß. Von der Statue her, würde ich sagen, war sie normal. Nicht zu dünn und auch nicht dick.

„Ja, das würde ich auch sagen", stimmte Lorenzo ihr zu. „Und anschließend werden wir über alles andere reden."

„Trisha", schrie jemand und rannte die Treppen herunter. Ich schaute zu dieser Person und erkannte Samantha. Sie rannte auf mich zu und warf sich mir regelrecht entgegen. Ich fing sie so gut es ging auf, wobei ich das Gleichgewicht verlor und nach hinten taumelte. Zwei starke Arme verhinderten, dass ich auf den Boden fiel. Ich schaute nach hinten und sah in Ethans lächelndes Gesicht.

„Danke", sagte ich.

„Kein Problem", erwiderte er.

„Trisha. Ich habe dich so vermisst", sagte Samantha und schlang ihre Arme um meinen Hals. Sie war nur wenige Monate älter als ich, hatte blonde schulterlange Haare und war, wie ihre Mutter ebenfalls ein Meter sechzig groß und hatte die gleiche Statue.

„Ich dich auch", schluchzte ich und die Tränen liefen wieder an meinen Wangen entlang.

„Was ist denn nur passiert? Wo warst du? Warum hast du dich nicht gemeldet", bombardierte Samantha mich mit Fragen und löste sich aus meinen Armen.

„Samantha, jetzt lass sie sich doch erst einmal von der Fahrt erholen. Trisha möchte sich bestimmt erst mal frisch machen gehen und etwas essen", ermahnte sie Sally.

„Ist ja gut", schmollte Samantha, ging dann aber die Anderen begrüßen. Bei John verblieb sie länger, als bei den Anderen und schaute ihn verliebt in die Augen. Er tat das Gleiche.

„Samantha", sagte Sally, doch sie reagierte gar nicht. „Samantha", rief Sally nun lauter.

„Ja", schreckte sie aus ihrer Starre.

„Könntest du bitte unseren Gästen ihre Zimmer zeigen?"

„Ja, natürlich, habt ihr euch schon über die Zimmeraufteilungen Gedanken gemacht? Also wer mit wem in einem Zimmer schlafen soll", fragte sie uns.

„Also bei mir und Tyron, sowie Neil und Ebby ist es ja schon klar. Wie viele Zimmer habt ihr denn eigentlich zur Verfügung", fragte Lynn.

„Das Haus ist groß genug und hat genügend Zimmer. Also Platz für alle", versicherte Lorenzo ihr.

„Möchtest du dein eigenes Zimmer oder dir mit mir eines teilen", fragte mich Ethan leise.

„Es wäre schön, wenn wir uns ein Zimmer teilen würden. Das

243

heißt, nur wenn du nichts dagegen hast", erwiderte ich und errötete.

„Es sieht so süß an dir aus, wenn du rot wirst", lächelte Ethan und strich mir sanft über die Wange. „Natürlich habe ich nichts dagegen, wenn wir uns ein Zimmer teilen. Im Gegenteil. Ich finde es schön, mit dir in einem Bett zu schlafen. Mit dir in meinen Armen einzuschlafen und morgens aufzuwachen. Außerdem muss ich doch die bösen Träume von dir fernhalten." Er beugte sich zu mir herunter und gab mir einen kleinen, süßen Kuss auf meine Lippen.

„Ach ja und unsere beiden Turteltauben dort, werden auch nur ein Zimmer brauchen", hörte ich Tyron sagen und im nächsten Moment schauten alle zu uns herüber. Mir war es peinlich, im Mittelpunkt zu stehen und ich errötete wieder.

„Wir könnten noch ein Zimmer sparen", grinste Ebby und schaute erst John und danach Samantha an. Ich wusste sofort, worauf sie anspielte.

„Ebby, lass es sein", zischte John ihr zu.

„Was denn? Ich habe doch gar nichts gemacht", sagte sie unschuldig.

„Ja ja, jetzt lasst uns das Gepäck aus dem Wagen holen und die Zimmer beziehen. Ich brauche eine Dusche", erwiderte John und ging hinaus zum Wagen. Wir folgten ihm, holten die Taschen aus dem Wagen und trugen sie ins Haus. Die Jungs trugen die Taschen mit dem Geld in einen Raum, welcher anscheinend Lorenzos Büro war. Lorenzo hatte ihnen die Anweisung gegeben, sie erst einmal dort hineinzustellen. Sie mussten ja auch nicht unbedingt im Flur stehen bleiben, falls jemand unerwartet zu Besuch kommen würde und sich fragen würde, was wohl darin war. Lorenzo hatte zwar versichert, dass er niemanden gesagt hatte, dass sie in Aspen waren, aber er kannte dort auch einige Leute, wie zum Beispiel die Nachbarn, mit denen sie sich gut verstanden und die des Öfteren vorbeikamen, wenn Lorenzo mit seiner Familie dort war.

„So dann zeige ich euch jetzt mal die Zimmer", sagte Samantha und ging die Treppe hinauf. Wir folgten ihr. Ethan ließ es sich nicht nehmen, meine Tasche zu tragen, obwohl ich es eigentlich tun wollte. Aber er ließ mich nicht. Samantha zeigte zuerst Ebby, Neil, Lynn und Tyron ihre Zimmer, die sich im ersten Obergeschoss befanden. Dann ging sie mit John, Ethan und mir in die zweite Etage. Dort befanden sich unsere Zimmer.

„So, ich lass euch dann mal alleine. Wir sehen uns dann beim

Essen", sagte Samantha und ging wieder nach unten. Wir gingen in unsere Zimmer. Ethan stellte die Taschen ab und ließ seinen Blick durchs Zimmer schweifen. Ich tat es ihm gleich. Das Zimmer war der Wahnsinn. Es war sehr groß. Die Wände waren in einem hellen Grauton gestrichen und der Boden war mit einem dunkelgrauen Teppich ausgelegt. An der rechten Seite befand sich ein großes Bett, das wie der Kleiderschrank, der auf der linken Seite stand, aus weißem Holz mit schwarzen Glaselementen bestand. Auf der rechten Seite neben der Tür, stand eine weiße Kommode. Auf der linken Seite, neben dem Kleiderschrank befand sich eine Tür, die in ein großes Badezimmer führte. Dieses war mit weißen Fliesen ausgelegt und ausgestattet war es mit einer Badewanne, einer Dusche, einem Waschbecken und natürlich einer Toilette. Gegenüber der Zimmertür gab es eine große Fensterfront, mit einer Tür, die auf einen Balkon führte.

„Hey Kleines, wer von uns geht denn zuerst ins Bad", fragte Ethan und riss mich aus meinem Staunen heraus.

„Hm, also ich würde gerne zuerst gehen, wenn es dir nichts ausmacht", erwiderte ich.

„Nein, natürlich nicht. Geh ruhig", sagte Ethan lächelnd. Ich ging zu meiner Tasche und holte mir etwas Frisches zum Anziehen heraus sowie meine Waschutensilien. Anschließend ging ich ins Badezimmer, schloss die Tür hinter mir und zog mich aus. Ich stellte mich unter die Dusche und genoss das warme Wasser. Mein Körper entspannte sich von der langen, anstrengenden Fahrt. Ich nahm mein Haarshampoo und schäumte mir die Haare ein. Anschließend rasierte ich mich, denn es war mal wieder fällig und wusch meinen Körper. Nachdem ich den Schaum aus meinen Haaren und von meinem Körper abgewaschen hatte, stieg ich aus der Dusche und nahm eines der großen Badehandtücher, die auf einem Regal, neben der Dusche lagen. Ich trocknete mich ab und zog mich an. Da ich Ethan nicht zu lange warten lassen wollte, nahm ich den Föhn, der im Badezimmer lag, mit ins Zimmer. In der Zeit, wo Ethan im Badezimmer war, föhnte ich mir die Haare und stylte sie etwas vor dem Spiegel, der im Zimmer an der Wand hing, zurecht. Als ich damit fertig war, setzte ich mich aufs Bett. Mir schossen die Worte von Lorenzo und Samantha in den Kopf. Lorenzo wollte nachher reden und Samantha wollte von mir wissen, was passiert war. Es war klar, dass Lorenzo und Sally es ebenfalls wissen wollten und ich würde es ihnen erzählen müssen. Ich würde ihnen alles erzählen müssen. Ein eiskalter Schauer lief mir über den Rücken.

„Kleines, was ist los", fragte Ethan und kam zu mir. Ich hatte gar nicht mitbekommen, dass er aus dem Badezimmer gekommen war.

„Ich ... ich habe Angst", gestand ich ihm.

„Wovor hast du Angst", fragte er und kniete sich vor mich hin. Er nahm meine Hände in seine und schaute mir in die Augen.

„Lorenzo sagte, wir würden nachher reden. Sie wollen bestimmt, dass ich ihnen alles erzähle. Ich weiß nicht, ob ich das kann."

„Du brauchst ihnen nicht alles erzählen. Sie werden es verstehen, wenn du noch nicht soweit bist. Und wenn du möchtest, kannst du auch mit ihnen alleine reden. Wir werden dann aus dem Raum gehen."

„Nein, das braucht ihr nicht. Ich bin euch ebenfalls eine Erklärung schuldig", sagte ich.

„Nein, bist du nicht", erwiderte Ethan.

„Doch, das bin ich. Ihr habt mir so geholfen und wart für mich da, besonders du. Deswegen ist es nur fair, wenn ihr es ebenfalls erfahrt. Außerdem müsste ich es sowieso irgendwann erzählen und so brauche ich es nur einmal tun", erklärte ich ihm.

„Du weißt, dass wir dir gerne helfen. Aber es ist deine Entscheidung. Ich bin auf jeden Fall bei dir und werde so gut es geht für dich da sein. Wenn es dir zu viel wird, dann hörst du einfach auf, ok?"

„Ja. Du tust so viel für mich, ich weiß gar nicht, wie ich dir dafür danken kann."

„Du brauchst mir nicht zu danken. Ich tue es gerne. Außerdem werde ich immer für dich da sein."

„Danke. Für mich war schon lange keiner mehr da", sagte ich, rutschte vom Bett zu ihm auf dem Boden und drückte mich eng an ihn. Er legte seine Arme um mich und hielt mich fest.

„Ab jetzt wird sich alles ändern. Ich bin da und werde dich vor all dem Bösen auf dieser Welt beschützen", flüsterte er und gab mir einen Kuss auf dem Kopf. Es war so schön in seinen Armen zu liegen und einfach nur von ihm gehalten zu werden, doch leider musste ausgerechnet jetzt mein Magen knurren und uns stören.

„Na, ich glaube, da hat jemand Hunger. Lass uns nach unten gehen. Vielleicht ist das Essen ja schon fertig", lächelte Ethan und stand auf. Er reichte mir seine Hand, die ich dankend nahm und half

246

mir auf. Arm in Arm verließen wir das Zimmer und gingen die Treppen herunter. Je näher ich dem Erdgeschoss kam, desto nervöser wurde ich, denn ich wusste, was mich nach dem Essen erwarten würde.

„Mach dir keine Gedanken wegen des Gespräches. Du wirst sehen, es wird alles gut werden", sagte Ethan, der meine Nervosität bemerkt hatte. Ich nickte nur und wir gingen weiter.

„Oh da seid ihr ja. Das Essen ist gleich fertig. Trisha, ich habe dein Leibgericht gemacht. Es ist doch noch Lasagne, oder", fragte Sally, als wir gerade im Erdgeschoss ankamen und sie aus der Küche kam.

„Ja, daran hat sich nichts geändert", erwiderte ich lächelnd.

„Na dann ist gut. Geht doch schon mal ins Esszimmer und setzt euch an den Tisch", sagte sie und wandte sich dann an Samantha, die gerade aus dem Wohnzimmer kam. „Samantha, kannst du bitte die Anderen holen? Das Essen ist gleich fertig."

„Ja, mache ich", sagte Samantha und rannte die Treppe hinauf. Ethan und ich gingen in das Esszimmer und setzen uns an den gedeckten Tisch. Lorenzo saß schon dort und blätterte in der Tageszeitung.

„In der Zeitung steht ein kleiner Artikel über euch", sagte Lorenzo und legte die Zeitung zur Seite. „Es hätte sich ein Zeuge gemeldet, der euch in Kanada in Quebec gesehen hätte", grinste er uns an.

„Lass mich raten, dieser Zeuge, gehört zu deinen Leuten", fragte Ethan ebenfalls grinsend.

„Ja genau und es wird noch weitere Sichtmeldungen bei der Polizei geben, bis alles geklärt ist und ihr aus den Schwierigkeiten heraus seid", erwiderte Lorenzo und wandte sich dann an mich. „Trisha, für dich habe ich mir auch schon etwas überlegt, wie du deinen richtigen Namen wiederbekommen kannst, wenn alles vorbei ist. Aber erst einmal müssen wir klären, wie es weitergehen soll. Ich habe mir zwar schon etwas überlegt, aber das besprechen wir am besten nachher, wenn alle da sind."

„Danke Lorenzo, dass du das alles für uns tust. Du weißt, du müsstest es nicht, denn du könntest genauso in Schwierigkeiten geraten", bedankte sich Ethan bei ihm.

„Ich tue es für euch doch gerne, außerdem glaube ich nicht, dass James sich unbedingt mit der Mafia anlegen will. Wenn doch, dann soll er nur machen. Er wird schon sehen, was er davon hat", grinste Lorenzo.

„Stimmt, ich glaube auch nicht, dass er so dumm sein wird und sich mit der Mafia anlegt", erwiderte Ethan. Wieso Mafia? Und was hatte sie mit Lorenzo zu tun? Ich verstand es nicht. Lorenzo war doch kein Mitglied der Mafia. Das hätte ich doch gewusst. Ich meine, ich war früher oft bei ihnen gewesen. Ich hätte es doch mitbekommen müssen, oder? Dann hätte er aber seine Arbeit gut verheimlicht.

„Wie Mafia", fragte ich und schaute dabei Lorenzo an.

„Ach stimmt, das weißt du ja gar nicht. Weißt du Trisha, ich stamme aus einer Mafiafamilie. Mein Bruder führt das Familiengeschäft in Italien und ich hier in Amerika", erklärte er mir.

„Aber du hast doch eine Architekturfirma."

„Ja, die habe ich und nebenbei führe ich das Familiengeschäft", grinste er.

„Und Sally und Samantha, ….."

„Ja, sie wissen davon. Sie haben damit allerdings nichts zu tun und ich halte sie da auch raus."

„Hier bin ich, wo ist das Essen", grölte Tyron und kam mit den Anderen ins Esszimmer.

„Es ist schon da", lachte Sally und stellte eine große Auflaufform mit der Lasagne auf den Tisch.

„Das sieht aber wenig aus", entgegnete Tyron und schaute sich die Form an.

„Eine Zweite ist bereits im Backofen", erklärte Sally ihm.

„Dann ist ja gut."

„Ich würde vorschlagen, dass wir später weiterreden und wir erst etwas essen", sagte Lorenzo zu mir und wandte sich dann an alle. „Wie wäre es mit einem Wein?" Alle stimmten zu und er stand auf. Lorenzo holte zwei Flaschen Wein und schenkte jedem etwas in ein Glas ein. Anschließend verteilte Sally das Essen. Nachdem wir angestoßen hatten, begannen wir zu Essen. Es schmeckte richtig gut und genauso, wie ich es von früher in Erinnerung hatte.

Nach dem Essen halfen wir Mädels Sally beim Abräumen. Sie stellte das Geschirr einfach in die Spülmaschine. Als wir fertig waren, ging ich zögernd ins Wohnzimmer. Ich wusste, was nun passieren würde und ich wurde immer nervöser.

„Hey mein Engel, wie wäre es mit einer Zigarette? Die wird dich etwas beruhigen", fragte Ethan, der auf der Couch gesessen hatte, als ich ins Wohnzimmer gegangen war und nun zu mir gekommen war. Er musste gemerkt haben, wie nervös ich war.

„Ja, gerne", sagte ich leise. Er führte mich durch die Terrassentür nach draußen und zündete erst mir eine Zigarette an, die er mir gab und anschließend sich ebenfalls eine. Ich genoss den ersten Zug und inhalierte tief ein.

„Du schaffst das schon", versuchte Ethan mich zu beruhigen und strich mir sanft über den Rücken.

„Ich hoffe es."

„Natürlich und wenn nicht, hörst du einfach auf, ok? Niemand wird dich zwingen weiter zu reden. Und vor allem denk immer daran, ich bin bei dir."

„Darüber bin ich auch sehr froh", sagte ich und lehnte mich an seine Brust. Ethan legte seinen Arm um mich und wir rauchten auf.

„Bist du soweit", fragte er, als wir die Zigaretten im Aschenbecher ausdrückten und wieder ins Haus gehen wollten.

„Nein, nicht wirklich", erwiderte ich.

„Na komm, auf in den Kampf", lächelte er mich sanft an und führte mich wieder ins Wohnzimmer.

Kapitel 33

Trisha:

Als wir ins Wohnzimmer kamen, saßen die Anderen schon alle um den Wohnzimmertisch herum, auf der Couch, den Sesseln und auf Stühlen. Sie schienen auf uns zu warten.

„Trisha, los komm, setz dich. Du musst uns unbedingt erzählen, was passiert ist", rief Samantha aufgeregt und hüpfte regelrecht auf dem Sessel hin und her.

„Samantha", ermahnte Sally sie. „Jetzt sei doch nicht so ungeduldig". Sie wandte sich an mich.

„Komm Liebes, setz dich erst einmal", sagte sie und zeigte auf dem Platz neben sie auf der Couch. Ethan und ich setzten uns zu ihr.

„Nun gut. Also als Erstes sollten wir wohl mal aufklären, woher wir uns kennen", begann Lorenzo und lächelte mich an. Ich nickte.

„Ja, das wäre wirklich gut. Vor allem, weil du mir nie gesagt hast, warum es so wichtig ist, dass wir mit Trisha hierherkommen sollten", sagte Ethan.

„Ja genau. Also woher kennt ihr euch", hakte Tyron nach.

„Trishas Mutter Marcy und ich waren seit der Highschool beste Freundinnen. Wir wohnten beide in Seattle. Nach der Highschool sind wir zusammen aufs College gegangen, sie studierte Betriebswirtschaft und ich Innenarchitektur. Dort lernte ich Lorenzo kennen, der gerade Architektur studierte. Marcy hatte nur kurze Zeit später Edgar, also Trishas Vater, kennengelernt, der in Seattle gerade seine Polizistenausbildung machte", erzählte Sally.

„Und da die Frauen beste Freundinnen waren, kam es, dass wir oft zu viert ausgingen, also Doppeldates, wie ihr das heutzutage nennt und alle gut miteinander befreundet waren. Als Edgar mit der Ausbildung fertig war, wurde er nach San Francisco versetzt. Marcy ist mit ihm dorthin gezogen. Zwei Jahre später kam erst Samantha und anschließend Trisha auf die Welt", führte Lorenzo mit der Erzählung fort und lächelte erst mich und dann Samantha liebevoll an. „Sally und ich waren in Seattle geblieben, doch wir besuchten uns mit den Kindern gegenseitig, so oft es ging. Als die Beiden älter wurden, verbrachten sie zum Teil die Ferien miteinander."

„Ja, das war immer toll. Weißt du noch Trisha, was wir alles gemacht haben", fragte Samantha mich und ich nickte.

„Ja, wir haben viel zusammen erlebt", erwiderte ich und lächelte bei den Erinnerungen daran.

„Und ihr habt auch viel zusammen angestellt", mischte Sally sich ein.

„Ach das waren doch nur kleine Streiche", verteidigte sich Samantha.

„Ich verstehe jetzt allerdings immer noch nicht, was das mit Onkel und Tante auf sich hat", sagte Neil und schaute erst Lorenzo, dann Sally und anschließend mich an.

„Ich auch nicht", stimmte John ihm zu.

„Also Lorenzo und ich sind die Taufpaten von Trisha, so wie Marcy und Edgar sie von Samantha sind oder eher gesagt waren", erklärte Sally und seufzte.

„Ach so, deswegen also Onkel und Tante", kam es nun von John.

„Ja, genau."

„Sag mal, wenn doch Trishas Vater bei der Polizei war, wusste er denn das du zur Mafia gehörst", fragte Tyron Lorenzo.

„Ja, er wusste es."

„Und er hat nichts gegen dich unternommen?"

„Nein, eher im Gegenteil. Er hat mir das ein oder andere Mal den Rücken freigehalten und geholfen. Er war ein sehr guter Freund. Ihm konnte ich hundertprozentig vertrauen. Er hätte mich nie verraten", sagte Lorenzo und etwas Trauriges lag in seiner Stimme. Dann wandte er sich an mich. „Weder deine Eltern noch wir haben es dir erzählt, was ich wirklich beruflich mache, weil wir euch Kinder da heraushalten wollten. Auch Samantha weiß es erst seit drei Jahren, als sie etwas mitbekommen hat, was sie gar nicht mitbekommen sollte."

„Das war ganz allein deine Schuld. Wenn du mir nicht das Handy weggenommen und in deinem Büro versteckt hättest, dann hätte ich es dort nicht suchen müssen", kam es von Samantha.

„Und hättest du für deine Prüfung gelernt, anstatt die ganze Zeit zu telefonieren, hätte ich dir das Handy auch nicht wegnehmen müssen", konterte Lorenzo.

„Trisha, wie sind deine Eltern gestorben", fragte Lynn leise.

„Sie sind bei einem Autounfall gestorben. Ich war sechszehn, als es passierte. Sie waren an dem Abend ausgegangen. Sie wollten sich mal einen schönen Abend zu zweit machen. Ich gönnte es ihnen. Sie waren so tolle Eltern, taten alles für mich und waren immer für mich da. Sie sollten diesen Abend einfach mal genießen. Sie waren auf dem Heimweg, als ein anderer Wagen sie von der Straße drängte, so wie Zeugen berichteten. Ihr Wagen fuhr in einen Straßengraben, überschlug sich einige Male und blieb dann kopfüber liegen. Der Fahrer des anderen Wagens ist einfach abgehauen und die Polizei hat ihn auch nie gefunden. Ich war alleine zu Hause und schaute mir gerade einen Film im Fernsehen an, als es an der Tür klingelte. Ich ging zur Tür und war ganz erschrocken, als ich sah, wer davorstand. Die Polizisten erzählten mir, was passiert war", erzählte ich und Tränen stiegen mir, bei den Erinnerungen an den Abend, in die Augen. Ethan legte einen Arm um meine Schulter und nahm mit seiner anderen Hand meine.

„Was ist dann passiert? Wir haben dich nur noch kurz auf der Beerdigung gesehen und dann warst du weg. Du hast dich nicht mehr gemeldet und wir wurden immer wieder von deinem Großonkel abgewiesen", sagte Sally und schaute mich traurig an.

„Ihr ... ihr habt versucht mich anzurufen", fragte ich verwundert.

„Natürlich Liebes. Dachtest du etwa, wir würden dich vergessen", fragte Sally bestürzt. Hatte ich es gedacht? Ich hatte immer gehofft, dass sie sich melden würden, aber sie hatten es nie getan. Zumindest hatte ich es gedacht gehabt. Er hatte sie also immer wieder abgewiesen. Mir hatte er nie erzählt, dass sie angerufen hatten.

„Ich weiß nicht", gab ich leise zu. „Ich habe immer gehofft, dass ihr euch melden würdet."

„Das haben wir. Aber wie schon gesagt, er hat uns immer wieder abgewiesen. Wir haben sogar Briefe und Pakete geschickt. Hast du sie denn nicht bekommen", fragte nun Lorenzo.

„Nein, habe ich nicht. Sie haben mir nie diese Briefe und die Päckchen gegeben. Ich durfte auch nicht an den Briefkasten und selbst die Post herausholen, geschweige denn die Tür öffnen", sagte ich.

„Du durftest was nicht? Das ist ja unerhört", rief Samantha entsetzt.

„Warum hast du uns denn nie angerufen, oder haben sie dir es auch verboten", fragte Sally.

„Ja. Das Telefon hatte sogar eine Pin-Sperre. Man konnte nur telefonieren, wenn man die Pin eingegeben hatte. Nur die Beiden hatten sie. Sie haben mir die Pin nicht gegeben und mein Handy haben sie mir auch weggenommen", erwiderte ich.

„Das kann ja wohl nicht wahr sein", rief Lorenzo empört.

„Und was war mit Telefonzellen", fragte Samantha nach.

„Das hätte keinen Sinn gehabt. Noah und Isidora sind in Phoenix sehr bekannt und angesehen. Die Leute in der Stadt haben ihnen alles erzählt, was ich getan habe. Also hätten sie es herausgefunden, wenn ich von der Telefonzelle aus telefoniert hätte."

„Trisha, erzähl uns, was du bei Noah und Isidora durchmachen musstest. Was durftest du noch alles nicht, oder was haben sie dir angetan", fragte Lorenzo und schaute mich besorgt an. Nun war es an der Zeit, ihnen alles zu erzählen. Aber konnte ich es wirklich. Ich hatte ihnen bis jetzt nur einen winzigen Teil dessen erzählt, was ich erlebt hatte.

„Ich ... ich kann nicht", flüsterte ich und eine Träne lief an meiner Wange entlang.

„Kleines, alles ist gut. Du kannst das. Du bist stark und schaffst das", ermutigte mich Ethan und strich mir zärtlich mit den Daumen die Träne weg.

„Liebes, bitte erzähl es uns. Versuch es. Du kannst jeder Zeit aufhören, wenn es dir zu viel wird", sagte Sally und schaute mich liebevoll an. „Was ist nach der Beerdigung passiert?"

„Ich musste mit ihnen mitgehen. Ich wollte doch gar nicht. Ich durfte mit niemanden auf der Beerdigung reden. Auch nicht mit euch. Sie haben mir gedroht, ich könnte etwas erleben, wenn ich mit euch auch nur ein Wort rede", begann ich zu erzählen.

„Deshalb bist du uns auf der Beerdigung ausgewichen und warst dann auch so schnell weg", stellte Lorenzo fest.

„Ja. Sofort nach der Beerdigung haben sie mich zum Auto gezerrt und sind weggefahren."

„Was ist passiert, als du bei ihnen Zuhause warst", fragte Lorenzo in einen sehr ernsten Tonfall. Ich wusste nicht, ob er vielleicht schon etwas vermutete. Sein Gesichtsausdruck schien aber genau das zu sagen.

„Ich musste alles für sie tun. Sie haben mich regelrecht als ihre Sklavin gehalten", sagte ich leise und schaute dabei auf dem Boden.

Die Erinnerungen an diese Zeit kamen wieder hoch. Ich wollte sie nicht. Ich wollte mich nicht erinnern. Tränen traten mir in die Augen.

„Oh mein Gott", stieß Sally hervor.

„Was haben sie getan, wenn du etwas nicht tun wolltest", hakte Lorenzo nach.

„Sie haben mich ... geschlagen. Sie haben mich immer geschlagen, auch wenn es keinen Grund gab."

„Das gibt es doch nicht. Das ist aber noch nicht alles gewesen, oder", fragte Lorenzo nach. Ich schüttelte verneinend den Kopf. Ein Kloß bildete sich in meinen Hals. Er schnürte mir fast die Luft ab. Ich wusste, worauf er hinauswollte. Doch wusste ich nicht, ob ich darüber reden konnte.

„Noah hat dich missbraucht", sprach Lorenzo es aus. Nun brach ich vollkommen zusammen. Ich nickte und begann zu schluchzen. Ethan war sofort da und nahm mich in den Arm.

„Scht, alles ist gut. Er wird dir nie wieder etwas tun. Das verspreche ich dir. Dieses Schwein wird nie wieder Hand an dich legen", flüsterte Ethan und ich merkte, wie sein Griff fester wurde, als er den letzten Satz sagte.

„So ein Dreckschwein", hörte ich Ebby und Lynn wie aus einem Mund sagen.

„Oh Liebes. Das tut mir so leid", schluchzte Sally neben mir.

„Wenn ich den erwische", knurrte Lorenzo. „Niemand tut meiner Familie etwas an." Seiner Familie? Aber ich gehörte doch gar nicht zu seiner Familie. Ich schaute auf und sah ihn an.

„Ich weiß, was du jetzt denkst, aber du hast unrecht. Natürlich gehörst du zu unserer Familie. Das war schon immer so", sagte er lächelnd. Allerdings wurde seine Miene gleich wieder ernst. „Wusste Isidora davon, dass er dich vergewaltigt hat", wollte er nun wissen. Ich löste mich etwas von Ethan, sodass ich wieder normal saß. Ethan legte seinen Arm schützend um mich und hielt mich fest. Ich war froh, dass er da war und mir den Halt gab, den ich brauchte.

„Ja, sie wusste es. Sie hat aber nichts dagegen getan. Im Gegenteil. Sie sagte sogar noch zu ihm, dass er doch seine Lust an mir ausleben sollte. Dafür wäre ich doch da. Und das tat er auch. Seine größte Freude war, dass er mir meine Unschuld genommen hat", erzählte ich und die Tränen liefen unaufhörlich an meinen Wangen entlang.

„Dieses Arschloch. Hat er sich denn wenigstens geschützt? Wer weiß mit was für Krankheiten er dich sonst angesteckt hätte", rief

Samantha aufgebracht.

„Ja, das hat er. Er hat immer ein Kondom genommen. Aber zur Sicherheit habe ich mir die Antibabypille besorgt. Ich wollte kein Kind von ihm bekommen müssen. Das Kind hätte so einen Vater nicht haben sollen. Aber wer weiß, ob sie es nicht vorher schon hätten töten lassen, wenn sie es erfahren hätten. Ihnen war alles zuzutrauen", erklärte ich ihr.

„Haben sie dir noch etwas angetan", fragte Sally.

„Vieles. Sie haben mich öfter für Tage in den Keller gesperrt. Ohne Licht und nur einmal am Tag bekam ich etwas zu Essen und zu Trinken. Auch durfte ich nie über meine Eltern reden. Sie haben es mir verboten und haben sogar einfach das Haus von ihnen verkauft. Es war ihnen egal, ob ich etwas dagegen hatte oder nicht. Das Geld dafür habe ich auch nie gesehen. Die Sachen von meinen Eltern haben sie einfach weggeworfen. Ein paar Fotos konnte ich noch retten. Mehr nicht."

„Das ist ja unerhört. Was sind das nur für Menschen". Sally schüttelte nur mit dem Kopf.

„Haben sie dir die Brandwunde am Bauch zugefügt", fragte Ethan.

„Ja. Ich war am Bügeln, als Noah nach einem Bier schrie. Ich holte es ihm sofort, denn ich wollte keinen Ärger bekommen. Das Bügeleisen habe ich allerdings versehentlich auf einem Shirt von Isidora stehen lassen. Es war kein neues Shirt und schon verwaschen. Als ich es bemerkte, war es zu spät. Es hatte einen braunen Fleck darauf. Isidora hat es gesehen ... ."

„Nein, sie haben doch nicht ...", unterbrach mich Sally.

„Doch, das haben sie. Noah hielt mich fest und Isidora zog mir mein Shirt ein Stück hoch und hat mir das Bügeleisen auf die Haut gedrückt. Ich habe geschrien. Hatte solche Schmerzen, aber sie hat es nicht interessiert. Sie haben nur gelacht", schluchzte ich.

„Oh mein Gott Liebes, was musstest du nur durchmachen", sagte Sally erschrocken.

„Das ist unfassbar. Wie grausam muss man sein, um einen Menschen so etwas anzutun", fragte Lynn kopfschüttelnd.

„Solche Leute sollte man einsperren und ihnen genau das Gleiche antun, was sie dir angetan haben", entgegnete Samantha.

„Das ist aber nicht die einzige Verletzung. Ich habe noch einige Narben von Schlägen mit Gürteln oder anderen Sachen. Sowie auch einige kleine Brandwunden, wo sie ihre Zigaretten an mir ausgedrückt haben", sagte ich leise.

„Hast du denn nie jemanden erzählt, was bei dir Zuhause los war? Haben deine Freunde nie etwas mitbekommen, oder die Leute in der Stadt", fragte Ebby.

„Zu meinen Freunden in San Francisco musste ich den Kontakt abbrechen. Als ich sie, nachdem ich von Noah und Isidora weg bin, angerufen habe, haben sich einige einfach am Telefon von ihren Eltern verleumden lassen, oder sie haben einfach aufgelegt. In Phoenix hatte ich gar keine Freunde. Das wäre auch gar nicht möglich gewesen. Sie haben mich ja nie rausgelassen. Nur wenn ich zur Schule ging oder etwas für sie erledigen musste. In der Schule wurde ich von den Schülern wegen meinen Verletzungen durch die Schläge nur gemobbt. Es wurde herumerzählt, dass ich auf Schläge stehen würde. Sogar die Lehrer haben es geglaubt. Niemand hat mich je gefragt, woher die Verletzungen wirklich stammten, oder was es mit den Gerüchten auf sich hatte. Auch die Leute in der Stadt haben sich nie für mich interessiert. Sie wollten einfach nicht wissen, was ich bei Noah und Isidora durchmachen musste. Die Beiden hatten mir auch gedroht, mich umzubringen, wenn ich auch nur irgendjemanden von ihren Taten erzählen würde."

„Das gibt es doch wirklich nicht. Was sind das bloß für Leute", fragte Sally wieder ungläubig.

„Warum bist du denn nicht einfach abgehauen", fragte Samantha.

„Das bin ich, aber noch nicht sofort. Ich war noch nicht volljährig und somit hätten sie die Polizei beauftragt, mich wieder einzufangen. Ich weiß nicht, ob die Polizei mir überhaupt geglaubt hätte, was sie mir angetan hatten. Isidora und Noah konnten sich gut bei den Leuten einschleimen und hätten die Polizei wahrscheinlich davon überzeugt, dass ich lügen würde und das alles nicht wahr wäre. Ich musste also warten, bis ich achtzehn war und ich meinen Schulabschluss gemacht hatte. Den wollte ich auf jeden Fall in der Tasche haben, damit ich einen Job bekommen würde. Sie sind für ein Wochenende weggefahren und dachten, sie hätten mich so eingeschüchtert, dass ich es nicht wagen würde abzuhauen. Nachts habe ich dann meine Sachen ins Auto geladen, habe mir mein Handy genommen sowie ihre Ersparnisse, die sie im Haus aufbewahrten und was ich vorher bereits gesucht hatte, genommen und bin dann einfach losgefahren. Noah hatte es immer geschafft, mich irgendwie zu finden. Sei es, dass er mein Handy orten ließ oder beim Amt nachgefragt hatte, wo ich gemeldet war. Mir blieb nichts anderes übrig, als meinen Wagen zu wechseln, mein Handy wegzuwerfen und meinen Namen zu ändern. In New York habe ich es endlich geschafft, dass er mich nicht gefunden hatte. Er wusste ja nun nicht mehr, wo ich mich aufhielt und konnte es auch nicht mehr herausfinden. Na ja durch den Überfall, über den in den Medien berichtet wird, hat er es nun doch herausgefunden."

„Deswegen hast du an der Tankstelle gesagt, wenn wir dich frei lassen würden, dass du sowieso wieder auf der Flucht wärst", stellte Ethan fest.

„Ja, ich hätte nicht mehr nach New York zurückgekonnt. Noah hatte mein Foto in den Medien gesehen und wusste, wo ich mich zuletzt aufgehalten hatte. Er hätte wahrscheinlich dort auf meine Rückkehr gewartet."

„War er das, der im Fernsehen das Interview gegeben hat", fragte Ethan nun.

„Ja", erwiderte ich.

„Gut, dann weiß ich ja, wie er aussieht und ich werde mir ihn schnappen. Er wird dafür büßen, was er dir angetan hat", knurrte Ethan.

„Ja, er wird wirklich dafür büßen", stimmte Lorenzo ihm zu. „Ich hätte damals schon was unternehmen sollen, als wir in Phoenix waren und er uns nicht zu Trisha lassen wollte."

„Ihr wart da", fragte ich überrascht.

„Ja, wir wollten dich mehrmals besuchen kommen, allerdings hat uns Noah gar nicht erst hereingelassen und uns abgewimmelt. Er hat uns sogar gedroht die Polizei zu holen, wenn wir nicht verschwinden. Wir haben auch gleich nachdem wir erfahren hatten, dass deine Eltern gestorben waren, versucht die Vormundschaft für dich zu bekommen. Leider waren die Beiden schneller und sie sind deine Verwandten. Und auch wenn wir deine Paten sind, so hatten wir keine Chance die Vormundschaft zu bekommen, denn Verwandte gehen vor", erklärte Lorenzo mir.

„Das sind typisch Ämter. Von wegen sie gehen nach dem Wohl des Kindes. Sie müssen sich ja richtig bei den Beamten eingeschleimt haben, damit sie Trisha zu sich holen konnten. Denn wer gibt solchen Menschen denn schon ein Kind", empörte sich Neil.

„Sie haben mir nie gesagt, dass ihr da gewesen seid", sagte ich leise.

„Ich hatte, nach dem ich abgehauen bin, versucht euch anzurufen, aber es kam immer nur eine Ansage, dass die Nummer nicht mehr erreichbar war. Allerdings hatte ich auch nur eure Festnetznummer. Noah hatte alle Nummern aus meinem Handy gelöscht. Aber die Festnetznummer hatte ich im Kopf. Damit schien er nicht gerechnet zu haben."

„Stimmt. Wir sind von Seattle nach Albuquerque gezogen und haben auch unsere Telefonnummer geändert", sagte Sally. „Aber jetzt bist du wieder bei uns und ich schwöre dir, wir werden dich nie wieder alleine lassen."

„Danke. Ich bin so froh, euch wiedergefunden zu haben", erwiderte ich und fiel ihr in die Arme.

„Und ich erst. Ich dachte schon, ich sehe dich nie wieder", schluchzte sie."

„Ich auch." Nun liefen bei mir wieder die Tränen.

„Was für ein Zufall. Trisha wird von uns beziehungsweise von Angus, als Geisel genommen und es führt zu einer Familienzusammenführung", sagte Tyron.

„Ja, es hatte doch irgendwie etwas Gutes. Sie hat nicht nur unseren Ethan für sich gewinnen können und ihn somit aus seinen Singleleben herausgeholt, sondern hat auch noch ihre „Familie" wiedergefunden", entgegnete John grinsend.

„Trisha, ich verspreche dir, dass du nie wieder so etwas durchmachen musst. Auch wird Noah seine gerechte Strafe bekommen", sagte Lorenzo. Ich wusste, dass Lorenzo Noah, für das, was er mir angetan hatte, töten wollte. Ich hörte es aus seinem Satz heraus und sein Gesichtsausdruck verriet es mir ebenfalls. Aber irgendwie machte es mir nichts aus. Noah könnte mir dann nichts mehr tun. Ich würde meine Ruhe haben. Aber ich wusste auch, dass man nicht töten durfte. Es war eine Straftat. Eigentlich auch etwas Schlimmes.

„Und was ist mit dieser Schlampe", hakte Samantha nach.

„Isidora ist leider letztes Jahr an einen Herzinfarkt gestorben", erklärte ihr Lorenzo.

„Sie ist tot", fragte ich ungläubig, und obwohl ich es nicht hätte fühlen dürfen, weil der Tod nichts Schönes war und man es niemanden wünschte, so war ich doch irgendwie erleichtert, dass sie mir zumindest schon einmal nichts mehr tun konnte.

„Ja, das ist sie."

„Trisha, du musst Noah anzeigen, für das was er dir angetan hat", sagte Lynn.

„Nein, das kann ich nicht. Mir würde doch eh niemand glauben. Außerdem möchte ich ihn nie wiedersehen und das würde ich vor Gericht", erwiderte ich leicht panisch.

„Es ist gut, Kleines. Du brauchst es nicht tun, wenn du es nicht willst. Aber eines steht fest. Er wird seine Strafe bekommen", sagte Ethan und sah mir dabei fest in die Augen. Ich nickte nur.

„Du siehst müde aus. Du solltest dich hinlegen", sagte Ethan und strich mir sanft mit der Hand über die Wange. „Lorenzo, können wir morgen über deinen Plan sprechen, wie es weiter gehen soll", wandte er sich an ihn.

„Ja, natürlich. Es ist auch schon spät und es war für alle ein langer Tag. Geht ins Bett und ruht euch aus", erwiderte er lächelnd.

„Na dann komm", sagte Ethan, half mir beim Aufstehen und zusammen gingen wir, nachdem wir allen eine gute Nacht gewünscht hatten, in unser Zimmer. Dort ging ich gleich ins Badezimmer, wusch mich und zog mir mein Nachtzeug an. Nachdem ich fertig war, ging Ethan ins Bad. Ich legte mich ins Bett und nach ein paar Minuten folgte Ethan. Er legte sich zu mir und zog mich eng an sich.

„Du warst heute Abend so tapfer und hast es geschafft, über die Vergangenheit zu reden. Ich bin wirklich stolz auf dich", flüsterte er an meinem Ohr.

„Danke. Leicht war es nicht. Aber ich bin so froh, dass ich es getan habe. Ich fühle mich irgendwie befreit."

„Das freut mich und jetzt solltest du etwas schlafen. Es war heute alles sehr anstrengend. Gute Nacht. Schlaf gut. Ich liebe dich."

„Schlaf du auch gut. Ich liebe dich auch", erwiderte ich. Er gab mir einen Kuss und schon bald schlief ich ein.

Kapitel 34

Ethan:

Es war schrecklich zu hören, was Trisha bei ihrem Vormund passiert war. Immer wieder stieg während ihrer Erzählung Wut in mir auf. Wut darüber, was sie ihr angetan hatten. Wie konnten Menschen nur so grausam sein. Ich meine, ich war auch kein Heiliger, aber so etwas, wie dieser Noah getan hatte, tat ich nicht. Ich missbrauchte niemanden oder fügte ihm Verbrennungen zu. Dieser Noah würde es noch büßen Hand an meine Trisha gelegt zu haben.

Ich war erstaunt, als ich hörte, woher Trisha die Carosos kannte. Sie waren also ihre Taufpaten. Wie klein die Welt doch war.

Trisha lag halb auf meiner Brust, als ich am Morgen erwachte. Sie schlief noch so ruhig und friedlich. Ich war froh darüber, denn in der Nacht hatte sie sich immer wieder im Bett gewälzt und Sachen wie „Lass mich in Ruhe" oder „Ich will das nicht. Hör auf" im Schlaf von sich gegeben. Anscheinend hatte sie schlecht geträumt. Gut, der Abend war auch ziemlich aufwühlend für sie gewesen und ihre Vergangenheit hatte sie immer noch nicht verarbeitet. Ich würde ihr auf jeden Fall dabei helfen, über diese schlechten Erfahrungen hinwegzukommen. Ganz vorsichtig, um sie nicht zu wecken, hob ich sie von meiner Brust und legte sie neben mir auf das Kopfkissen. Ich stand auf und ging leise ins Badezimmer, wo ich mich fertigmachte. Nachdem ich mich gewaschen und umgezogen hatte, schlich ich aus dem Zimmer. Ich wollte sie noch etwas schlafen lassen. Sie hatte es sich nach den letzten Tagen verdient. Außerdem hatte ich eine Idee. Ich wollte ihr Frühstück ans Bett bringen. Ich ging die Treppen hinunter ins Erdgeschoss. Auf dem Weg in die Küche kam ich am Esszimmer vorbei, wo Tyron und John am Tisch saßen. Vor ihnen auf dem Tisch war das Geld vom Überfall ausgebreitet.

„Was tut ihr denn da", fragte ich und ging zu ihnen.

„Wir zählen gerade das Geld, was wir erbeutet haben", grinste Tyron.

„Und wie sieht es aus?"

„Es sieht sehr gut aus. Durch die Wertpapiere, die wir mitgenommen haben, bekommt jeder von uns so ungefähr eine Million. Aber wir sind noch nicht fertig", erwiderte John. „Angus und Marek geben wir doch nichts ab, oder?"

„Nein, sie bekommen gar nichts, schließlich hatten wir nur Ärger durch Angus und Marek ist mit ihm zusammen abgehauen", sagte ich.

„Sie können einen Arschtritt bekommen, mehr aber auch nicht", kam es von Tyron.

„Wie machen wir das eigentlich mit den Wertpapieren? Die müssen wir auch noch verkaufen", fragte John.

„Wenn ihr möchtet, werde ich das für euch übernehmen", schlug Lorenzo vor, der gerade ins Esszimmer kam.

„Das wäre wirklich gut. Ich wüsste nicht, wie man so etwas verkauft, ohne irgendwie erwischt zu werden, denn die Polizei wird doch bestimmt wissen, dass diese Wertpapiere gestohlen wurden", überlegte ich.

„Ich weiß schon, wie ich das mache", grinste Lorenzo. „Sagt mir nachher einfach, wie viel Geld ich jedem von euch auf die Konten überweisen soll und gebt mir die Wertbriefe und das Geld. Den Rest erledige ich."

„Danke. Und danke auch, für das, was du für uns tust", sagte ich.

„Das mache ich doch gerne", erwiderte Lorenzo.

„Was machen wir eigentlich mit dem Schmuck, weswegen wir eigentlich die Bank überfallen sollten", fragte John.

„Den werden wir erst einmal behalten. Vielleicht können wir mit James ja verhandeln und er lässt uns in Ruhe, sobald er den Schmuck hat, wobei ich daran gar nicht so glaube", sagte ich.

„Ach, der soll ihn einfach nehmen und uns nicht weiter auf die Nerven gehen", grinste Tyron.

„Wenn das so einfach wäre", seufzte ich.

„Wie geht es denn eigentlich Trisha", fragte Lorenzo.

„Genau kann ich es dir nicht sagen. Sie schläft noch", erklärte ich ihm.

„Ach so. Sie soll sich auch mal ausschlafen. Es war ein ganz schöner Schock, zu erfahren, was ihr alles passiert ist. Wenn ich das doch nur gewusst hätte, ich hätte doch alles getan, um sie dort heraus zu holen", sagte Lorenzo.

„Du hast doch auf legalem Wege alles versucht. Die Beiden haben die Ämter so vollgeschleimt, dass sie die Vormundschaft für Trisha bekommen haben. Mach dir deswegen keine Vorwürfe", entgegnete John.

„Da hast du recht. Aber seine Strafe wird er noch bekommen", knurrte er.

„Auf jeden Fall", stimmte ich ihm zu. „So, ich werde mal in die Küche gehen und für Trisha Frühstück machen, was ich ihr dann ans Bett bringe."

„Oh, jetzt wird unser Ethan aber romantisch. Frühstück ans Bett", lachte Tyron.

„Ich verwöhne wenigstens meine Freundin. Wann hast du das denn mal für Lynn getan", fragte ich ihn grinsend, denn ich kannte die Antwort schon. Lynn beschwerte sich immer wieder, dass Tyron ruhig mal etwas romantischer sein könnte.

„Äh ... ja", stotterte er herum.

„Ich kann sie ja mal auf die Idee bringen", sagte ich und ging in Richtung Küche.

„Nein, bloß nicht. Lass es bitte. Und kein Wort, dass du das für Trisha vorhast, sonst macht sie mir wieder die Hölle heiß, warum sie nie Frühstück ans Bett bekommt", flehte mein Bruder mich an.

„Na gut. Ich werde nichts sagen", versicherte ich ihm grinsend und ging in die Küche. „Guten Morgen Sally", sagte ich, als ich die Küche betrat. Sie stand gerade am Herd und bereitete Rühreier zu.

„Guten Morgen Ethan. Hast du gut geschlafen", fragte sie.

„Ja, das habe ich. Ich hoffe, du auch."

„Das freut mich. Ja soweit schon. Ich mache Frühstück für euch anderen. Tyron und John haben vorhin schon alles weggegessen", sagte sie.

„Das ist typisch. Ich würde gerne für Trisha etwas vorbereiten und ihr das Frühstück ans Bett bringen. Wenn es in Ordnung ist."

„Natürlich Ethan. Das ist eine tolle Idee. Wie geht es ihr denn?"

„Ich weiß es nicht. Sie schläft noch", erklärte ich ihr.

„Ach so. Na ja sie soll sich auch mal ausschlafen. Ihr beiden seid ein so tolles Paar. Ich finde es so schön, dass du endlich deine bessere Hälfte gefunden hast. Sie ist ein so kluges, liebevolles Mädchen. Und ich muss auch sagen, ich könnte mir keinen besseren Jungen für sie, als dich vorstellen. Ihr passt so gut zusammen", sagte sie und schaute mich liebevoll an.

„Ich glaube, ich habe in Trisha meine Traumfrau gefunden. Ich liebe sie", gestand ich ihr.

„Das ist so schön. Ich freue mich wirklich für euch beide." Sally gab mir ein Tablett. Darauf stellte sie alles, was ich für das Frühstück brauchen würde. Frische Brötchen, Marmelade, etwas Wurst und Käse, sowie natürlich zwei Teller, auf denen sie etwas von dem Rührei tat, Messer und zwei Tassen Kaffee. Das Tablett groß genug war. So konnte ich alles transportieren. Sie stellte noch zwei Gläser auf das Tablett und gab mir noch eine Flasche Orangensaft, die ich mir unter dem Arm klemmte. Ich bedankte mich bei ihr und machte mich vorsichtig, damit nichts herunter fiel auf den Weg zu unserem Zimmer. Dort angekommen, öffnete ich leise die Tür und trat ein.

Trisha:

Ich wachte auf und schaute mich erst einmal um. Ich wusste im ersten Moment gar nicht, wo ich war. Dann fiel es mir ein. Ich war bei Sally und Lorenzo. Ja, ich hatte sie endlich wieder. Samantha natürlich auch. Dann fiel mir ein, dass ich ihnen gestern Abend alles erzählt hatte. Sie wussten, was passiert war. Ich war froh, dass ich es endlich jemanden erzählt hatte. Ich fühlte mich befreit, als ob eine riesige Last von mir gefallen wäre. Es war nicht leicht gewesen, alles zu erzählen, aber ich hatte es geschafft. Ich schaute zur Seite und bemerkte, dass Ethan nicht mehr neben mir lag. In dem Moment ging die Zimmertür auf und er trat herein.

„Oh, du bist ja schon wach", sagte er und kam zu mir. „Guten Morgen Kleines. Ich habe uns Frühstück mitgebracht." Er deutete auf das Tablett, was er in den Händen hielt. Er stellte es auf meinen Beinen ab und gab mir einen Kuss.

„Das sieht aber gut aus", erwiderte ich und sah mir die Leckereien auf dem Tablett an. Ethan schloss die Tür und setzte sich aufs Bett. Ich nahm mir ein Brötchen, schnitt es auf und bestrich es mit Marmelade. Auch Ethan nahm sich etwas und begann zu essen.

„Wie geht es dir", fragte er und schaute mich besorgt an.

„Es geht mir gut. Danke, dass du mir gestern beigestanden hast.

Ich wüsste nicht, ob ich es ohne dich geschafft hätte."

„Du brauchst dich nicht zu bedanken. Ich helfe dir gerne und werde immer für dich da sein", sagte er und strich mir eine Haarsträhne aus dem Gesicht.

Nachdem wir zu Ende gefrühstückt hatten, ging ich ins Bad, duschte und machte mich fertig. Als ich fertig angezogen war, gingen wir zusammen nach unten. Ethan hatte das Tablett mitgenommen und brachte es in die Küche. Als wir ins Wohnzimmer gingen, kamen Samantha und John gerade durch die Terrassentür herein. Sie hatten ihre Hände miteinander verschränkt und lächelten.

„Jetzt sag bloß, ihr habt es endlich geschafft", fragte Ethan grinsend.

„Ja, es sieht so aus", erwiderte John und warf Samantha einen verliebten Blick zu.

„Oh, das gibt es doch nicht. Endlich. Ich freue mich so für euch", quietschte Ebby und fiel erst Samantha und dann John um den Hals.

„Das wurde auch mal Zeit", kam es von Tyron, der auf der Couch saß.

„Oh, ich sehe, ihr seid alle da. Das ist gut. Wir müssen besprechen, wie es weiter gehen soll", sagte Lorenzo, der gerade mit Sally ins Wohnzimmer kam. Sie schauten beide auf John und Samantha und lächelten. Anscheinend hatten sie nichts dagegen, dass John mit ihrer Tochter nun zusammen war. Ich musste zugeben, dass die Beiden ein sehr schönes Paar waren. Wir setzten uns auf die Couch.

„Also, ich habe mir überlegt, dass ihr morgen erst einmal zu Massimiliano nach Italien fliegen werdet", begann Lorenzo seinen Plan zu erzählen. „Ich habe schon mit ihm telefoniert und er ist damit einverstanden, dass ihr dort ein paar Tage verbringen könnt, bis wir wissen, was wir wegen James machen. Dort seid ihr auf jeden Fall erst einmal sicher. James wird sich nicht wagen, bei Massimiliano aufzutauchen. Er weiß, dass er sich damit mit dem Mafiaboss schlecht hin anlegen wird. Und das würde schlecht für ihn ausgehen."

„Da hast du recht. So dumm wird James nicht sein. Und dort werden wir etwas Zeit haben, zu überlegen, was wir gegen ihn können", stimmte Ethan ihm zu.

„Massimiliano", fragte ich, denn mir kam dieser Name sehr bekannt vor.

„Ja, mein Bruder. Du kennst ihn von einigen Geburtstagen, wo er bei uns war", erklärte Lorenzo mir. Es dämmerte mir. Ja, ich kannte ihn und soweit ich mich erinnern konnte, war er ein sehr freundlicher Mensch. Kaum zu glauben, dass er der Boss von der Mafia sein sollte.

„Stimmt. Jetzt fällt es mir wieder ein", erwiderte ich.

„Ich werde mitfliegen", rief Samantha.

„Nein, das wirst du nicht. Die Uni wartet und dort wirst du wieder hingehen", sagte Lorenzo streng.

„Ach man", schmollte Samantha.

„Lorenzo, vielleicht wäre es doch besser, wenn sie mitfliegt. Ich meine, wenn James weiß, dass du ihnen hilfst, vielleicht will er sich dann an dir rächen und ich möchte nicht, dass Samantha etwas passiert", warf Sally besorgt ein.

„Da könntest du recht haben. Aber dann wärst du genauso in Gefahr. Ich werde Massimiliano anrufen und ihm mitteilen, dass wir ebenfalls zu ihm fliegen werden. Dort sind wir dann ebenfalls sicher", überlegte Lorenzo.

„Juhu, dann können wir noch mehr Zeit miteinander verbringen", rief Samantha und fiel John um den Hals. Lorenzo seufzte.

„Das wird kein Urlaub, Samantha. Und du wirst deine Lehrbücher mitnehmen und für die Uni lernen, damit du nichts verpasst. Es wird auch keine Shoppingtouren geben, denn schließlich wissen wir nicht, ob James´ Leute sich dort aufhalten werden."

„Ist ja gut", sagte Samantha.

„Gut, dann wäre das ja geklärt. Also unser Privatjet startet morgen um zwölf Uhr."

Wir besprachen noch einige Einzelheiten. Ich hoffte, es würde alles gut werden und dieser James, würde die Jungs einfach in Ruhe lassen. Ich ging in die Küche und half Sally das Mittagessen vorzubereiten. Sie machte einfach ein paar Sandwiches, da sie abends etwas kochen wollte.

„Wie geht es dir denn", fragte sie mich.

„Mir geht es gut", erwiderte ich.

„Das freut mich und ich bin wirklich froh, dass wir dich wieder haben."

„Ich bin auch froh darüber. Ihr habt mir wirklich gefehlt", sagte ich.

„Du uns auch. Es muss wirklich Schicksal gewesen sein, dass du ausgerechnet zu der Zeit in der Bank warst, als die Jungs sie überfallen haben und du als Geisel genommen wurdest. Denn nur so haben wir dich wieder bekommen, auch wenn es sich komisch anhört. Aber irgendwie bin ich froh, wie es alles gelaufen ist", gestand Sally mir.

„Ich bin auch froh, dass es so gekommen ist, wobei unser Wiedersehen auf einen anderen Weg natürlich besser gewesen wäre, aber so habe ich Ethan kennengelernt, was sonst wahrscheinlich auch nie passiert wäre."

„Da hast du recht. Ich freue mich so, dass ihr euch gefunden habt. Er ist wirklich ein sehr fürsorglicher und liebevoller Junge. Und ich habe heute Morgen schon zu Ethan gesagt, dass ich mir für dich gar keinen anderen Jungen vorstellen kann. Ihr passt einfach so gut zusammen. Und natürlich kann ich mir für ihn auch kein anderes Mädchen vorstellen. Du hast ihn einfach verdient", sagte Sally liebevoll.

„Ja, das hast du", sagte Ethan grinsend, der in die Küche kam.

„So, habe ich das", fragte ich.

„Ja, natürlich. Du findest keinen besseren Mann als mich."

„Macho", lachte ich und schlug ihm leicht auf die Schulter.

Kapitel 35

Trisha:

„Dad, ich habe gar nicht so viele Klamotten dabei? Ich glaube, wir müssen noch einmal nach Hause und noch etwas holen", sagte Samantha, als wir mittags mit den Sandwiches, die Sally und ich zubereitet hatten, im Esszimmer saßen.

„Du hast doch so einen großen Koffer mitgenommen. Da müsste doch genug für die nächsten Tage drin sein", entgegnete Lorenzo.

„So viel ist da nun auch wieder nicht drin. Die Lehrbücher nehmen zu viel Platz weg", verteidigte sie sich.

„Na, ob ich dir das glauben kann", schmunzelte Lorenzo.

„Ich muss deiner Tochter schon recht geben, was die Anziehsachen betrifft. Ich habe nur das Nötigste eingepackt", sagte Sally.

„Ist schon gut. Ich muss sowieso gleich noch Massimiliano anrufen und dann werde ich mit ihm besprechen, ob nicht sein Modeberater mit einer Auswahl in seinem Haus vorbeikommen könnte. Er bestellt ihn öfter. Das ist seine Art zu shoppen", gab Lorenzo nach.

„Juhu, dann können wir ja doch noch shoppen gehen", rief Samantha aufgeregt.

„Also eine große Auswahl", stöhnte Lorenzo.

„Dann kannst du dir auch etwas Neues kaufen", sagte Ethan zu mir. Ich seufzte.

„Das wäre schön, aber ich kann nicht", erwiderte ich traurig und dachte daran, dass ich doch immer noch kein Geld hatte.

„Natürlich kannst du", sagte Ethan und holte sein Portemonnaie aus der Hosentasche. Er zog drei Karten heraus und legte sie vor mir auf dem Tisch. „Such dir eine aus." Er deutete auf die Karten und nun erkannte ich, dass es sich um EC-Karten von jeweils verschiedenen Banken handelte. Auf jeder Karte stand ein anderer Name drauf. Ethan Bolton, Anthony Summer und Jack Spare.

„Gehören die alle dir", fragte ich ihn verblüfft.

„Ja, das sind alles meine Konten. Wobei Ethan Bolton mein normales Konto ist, also das mit meinen richtigen Namen", erklärte er mir lächelnd.

„Trisha, du hast dir den richtigen Jungen ausgesucht. Wobei eigentlich alle vier mittlerweile Millionäre sind und für ihr Leben ausgesorgt haben", sagte Lorenzo grinsend.

„Millionäre", fragte ich verwundert.

„Ja, ich habe für sie das Geld, was sie bei ihren Aufträgen bekommen und na ja gestohlen haben, gewinnbringend angelegt. Mit dem, was sie jetzt noch von dem Überfall dazu bekommen haben, bräuchten sie eigentlich nicht mehr arbeiten gehen", erklärte Lorenzo.

„Stimmt, das könnten wir. Nun müssen wir nur noch aus dieser Sache mit James herauskommen und dann würde uns ein sorgenfreies Leben nicht mehr im Wege stehen", sagte Neil.

„Das kriegen wir schon hin", entgegnete Lorenzo zuversichtlich. Ich hoffte es wirklich, denn mir war ziemlich mulmig zumute, wenn ich nur an diesen James dachte. Soweit wie die Jungs von ihm erzählt hatten, musste er ein ziemlich mieser Typ sein und ich hatte Angst, dass den Jungs etwas passieren würde. Ebenfalls hatte ich Angst, dass er mich kriegen würde, denn wenn dieser besagte Freund wirklich Noah wäre, so wie ich vermutete, wusste ich nicht, was er mit mir tun würde, sobald er mich in seine Gewalt bekam.

„Was mich aber immer noch interessiert ist, was für ein Freund das von James sein soll, der Interesse an Trisha hat. Vor allem, woher er sie eigentlich kennt", fragte sich Neil.

„Ja, das würde mich auch interessieren", stimmte Ethan ihm zu und Lorenz nickte.

„Ich glaube, ich weiß, wer es ist", sagte ich leise.

„Du weißt es", fragte Ethan überrascht.

„Ich kann mir nur einen vorstellen, wer mich in seiner Gewalt haben will."

„Noah", kam es sofort von Ethan und ich nickte.

„Oh mein Gott, das wäre ja schrecklich", sagte Sally.

„Aber woher sollte er James kennen und vor allem, woher weiß er, dass ihr für James arbeitet und ihr etwas mit dem Überfall zu tun habt", fragte Lorenzo und wandte sich an die Jungs.

„Keine Ahnung. Vielleicht sind sie ja wirklich befreundet", erwiderte John.

„Habt ihr ihn denn schon mal bei James gesehen", fragte Sally.

„Nein, also zumindest nicht, das ich wüsste. Ich habe ihn ja im Fernsehen in diesem Interview gesehen und er kam mir nicht bekannt vor", entgegnete Ethan und die Anderen stimmten ihm zu.

„Trisha, hat Noah denn James schon mal erwähnt, als du noch bei ihm warst", wollte Neil von mir wissen.

„Nein, nie. Ich habe ihn diesen Namen nie erwähnen hören. Auch als Besuch da war, habe ich nie gehört, wie er jemanden so genannt hat", erwiderte ich.

„Na ja, das ist auch egal, denn er wird dich nicht bekommen. Das lasse ich nicht zu. Du brauchst ihn auch nie wiedersehen", sagte Ethan und ballte seine Hände zu Fäusten.

„Genau, wir werden das verhindern. Soll dieser Typ ruhig mal kommen, er wird schon sehen, was er davon hat", grinste Tyron und schlug mit seiner Faust in seine andere Handfläche hinein.

„Na, dann hätten wir das ja geklärt", sagte Lorenzo und stand auf. „Ich werde jetzt mal Massimiliano anrufen und mit ihm alles klären. Er ging aus dem Esszimmer ins Wohnzimmer.

„Gut, dann werde ich mal den Tisch abräumen", sagte Sally, da wir mittlerweile fertig mit dem Essen waren und stand ebenfalls auf.

„Ich helfe dir", entgegnete ich und wollte gerade aufstehen, als ich von ihr zurückgehalten wurde.

„Nein, lass nur. Das schaffe ich alleine." Sie lächelte mich liebevoll an und verschwand mit einigen Tellern, die sie vom Tisch genommen hatte, in die Küche.

„Hast du Lust etwas draußen spazieren zu gehen", fragte Ethan mich.

„Ja, wenn wir dürfen", erwiderte ich, denn ich war mir nicht sicher, ob es nicht für uns gefährlich wäre, draußen herum zu laufen, wenn James´ Leute vielleicht irgendwo dort waren.

„Wir werden einfach Lorenzo fragen."

„Warum solltet ihr nicht dürfen? John und Samantha waren doch vorhin auch draußen", frage Tyron.

„Schon, aber wir waren nur im Garten. Ich nehme mal an, dass die Beiden bestimmt nicht nur ums Haus laufen wollen", erwiderte John grinsend.

„Nein, eigentlich dachte ich an den Wald hinterm Haus", sagte Ethan und stand auf. Ich tat es ihm gleich und wir verließen das Esszimmer. Im Flur trafen wir Lorenzo, der gerade sein Handy in die

Tasche steckte.

„Na wo wollt ihr beiden denn hin", fragte er.

„Wir würden gerne etwas raus. Im Wald spazieren gehen. Das heißt, wenn es in Ordnung ist", sagte Ethan.

„Eigentlich ist da nichts gegen einzuwenden, solange ihr in der Nähe des Hauses bleibt und auch nicht in die Stadt hinunter geht", erwiderte Lorenzo.

„Nein, das haben wir auch nicht vor", versicherte Ethan ihm.

„Gut, aber wartet mal", sagte Lorenzo und ging zu seiner Tasche, die im Flur stand. Er holte etwas heraus und gab es Ethan. Ich erschrak, als ich sah, was es war. Es war eine Pistole. „Nimm die hier sicherheitshalber mit."

„Ok, aber ich glaube nicht, dass wir sie brauchen werden." Ethan steckte sich die Pistole hinten in den Hosenbund. Er ging zur Garderobe, nahm seine Jacke und zog sie an. Ich stand wie angewurzelt da. Erschrocken darüber, dass er eine Pistole mitnehmen würde.

„Trisha, was ist los", fragte er, als ich mich immer noch nicht bewegt hatte.

„Du willst wirklich rausgehen, wenn es doch anscheinend so gefährlich ist, dass du eine Waffe mitnehmen musst", fragte ich ihn. Ethan kam auf mich zu und blieb genau vor mir stehen.

„Es ist nicht gefährlich. Ich nehme sie nur zur Sicherheit mit. Du brauchst keine Angst haben. Uns wird nichts passieren", sagte er und schaute mir dabei fest in die Augen.

„Bist du dir sicher", fragte ich.

„Ja. Wie gesagt, sie ist nur zur Sicherheit da. Wir werden sie nicht brauchen."

„Na gut", gab ich schließlich nach. Ich nahm meine Jacke von der Garderobe und zog sie an.

„Viel Spaß euch beiden", rief Lorenzo uns hinterher.

„Danke", riefen wir zurück und verließen das Haus. Ethan legte seinen Arm um meine Taille und zog mich eng an sich. Wir gingen die Treppen von der Veranda hinunter und machten uns auf den Weg in den Wald. Das Wetter war einfach herrlich. Die Sonne schien, vereinzelt waren Wolken am Himmel zu sehen und es war noch angenehm warm, wobei sich der Herbst näherte. Ich hörte die Vögel zwitschern und einen Bach in der Nähe plätschern. Ich genoss die frische Waldluft und atmete mehrmals tief ein. Ich war trotzdem mir

Ethan versichert hatte, dass uns nichts passieren würde, etwas nervös und schaute mich immer wieder um. Ethan bemerkte es und versicherte mir noch einmal, dass nichts passieren würde. Ich beruhigte mich zwar etwas, aber ich war immer noch nicht ganz überzeugt. Ich hatte einfach Angst, dass uns James´ Leute vielleicht auflauern würden. Wir wären nur zu zweit. Ich war nicht so stark und nur Ethan hatte eine Waffe. Sie würden uns einfach überwältigen. Ich erzählte Ethan meine Bedenken.

„Kleines, du brauchst wirklich keine Angst haben. Ich bin bei dir und werde dich beschützen. Wir können aber auch zurück zum Haus gehen, wenn dir das lieber ist." Nein, das wollte ich auch wieder nicht. Ich wollte ja die frische Luft genießen und einfach nur unbeschwert durch den Wald laufen.

„Nein, ist schon gut. Ich möchte noch nicht zurück. Das Wetter ist doch so schön."

„Genau. Komm, mach dir nicht so viele Gedanken und lass uns einfach weitergehen", sagte Ethan und gab mir einen Kuss aufs Haar. „Schau mal dort vorne ist ein Hase", flüsterte Ethan und zeigte zu einem Gebüsch, vor dem ein Hase saß.

„Ist der süß. Und schau mal, dort sind ja auch noch kleine Hasen", sagte ich leise und deutete auf die vier kleinen Hasen, die gerade aus dem Gebüsch kamen. Ihnen folgte noch ein großer Hase. Es schien eine Familie zu sein. Ich liebte Tiere.

„Komm, lass uns hier lang gehen, damit wir sie nicht stören", sagte Ethan und schlug einen anderen Weg ein. Wir kamen zu einer kleinen Lichtung, die eine Wiese besaß, auf der noch Wildblumen blühten. Es sah so schön aus. Ethan führte mich auf die Lichtung und wir ließen uns auf der Wiese nieder.

„Es ist so schön hier", sagte ich und lehnte mich an Ethan an.

„Du bist noch viel schöner", flüsterte Ethan an meinem Ohr und küsste meinen Hals. Ich stöhnte auf. Ich drehte meinen Kopf in seine Richtung und küsste ihn. Ethan erwiderte sofort meinen Kuss und zog mich näher an sich heran. Ich schlang meine Arme um seinen Nacken und vertiefte den Kuss. Ein Prickeln lief durch meinen Körper, als ich seine Hände über meinen Rücken streichen spürte. Ethan bat mit seiner Zunge an meiner Unterlippe um Einlass, dem ich ihm gewährte. Ein Stöhnen entkam ihm, als unsere Zungen miteinander spielten. Mein Atem ging schneller und ich merkte, dass es bei ihm nicht anders war. Etwas Nasses fiel auf meine Wange. Es musste ein Regentropfen gewesen sein. Ich ignorierte es und genoss einfach unseren Kuss, der immer leidenschaftlicher wurde. Nun fielen immer mehr Tropfen vom Himmel. Auch Ethan schien es zu bemerken. Keuchend lösten wir uns voneinander. Ich schaute zum Himmel und bemerkte, dass er sich zugezogen hatte.

„Ich glaube, wir gehen besser zurück, bevor wir noch richtig nass werden", sagte Ethan und stand auf.

„Ja, ich glaube, das wäre besser." Ethan legte wieder seinen Arm um meine Taille und mit schnellen Schritten gingen wir zurück zum Haus. Wir hatten Glück, gerade als wir die Veranda betraten, begann es wie aus Eimern zu schütten.

„Na, da kommt ihr ja zur rechten Zeit", sagte Sally, nachdem wir an der Tür geklingelt und sie uns geöffnet hatte und deutete auf den Regenschauer.

„Ja, es war knapp", lächelte ich. „Leider haben wir etwas abbekommen." Ich deutete auf meine Klamotten, die nass geworden waren.

„Dann geht euch mal umziehen. In einer Stunde gibt es Abendessen", sagte Sally. Wie? War es schon so spät? Ich schaute auf die Uhr und erschrak. Wir hatten schon fünf Uhr. Wie lange waren wir denn unterwegs? Wir waren um zwei Uhr losgegangen. Waren wir wirklich so lange im Wald und auf der Lichtung gewesen? Ich hatte gar nicht mitbekommen, dass die Zeit so schnell vergangen war.

„Machen wir", erwiderte Ethan und wir gingen zusammen die Treppen hoch in unser Zimmer. Dort suchte ich mir aus meiner Tasche etwas Frisches zum Anziehen heraus und ging ins Badezimmer. Ich zog mir die nassen Sachen aus und die neuen an. Anschließend föhnte ich mir noch die Haare trocken. Als ich fertig war, nahm ich die nassen Sachen und ging wieder ins Zimmer. Ethan hatte sich auch schon umgezogen und wartete auf mich.

„Komm, wir packen die Sachen unten in die Waschmaschine. Hast du noch etwas, was gewaschen werden muss", fragte er mich.

„Ja, etwas", erwiderte ich, ging zu meiner Tasche und holte die schmutzige Wäsche heraus.

„Gut, dann waschen wir sie gleich mit. Sally hat auch einen Trockner, wo wir sie anschließend hineinstecken können. Dann sind die Sachen bis morgen wieder sauber und trocken", sagte Ethan. Wir gingen mit unseren Sachen auf dem Arm hinunter ins Erdgeschoss, wo sich auch der Haushaltsraum befand.

„Sally, dürfen wir die Waschmaschine benutzen", fragte ich sie, als sie uns im Flur entgegenkam. „Ja sicher. Packt eure Sachen in die Maschine und stellt sie an", erwiderte sie lächelnd. Wir gingen in den Haushaltsraum, wo ich die Sachen in die Waschmaschine packte und sie einschaltete. Anschließend gingen wir zu den Anderen, ins Wohnzimmer. Es dauerte nicht lange und Sally rief zum Essen. Wir gingen alle ins Esszimmer und nahmen an dem Tisch platz. Sally hatte Schnitzel gemacht, wozu es Pommes und Salat gab. Das Essen schmeckte richtig gut.

Nach dem Essen verbrachten wir den Abend mit den Anderen im Wohnzimmer und unterhielten uns über alles Mögliche. Mit Samantha redete ich über die alten Zeiten und Lorenzo und Sally erzählten den Anderen, was wir so alles angestellt hatten, was uns etwas peinlich war.

Gegen halb elf löste sich die Runde auf und Ethan und ich gingen in unser Zimmer.

„So, du warst also ein ganz schlimmes Mädchen", sagte Ethan und kam grinsend auf mich zu.

„Es waren doch nur kleine Streiche. Nichts Schlimmes", verteidigte ich mich.

„Kleine Streiche also, wie zum Beispiel Zahnpasta an Haustürklinken zu schmieren oder Telefonstreiche zu machen", fragte Ethan und strich mit seinen Lippen an meinem Hals entlang.

„Ja, also nichts Wildes", keuchte ich, als mir durch seine Berührung ein Schauder durch den Körper lief. Er küsste meinen Hals, mein Schlüsselbein und glitt zu meinen Lippen, wo ich ihn in einen Kuss gefangen nahm. Er machte mich wahnsinnig. Mein ganzer Körper begann zu kribbeln. Ich hielt es nicht mehr aus. Ich wollte ihn spüren. Meine Hand fuhr über seine Brust, den Bauch entlang unter seinem Pullover. Ich konnte seine Muskeln spüren, die unter meinen Berührungen bebten. Ein Stöhnen drang aus ihm, als ich mit der Hand hoch zu seiner Brust fuhr. Ethans Hände glitten über meinen Rücken, fassten den Saum meines Shirts und er zog es mir über den Kopf. Ich packte seinen Pullover und zog ihn ebenfalls aus. Der Anblick seiner Muskeln, seines nackten Oberkörpers war so atemberaubend. Sanft strich ich die Konturen seiner Muskeln nach. Ethan stöhnte leise auf, als meine Lippen über seinen Hals zu seiner Brust wanderten.

„Du machst mich wahnsinnig", raunte er, hob mich auf seine Arme und trug mich zum Bett. Sanft setzte er mich auf dem Bett ab und kam über mich. Seine Hände strichen über meine Seiten. Seine Lippen küssten meinen Hals, wanderten hoch zu meinem Ohr. Mir wurde heiß und die Erregung wuchs in mir. Ethan glitt mit seinen Lippen meine Wange entlang zu meinem Hals, den er liebkoste. Ich stöhnte leise auf. Langsam glitten seine Hände zu meinen Rücken. Er öffnete meinen BH und zog ihn mir aus. Seine Hände strichen über meine Brüste und massierten sie sanft. Er küsste erst meinen Hals, mein Schlüsselbein und glitt weiter zu meinen Brüsten. Ich stöhnte auf, als er eine meiner Brustwarzen in den Mund nahm und daran saugte. Meine Hände wanderten seinen Rücken entlang zu seiner Hose. Ich öffnete sie und zog sie ihm aus, wobei er mir half. Ethan drehte uns, sodass ich auf ihm lag. Während unsere Lippen wieder aufeinanderlagen, öffnete er den Knopf von meiner Hose und zog sie mir aus. Er drehte uns wieder und so lagen wir auf der Seite. Sanft strich er mir über die Seite, glitt zu meinem Slip und streifte ihn mir ab. Ich tat es ihm gleich und er half mir seinen auszuziehen.

„Du bist so wunderschön", flüsterte er und ließ seinen Blick über meinen Körper gleiten. Er begann wieder meinen Hals zu küssen. Dabei glitt seine Hand über meinen Bauch, strich sanft über meinen Schenkel und kam in der Mitte an meinen Lustzentrum an. Er begann mich dort zu streicheln und ich stöhnte auf. Die Erregung in mir stieg weiter an und ich wollte nur noch eines. Ich wollte ihn spüren.

„Ethan, bitte. Ich will dich spüren", brachte ich schwer atmend heraus.

„Bist du dir sicher", fragte er einfühlsam.

„Ja, bitte", erwiderte ich. Er positionierte sich zwischen meine Beine. Ich konnte seine Härte schon an meinen Eingang spüren. Er schaute mir tief in die Augen, so als ob er auf eine Bestätigung von mir wartete. Ich nickte ihm lächelnd zu. Er stützte sich mit seinen Armen neben meinen Kopf ab und drang in mich ein. Ein Stöhnen entkam uns beiden. Dieses Gefühl war unglaublich. So tief mit ihm verbunden zu sein. Ich hatte so etwas vorher noch nie erlebt. Ethan bewegte sich erst vorsichtig, anscheinend hatte er Angst, mir wehzutun. Allerdings wurden seine Stöße immer schneller, als die Erregung zunahm. Es dauerte nicht lange und wir beide sprangen fast gleichzeitig über die Klippen. Keuchend glitt Ethan aus mir heraus und legte sich neben mich. Er deckte uns mit der Decke zu und nahm mich in den Arm. Ich legte meinen Kopf auf seine Brust und beruhigte mich langsam wieder.

„Ich wusste gar nicht, dass es so schön sein kann", sagte ich leise.

„Du wirst nur noch das Schöne im Leben erfahren", erwiderte Ethan und gab mir einen Kuss aufs Haar.

„Ich liebe dich."

„Ich liebe dich auch mein Engel." Mir fielen die Augen zu und im nächsten Moment war ich schon eingeschlafen.

Kapitel 36

Angus:

Wir waren endlich bei James angekommen. Es war eine lange Fahrt gewesen und dementsprechend müde und hungrig waren Marek und ich.

„Hallo Onkel", grüßte ich James, als wir sein Büro betraten.

„Hallo ihr zwei. Da seid ihr ja", erwiderte er und legte gerade einige Unterlagen zur Seite, die er bearbeitet hatte. „Wie geht es deinem Arm?"

„Dem geht es gut. Ich war bei Norten und er hat mir die Kugel aus dem Arm geholt und die Wunde versorgt", antwortete ich.

„Dann ist ja gut. Sagt mal, habt ihr den Schmuck mitgebracht", fragte James.

„Äh ... nein. Wir mussten so schnell abhauen, dass ich daran gar nicht gedacht habe, ihn mitzunehmen. Es war ja wirklich knapp. Sie hätten Angus beinahe erschossen", erklärte Marek.

„Na ja, den werde ich schon bekommen", sagte James.

„Hast du von den Jungs denn etwas gehört", fragte ich ihn interessiert, denn schließlich wollte ich wissen, ob sie ihm etwas über meine Tat erzählt hatten.

„Ich habe sie versucht anzurufen, allerdings haben sie ihre Handys ausgeschaltet. Aber ich hatte Harold, Mike und Simon beauftragt, sie zu suchen. Sie haben sie auch gefunden, haben einen GPS-Sender an ihren Van befestigt und wollten nachts angreifen. Da sie sich nicht gemeldet hatten, habe ich zwei meiner Leute an den Ort, den sie mir vorher am Abend genannt hatten, an dem Ethan und die Anderen sich aufhielten, hingeschickt", erzählte James und ballte die Hände zu Fäusten. Er schien wütend zu sein.

„Und haben sie Ethan und die Anderen gekriegt", harkte ich nach.

„Nein. Die beiden Jungs, die ich losgeschickt hatte, haben Harolds brennendes Auto gefunden mit drei Leichen darin. Von Ethan und seinen Leuten, war nichts zu sehen."

„Harold, Mike und Simon sind tot", fragte Marek entsetzt nach.

276

Er hatte sich, genauso wie ich, gut mit den Dreien verstanden. Sie waren Kumpels von uns gewesen.

„Ja. Sie waren unfähig, einen Auftrag auszuführen. Sie sollten nur die Geisel zu mir bringen und den Rest der Gruppe töten. So schwer konnte das doch nicht sein", sagte James und er meinte es todernst. Mit ihm war nicht zu spaßen, wenn es um vermasselte Aufträge ging.

„Und jetzt", fragte ich vorsichtig nach.

„Ich habe schon einen Plan. Und dieses Mal werden sie mir nicht entwischen", grinste er hämisch.

„Ok und wie sieht dieser Plan aus", fragte Marek nach.

„Das werdet ihr schon sehen. Ich nehme an, ihr seid hungrig. Geht in die Küche. Maria wird euch etwas zu Essen machen", sagte er in einen Ton, der weder einen Widerspruch noch eine weitere Nachfrage bezüglich des Plans duldete. Er würde uns seinen Plan nicht verraten.

„Ja, machen wir", erwiderte ich, schnappte mir Marek, bevor er doch noch etwas fragen würde, denn ich wollte James nicht wütend machen und ging mit ihm in die Küche. Neugierig war ich schon, was James für einen Plan hatte. Und ich würde es noch erfahren, was er vorhatte.

Trisha:

Ich wachte am nächsten Morgen in Ethans Armen auf. Es fühlte sich so gut an. Ich fühlte mich bei ihm sicher und geborgen. Die letzte Nacht war einfach unglaublich gewesen. Ich hatte nie gedacht, dass es so schön sein könnte. Natürlich hatte ich darüber schon gehört und auch gelesen, aber durch meine Erfahrungen in der Vergangenheit hatte ich Zweifel daran gehabt, ob es wirklich so schön sein könnte. Ethan war so zärtlich und einfühlsam gewesen. Es war wirklich verblüffend, wie sehr ich Ethan liebte und das schon in der kurzen Zeit, die wir uns nun kannten. Es war wirklich eine kurze Zeit. Acht Tage, wenn man den heutigen mitzählte. Und doch liebte und vertraute ich ihm vollkommen. Normalerweise dauerte es bei mir sehr lange, bis ich jemanden vertrauen konnte. Das war

Noahs und Isidoras Schuld. Die Schulkameraden und die Bewohner von Phoenix sowie später auch die Arbeitskollegen aus New York hatten ihren Teil dazu beigetragen, dass ich mein Vertrauen zu Menschen verloren hatte. Aber Ethan vertraute ich nun zu hundert Prozent. Ich fragte mich, wie es denn mit uns weitergehen würde. Klar, wir würden heute zu Massimiliano nach Italien fliegen, aber was wäre danach? Was war mit diesem James? Würde er die Jungs in Ruhe lassen oder würden sie nun immer vor ihm auf der Flucht sein? Was würde aus Ethan und mir werden? Würde er mich mitnehmen? Ich wusste, dass ich mit ihm mitgehen würde. Das wäre gar keine Frage, aber wollte er es überhaupt? Und was war mit diesem besagten Freund von James, von dem ich annahm, dass es Noah war? Was wäre, wenn James mich kriegen und an ihm übergeben würde? Ich wollte nicht zu ihm zurück. Auf gar keinen Fall.

„Guten Morgen, mein Engel", hörte ich Ethan sagen. Ich schaute auf und sah, dass er über mich gebeugt war. „Was ist los? Bereust du die letzte Nacht", fragte er, als er mein besorgtes Gesicht sah. In seiner Stimme lag etwas Trauriges, aber auch Ängstliches. Anscheinend hatte er Angst vor meiner Antwort.

„Nein, auf gar keinen Fall. Diese Nacht war die Schönste, die ich je erlebt habe", versicherte ich ihm. „Ich mache mir nur etwas Sorgen, wie es nun weitergehen wird. Ich meine, was ist, wenn ihr wegen James immer auf der Flucht sein werdet? Was wird dann aus uns?"

„Du brauchst dir darüber keine Gedanken machen. Wir werden uns etwas überlegen, wie wir wegen James weiter vorgehen und wegen uns brauchst du dir auch keine Sorgen machen. Ich werde dich nie verlassen. Niemals", sagte Ethan und schaute mir dabei tief in die Augen. „Es sei denn du möchtest es."

„Nein, niemals", erwiderte ich und drehte mich nun auf den Rücken. Ethan war jetzt genau über mir.

„Du wirst mich auch nicht mehr los", flüsterte er und küsste mich.

„Das möchte ich auch gar nicht, denn ich gebe dich nie wieder her", erwiderte ich und schlank meine Arme um seinen Nacken. Wieder küssten wir uns. Gerade wollten wir den Kuss vertiefen, als es an der Tür klopfte.

„Aufstehen ihr beiden, das Frühstück ist fertig", rief Tyron vor der Tür.

„Ignoriere ihn einfach", sagte Ethan und nahm gleich wieder

meinen Mund in Beschlag. Ich vertiefte den Kuss und bat mit meiner Zunge an seinen Lippen um Einlass, den er mir gewährte. Unsere Zungen verfielen in ein wildes Spiel und ich stöhnte auf.

„Frühstück", rief Tyron und klopfte laut an die Tür. „Wenn ihr nicht langsam wach werdet, dann komme ich zu euch rein und wecke euch."

„Tyron, lass die Beiden in Ruhe", hörte ich Lynn sagen.

„Nein, ich habe den Auftrag sie zu wecken", verteidigte er sich. Ethan löste sich von mir und schaute genervt zur Tür, wo sich gerade die Türklinke bewegte.

„Du bleibst draußen", knurrte Ethan.

„Dann steht endlich auf", kam es von Tyron.

„Ja, ist ja schon gut", stöhnte Ethan genervt. „Komm Kleines, bevor er wirklich noch hier hereinkommt. Ihm traue ich alles zu", wandte sich Ethan zu mir. Natürlich wollte ich nicht, dass Tyron hier ins Zimmer kam, wir hatten allerdings auch vergessen die Tür abzuschließen. „Wir sind in einer viertel Stunde unten", rief Ethan seinem Bruder zu und stand auf. Ich tat es ebenfalls. Ich schnappte mir einen Bademantel und zog ihn mir an, da ich immer noch nackt war.

„Ok, bis gleich", sagte Tyron und ich hörte, wie er sich von der Tür entfernte.

„Wie wäre es mit einer gemeinsamen Dusche", fragte Ethan mich und schlang seine Arme von hinten um meinen Bauch.

„Das hört sich sehr verlockend an." Ich drehte mich in seinen Armen und schon lagen unsere Lippen aufeinander. Ethan ging mit mir vorwärts ins Badezimmer, aber ohne, dass sich unsere Lippen voneinander lösten. Er drehte in der Dusche das Wasser an und zog mir den Bademantel aus. Er half mir in die Duschkabine, folgte mir sofort und legte seine Lippen wieder auf meine. Ethan küsste sich meinen Hals entlang hinunter zu meinen Brüsten, die er beide liebkoste. Ich stöhnte auf und strich mit meinen Händen seinen Rücken entlang. Seine Hand glitt zwischen meine Beine und streichelte dort meine heiße Mitte. Wieder entkam mir ein Stöhnen. Meine Hand wanderte zu seinem Glied und strich an ihm entlang. Nun stöhnte auch Ethan auf. Er packte mich an meinen Hüften und hob mich hoch. Ich legte meine Beine um seine Taille und meine Arme um seinen Nacken, damit ich nicht herunterfiel. Ethan drückte mich sanft gegen die kalten Fliesen und drang in mich ein. Seine

Stöße waren erst sanft, wurden aber immer drängender und schneller. Unsere Lippen fanden sich und sofort begann ein wildes Spiel mit unseren Zungen. Wir stöhnten in den Mund des Anderen und es dauerte nicht lange, bis wir zusammen über die Klippe sprangen. Völlig außer Atem lehnten wir uns gegeneinander.

„Ich liebe dich", sagte ich.

„Ich liebe dich auch." Ethan ließ mich langsam herunter und hielt mich solange fest, bis ich auf dem Boden stand.

Nachdem wir uns gewaschen und angezogen hatten, gingen wir zu den Anderen hinunter ins Esszimmer.

„Das war aber länger als eine viertel Stunde", grinste Tyron und biss in sein Brötchen.

„Wir mussten erst einmal wach werden", erwiderte Ethan.

„Ich kann mir auch schon vorstellen, was ihr gemacht habt", lachte sein Bruder und ich wurde rot im Gesicht. Ich war mir peinlich, dass die Anderen wissen könnten, was Ethan und ich unter der Dusche getan hatten.

„Tyron", rief Lynn und gab ihm einen Schlag auf den Hinterkopf. „Lass die Beiden in Ruhe."

„Aua, ist ja schon gut", murrte er und rieb sich den Kopf. Ethan und ich setzten uns an den Tisch und begannen ebenfalls zu frühstücken. Nachdem wir fertig waren, half ich Sally beim Abräumen und setzte mich anschließend ins Wohnzimmer. Ethan war in unserem Zimmer und packte unsere Sachen, die Sally gestern Abend noch aus dem Trockner geholt hatte, in unsere Taschen. Ich wollte ihm eigentlich helfen, aber er ließ mich nicht. Er sagte, er bräuchte nicht lange und ich sollte mich auf die Couch setzen. Das hatte ich auch getan. Nun saß ich hier auf der Couch. John war ebenfalls im Wohnzimmer und schaltete am Fernseher herum. Er suchte etwas Interessantes, aber es lief nichts.

„Möchtest du irgendetwas bestimmtes sehen", fragte er mich.

„Nein, eigentlich nicht", erwiderte ich.

„Ok, dann lass uns etwas unterhalten", sagte John und schaltete den Fernseher aus.

„Und über was", fragte ich.

„Keine Ahnung", erwiderte John und zuckte mit den Schultern. Da kam mir eine Idee. Ich wusste eigentlich von jedem Jungen, wie er zu dieser Gruppe kam, nur von John nicht.

„Na ja ich wüsste etwas. Erzähl mir doch mal, wie du zu den Jungs kamst. Ich weiß es bei den anderen schon, aber deine Geschichte kenne ich nicht. Das heißt, nur wenn du es mir erzählen möchtest", sagte ich und schaute ihn an.

„Natürlich erzähle ich es dir. Also bevor ich ins Heim kam, wohnte ich bei einer Pflegefamilie. Meine richtigen Eltern habe ich nie kennengelernt. Sie hatten mich kurz nach meiner Geburt einfach vor dem Kinderheim ausgesetzt. Zum Glück wurde ich von der Heimleiterin gefunden, als sie gerade nach Hause fahren wollte. Ich wurde zu einer Pflegefamilie gebracht. Als sie noch keine eigenen Kinder hatten, war alles gut. Ich wurde von ihnen geliebt, wie ein eigenes Kind. Allerdings wurde meine Pflegemutter, als ich drei Jahre alt war, schwanger. Sie bekam Zwillinge. Ich war noch klein und verstand nicht, warum sie sich nicht mehr so viel um mich kümmerte. Von Tag zu Tag wurde es schlimmer und ich wurde immer mehr vernachlässigt. Ich begann zu rebellieren, wollte doch einfach nur etwas Aufmerksamkeit, die ich aber nicht bekam. Ich wurde nur noch angeschrien und geschlagen, was meistens mein Pflegevater tat. Die Zwillinge wurden nach Strich und Faden verwöhnt, bekamen immer alles, was sie wollten. Ich bekam gar nichts. Noch nicht mal mehr etwas zum Geburtstag oder zu Weihnachten. Als ich sieben Jahre alt war, hat es meinen Pflegeeltern dann gereicht und sie haben mich zurück ins Heim geschickt. Ich wäre schwer erziehbar, hatten sie zur Heimleiterin gesagt. Im Heim habe ich dann Ethan, Tyron und Neil kennengelernt und seitdem sind wir die besten Freunde."

„Das ist ja schrecklich. Wie konnten sie das nur tun? Dich vernachlässigen und dann auch noch abschieben und vor allem, wie konnten deine richtigen Eltern dich einfach so aussetzen? Ich kann so etwas einfach nicht verstehen", sagte ich schockiert.

„Das weiß ich auch nicht. Ich habe lange gebraucht, um darüber hinwegzukommen. Aber die Anderen haben mir dabei geholfen", erklärte John.

„Hast du eigentlich mal versucht, deine richtigen Eltern zu finden", fragte ich interessiert.

„Nein und ehrlich gesagt, habe ich auch gar keine Lust, sie zu suchen und Kontakt zu ihnen aufzunehmen. Sie wollten mich damals nicht und ich möchte nichts mit ihnen zu tun haben", sagte John, und etwas Kaltes lag in seiner Stimme.

„Das kann ich verstehen."

281

„Aber mir gefällt mein Leben auch so", grinste er. „Und jetzt erst recht."

„Ich weiß. Samantha und du, ihr seid so ein süßes Paar.

„Du und Ethan aber auch", entgegnete John.

„Ich weiß", ertönte eine Stimme hinter uns. Ich drehte mich um und sah Ethan, der grinsend ins Wohnzimmer kam. Unsere Taschen hatte er im Flur abgestellt. „John, du sollst zu Samantha kommen. Ich glaube, sie hat ein paar Probleme mit ihrem Koffer."

„Na dann werde ich doch mal zu ihr gehen", sagte John, stand auf und ging zu ihr nach oben.

Als alle fertig waren, fuhren wir zum Flughafen. Dort stand Lorenzos Privatjet schon bereit. Wir würden alle zusammen fliegen. Zum Glück mussten wir durch keine Kontrollen. So wurde ich wenigstens nicht erkannt. Unser Gepäck wurde in den Laderaum, des Privatjets verfrachtet.

„So dann lasst uns mal einsteigen", sagte Lorenzo und steuerte auf den Eingang zu, vor dem eine fahrbare Treppe stand, damit man einsteigen konnte. Lorenzo, Sally und Samantha betraten zuerst das Flugzeug. Wir wollten ihnen gerade folgen, als wir plötzlich von mehreren Männern mit Waffen umstellt wurden. Sofort wurden Ebby, Lynn und ich von ihnen gepackt und jeweils mit einer Waffe bedroht.

„Was soll das? Lasst die Mädchen los", rief Ethan und kam auf mich zu. Dieser Typ hinter mir, der seinen Arm um meinen Hals gelegt hatte, drückte seine Waffe fester an meinen Kopf. Ich wollte mich zwar wehren, hatte aber Angst, dass dieser Typ abdrücken würde. Sein Arm um meinen Hals war so stark, dass ich nur schwer Luft bekam. Ich drückte mit meinen Händen gegen seinen Arm und versuchte so besser Luft zu bekommen.

„Bleib lieber stehen, wenn dir ihr Leben lieb ist. Wir haben einen Auftrag und den werden wir erfüllen", sagte dieser Typ.

„Was für ein Auftrag", fragte Tyron und wollte auf dem Mann, der Lynn in seiner Gewalt hatte, gerade losgehen, als er von John zurückgehalten wurde. Das war auch gut so. Höchstwahrscheinlich hätte dieser Mann sonst Lynn erschossen.

„Wir haben den Auftrag, diese Frauen hier mitzunehmen. Unser Boss will sie haben", sagte der Typ, der mich festhielt.

„James", knurrte Ethan.

„Ja genau", erwiderte ein anderer, der die Jungs mit einer Waffe in Schach hielt.

„Was ist hier los", rief Lorenzo und tauchte in der Flugzeugtür auf. „Oh mein Gott", entkam es ihm und im nächsten Moment drehte er sich um. „Ihr bleibt hier drin", hörte ich ihn nur sagen. Anscheinend sprach er mit Sally und Samantha, die wahrscheinlich ebenfalls das Flugzeug verlassen wollten.

„Wir müssen jetzt gehen. Unser Boss duldet keine Verspätungen, aber das müsstet ihr Verräter ja eigentlich wissen", sagte einer der Typen. Wahrscheinlich der Anführer dieser Gruppe. Wie sie wollten jetzt gehen? Sie würden uns mitnehmen. James wollte uns haben. Das ging nicht. Ganz und gar nicht. Der Typ begann mit mir rückwärts zu gehen. Ich stemmte mich gegen ihn, wollte nicht mitgehen, doch ich schaffte es nicht stehen zu bleiben. Er war viel zu stark für mich.

„Es wäre besser für dich, wenn du brav mitkommst. Du möchtest doch nicht, dass ich deinen Freund da vorne umbringe, oder", flüsterte er und deutete mit dem Kopf auf Ethan, der drauf und dran war, den Typen anzugreifen. Natürlich wollte ich nicht, dass Ethan getötet würde. Ich wollte nicht, dass er starb. „Und dir rate ich dort stehen zu bleiben, sonst stirbt deine kleine Freundin", wandte er sich an Ethan und drückte wieder die Pistole an meinen Kopf. Panik kam in mir auf, denn ich wusste nicht, was jetzt passieren würde. Ich hatte Angst, dass wir nie wieder von James wegkamen. Tränen bildeten sich in meinen Augen und liefen an meinen Wangen entlang. Ich wurde in einen Van gezogen. Nach uns folgten die anderen Männer mit Lynn und Ebby. Auch sie schauten ängstlich. Die Tür wurde geschlossen und wir fuhren los. Aus dem Fenster sah ich Ethan und die Anderen. Er sah so hilflos, aber auch wütend aus. Bitte Ethan, hilf uns, dachte ich, als wir uns immer weiter von ihnen entfernten.

Kapitel 37

James:

Ich hatte meine Männer zum Flughafen in Aspen geschickt. Dort würden die Jungs heute mit den Carosos nach Italien zu Lorenzos Bruder fliegen. Das musste ich verhindern, denn wenn sie einmal da wäre, wäre es schwer für mich an sie heranzukommen. Massimiliano Caroso war der Mafiaboss. Er war mächtig und einflussreich. Sein Anwesen wurde von seinen Männern überwacht und wenn ich nur einen von ihnen erschießen lassen würde, hätte ich die Mafia am Arsch. Das wollte ich natürlich nicht, denn ich wusste, dass es sehr schlecht für mich wäre, wenn ich mich mit ihnen anlegen würde. Es war schon sehr riskant, sie am Flughafen abzufangen, denn so hatte ich Lorenzos Hass gegen mich. Aber das Risiko musste ich einfach eingehen. Ich hatte Lorenzos Handy von meinen Männern abhören lassen. So hatte ich erfahren, was sie vorhatten. Ich hatte meinen Männern die Anweisung gegeben, die Mädchen zu entführen. Dabei sollten sie ja darauf achten, dass weder Lorenzos Tochter noch seine Ehefrau ebenfalls entführt wurden. Sie sollten sie in Ruhe lassen und auch auf gar keinen Fall verletzen. Denn nur so konnte Lorenzo nichts gegen mich unternehmen. Ich würde ja seine Familie in Ruhe lassen. Ich wollte die Mädchen als Druckmittel für Ethan und seine Jungs nehmen. Wenn ihnen das Leben der Mädchen etwas wert wäre, würden sie schon zu mir kommen und sich mir stellen müssen. Allerdings hatte ich für Patricia noch etwas anderes geplant. Auf sie wartete mein Freund schon, der sie mitnehmen würde. Mir war es egal, denn Hauptsache ich konnte mich an den Jungs für ihren Verrat rächen.

Ethan:

Es war einfach unfassbar. Eigentlich sollten wir jetzt alle zusammen im Flugzeug sitzen und nach Italien fliegen und nun waren unsere Mädchen von James´ Leuten entführt worden. Natürlich wollte ich Trisha vor diesem Typen retten, aber er hielt ihr eine Waffe an den Kopf und ich konnte das Risiko nicht eingehen, dass sie erschossen wurde. Nein, auf gar keinen Fall konnte ich das. Trisha war in den wenigen Tagen, die wir uns nun kannten, mein Leben geworden. Ich liebte sie über alles und wollte sie nie verlieren. Die letzte Nacht hatte sie mir gezeigt, wie sehr sie mir vertraute, als wir miteinander schliefen. Ich hatte eigentlich damit gerechnet, dass sie mich stoppen würde, nach allem, was sie in der Vergangenheit erlebt hatte, aber das hatte sie nicht getan. Sie wollte mich und ich war unheimlich glücklich darüber gewesen. Es war so schön mit ihr gewesen, genauso wie heute Morgen in der Dusche.

„Was sollen wir denn jetzt tun", riss Neil mich aus meinen Gedanken.

„Wir müssen ihnen hinterher. Sofort", rief Tyron und wollte schon loslaufen, doch er wurde von Lorenzo zurückgehalten, der die Treppe zu uns heruntergekommen war.

„Warte, nicht so voreilig. Denk dran, sie haben Waffen und es könnte unschön ausgehen, wenn ihr jetzt ihnen in die Quere kommt. Es soll doch schließlich keiner verletzt werden. Wir müssen jetzt erst einmal überlegen, wie wir vorgehen, denn ich nehme mal an, dass die Mädchen zu James gebracht werden", sagte Lorenzo.

„Da hast du recht. Aber Lorenzo, ich glaube, ich spreche für alle, dass es besser ist, wenn wir es alleine machen. Du sollst nicht in unsere Sache mit hineingezogen werden. Schließlich ist deine Familie dann auch in Gefahr und ich möchte nicht, dass Sally, Samantha oder sogar dir etwas passiert und das nur unseretwegen", erwiderte ich und die Anderen stimmten mir zu. Ich wollte nicht, dass Lorenzo in etwas hineingezogen wurde, was unsere Schuld war.

„Ethan, das ist wirklich sehr ehrenhaft von euch, dass ihr um unsere Sicherheit besorgt seid, aber ich glaube, dafür ist es zu spät. Ich habe mich schon eingemischt, als ich euch in Aspen aufgenommen habe und euch nach Italien schicken wollte. Du siehst James hat keine Angst davor, sich mit mir anzulegen. Außerdem hat er die Mädchen in seiner Gewalt, die wie ihr auch, schon längst zu meiner Familie gehört. Also ist es meine Pflicht, euch zu helfen, sie zu befreien und ich will keine Widerrede hören", sagte Lorenzo im ernsten Ton.

„Die Mafia hat gesprochen", grinste Tyron.

„Na gut. Aber du musst Sally und Samantha in Sicherheit bringen", gab ich nach, denn ich wusste, dass Lorenzo sich nicht davon abhalten lassen würde, uns zu helfen. Außerdem war es gar nicht mal so schlecht, denn wenn Lorenzo seine Leute mitnahm, hätten wir bessere Karten, die Mädchen zu retten. Ich hoffte nur, es ging ihnen gut. Wie es Trisha wohl ging? Sie hatte doch schon so viel durchmachen müssen und nun auch noch das.

„Das werde ich. Sie werden gleich nach Italien fliegen und dortbleiben, bis alles vorbei ist."

„Aber Dad", kam es von Samantha, die mit Sally die Treppe herunterkam.

„Nichts aber. Ich möchte, dass ihr aus der Schusslinie seid. Dort seid ihr sicher und es kann euch nichts passieren."

„Ach man", murmelte Samantha.

„Sir, wir müssten langsam starten", sagte der Pilot, der in der Tür des Flugzeuges auftauchte.

„Ist gut", erwiderte Lorenzo und wandte sich dann Sally zu.

„Ihr müsst los. Es tut mir leid, aber so ist es wirklich das Beste. Ich möchte nicht, dass euch etwas passiert."

„Es muss dir nicht leidtun. Versprich mir nur, dass ihr die Mädchen sicher wieder zurückbringt", sagte Sally.

„Das werden wir."

„Und komm mir ja unversehrt zurück", sagte sie und gab ihm einen Kuss. Dann wandte sie sich an uns. „Ihr natürlich auch. Ich möchte jeden von euch lebendig und gesund wiedersehen."

„Natürlich Sally. Mach dir keine Sorgen. Uns wird nichts passieren", versicherte Neil ihr. Sie umarmte uns alle nacheinander noch und stieg dann ins Flugzeug.

„Samantha, komm jetzt", rief sie.

„Nun los. Wir sehen uns doch bald wieder. Es wird nicht so lange dauern", sagte John und gab ihr einen Kuss.

„Ok. Ich werde dich vermissen."

„Ich dich doch auch."

„Samantha, jetzt löse dich endlich von John und mach das du ins

Flugzeug kommst", kam es von Lorenzo.

„Ja, ist ja gut", erwiderte sie und stieg ins Flugzeug, von dem wir uns entfernten, denn sobald die Tür geschlossen war, setzte sich der Privatjet auch schon in Bewegung. Wir sahen noch zu, wie er erst auf die Startbahn fuhr und anschließend abhob.

„So dann lasst uns mal zurück zum Haus fahren und einen Plan machen, wie wir nun vorgehen werden", sagte Lorenzo und wir folgten ihm zum Wagen.

Trisha:

Wir wurden zu einem anderen Flugzeug gebracht, welches auf einer Startbahn hinter dem Flughafengebäude stand. Auf der anderen Seite befanden sich Ethan und die Anderen. Sie konnten uns nicht sehen. Sie wussten nicht, dass wir in ein Flugzeug steigen würden. Würden sie uns dann überhaupt finden? Würden sie uns retten können?

„Los aussteigen", befahl einer dieser Typen und zog Lynn aus dem Wagen. Er hatte schwarze kinnlange Haare, trug einen Ziegenbart und war so um die ein Meter neunzig groß. Vom Körper her hatte er ungefähr die Figur von Tyron.

„Aua, lass mich los", schrie sie und versuchte sich aus seinem Griff zu befreien, doch er hielt sie mit eisernem Griff fest.

„Oh, ein wildes Kätzchen", lachte er und zog Lynn mit sich. Ebby und ich wurden ebenfalls aus dem Auto geholt. Anschließend wurden wir zum Flugzeug gebracht. Wir wurden regelrecht dorthin geschubst. Anscheinend ging es diesen Typen nicht schnell genug. Sie wollten schnell vom Flughafen verschwinden. Sie schienen Angst zu haben, dass unsere Jungs auftauchen und ihren Auftrag durchkreuzen würden. Ich hatte die Hoffnung, dass sie dieses auch tun würden. Deswegen schaute ich mich immer wieder um, um zu sehen, ob sie nicht schon hier wären, konnte sie aber nirgends entdecken.

„Du brauchst dich gar nicht umschauen. Dein Lover und seine Freunde werden euch eh nicht retten können", lachte der Typ, der mich zum Flugzeug schubste. Es war der Gleiche, der mir auch schon bei Lorenzos Flugzeug die Waffe an den Kopf gehalten hatte. Er war so groß wie Ethan und hatte auch die gleiche Statue. Seine Haare waren sehr kurz geschnitten und rötlich.

„Das glaubst du auch nur. Die Jungs werden uns retten und wenn sie euch in die Finger bekommen, dann machen sie Kleinholz aus euch", schrie Ebby und versuchte sich aus dem festen Griff des Typens zu befreien, der sie festhielt. Dieser war ein Meter fünfundsiebzig großer Mann mit braunen langen Haaren, die er zu einem Zopf gebunden hatte, und einem breiten Kreuz. In seinem Gesicht prangten einige Pickel und er sah sehr ungepflegt aus. Wenn die Lage nicht so schlimm wäre, hätte Ebby ihm bestimmt einer Generalüberholung unterzogen.

„Na, das sollen sie mal versuchen", spottete dieser. „Und nun vorwärts. Wir haben nicht den ganzen Tag Zeit." Wir gingen die Treppen hinauf zum Flugzeug. Es handelte sich ebenfalls um ein Privatflugzeug, wie Lorenzo eines hatte. Dieses musste James gehören. Ich hatte Angst, was nun passieren würde. Würden wir zu James gebracht werden? Was hätte er denn nur mit uns vor und vor allem würden die Jungs uns finden, wenn wir an einen anderen Ort und nicht zu James ́ Anwesen gebracht werden würden? Wir betraten das Privatflugzeug und mussten uns auf die Sitze setzen. Leider saßen Lynn, Ebby und ich nicht zusammen, sondern waren im Flugzeug verteilt. Anscheinend damit wir nicht miteinander reden konnten. Der Typ mit den roten Haaren kam nun mit Seilen zu mir. Wollte er mich etwa fesseln?

„Arme her", befahl er im barschen Ton und ich tat, was er sagte. Ich hatte Angst davor, was er tun würde, wenn ich mich weigern würde. Er band das Seil um meine Arme und knotete es fest. Anschließend tat er das Gleiche bei meinen Beinen. Als er fertig war, setzte er sich auf den Sitz vor mir. Das Flugzeug startete und wir fuhren auf die Rollbahn. Ich schaute aus dem Fenster. Vielleicht würde ich ja Ethan noch einmal sehen, auch wenn ich wüsste, dass er jetzt nichts tun konnte. Aber er war nicht da. Das Flugzeug hob ab und bald darauf waren wir hoch in der Luft. Die ganze Zeit schaute ich nach draußen. Tränen rannen mir übers Gesicht. Ich hatte solche Angst, Ethan nie wieder zu sehen. Ich fragte mich, warum die Jungs nicht aufgetaucht waren. War es ihnen etwa egal, was mit uns passieren würde? Würden sie überhaupt etwas unternehmen, um uns zu retten?

„Trisha", flüsterte Ebby, die eine Reihe hinter mir, auf der anderen Flugzeugseite saß. „Geht es dir gut?" Ich drehte mich zu ihr um und schaute in ihr besorgtes Gesicht. Ich schüttelte nur den Kopf. Nein, mir ging es gar nicht gut. Ich hatte wahnsinnige Angst, was mit uns passieren würde. „Die Jungs werden uns hier schon wieder herausholen", sagte sie zuversichtlich.

„Woher weißt du das", flüsterte ich zurück.

„Ich weiß es eben. Sie werden uns nicht im Stich lassen. Vertrau ihnen. Ich nehme an, sie schmieden gerade schon einen Rettungsplan."

„Schnauze dahinten, sonst klebe ich euch den Mund zu", knurrte der braunhaarige Typ, der ebenfalls vorne saß. Sofort verstummten wir beiden und ich drehte mich wieder zum Fenster. Sollte es wirklich stimmen? Sollten sie uns retten kommen? Ich wollte es wirklich glauben. Genauso wollte ich meine Hoffnung nicht aufgeben, dass wir doch noch gerettet wurden.

Den Rest des Fluges verbrachte ich damit weiterhin aus dem Fenster zu schauen. Ebby bekam von Pickel, wie ich den ungepflegten, braunhaarigen Typen getauft hatte, den Mund mit Klebeband zugeklebt, da sie weiterhin mal mit mir, oder mit Lynn versucht hatte zu reden. Allerdings hatte sie es sich mehrmals abgerissen. Nun saß er neben ihr und bedrohte sie mit seiner Waffe. Ich hoffte nur, dass Ebby still bleiben würde, denn sonst lief sie Gefahr, dass Pickel sie erschießen würde. Für den Rothaarigen hatte ich den Namen Fuchs ausgewählt und der Schwarzhaarige hieß Ziegenbock wegen seinem Bart. Na ja, ich musste mir ja schließlich irgendwie die Zeit vertreiben und um mich etwas von der ganzen Situation abzulenken, hatte ich mir eben die Namen überlegt. Allerdings hatte ich noch keine, für James´ andere Männer, die sich hier im Flugzeug befanden.

Als das Flugzeug gelandet war, wurden uns die Fesseln abgenommen und wir wurden zu einem Van, der neben dem Flugzeug stand, gebracht. Pickel hatte Ebby sogar das Klebeband entfernt. Schließlich liefen auf dem Flughafen viele Leute herum und sie sollten nicht mitbekommen, was hier eigentlich lief. Sie würden sofort die Polizei holen. Natürlich wäre es mir ganz recht, so wären wir wieder frei und diese Typen würden festgenommen werden. Aber diese Typen hatten uns vorher schon gedroht, wenn wir irgendetwas tun sollten, um Aufsehen zu erregen, würden sie uns erschießen. Und das wollte ich auf gar keinen Fall riskieren. Wir steigen in den Van ein, der auch sofort losfuhr. Ich schaute aus dem Fenster und sah ein Schild mit der Aufschrift Mexico City Airport. Wir waren also in Mexiko. Wenn ich es richtig mitbekommen hatte, hatte James hier sein Anwesen. Ich versuchte mir so viel von dem Weg und der Umgebung zu merken, wie es ging. Vielleicht gelang es uns ja irgendwie zu flüchten oder dort, wo wir hingebracht wurden, Kontakt mit den Jungs aufzunehmen. So konnte ich ihnen sagen, wo wir uns ungefähr befinden würden. Wir fuhren zu einem großen Gebäude, was schon älter war und auch verlassen aussah. Es lag etwas außerhalb der Stadt. Das konnte nicht James´ Anwesen sein. Wenn er so viel Geld hatte, würde er nicht in so einem alten Gebäude sitzen und seine Arbeit erledigen. Er hätte bestimmt etwas Nobleres. Nein, dieses hier war nur ein Versteck, damit die Jungs uns nicht so schnell finden würden. Wir stiegen aus dem Auto aus und Pickel, Fuchs und Ziegenbart führten uns ins Untergeschoss des Gebäudes. Ich hatte recht. Das Gebäude war verlassen. Hier befanden sich nur alte Möbel und sehr viel Staub. Fuchs öffnete eine Tür und schubste mich zuerst in einen kahlen Raum, wo sich außer einer Matratze nichts befand. Hinter mir folgten Ebby und Lynn. Die Tür wurde geschlossen und wir hörten, wie der Schlüssel im Schloss umgedreht wurde. Nun waren wir eingeschlossen. Oh mein Gott, ob wir hier jemals gefunden werden würden?

Kapitel 38

Ethan:

Eigentlich eher widerwillig fuhr ich mit den Anderen zurück zum Haus. Am liebsten wäre ich, wie Tyron, gleich diesen Typen gefolgt, aber Lorenzo hatte recht. Es hätte die Mädchen wahrscheinlich in Gefahr gebracht, wenn wir James´ Leute am Flughafen angegriffen hätten. Das wollte ich natürlich nicht.

Nun saßen wir alle im Wohnzimmer auf der Couch und überlegten, wie wir vorgehen würden. Lorenzo stand auf, ging zu seiner Tasche, die im Flur stand, holte dort etwas heraus und kam zurück. Er setzte sich wieder auf den Sessel, wo er vorher bereits gesessen hatte.

„Was hast du da", fragte John und deutete mit seiner Hand auf das kleine Päckchen, was Lorenzo in der Hand hielt.

„Eine neue Simkarte für mein Handy. Ich habe das Gefühl, dass James mein Handy abhören lässt. Sonst hätte er nie wissen können, dass wir am Flughafen wären und was wir vorhatten. Deswegen werde ich mit der alten Simkarte im Handy erst einmal nicht mehr telefonieren, sonst wird er wissen, was wir planen."

„Da hast du recht. James kann auch nur deines abgehört haben. In unseren Handys sind alle, außer das was George uns zusätzlich gegeben hat, neue Simkarten. Und von diesen kennt James die Nummer ja nicht", entgegnete ich.

„Wer hat das Handy eigentlich", fragte Tyron. Das war eine gute Frage. Ich hatte es nicht, das wusste ich. Ich überlegte, wer das Handy haben könnte, als es mir plötzlich einfiel. Ja sicher, so war es.

„Trisha hat das Handy. Ich hatte es ihr im Van gegeben, falls mal etwas wäre und wir getrennt werden würden, damit sie uns erreichen könnte. Ich wusste ja nicht, was auf der Fahrt hierher noch alles passieren würde. Sie hat es sich in die Jackentasche gesteckt", erklärte ich.

„Das heißt ...", begann Neil.

„Das heißt, wir können die Mädchen über das Handy orten lassen und wissen so wo sie sind", vervollständigte ich seinen Satz.

„Ich werde sofort veranlassen, dass das Handy geortet wird. Zuerst muss ich kurz Massimiliano anrufen und ihm mitteilen, dass Sally und Samantha alleine kommen. Vor allem soll er gut auf die Beiden aufpassen", sagte Lorenzo, der in sein Handy die neue Simkarte eingesetzt hatte. Er wählte eine Nummer und musste auch gar nicht lange warten, bis sich jemand meldete.

Lorenzo:

Ich konnte es kaum glauben, dass sich dieser James wirklich getraut hatte, einen Teil meiner Familie zu entführen. Ja, sie gehörten eigentlich nicht zur Familie, in diesem Sinne, aber für mich schon. Nicht nur das Trisha mein Patenkind war, Lynn und Ebby waren für mich wie Töchter. Deswegen war es auch meine Pflicht, sie zu retten. Ich rief Massimiliano an, um ihm zu berichten, was passiert war. Vor allem sollte er aber meine Frau und meine Tochter beschützen. Man konnte ja nie wissen, auf welche Idee James noch kommen würde.

„Ja", meldete sich mein Bruder.

„Massimiliano? Hier ist Lorenzo."

„Oh, hallo Bruder. Hast du mal wieder eine andere Handynummer", fragte er grinsend, wobei es bei uns ganz normal war, dass wir öfter unsere Handynummern oder auch Festnetznummern tauschten. In unserer Branche war es halt so üblich. Deswegen tat es mir auch sehr leid, dass Trisha uns nicht erreichen konnte, als sie angerufen hatte.

„Ja, ich war leider dazu gezwungen."

„Sag mal, sitzt ihr schon im Flieger", wollte Massimiliano nun wissen.

„Deswegen rufe ich an. James Burton hat mein Telefon abgehört und wusste somit, wann wir am Flughafen sein würden. Er hat seine Leute geschickt und diese haben Trisha, Lynn und Ebby entführt", erklärte ich ihm.

„Er weiß, was er sich damit eingehandelt hat", fragte er knurrend nach.

„Das nehme ich an. Ich werde auf jeden Fall meine Familie schützen und du weißt, dass die drei Mädchen ebenfalls zu meiner Familie gehören."

„Ja, das weiß ich. Wo sind denn Sally und Samantha? Ihnen ist doch hoffentlich bei diesem Überfall nichts passiert", harkte Massimiliano besorgt nach.

„Nein, sie waren zu der Zeit schon im Flugzeug. Deshalb rufe ich auch an. Sie sind auf dem Weg zu dir. Ich wollte sie in Sicherheit wissen, wenn wir gegen James vorgehen und deshalb fand ich es für das Beste, wenn sie zu dir fliegen. Denn ich weiß nicht, was James noch vorhat und du kannst sie beschützen."

„Du weißt, dass ich es auch tun werde. Meine Leute werden sie vom Flughafen abholen und sie beschützen", versicherte er mir.

„Ja, das weiß ich und ich danke dir dafür."

„Das brauchst du nicht. Du weißt, ich helfe euch doch gerne. Außerdem seid ihr meine Familie. Habt ihr denn schon einen Plan, wie ihr die Mädchen befreien wollt", fragte er.

„Na ja, also Trisha hat ein Handy dabei und das werden wir orten. Dann wissen wir zumindest, wo sie sind. Und den Rest müssen wir noch besprechen."

„Braucht ihr Hilfe? Ich kann euch einige Männer zur Verstärkung schicken", bot er an.

„Danke für dein Angebot. Ich habe meine Leute schon beauftragt, sich bereit zu machen. Sie werden mit uns mitkommen, wenn wir wissen, wo die Mädchen sind. Wenn ich Verstärkung brauche, melde ich mich bei dir", erwiderte ich.

„Gut. Meine Männer werden auf jeden Fall bereit sein, falls du Hilfe brauchst", sagte Massimiliano. Wir verabschiedeten uns und ich rief Joseph, einen meiner Männer an, der das Handy orten sollte. Ich gab ihm die Nummer durch und er machte sich sofort an die Arbeit.

Trisha:

„Was sollen wir denn jetzt tun? Wir werden hier doch nie herauskommen", sagte ich und versuchte die Tür auf zu bekommen.

Leider waren meine Bemühungen vergebens, denn sie ließ sich nicht öffnen. Ich hatte zwar den Schlüssel im Schloss gehört, wie er umgedreht wurde, aber ich wollte es nicht unversucht lassen. Ich schaute hinüber zu dem kleinen Kellerfenster. Allerdings war es zu hoch in der Wand eingemauert und das Fenster selbst war viel zu klein, sodass niemand von uns dadurch passte. „Macht sofort die Tür auf", schrie ich und hämmerte mit den Fäusten gegen die Tür. Panik machte sich in mir breit. Ich hasste es, eingesperrt zu sein. Es erinnerte mich immer wieder daran, wie Isidora und Noah mich immer eingesperrt hatten.

„Halt dein Maul. Ihr kommt da nicht raus", rief eine männliche Stimme vor der Tür. Es musste eine Wache sein. Tränen rannen an meinen Wangen hinunter. Ich hielt es nicht mehr aus. Immer wieder schossen mir die Erinnerungen von damals in meinen Kopf. Ich sah Noahs Gesicht vor mir, wie er mich angegrinst hatte, aus dem Keller ging und die Tür abschloss. Anschließend hatte er noch das Licht ausgeschaltet und ich saß im Dunkeln. Hier war zwar das Licht eingeschaltet, aber ich wusste nicht wie lange. Diese geschlossene Tür machte mir einfach Angst. Es machte mir Angst, dass ich wusste, dass ich hier nicht einfach herauskonnte.

„Ich will hier raus", wimmerte ich und ließ mich an der Tür entlang auf dem Boden sinken.

„Trisha, es wird alles gut. Du wirst sehen, wir kommen hier wieder raus", sagte Ebby und kam zu mir. Sie nahm mich in den Arm und versuchte mich zu beruhigen.

„Ebby hat recht. Die Jungs werden uns hier rausholen", stimmte Lynn ihr zu und kniete sich ebenfalls zu mir.

„Und wie? Sie wissen doch gar nicht, wo wir sind. Sie werden uns nie finden", schluchzte ich.

„Natürlich werden sie das. Sie lassen uns nicht im Stich", sagte Ebby.

„Schneller würde es natürlich noch gehen, wenn wir ihnen mitteilen könnten, wo wir sind", entgegnete Lynn.

„Da hast du recht. Ich habe mein Handy allerdings nicht hier. Es ist in meiner Tasche, die im Flugzeug war."

„Ja, meines habe ich auch nicht dabei", sagte Lynn. Da fiel mir etwas ein.

„Moment mal", sagte ich und tastete meine Jackentaschen ab. Ich fand, was ich suchte und holte das Handy, welches Ethan mir vor zwei Tagen gegeben hatte, aus der Tasche. „Ethan hat mir das Handy gegeben, was wir von dem Autohändler bekommen haben. Ich sollte es einpacken, falls irgendetwas wäre und wir getrennt werden würden", erklärte ich ihnen.

„Das ist ja super. Aber wen rufen wir an? Ich kenne die neuen Handynummern der Jungs noch nicht auswendig. Na ja und Lorenzos weiß ich auch nicht", überlegte Lynn.

„Und wenn wir in seinem Haus anrufen? Vielleicht ist ja jemand dort, der ihm Bescheid sagen kann, oder vielleicht sind die Jungs ja auch dort um einen Plan zu schmieden", schlug Ebby vor.

„Gut, probieren wir es", sagte ich und schaute in der Kontaktliste des Handys, ob dort vielleicht die Nummer gespeichert war. Ich hatte Glück und fand sie auch gleich. Ich nahm an, dass George den Auftrag von Lorenzo bekommen hatte, sie dort einzuspeichern, falls wir sie erreichen mussten. Ich wählte die Nummer. Es klingelte.

„Ja", meldete sich Lorenzo. Sie waren also im Haus. Ich war so froh, seine Stimme zu hören.

„Hier ist Trisha", sagte ich leise, damit der Typ vor der Tür mich nicht hörte und vielleicht noch hereinkam. Deshalb stand ich auf und ging auf die andere Seite des Raumes.

„Trisha? Wo seid ihr? Geht es euch gut", fragte er sofort.

„Ja, uns geht es gut. Wir sind in Mexico City, in einem alten Firmengebäude etwas außerhalb der Stadt", erzählte ich ihm schnell, weil ich nicht wusste, wie viel Zeit ich hatte.

„Ist das Trisha? Geht es ihr gut? Lorenzo, nun sag doch was", hörte ich Ethan im Hintergrund und sofort schlug mein Herz schneller.

„Ethan, ganz ruhig. Es geht ihr gut. Hier sprich selbst mit ihr", sagte Lorenzo.

„Trisha? Trisha, geht es euch gut", fragte Ethan sofort. Lorenzo musste ihm das Telefon gegeben haben.

„Ja, uns geht es gut", erwiderte ich.

„Trisha, Kleines, wir holen euch da raus. Lorenzo lässt schon das Handy orten. Bald wissen wir genau, wo ihr seid und dann kommen wir", sagte er.

„Ethan, ich habe Angst", gestand ich ihm.

„Du brauchst keine Angst zu haben, mein Engel. Ich verspreche dir, wir holen euch da raus", erwiderte er liebevoll.

„Was ist los", hörte ich eine Stimme nah an der Tür.

„Wir sollen die Kleine holen. Mach die Tür auf", sagte jemand. Oh nein, sie würden hier hereinkommen. Nein, das durften sie nicht.

„Ethan, da kommt jemand", flüsterte ich.

„Trisha, leg nicht auf. Bleib am Handy, so können wir euch schneller orten." Ich hörte den Schlüssel im Türschloss. Ich verkroch mich in eine Ecke. Ebby und Lynn kamen ebenfalls zu mir und hockten sich auf den Boden. Ängstlich schauten wir zur Tür. Das Handy versteckte ich hinter meinen Rücken, damit sie es nicht sahen. Die Tür wurde geöffnet und Fuchs kam herein.

„Du kommst mit", befahl er und kam auf mich zu. Ich wich vor ihm zurück, kam aber nicht weit, wegen der Wand. Er packte mich am Arm und wollte mich hochziehen, aber ich wehrte mich, denn ich wollte nicht mit ihnen mitgehen.

„Lass mich los", schrie ich und versuchte meinen Arm zu befreien.

„Nein, du wirst jetzt mitkommen", knurrte er, holte mit der freien Hand aus und schlug mir ins Gesicht. Ein Schmerz durchzog meine Wange und ich schrie auf. Ich schmeckte Blut. Meine Lippe musste aufgeplatzt sein. Mir fiel das Handy ein, was ich noch in der Hand hielt. Schnell schob ich es Ebby zu, die es merkte und hinter ihrem Rücken versteckte. Fuchs schaffte es, mich auf die Beine zu ziehen.

„Los jetzt", zischte er.

„Lass sie in Ruhe", schrie Lynn und trat ihm mit voller Wucht gegen sein Schienbein. Dieser schrie vor Schmerzen auf und ließ mich los. „Trisha lauf", rief Lynn mir zu. Die Tür stand offen. Ich konnte hinausrennen und Hilfe holen. Ich lief zur Tür und wollte gerade hinaus, als ich gegen etwas Hartes stieß. Ich schaute auf und sah in das Gesicht von Ziegenbock.

„Na, wo willst du denn hin? Dachtest wohl du könntest abhauen. Vergiss es", sagte er spöttisch und packte mich am Arm. Fuchs hatte sich wieder von seinem Schmerz erholt und kam zu uns.

„Gehen wir", sagte er zu Ziegenbart und drehte sich dann zu Lynn und Ebby um. „Und von euch will ich keinen Ton hören", knurrte er, schubste mich hinaus und schloss die Tür. Ein Wachmann stand, wie ich vermutet hatte, im Flur und schloss die Tür ab. Ziegenbart zog mich den Gang weiter. Hier gab es noch mehrere Türen. Vor einer hielt er an und öffnete sie. Der Raum war genauso groß, wie der vorherige. Nur stand hier drin ein Stuhl. Auf diesen musste ich mich setzen und die Beiden fesselten mich.

„Du wirst schön ruhig sein. Der Boss kommt bald zu dir", sagte

Fuchs und klebte mir Klebeband auf dem Mund, sodass ich nicht schreien konnte. Sie verließen den Raum und schlossen die Tür ab. Nun war ich alleine. Ich versuchte mich aus den Fesseln zu befreien, aber sie waren so festgebunden, dass ich es nicht schaffte. Die Panik stieg wieder in mir auf und die Tränen bahnten sich wieder ihren Weg meinen Wangen entlang.

Kapitel 39

Ethan:

Ich war so froh, dass es Trisha gut ging. Sie hatte Angst. Das war verständlich. Aber ich würde sie da herausholen. Sie sagte mir, dass jemand in den Raum kommen würde. Ich wollte, das sie am Handy blieb. Joseph hatte Lorenzo gesagt, dass es gut wäre, wenn mit dem Handy telefoniert würde, da man es dann besser orten konnte. Allerdings waren wir der Meinung gewesen, dass es zu gefährlich wäre, die Mädchen anzurufen. Wir konnten nicht wissen, ob der Ton beim Handy angestellt war. Wer weiß, was die Typen getan hätten, wenn das Handy laut geklingelt hätte. Dieses Risiko wollten wir nicht eingehen. Deshalb war ich froh gewesen, als Trisha sich gemeldet hatte. Sie musste das Handy versteckt haben, denn ich hörte sie weiter weg. Diese Typen wollten sie mitnehmen. Ich hörte Trisha schreien. Wenn sie ihr etwas getan hätten, könnten sie etwas erleben. Am liebsten hätte ich nach ihr gerufen, aber ich durfte nicht. Die Gefahr war zu groß, dass diese Typen mich hören und das Handy finden würden. Wer weiß, was sie dann mit ihnen getan hätten. Nun hörte ich Lynn schreien, dass Trisha losgelassen werden, sollte und als Nächstes folgte ein Aufschrei einer männlichen Stimme.

„Trisha lauf", rief Lynn. Anscheinend hatte sie die Möglichkeit zu fliehen.

„Na, wo willst du denn hin? Dachtest wohl, du könntest abhauen. Vergiss es", sagte nun einer von diesen Typen. Er musste, so nahm ich es an, Trisha geschnappt haben. Oh mein Gott, hoffentlich taten sie ihr jetzt nicht etwas an.

„Gehen wir. Und von euch will ich keinen Ton hören", hörte ich nun jemanden sagen und eine Tür wurde geschlossen. Hatten sie Trisha jetzt wirklich mitgenommen? Und wo würden sie sie hinbringen. Ich drehte fast durch.

„Hallo", fragte jemand am Telefon. Ich erkannte die Stimme. Es war Lynn.

„Lynn. Was ist bei euch passiert", fragte ich panisch. Tyron gab

298

mir ein Zeichen, dass ich den Lautsprecher vom Telefon einschalten sollte, sodass die anderen mithören konnten. Ich drückte auf die Taste am Telefon und nun war der Lautsprecher eingeschaltet.

„Ethan, sie haben Trisha mitgenommen. Wir konnten es nicht verhindern", sagte sie vollkommen aufgelöst.

„Haben sie ihr etwas getan? Geht es euch gut", fragte ich nun.

„Uns geht es gut. Aber Trisha wurde von einem dieser Typen geschlagen, als sie sich gewehrt hat", berichtete sie.

„Oh, das wird er mir büßen", knurrte ich. Lorenzos Handy klingelte und er nahm ab. Er sprach mit jemanden und wandte sich dann an uns.

„Wir haben sie. Joseph hat das Handy orten können. Wir müssen sofort los", sagte er und begann schon seine Sachen zusammen zu suchen.

„Habt ihr das gehört? Wir wissen, wo ihr seid. Wir machen uns jetzt sofort auf dem Weg", berichtete ich Lynn, die erleichtert aufseufzte.

„Gott sei Dank. Seid vorsichtig. Diese Typen sind gefährlich", erwiderte sie.

„Das sind wir doch immer", entgegnete ich grinsend.

„So auf jetzt Leute. Wir müssen zum Flughafen", drängte Lorenzo.

„Du hast es gehört. Ich muss jetzt auflegen. Haltet durch, wir kommen", versprach ich Lynn und legte auf. Ich schnappte mir schnell meine Jacke und meine Waffe. Mehr würde ich für diesen Flug nicht brauchen. Lorenzo hatte eine Tasche aus seinem Büro geholt und ich konnte mir vorstellen, was da alles drin war. Lorenzo besaß ein ganzes Waffenarsenal. Das konnten wir gut gebrauchen, wenn wir das Gebäude stürmen würden. Wir stiegen in den Wagen und fuhren los. Es dauerte nicht lange, bis wir am Flughafen ankamen. Lorenzo hatte während der Fahrt per Handy veranlasst, dass die Maschine bereit sein müsste, wenn wir ankämen. Da sein Privatflugzeug auf dem Weg nach Italien war, hatte er sich kurzerhand eine andere gemietet. Außerdem hatte er seinen Leuten, die sich geschäftlich in Mexiko befanden, Bescheid gesagt, dass wir uns am Flughafen mit ihnen treffen würden. Eine kleine Truppe sollte schon einmal zu dem Versteck fahren und es auskundschaften. Mit denen würden wir uns dann vor Ort treffen. Fünf von seinen Sicherheitsmännern würden mit uns mitfliegen, also würden wir grob geschätzt an die fünfundzwanzig Mann sein, die James ´ Gebäude stürmen würden. Ich hoffte, das würde ausreichen. Wir betraten das Flugzeug und der Pilot bekam auch gleich die Starterlaubnis. Ja, das hatte wieder etwas mit Lorenzos Einfluss zu tun. So etwas konnte wirklich Vorteile haben. Während des Fluges versuchte ich mich mit Musik abzulenken. Auch wenn ich sehr gerne an Trisha dachte. Im Moment wollte ich es einfach nicht. Ich würde mir sowieso nur versuchen vorzustellen, was diese schmierigen Typen alles mit ihr machen würden, und das wollte ich nicht. Viel brachte es natürlich nicht, denn meine Gedanken schweiften immer wieder ab zu Trisha.

Als wir endlich in Mexico City gelandet waren, trafen wir uns vor dem Flughafengebäude mit Lorenzos Männern.

„Also, wie wollen wir vorgehen", fragte Neil in die Runde.

„Zuerst einmal werden wir uns an das Gebäude anschleichen. Eine Truppe spioniert ja bereist die Gegend vor Ort aus. Mit ihnen werden wir uns dort treffen und erfahren, wie die Lage ist. Wir müssen sehen, wie viele Wachen James vor dem Gebäude positioniert hat. Diese werden wir ausschalten. Anschließend verschaffen wir uns Zugang zum Gebäude. Sämtliche Leute von James werden eliminiert", befahl Lorenzo.

„James, werden wir uns vornehmen", sagte Tyron und grinste boshaft.

„Also gut. Dann lasst uns losfahren", erwiderte Lorenzo, und wir stiegen in die Wagen, die bereits am Flughafen für uns bereitstanden.

Trisha:

Ich hörte Schritte auf dem Gang. Oh bitte, lass niemanden hier hereinkommen. Ich hatte solche Angst und die Tränen liefen immer noch in Strömen.

„Mach die Tür auf", hörte ich eine Stimme sagen.

„Ich habe die Anweisung, hier niemanden außer den Boss hereinzulassen", sagte nun jemand anderes. Anscheinend war es der

Wachmann, der vor der Tür stand.

„Ich darf aber, denn ich bin der Neffe vom Boss. Ich habe den Auftrag von ihm nach unserer Geisel zu sehen." Oh nein, es war Angus. Nein, das durfte jetzt nicht sein. Er durfte hier nicht hereinkommen.

„Wenn das so ist", sagte der Wachmann und im nächsten Moment hörte ich den Schlüssel im Schloss. Die Tür wurde geöffnet und Angus kam herein. Er schloss die Tür hinter sich und kam auf mich zu.

„So sieht man sich wieder", grinste er. „Wir können jetzt etwas Zeit miteinander verbringen und das ohne, das uns deine lästigen Beschützer stören." Er strich mir mit einer Hand über den Kopf und Ekel überkam mich. Ich schüttelte meinen Kopf, um seine Hand loszuwerden.

„Na, sei doch nicht so widerspenstig. Ich weiß doch ganz genau, dass du es auch willst." Er strich mit seiner Hand über meinen Arm. Nein, ich wollte das nicht. Ich wollte es überhaupt nicht. Ich schüttelte meinen Kopf, da ich ja nicht sprechen konnte. Angus schien es gar nicht zu interessieren, denn er machte einfach weiter. Seine Hand bewegte sich zu meiner Brust, die er anfing zu kneten. Es tat mir weh und ich begann zu schreien. Durch das Klebeband, konnte ich es nicht wirklich.

„Hör auf damit," knurrte Angus und schlug mir mit seiner Faust ins Gesicht. Ein Schmerz durchzog meine Wange und ein Pochen begann um mein Auge herum. Er hatte mich am Wangenknochen getroffen. Angus wollte gerade wieder seine Hand auf meine Brust legen, als die Tür aufgerissen wurde und jemand hereinkam.

„Was tust du hier", schrie ein Mann ihn an. Er war etwas größer als Angus, hatte blonde längere Haare, die er zu einem Zopf gebunden hatte. Er trug einen schwarzen Anzug unter dem man sehen konnte, dass er muskulös gebaut war. Mit einem Ruck riss er Angus von mir weg und schleuderte ihn gegen die Wand.

„Ich habe dir gesagt du sollst das Mädchen in Ruhe lassen. Vor allem habe ich dir verboten diesen Raum zu betreten", schrie er Angus an.

„Aber James, ich wollte doch nur mal sehen, ob es ihr gut geht", versuchte sich Angus zu verteidigen und rieb sich seinen Hinterkopf, mit dem er gegen die Wand geknallt war. Er hatte diesen Mann James genannt. Das musste also der Boss von Ethan und den Anderen sein.

„Du wolltest was? Das ich nicht lache. Und warum hat sie dann ein blaues Auge und vor allem warum erwische ich dich, wie du sie an ihrer Brust betatscht? Du weißt, was ich von Vergewaltigung halte. Ich dulde es nicht und du kannst froh sein, wenn ich dich dafür nicht umbringe, so wie die Jungs es tun wollten." Jacob schaute ihn erschrocken an. Anscheinend hatte er James gar nicht erzählt, warum die Jungs ihn umbringen wollten. Was er mit mir getan hatte?

„Du brauchst gar nicht so erschrocken schauen. Die Jungs würden dich nicht einfach so umbringen wollen. Es musste einen Grund haben und da du so etwas schon einmal vorhattest, konnte es nur so sein, dass du doch versucht hast Trisha, zu vergewaltigen. Ich bin nicht doof, Angus. Ich kann eins und eins zusammenzählen."

„Aber ... aber ...", stotterte Angus. „Bitte, tu das nicht. Ich verspreche dir, ich werde es nie wieder tun", flehte Angus ihn regelrecht an.

"Du bist so erbärmlich. Möchtest ein skrupelloser Gangster sein, kriechst hier aber auf dem Boden herum und flehst um dein Leben. Mach das du mir aus den Augen kommst. Ich will dich hier nicht mehr sehen. Und solltest du noch einmal diesen Raum betreten, dann ist es mir egal, ob du mein Neffe bist. Dann bringe ich dich nämlich um", drohte er ihm und seine Augen glühten vor Zorn. Man konnte wirklich Angst vor diesem Mann bekommen, wenn man ihn so sah. Angus raffte sich auf und verließ so schnell er konnte den Raum. Ich war froh, als er endlich weg war. James drehte sich zu mir um und musterte mich.

„Vor ihm hast du nichts mehr zu befürchten. Er wird sich hier nicht mehr blicken lassen", sagte er. „Geht es dir gut?" Da ich immer noch nicht sprechen konnte nickte ich nur.

„Oh, warte. Wenn du ganz brav bist, werde ich dir das Klebeband entfernen, ok?" Ich nickte wieder. James nahm den Klebebandstreifen und zog ihn mir vom Mund. Es brannte und ich zuckte dabei zusammen.

„Was wollen Sie von mir? Bitte lassen Sie mich frei. Ich werde auch niemanden etwas erzählen, das schwöre ich", flehte ich ihn an.

„Das geht leider nicht. Ich habe mit deinem Freund und seinen Leuten noch eine Rechnung offen und da brauche ich dich als Druckmittel. Außerdem möchte dich jemand sehr gerne wiedersehen. Deshalb kann ich dich nicht gehen lassen. Er ist schon auf dem Weg hier her.", sagte James.

„Nein bitte. Bitten tun Sie das nicht. Ich möchte ihn nicht sehen. Bitte, Sie wissen gar nicht, was er mir antun wird. Bitte lassen Sie mich nicht mit ihm gehen", schluchzte ich.

„Es tut mir leid. Ich habe es ihm versprochen und ich halte meine Versprechen", erwiderte James, drehte sich um und verließ den Raum.

„Bitte tun Sie das nicht", rief ich noch, allerdings schloss er die Tür und ließ mich allein. Was sollte ich denn jetzt nur tun? Ich wollte Noah nicht wiedersehen. Er musste es sein, den James meinte. Ich wüsste nicht, wer es sonst sein sollte. Er durfte mich nicht mitnehmen. Denn wenn er es tun würde, dann wäre ich verloren. Er würde bestimmt nicht zulassen, dass ich noch einmal fliehen könnte. Meine Hölle würde wieder von vorne beginnen!

James:

Ich hatte Trisha von den anderen beiden isolieren lassen. Mein Freund würde bald herkommen und da wollte ich Trisha alleine in einen Raum haben. Sie tat mir schon sehr leid. Sie war in etwas hineingerutscht, wofür sie gar nichts konnte. Sie hatte mich angefleht, nicht mit ihm mitgehen zu müssen. In ihren Augen sah ich die Angst und die Verzweiflung. Er musste ihr wirklich schlimme Dinge angetan haben. Als ich sie so sah, wusste ich, dass mein Entschluss richtig war. Ich würde sie nicht an ihn ausliefern. Ich hatte lange darüber nachgedacht und konnte es dem armen Mädchen nicht antun, sie an ihn zu übergeben, der sie als Sklavin halten wollte. So ein Schwein war ich dann auch wieder nicht. Hätte ich damals schon gewusst, was er mit ihr tun würde, hätte ich ihm auch nicht geholfen, sie zu bekommen. Ich ließ Trisha allerdings in dem Glauben, dass ich es tun würde, denn ich wollte nicht, dass sie meinen Plan durchkreuzte, indem sie ihm irgendetwas verraten würde. Ich wollte, dass er herkam und glaubte, er würde Trisha mitnehmen. Ich würde ihn zwar zu Trisha bringen, allerdings würde ich ihn nicht mit ihr gehen lassen. Ganz im Gegenteil. Er würde das Gebäude nicht lebend verlassen. Er wusste mittlerweile zu viel von meinen

Geschäften. Außerdem wurde mir heute Morgen von einen meiner Spione berichtet, dass er Geschäfte in meinen Namen machte, wovon ich nichts wusste und was ich auch nie dulden würde. Auch hatte er Kontakte bei der Polizei, an die er Tipps gab, wo verschiedene illegale Geschäfte stattfinden würden. So waren mir auch schon einige Geschäfte geplatzt, weil die Polizei mir in die Quere kam. Nun wusste ich wer dafür verantwortlich war. Er hatte Kunden von mir an die Polizei verpfiffen und hatte schon der Polizei verraten, wo ein „Geschäftstreffen" stattfand. Zum Glück hatten mich meine Männer rechtzeitig gewarnt. Ich ließ immer mal den Polizeifunk abhören, um sicherzugehen, dass sie mir nicht auf den Fersen waren. Wegen all diesen Dingen konnte ich ihn nicht am Leben lassen. Er hatte es sich selbst verspielt. Er stellte einfach eine Gefahr für mich da und diese Gefahr musste ich aus dem Weg räumen.

Eigentlich hatte ich vorgehabt, ihn selbst zu erschießen. Aber als ich Trishas Augen sah, ihren Blick, als ich ihr sagte, dass er kommen würde, kam mir die Idee, dass ich ihr die Wahl lassen würde. Sie könnte sich für all seine Taten an ihm rächen, indem sie ihn erschießen würde. Wenn sie es allerdings nicht tun wollte, würde ich es tun.

Für Angus musste ich mir auch noch etwas überlegen. Ich hatte ihm ganz klar gesagt, dass er Trisha in Ruhe lassen sollte und er hatte es nicht getan. Stattdessen hatte er meine Anweisung ignoriert. Nun hatte ich dem Wachmann befohlen, Angus nicht mehr in den Raum zu lassen und mich sofort zu informieren, wenn er es wieder probieren würde, dort hineinzugelangen. Ich hoffte für ihn, dass er es nicht mehr tat. Sonst müsste ich ihn doch umbringen, was mir leidtun würde, denn er war schließlich mein Neffe. Aber ich hatte ihn gewarnt. Genauso, wie ich die Jungs gewarnt hatte, mich nicht zu hintergehen und sie hatten es doch getan. Nun hatte ich ihre Mädchen und ich wusste, dass sie kommen und sie retten wollen würden. Es war nur eine Frage der Zeit, bis sie hier aufkreuzen würden. Ich ließ noch immer Lorenzos Handy abhören. Allerdings gab es dort keine neuen Gespräche und die Jungs hatten immer noch ihre Handys aus. Auf jeden Fall würden sie für ihren Verrat bezahlen. Das war sicher. Da ich annahm, dass sie zuerst bei meiner Firma auftauchen würden, hatte ich dort Männer postiert, die sie hierherbringen sollten. Schließlich konnten die Jungs nicht wissen, wo ihre Mädchen waren.

Was ich mit den Mädchen machen würde, wusste ich noch nicht. Vielleicht würde ich sie auch für mich arbeiten lassen. Das würde ich mir noch überlegen.

Kapitel 40

Angus:

So eine verdammte Scheiße. James hatte mich doch tatsächlich erwischt, wie ich bei Trisha war. Ich hatte mich extra in den Keller geschlichen, damit er es nicht mitbekam. Er hatte mir, als er mir erzählte, dass die Mädchen in dem alten Firmengebäude waren, gedroht, dass ich ja nicht dorthin fahren sollte. Ich hatte mich ihm widersetzt und war mit Marek zum Gebäude gefahren. Ich wusste ja nicht, dass James so schnell dorthin kommen wollte. Er hatte eigentlich noch etwas geschäftliches zu regeln gehabt und wollte erst später dorthin. Anscheinend hatte er es sich anders überlegt. Marek hatte mich noch gewarnt, ich sollte es nicht tun, aber ich setzte meinen Kopf durch und ging in den Keller. Marek kam nicht mit. Er blieb lieber im Erdgeschoss und setzte sich im Eingangsbereich auf eines der alten Sofas. Ich wollte doch nur etwas Spaß mit der Kleinen haben. In dem Kellerraum konnte sie mir nicht entkommen und vor allem waren ihre Beschützer nicht da.

Nun hatte ich mich im Erdgeschoss in ein altes Büro verzogen. Mein Kopf tat mir immer noch weh. Als James mich gegen die Wand geschleudert hatte, hatte ich ihn mir ziemlich angeschlagen. Marek hatte schon nachgeschaut, ob ich eine Wunde hätte, aber es war nichts zu sehen. Er hatte mir einen Eisbeutel besorgt, den ich nun gegen die Beule drückte. Ich hoffte, James würde es jetzt auf sich beruhen lassen und sich keine Strafe mehr für mich ausdenken.

Ethan:

Wir hielten mit den Autos etwas weiter entfernt von dem Bürogebäude an. James´ Leute sollten schließlich nicht mitbekommen, dass wir da wären. Ich nahm an, dass er dachte, wir würden zu seiner Firma fahren. Dort hätten uns bestimmt seine Leute einen tollen Empfang bereitet. Er rechnete also gar nicht, dass wir wussten, wo die Mädchen waren. Ich hoffte nur, ihnen ging es gut. Vor allem Trisha. Ich machte mir solche Sorgen um sie.

Wir zogen uns schwarze Lederhandschuhe an, da wir schließlich keine Fingerabdrücke an Türen oder anderen Gegenständen hinterlassen wollten, womit uns die Polizei vielleicht, wenn sie später zum Tatort kämen, überführen könnte. Die Polizei würde nämlich irgendwann hier auftauchen. Irgendjemand würde die Schüsse hören und dann die Polizei rufen. Wir hatten zwar Schalldämpfer auf unsere Waffen gesteckt, damit uns James nicht sofort hörte, aber ob seine Leute diese auch hatten, wussten wir nicht. Ich schaute mir das Gebäude aus der Ferne an. So wie es aussah, hatte es ein Erdgeschoss und eine erste Etage. Ein Kellergeschoss gab es sicherlich auch und dort vermutete ich schon irgendwie die Mädchen. Wir würden auf jeden Fall jeden Raum durchkämmen. Vor allem auch, um sicherzugehen, dass sich keiner von James´ Leuten irgendwo versteckte und vielleicht uns im Hinterhalt angriff. Ich konnte sehen, dass James auch dort war. Sein Wagen stand genau vor dem Gebäude. Das war auch gut so. Ihn würden wir uns ebenfalls vornehmen.

„Seid ihr bereit", fragte Lorenzo, als wir alle aus den Autos ausgestiegen waren und uns seine Leute Bericht erstattet hatten, wie viele Wachen sich wo befanden, in die Runde.

„Ja, es kann losgehen", grinste Tyron.

„Lasst uns die Mädchen dort rausholen", sagte Neil.

„Also gut. Los geht`s", entgegnete Lorenzo und wir machten uns auf dem Weg. Wir teilten uns auf. Ein paar von uns gingen durch den Vordereingang hinein und einige würden auf der Rückseite des Gebäudes schauen, ob es einen zweiten Eingang gäbe. Ich ging mit Neil und Lorenzo zum Vordereingang. Drei von Lorenzos Leuten schlichen sich gerade an zwei Wachposten heran und setzten sie mit einem gekonnten Schuss in den Kopf außer Gefecht. Mit einem Kopfnicken zeigten sie uns, dass wir ihnen folgen sollten. Mit ihnen zusammmen stürmten wir das Gebäude.

„Was zum ...", sagte einer dieser Typen, der sich mit zwei weiteren im Eingangsbereich befand. Weiter kam er allerdings nicht, denn Lorenzo verpasste ihm eine Kugel in die Brust und er sackte zu

Boden. Die anderen Beiden bekamen auch jeweils eine Kugel ab. Wir hörten Scheiben klirren und im nächsten Moment kamen Tyron, John und der Rest von Lorenzos Leuten durch einen Nebenraum in die Eingangshalle.

„Es gab keinen anderen Eingang. Also mussten wir das Fenster nehmen", sagte er grinsend.

„Ok, ich würde vorschlagen, dass meine Männer sich das Obergeschoss vornehmen und wir erst einmal hier im Erdgeschoss suchen. Wir wissen nämlich nicht wie viele von James ´Leuten hier sind", schlug Lorenzo vor.

„Aber die Mädchen werden bestimmt im Keller festgehalten", warf ich ein. „Das kann sein, Ethan. Aber wir müssten eh durch diesen Gang, da dort hinten der Zugang zum Keller ist", entgegnete Lorenzo und zeigte auf die Tür am anderen Ende des Ganges. Daneben hing ein Schild, worauf „Keller" stand. Das Gebäude bestand zum Glück nur aus einer Eingangshalle und einen Gang, indem die Büros lagen. In der Eingangshalle befand sich eine Treppe, die zum oberen Stockwerk führte. Auch dort gab es, wie man durch die hohe Decke, die bis zum oberen Geschoss führte, sehen konnte, nur einen Gang mit Büros. Das vereinfachte uns die Durchsuchung der Räume. Wir gingen durch den Gang und öffneten jede Tür. Einige Räume waren leer. In einigen überraschten wir ein paar von James´ Leuten, die wir erschossen. Natürlich wehrten sie sich und eröffneten das Feuer auf uns, aber sie hatten gegen uns keine Chance.

„Was ist denn hier los", hörte ich eine bekannte Stimme auf dem Gang. Ich ging aus dem Raum und entdeckte Angus. Als er mich sah, schaute er mich erschrocken an. „Ihr", war alles, was er sagen konnte. Er wollte sich umdrehen und abhauen. Doch ich war schneller. Ich schnappte ihn mir und warf ihn zu Boden.

„Na du willst doch wohl nicht schon wieder abhauen? Ich habe dir gesagt, dass ich dich töten werde, und das werde ich jetzt auch tun", zischte ich ihm zu und richtete meine Waffe auf ihn.

„Aber ... aber", stotterte er. „Ich ... ich tu alles, was du willst. Ich sag dir auch, wo deine kleine Freundin ist, aber bitte bring mich nicht um", flehte er mich an. Was für ein erbärmlicher Kerl.

„Na los. Raus mit der Sprache, vielleicht überlege ich es mir ja dann noch mal", sagte ich, aber ich würde es auf keinen Fall so meinen. Ich würde ihn nicht am Leben lassen, soviel stand fest.

Wahrscheinlich würde er uns hinterher noch bei der Polizei verpfeifen. Das war ihm auf jeden Fall zuzutrauen.

„Sie ... sie ist im Keller eingesperrt. Die anderen Beiden auch."

„Danke für die Information", sagte ich, richtete aber weiterhin meine Waffe auf ihn. „Und jetzt verabschiede dich von der Welt."

„Aber ... aber ich habe dir doch die Infos gegeben. Du kannst mich also am Leben lassen", bettelte er.

„Nach allem, was du getan hast? Vor allem ist die Gefahr groß, dass du zur Polizei rennst und uns verpetzt."

„Nein, das werde ich nicht."

„Ethan, beeil dich. Wir müssen die Mädchen retten", rief Tyron, der an uns vorbeigelaufen war und nun an der Tür zum Untergeschoss wartete. Die Anderen hatten, in der Zeit, als ich mit Angus beschäftigt war, schon die anderen Räume kontrolliert und neben ein paar Leuten von James auch Marek einen tödlichen Schuss verpasst, als er gerade flüchten wollte.

„Ich komme ja schon", sagte ich und wandte mich dann wieder Angus zu. „Mach´s gut Angus." Ich drückte ab und die Kugel traf ihn direkt in den Kopf. Ohne mich noch einmal zu vergewissern, ob er wirklich tot war, lief ich zu Tyron und den Anderen. Lorenzos Männer würden sich schon um Angus kümmern. Ich wollte gerade nach dem Türgriff greifen, als die Tür aufging und James uns entgegenkam.

„Na wen haben wir denn da", fragte Tyron eisig und ehe James auch nur reagieren konnte, wurde er von Tyron am Kragen seines Hemdes gepackt.

„Was soll das? Lass mich sofort los", forderte James und versuchte sich aus Tyrons Griff zu befreien. Dieser hielt ihn allerdings im festen Griff.

„Nein, das werde ich nicht. Du hast unsere Mädchen entführt und ich schwöre dir, wenn du ihnen auch nur ein Haar gekrümmt hast, wirst du einen qualvollen Tod erleiden", knurrte Tyron und seine Augen funkelten wütend auf.

„Geht die Mädchen retten. Ich werde ihn übernehmen. Die Mafia hat noch ein Hühnchen mit ihm zu rupfen", sagte Lorenzo und zwei seiner Männer nahmen ihn Tyron ab. Sie hatten das Obergeschoss durchkämmt und waren zu uns nach unten gekommen.

„Na gut. Hier hast du ihn", erwiderte Tyron und ließ James ganz los.

„So nun aber los", sagte ich und öffnete die Kellertür. Im Augenwinkel sah ich noch, wie Lorenzo mit James in eines der Büros verschwand. Das würde auf gar keinen Fall gut für James ausgehen. Mir war es egal. So waren wir ihn los. Wir liefen die Kellertreppe hinunter und traten in den langen Gang. Auch hier gab es mehrere Türen, aber nur vor zwei standen je ein Wachmann. Die waren schnell auszuschalten. Anscheinend hatten die Beiden uns noch gar nicht bemerkt. Neil richtete seine Pistole auf den ersten Wachmann und ich meine auf den Zweiten, der ein paar Meter weiter weg stand. Wir drückten beide im gleichen Moment ab und trafen beide Männer, die tot zu Boden gingen.

„Gut gemacht", lobte uns John, ging zur ersten Tür und versuchte sie zu öffnen. Sie war abgeschlossen. Er kniete sich zu dem Wachmann, wühlte in dessen Hosentasche und holte einen Schlüssel hervor. Er steckte ihn in das Schloss und schloss die Tür auf.

„Oh mein Gott", rief Neil. „Ebby, Lynn, geht es euch gut?"

„Geh hol Trisha", sagte Tyron zu mir und deutete auf die hintere Tür. Ich lief sofort den Gang entlang. Als ich an der Tür ankam, kniete ich mich zu dem Wachmann herunter, denn ich nahm an, dass dieser den Schlüssel hatte. Ich fand ihn auch in seiner Jackentasche. Schnell steckte ich den Schlüssel in das Türschloss und drehte ihn um. Ich öffnete die Tür und betrat den Raum. Sofort sah ich Trisha, die gefesselt auf einen Stuhl saß. Meine arme Trisha. Was hatten sie nur mit ihr gemacht? Sie hatte den Kopf gesenkt und ich hörte sie leise Schluchzen.

„Trisha? Hey Kleines, ich bin es", sagte ich leise, um sie nicht zu erschrecken. Ich ging zu ihr und kniete mich neben sie, wobei ich die Pistole auf dem Boden legte.

„Ethan", fragte sie und hob ihren Kopf. Ich erschrak, als ich sie sah. Ihre Augen waren gerötet vom Weinen und Tränen liefen ihre Wangen entlang, aber das Erschreckendste war, dass ihr linkes Auge geschwollen und blau gewesen war. Außerdem hatte sie eine Wunde an ihrer Lippe. „Oh mein Gott Trisha, wer hat dir das angetan?"

„Angus", schluchzte sie.

„Es wird alles gut. Angus kann dir nichts mehr tun und dieser Typ auch nicht mehr. Sie sind beide tot", sagte ich und wischte ihr mit der Hand die Tränen aus dem Gesicht. Anschließend löste ich ihre Fesseln. Gleich darauf fiel sie mir weinend in die Arme. Sofort schlang ich meine Arme fest um sie und drückte sie eng an mich.

„Jetzt wird alles wieder gut, Kleines. Keiner kann dir mehr etwas tun", flüsterte ich und strich ihr zärtlich über den Rücken.

???:

Ich kam zu dem Bürogebäude, welches James mir genannt hatte. Ich hatte vorher noch etwas in der Stadt zu erledigen. Ich wollte mit Patricia nach Brasilien verschwinden und musste uns noch gefälschte Papiere besorgen. Da Patricia nun durch die Medien bekannt war, würde sie sofort erkannt werden, wenn sie ihren richtigen Ausweis vorzeigen würde. Außerdem hatte ich ihr eine Perücke mit kurzen, blonden Haaren besorgt.

Ich stieg aus meinen Wagen aus und ging auf das Gebäude zu. Irgendetwas stimmte hier nicht. Vor dem Eingang lagen zwei tote Männer. Sollten die Jungs etwa herausgefunden haben, wo James die Mädchen versteckte? Wenn das so wäre, konnte ich nicht einfach so in das Haus hineinspazieren. Sie würden mich ebenfalls umbringen. Leider besaß ich auch keine Waffe. Also müsste ich mich eben mit Fäusten und Tritten verteidigen. Aber das würde schon klappen. Vielleicht konnte ich mir Patricia ja auch schnappen und unbemerkt mit ihr hinausschleichen. Aber erst einmal musste ich in das Gebäude hineinkommen. Ich hoffte nur, es wäre noch nicht zu spät und sie wären mit den Mädchen schon abgehauen. Denn Patricia gehörte mir und nur mir alleine. Ich ging hinter das Gebäude. James sagte, dass die Mädchen im Keller wären. Ich schaute mir die Kellerfenster an. Sie waren recht schmal, aber ich fand eines, was etwas größer war. Dort würde ich durch passen. Ich hatte Glück und die Tür stand offen. Es wäre nicht gut gewesen, wenn die Tür verschlossen gewesen wäre und ich nicht mehr herausgekommen wäre. Ich schaute mir das Fenster genau an und bemerkte, dass es nur angelehnt war. Das war wirklich perfekt. So brauchte ich die Scheibe nicht eintreten und es würde keinen Lärm geben. Ich stieß das Fenster auf und kletterte hindurch. So leise wie möglich sprang ich auf den Boden. Ich lief zur Tür, schaute mich vorsichtig auf dem Gang um und schlich hinaus. Ich wusste nicht, wo sich Patricia genau befand, also blieb ich erst einmal stehen und lauschte. Ich hatte bemerkt, dass zwei weitere Türen offen waren, vor denen zwei tote Wachmänner lagen. Also mussten die Mädchen in diesen Räumen sein.

„Angus hat mir das blaue Auge geschlagen", hörte ich eine Stimme sagen und erkannte, dass es Patricias war. Sie kam von links. Also ging ich auf diese Tür zu. Ich schaute in den Raum und da sah ich sie. Patricia in den Armen von diesem Typen. Ich würde sie mir wiederholen, denn sie gehörte mir und nur mir alleine!

Ethan:

Ich hielt Trisha immer noch fest. Langsam beruhigte sie sich wieder und ihre Tränen ließen nach.

„Kleines, wir sollten hier langsam verschwinden", sagte ich und stand auf. Dabei zog ich sie mit auf ihre Beine.

„Na wen haben wir denn da? Da ist ja mein Eigentum", hörte ich eine Stimme hinter mir. Ich drehte mich um. In der Tür stand der Mann, der Trishas Leben zerstört hatte.

„Noah", keuchte Trisha und begann zu zittern. Schützend zog ich sie hinter meinen Rücken. Dieses dreckige Schwein grinste sie hämisch an.

„Sie ist nicht dein Eigentum und du wirst sie in Ruhe lassen", zischte ich.

„Das wollen wir doch erst einmal sehen." Er kam auf uns zu, streckte seine Hand aus und wollte Trisha schnappen, doch ich war schneller. Ich holte mit meiner Faust aus und schlug ihm in den Magen. Er stöhnte und krümmte sich zusammen.

„Du kleiner Bastard wirst mich nicht von ihr fernhalten. Sie gehört mir", schrie er, packte mich am Arm und schleuderte mich gegen die Wand. Hart prallte ich mit der Schulter dagegen, aber ich musste weiterkämpfen. Ich durfte Trisha ihm nicht überlassen. Ich hörte sie schreien und sah, wie dieser Typ auf sie zugehen wollte, doch ich trat ihm die Beine weg. Er landete auf den Boden. Ich stürzte mich auf ihn und schlug auf ihn ein. Der Kerl war stark, das musste ich wirklich zugeben und ich kassierte selbst einige Schläge ein. Aber das interessierte mich nicht. Hier ging es um Trisha und ich musste sie auf jeden Fall beschützen.

„Hört auf", schrie Trisha. Ich schaute zu ihr auf und sah, dass sie meine Waffe in der Hand hielt und zitternd auf Noah zielte. Sie hatte sie vom Boden aufgehoben, wo ich sie hingelegt hatte, als ich sie befreit hatte.

„Trisha, gib sie mir", sagte ich, stand auf und ging zu ihr. Doch sie hielt die Waffe ganz fest und richtete sie weiter auf Noah. Dieser schien jetzt erst zu begreifen, was los war, denn er schaute erschrocken zur Waffe.

„Du wirst sowieso nicht schießen. Du weißt doch noch nicht einmal, wie du es machen sollst", spottete er.

„Halt die Klappe", schrie Trisha und behielt die Waffe auf ihn gerichtet.

„Du willst mich erschießen? Weißt du eigentlich, was dein Freund getan hat? Weißt du, wer damals deine Eltern von der Straße gedrängt und sie dadurch in den Tod getrieben hat? Ich habe damals James beauftragt, sie zu töten, weil ich dich haben wollte. Er hat mir den Gefallen getan und einen von seinen Männern beauftragt, es zu tun. Wer war das wohl", versuchte Noah sie zu verunsichern und schaute dabei in meine Richtung. Ich hoffte doch, sie würde es ihm nicht glauben. Ich war es nicht gewesen. Tyron, Neil und John auch nicht. So etwas Grausames würden wir nicht tun. Ich schaute zu Trisha. Sie sah mich misstrauisch an. Nein, sie dachte doch wohl nicht ...?

„Trisha, bitte glaube mir. Ich war es nicht. Bitte glaube diesem Kerl kein Wort. Weder ich noch die anderen Jungs würden so etwas tun. Bitte, du musst mir glauben. Er versucht dich doch nur zu verunsichern." Trisha sah nun zwischen mir und Noah hin und her. Ihr Gesichtsausdruck war unergründlich. Was dachte sie nur?

Kapitel 41

Trisha:

Ich war so froh gewesen, als Ethan in den Raum gekommen war und mich gerettet hatte. Ich konnte nicht anders, als ihm einfach nur weinend um den Hals zufallen, als er mich losgebunden hatte. Als Noah plötzlich in der Tür stand, hatte ich einen riesen Schock bekommen. Ich wollte ihn doch nie wiedersehen und nun stand er hier. Ethan hatte mich schützend hinter seinen Rücken gezogen und hatte es nicht zugelassen, dass Noah mich schnappen konnte. Sie hatten sich geschlagen und ich musste mit ansehen, wie Ethan meinetwegen verletzt wurde. Das wollte ich nicht. Ich musste irgendetwas tun. Ich sah Ethans Waffe auf dem Boden liegen und hatte sie aufgehoben. Ich hatte noch nie so ein Ding in der Hand gehabt. Ich richtete sie auf Noah, schrie das sie aufhören sollten, um seine Aufmerksamkeit zu bekommen. Ethan wollte, dass ich ihm die Waffe gab, aber ich tat es nicht. Noah erzählte mir, dass er James, für den Mord an meinen Eltern beauftragt hatte und deutete an, dass Ethan es gewesen wäre. Dieser flehte mich an Noah nicht zu glauben. Weder er noch die Anderen würden so etwas tun. Sollte ich ihm wirklich glauben? Was, wenn er es doch gewesen war? Zu der Zeit war Ethan einundzwanzig und arbeitete schon für James. Also hätte er auch den Auftrag bekommen können. Aber würde er so etwas wirklich tun? Ethan hatte mir erzählt, dass er nie unschuldige Menschen umbringen würde und meine Eltern waren unschuldig. Sie hatten nie einen Menschen etwas getan. Ich konnte nicht glauben, dass Ethan etwas damit zu tun haben würde. Ich schaute zwischen ihm und Noah hin und her, behielt aber die Waffe auf Noah gerichtet. Ich wusste nicht, ob ich Noah wirklich erschießen könnte, aber irgendetwas in mir wollte Rache für all das, was er mir angetan hatte.

„Kleines, bitte glaube mir", sagte Ethan verzweifelt.

„Schwörst du, dass du damit nichts zu tun hast", fragte ich, denn ich musste es einfach noch einmal von ihm hören.

„Ich schwöre es. Du weißt, ich könnte nie unschuldige Menschen töten. Vor allem könnte ich nie einem Kind die Eltern wegnehmen. Niemals", sagte er, und ich konnte in seinen Augen nur die Wahrheit sehen.

„Ich glaube dir", erwiderte ich und richtete dann meine volle Aufmerksamkeit wieder auf Noah. Meine Hand zitterte, als ich den Finger auf dem Abzug bewegte. Noah sah es und wurde nervös.

„Er lügt. Ich weiß genau, dass er es getan hat", versuchte er mich abzulenken. Aber genau das ließ ich nicht zu.

„Ich lüge nicht", knurrte Ethan.

„Du wirst mich nicht erschießen, dazu bist du gar nicht in der Lage. Du kannst es nicht. Du konntest noch nie irgendwas. Du bist zu dämlich für so etwas", begann Noah mich fertig zu machen. Das hatte er früher schon getan und die Bilder traten wieder in meine Erinnerung. Ich musste mich ihnen stellen. Ich musste mit meiner Vergangenheit abschließen und das hier war die Gelegenheit.

„Du hast mir mein Leben zerstört. Du hast meine Eltern töten lassen und mich kaputtgemacht", sagte ich leise und bewegte meinen Finger wieder am Abzug. Ich zitterte am ganzen Körper. „Nie wieder wirst du mir mein Leben zerstören. Nie wieder. Schmor in der Hölle", schrie ich ihn nun an.

„Du wirst mich nicht erschießen", lachte Noah hämisch und kam langsam auf mich zu.

„Bleib da stehen", zischte ich.

„Trisha, lass mich das machen", sagte Ethan und wollte mir die Waffe gerade aus der Hand nehmen, als ich abdrückte. Ein Schuss löste sich, traf Noah genau ins Herz und er fiel tot zu Boden. Ich ließ die Waffe fallen und sackte auf die Knie. Ethan war sofort bei mir und nahm mich in den Arm.

„Was ist denn hier los", rief Tyron, der mit den Anderen in den Raum gestürmt war.

„Trisha hat ihren Peiniger erschossen", klärte Ethan ihn auf.

„Sie hat was", fragte er verwundert nach.

„Ist er ... ist er ... tot", fragte ich und sah zu Noah.

„Ja, das ist er", sagte Neil, der sich zu ihm hingekniet und seinen Puls gefühlt hatte. „Du hast wirklich gut getroffen. Genau in sein Herz."

„Ich bin so stolz auf dich. Du hast dich ihm entgegengestellt und deine ganze Wut, den Hass, den du für das hattest, was er dir angetan hat, herausgelassen. Das hast du gut gemacht", sagte Ethan und gab mir einen Kuss auf die Stirn.

„Ich habe aber einen Menschen getötet", erwiderte ich und mir wurde erst einmal so richtig bewusst, was ich eigentlich getan hatte. Ich hatte jemanden ermordet.

„Ja, aber er hat es verdient", entgegnete Ethan und schaute mir tief in die Augen. „Kleines, er hat seine gerechte Strafe dafür bekommen, was er dir alles angetan hat. Töten ist zwar nicht richtig, aber wer weiß, was er getan hätte, wenn du nicht geschossen hättest. Was er dir vielleicht angetan hätte."

„Oder dir", unterbrach ich ihn.

„Ja. Es war auf jeden Fall Notwehr."

„Genau und jetzt lasst uns mal von hier verschwinden", schlug John vor. Ethan und ich standen auf, wobei er seine Waffe vom Boden aufhob. Er legte einen Arm um meine Taille, zog mich dicht zu sich und wir verließen den Raum. Wir gingen den Gang entlang und die Treppe hinauf ins Erdgeschoss. Im Flur trafen wir auf Lorenzo und seine Männer, mit denen er anscheinend gerade in den Keller kommen wollte.

„Da seid ihr ja. Geht es euch gut", fragte er und sah dabei besonders Ebby, Lynn und mich an. Wir nickten einfach zur Bestätigung.

Lorenzo:

Ich ließ James von meinen Männern in eines der Büros bringen. Die Jungs sollten die Mädchen befreien gehen und ich wollte mich um James kümmern. Dieser Mistkerl hatte sich mit meiner Familie angelegt. Die Folgen davon würde er nun zu spüren bekommen. Ich ließ ihn auf einen Stuhl setzen. Meine zwei Männer standen direkt neben ihm, damit er nicht abhauen konnte und seine Waffe hatten sie ihm auch weggenommen.

„Was willst du von mir", knurrte James mich an.

„Was ich von dir will? Ist das denn nicht offensichtlich", erwiderte ich.

„Ich habe weder dir noch deiner Familie etwas getan. Also lass mich gehen", forderte er und wollte aufstehen, wurde aber von Matthew, einen meiner Männer, der neben dem Stuhl stand, wieder zurück auf den Sitz gedrückt.

„Du hast meiner Familie nichts getan? Da liegst du aber falsch. Du hast ihr sehr wohl etwas getan, indem du die Mädchen entführt und Trishas Eltern ermordet hast." Ich hatte etwas recherchiert und dabei herausgefunden, dass James für den Mord an Edgar und Marcy verantwortlich war. Es war ein Schock, als ich das erfahren hatte und ich wusste, dass dieser Kerl dafür noch seine gerechnete Strafe bekommen würde.

„Sie gehören doch gar nicht zu deiner Familie", verteidigte sich James.

„Da liegst du wieder falsch. Natürlich gehören sie zu meiner Familie. Trisha ist mein Patenkind und Ebby und Lynn sind wie Töchter für mich. Also ist es doch nur logisch, dass ich sie beschütze", erklärte ich ihm.

„Patenkind", hakte James nach.

„Ja, du hättest dich vielleicht mal besser informieren sollen, bevor du sie entführt hast. Das hätte dir einiges an Ärger erspart. Und hätte ich vorher schon gewusst, dass du Trishas Eltern getötet hast, hätte ich dich schon viel eher umgelegt. Ich frage mich nur, warum du es getan hast? Was hat dir diese Mädchen getan? Oder vielleicht ihre Eltern?"

„Ich habe einen Freund einen Gefallen getan", entgegnete er.

„Welchen Freund", knurrte ich und packte ihm am Kragen.

„Noah. Er wollte, dass ich sie umbringe. Es sollte wie ein Unfall aussehen, was aber daneben ging. Ich sollte es tun, weil er Trisha für sich haben wollte", würgte er hervor.

„Du mieses Schwein. Weißt du, was er ihr angetan hat? Er hat sie jahrelang missbraucht und geschlagen. Findest du das etwa gut", fragte ich ihn und zerrte an seinen Kragen.

„Nein, natürlich nicht. Ich wusste doch gar nicht, was er mit ihr vorhatte. Zu der Zeit war es mir auch egal."

„Wo ist er jetzt? Ich weiß, dass Trisha an einen Freund von dir übergeben werden soll. Das kann ja nur Noah sein. Also wo ist er", hakte ich nach.

„Er ist auf den Weg hier her. Ich hatte aber nicht vor ihm Trisha zu geben. Sie tat mir so leid und als er mir erzählte, dass er sie als

Sklavin halten will, habe ich es mir anders überlegt. Gut zu der Entscheidung gab es noch andere Sachen, wie dass er sich in meine Geschäfte einmischt und eine Gefahr darstellt, da er schon einige Kunden von mir an die Polizei verpfiffen hat. Ich wollte ihn im Glauben lassen, dass er Trisha haben kann und ihn dann töten. Ihr wäre nichts passiert", versicherte mir James und ich ließ ihn los.

„So ist das also. Du wolltest ihn töten. Na das werden wir ja jetzt übernehmen, wenn er hier auftaucht. Eine Frage habe ich zu dem Ganzen noch. Hat einer der Jungs Trishas Eltern getötet", fragte ich und hoffte, dass es nicht der Fall war.

„Nein, es war keiner von ihnen. Sie waren noch nicht lang genug bei mir, um so einen Auftrag auszuführen. Außerdem glaube ich, hätten sie so etwas auch nicht getan, da sie nie unschuldige Menschen getötet haben. Es war Harold, einer meiner Männer, der schon länger für mich gearbeitet hat." Ich war froh, dass sie es nicht waren. Nicht auszudenken, wenn sie so etwas Grausames getan hätten. Vor allem, wie hätte ich es Trisha erklären sollen. Und wenn es dann auch noch Ethan gewesen wäre. Nein, das hätte ich nicht gekonnt.

„Gut, dann hätten wir das ja geklärt. Allerdings gibt es da noch etwas, was mich ziemlich wütend gemacht hat. Du hast mein Telefon abhören lassen."

„Na und. Ich musste schließlich wissen, was die Jungs vorhaben. Sie haben ihre Handys ausgestellt. Da ich mir aber schon denken konnte, dass sie bei dir waren, habe ich eben deines angezapft. Wie du sicherlich weißt, haben die Jungs mich hintergangen und dafür sollen sie bezahlen."

„Das werden sie nicht, denn du wirst nicht mehr die Gelegenheit haben, sie bezahlen zu lassen", knurrte ich und richtete meine Waffe auf seinen Kopf. „Jetzt wird abgerechnet." Ich hatte keine Lust groß herumzukaspern. Ich wollte es so schnell wie möglich beenden.

„Wir können doch verhandeln. Sag mir, was du willst und du bekommst es", versuchte James sich aus der Affäre zu ziehen. Anscheinend wurde ihm bewusst, dass ich ihn nun töten würde.

„Hier gibt es nicht zu verhandeln. Du hast es gewagt, Familienmitglieder zu entführen und meine besten Freunde zu töten, und dafür wirst du sterben", zischte ich und drückte den Abzug. Die Kugel landete direkt in seinen Kopf und James sackte tot auf dem Stuhl zusammen. „Räumt hier auf. Ich möchte hier keine Beweise zurücklassen", wies ich meine Männer an. Sie würden die Leichen und vor allem die Spuren beseitigen. Ich ging hinaus auf den Flur und wollte gerade mit zwei meiner Männer hinunter in den Keller gehen, als mir die Jungs mit den Mädchen entgegenkamen. Ich fragte nach, ob es ihnen gut ging und sie bestätigten es mir.

„Ach so, James sagte mir, dass Noah auf dem Weg hier her ist", berichtete ich den Anderen.

„Er ist schon hier. Allerdings lebt er nicht mehr. Dein Patenkind hat einen sehr guten Schuss drauf. Ich würde glatt behaupten, dass sie besser ist, als du", grinste Ethan.

„Wie was", fragte ich nach.

„Komm, wir erzählen es dir auf dem Weg nach Hause", erwiderte Ethan.

„Ok, aber ich würde vorschlagen, dass wir für ein paar Tage nach Italien fliegen. Dort können wir uns von den ganzen Strapazen erholen."

„Das ist eine gute Idee. Ich glaube wir können alle etwas Ruhe vertragen", stimmte Neil mir zu. Die Anderen nickten begeistert.

Kapitel 42

Trisha:

Wir flogen alle zusammen nach Italien, wo wir bei Massimiliano einige wunderbare Tage verbrachten. Endlich konnten wir in Ruhe ausspannen und brauchten nicht befürchten, dass James uns irgendwo auflauerte. James war tot und ich war irgendwie froh darüber. Dieser Kerl wollte die Jungs töten und mich an Noah ausliefern. Die Vorstellung alleine, dass die Jungs getötet werden sollten und ich vor allem Ethan nie wieder gesehen hätte, war einfach schrecklich. Genauso, was er mit Ebby und Lynn getan hätte. Ich wollte auch gar nicht daran denken, was Noah mit mir vorgehabt hätte. Vor ihm brauchte ich nun auch keine Angst mehr zu haben. Er war ebenfalls tot und könnte mir nie wieder etwas antun. Darüber war ich einfach froh und konnte nun mein Leben leben, ohne auf der Flucht vor ihm sein zu müssen oder Angst zu haben, dass er plötzlich irgendwo auftauchen würde. Lorenzo hatte mir erzählt, dass James es war, der meine Eltern im Auftrag von Noah umbringen sollte beziehungsweise, dass es nicht die Jungs, sondern einer seiner Männer, der schon länger für ihn gearbeitet hatte, gewesen war. Das wusste ich zwar schon, aber es erleichterte mich zu hören, dass die Jungs nichts damit zu tun hatten. Natürlich hatte ich Ethan geglaubt, aber nach allem, was ich erlebt hatte, war es gut, doch noch mal eine Bestätigung zu hören, dass sie es nicht gewesen waren. Außerdem erzählte er mir, dass James vorgehabt hatte, mich nie an Noah auszuliefern, sondern ihn zu töten. Darüber brauchte ich mir nun aber keine Gedanken mehr zu machen, denn die Beiden waren tot.

„Trisha, eine Sache müssen wir noch erledigen", sagte Lorenzo, als wir einen Abend zusammen bei Massimiliano im Wohnzimmer saßen.

„Was denn", fragte ich neugierig.

„Wir müssen nach Quebec fliegen, wo die Jungs angeblich zuletzt gesehen wurden. Dort musst du zur Polizei gehen und ihnen erzählen, dass die Entführer dich freigelassen haben. So wird nach dir nicht mehr gesucht und du kannst deinen alten Namen wieder annehmen", erklärte Lorenzo.

„Aber nach den Jungs wird dann doch immer noch gesucht", erwiderte ich.

„Das schon, dann sagst du ihnen, du hättest mitbekommen, dass sie nach Irland flüchten wollten. Außerdem kannst du falsche Beschreibungen und falsche Namen angeben."

„Und dann? Ich meine, ich möchte nicht zurück nach New York", sagte ich und schaute zu Ethan. Ich wusste doch nicht, was er vorhatte. Ob er mit mir zusammenleben wollte.

„Du brauchst auch gar nicht dorthin zurück. Wir können uns irgendwo anders etwas Neues zusammen aufbauen, wenn du es möchtest", sagte Ethan lächelnd und streichelte mir zärtlich mit dem Handrücken über die Wange. Er wollte also mit mir zusammen sein Leben verbringen. Ich war so glücklich darüber.

„Natürlich möchte ich es. Ich kann mir nichts Schöneres vorstellen, als mit dir ein neues Leben aufzubauen", erwiderte ich lächelnd.

„Mein Gott sind die Beiden süß", quietschte Lynn. „Tyron, du könntest dir ruhig mal eine Scheibe von deinem Bruder abschneiden."

„Soll ich dir dann auch das Frühstück ans Bett bringen, wie Ethan es für Trisha getan hat", fragte Tyron und bereute es anscheinend gleich wieder, denn das konnte ich an seinen Blick sehen.

„Er hat was? Du hast mir noch nie Frühstück ans Bett gebracht. Genau das könntest du ja mal tun", rief sie aufgebracht.

„Das hast du dir jetzt selbst eingebrockt", sagte Ethan und schlug ihm auf die Schulter. Lynn und Tyron begannen sich zu streiten, wobei Lynn plötzlich aufstand und das Wohnzimmer verließ. Tyron folgte ihr sofort.

„Ist das immer so", fragte Massimiliano nach und deutete auf die Beiden.

„Ja, das ist ständig so. Sie streiten ziemlich oft, wobei es auch recht amüsant sein kann", erwiderte Neil. Nach einigen Minuten hatten sich die Beiden wieder eingekriegt und kamen ins Wohnzimmer zurück.

„Wie wird das Ganze denn genau ablaufen", wollte ich von Lorenzo wissen.

„Ich werde mit dir nach Quebec fliegen und mit zur Polizei kommen."

„Meinst du wirklich, dass das so eine gute Idee ist? Du willst mit zur Polizei? Du weißt, dass du bei denen bekannt bist. Sie werden sich fragen, was du da tust und vielleicht schnüffeln sie dir dann auch noch nach und finden raus, was die Jungs getan haben. Das Risiko sollten wir nicht eingehen", warf Sally ein.

„Ich weiß, dass ich bei der Polizei bekannt bin, aber sie haben sich noch nie in meine Geschäfte eingemischt, weil sie genau wissen, dass die Mafia dahintersteckt und sie wollen sich nicht mit ihr anlegen", erwiderte Lorenzo.

„Schon, aber es braucht doch nur jemand Neues da sein, der nur mitbekommen hat, dass du bekannt bist und gar nichts von der Mafia weiß. Er bräuchte doch nur mal etwas herumschnüffeln und wenn dann noch herauskommt, dass Trisha gelogen hat und sie mit einen der Täter auch noch zusammen ist. Das wäre fatal. Auch wenn es die Polizei in Kanada ist, so können sie doch in die Akte von der US-Polizei hineinschauen", entgegnete Sally und es klang wirklich logisch. Es brauchte ja nur ein Polizist zu sein, der frisch aus der Ausbildung kam und sehr ehrgeizig war. Ich wollte nicht, dass die Jungs hinterher doch noch ins Gefängnis mussten.

„Sally hat recht. Das ist viel zu risikoreich", stimmte ich ihr zu. „Außerdem möchte ich nicht, dass meinetwegen jemand ins Gefängnis muss."

„Es wird niemand im Gefängnis landen", versicherte mir Lorenzo.

„Dann werden Ebby und ich mitfliegen. Uns kann niemand etwas nachweisen und bekannt bei der Polizei sind wir auch nicht", schlug Lynn vor.

„Und wie wollt ihr erklären, wer ihr seid", fragte Neil.

„Na wir sind Freundinnen von Trisha und sie hat uns sofort angerufen, als sie freigelassen wurde. Als Freundinnen ist es für uns doch selbstverständlich, ihr beizustehen", antwortete Lynn.

„Euch ist doch wohl klar, dass ich ebenfalls mitkomme. Ich werde Trisha nicht alleine lassen", warf Ethan ein.

„Nein Ethan. Für dich wäre es ebenfalls zu risikoreich, falls so ein Polizist nachforschen sollte", entgegnete Ebby. „Wir werden das schon machen." Ethan war zwar nicht so ganz mit dem Plan einverstanden, aber er sah ein, dass es das Beste war. Wir besprachen noch alles weitere. Auch würden wir im Anschluss nach New York fliegen und dort meine restlichen Sachen holen, sowie die Wohnung kündigen.

In der gleichen Nacht ging es los. Wir flogen mit Massimilianos Privatjet nach Quebec. Nach New York würden wir aber mit einem normalen Flugzeug fliegen, damit es nicht auffiel. Wir mussten nachts starten, damit wir pünktlich am Morgen in Quebec ankamen und unseren Zeitplan, der engbestückt war, einhalten konnten. Schließlich wollten wir am nächsten Abend wieder zurück nach Albuquerque fliegen, wo wir alle fürs Erste bei Lorenzo und Sally wohnen würden. Zum Glück waren die Sitze im Flugzeug sehr bequem und ich konnte richtig gut schlafen. Ich hatte mich dazu entschlossen, alleine zur Polizei zu gehen. Ich hatte mir überlegt, dass es seltsam wäre, wenn ich erst auf die Beiden gewartet hätte, bevor ich zur Polizei gegangen wäre. So hätte ich sie vorher angerufen und sie würden erst später in Quebec eintreffen. In Wirklichkeit traf ich mich nach dem Gespräch bei der Polizei mit ihnen am Flughafen. Ich war sehr nervös, denn ich hatte Angst, dass die Polizisten mir nicht glauben würden. Dass sie merken würden, dass ich log. Mit wackeligen Beinen ging ich auf das Polizeirevier zu. Bald würde ich wieder Trisha Anderson sein. Patricia Sloan würde es erst einmal nicht geben, da die Medien sowie die Polizei mich unter Trisha Anderson kannten und es komisch wäre, wenn ich mich mit meinen richtigen Namen dort vorstellen würde. Vor allem würde ich mich strafbar machen, da ich meine Geburtsurkunde gefälscht hatte, und das war ja eigentlich verboten. Strafbar machen wollte ich mich eigentlich nicht. Außerdem hatte es ja auch etwas Gutes. Ich würde ihnen sagen, dass ich zu Bekannten fliegen würde. Namen würde ich keine nennen. Würde ich aber meinen richtigen Namen nennen und dann noch sagen, dass ich zu meinen Paten fliegen würde, würden sie herausfinden, wer das ist, und vielleicht würde dann doch noch jemand herumschnüffeln. Das wollte ich natürlich nicht. Wenn sie mich nun nach dem Namen fragen würden, würde ich sagen, dass ich ihn wegen der Medien nicht nennen möchte. Falls sie doch darauf drängen würden, hatten wir vereinbart, dass ich Lynns Namen angeben sollte, die gerade im Umzug nach Albuquerque wäre. Ansonsten wäre ich immer noch auf dem Handy erreichbar. Ich hatte meine Simkarte aus dem kaputten Handy in das andere von George gesteckt, falls sie die Nummer zurückverfolgen sollten und auf einen anderen Namen stoßen würden. Wir hatten wirklich an alles gedacht.

Ich betrat das Gebäude und ging auf die Anmeldung zu.

„Guten Tag, was kann ich für Sie tun", fragte ein freundlicher, älterer Herr in Polizeiuniform.

„Guten Tag. Ich bin Trisha Anderson. Die Entführer haben mich frei gelassen", sagte ich unsicher. Zum Glück war mein blaues Auge noch nicht verheilt. Zwar war es etwas verblasst, aber trotzdem noch gut erkennbar, sodass es glaubhaft wirkte. Schließlich mussten sie ja nicht wissen, dass einer von ihnen mein Freund war und ich abgesehen von Angus gut von ihnen behandelt wurde.

„Sie meinen, Sie sind die Geisel aus dem Banküberfall in New York, oder", harkte der Polizist nach.

„Ja genau", bestätigte ich.

„Dann kommen Sie doch bitte mit. Ich bringe Sie zu Kommissar Quentin, der die Ermittlungen hier in Quebec leitet", sagte er und brachte mich zu dem Büro, in dem der Kommissar saß. Er erklärte ihm kurz, wer ich war und ließ mich dann mit ihm alleine.

„Miss Anderson, nehmen Sie doch bitte platz", sagte Kommissar Quentin und deutete auf den Stuhl vor seinen Schreibtisch. „Geht es Ihnen gut?"

„Soweit eigentlich schon", erwiderte ich leise.

„Ich weiß, es wird jetzt schwer für Sie, aber bitte erzählen Sie mir alles was nach dem Überfall in der Bank passiert ist." Ich tat, was er sagte, wobei ich hoffte, dass er meine Lügen nicht durchschaute. Ich erzählte ihm, dass wir in verschiedenen Orten waren, wobei ich ihm die nicht nennen konnte, da mir nie gesagt wurde, wo wir waren und ich auch kein Schild sehen konnte, da mir die Augen verbunden wurden. Ab und zu hätten sie mich auch geschlagen. Ich kannte einige Namen, wie die Täter angeblich hießen und beschrieb sie, wobei ich sie nur selten gesehen hatte, wenn ich die Augenbinde mal abhatte. Außerdem berichtete ich, dass ich mein Aussehen ändern musste, damit ich nicht sofort erkannt wurde. Wie hätte ich dem Kommissar sonst erklären sollen, dass ich plötzlich eine andere Haarfarbe und eine andere Frisur hatte?

„Haben sie etwas gesagt, wo sie nun hinwollten", fragte der Kommissar.

„Wenn ich es richtig verstanden habe, wollten sie nach Irland."

„Nach Irland. Wie lange ist es her, dass sie weg sind", fragte er nun.

„Ich weiß es nicht genau. Vielleicht eine Stunde? Kann aber auch zwei sein. Ich musste bis tausend zählen, bis ich die Augenbinde abnehmen durfte. Aus Angst sie wären noch da und würden merken, wenn ich schummle, habe ich es auch getan. Danach brauchte ich erst einmal eine Zeit um meine Augen an das Licht wieder zu gewöhnen. Nachdem ich mich umgeschaut und meine Sachen gefunden habe, bin ich dann auch von dort abgehauen", erklärte ich ihm.

„Können Sie mir sagen, wo Sie waren", fragte der Kommissar.

„Nicht genau, aber es war ein altes Lagerhaus in einem Gewerbegebiet", erwiderte ich. Lorenzo hatte dort ein paar Männer hingeschickt, die es so aussehen lassen sollten, als wenn wirklich jemand da gewesen wäre. Nur Fingerabdrücke und DNA-Spuren hatten sie keine hinterlassen. Er fragte mich noch verschiedene Sachen, die ich ihm so gut es ging beantwortete. Zum Schluss gab ich ihm meine Handynummer, falls etwas sein sollte und erzählte ihm, dass ich von New York wegziehen würde, weil ich in diese Stadt nicht zurückkehren wollte. Er verstand es und fragte, wohin ich denn ziehen würde. Ich sagte, dass ich erst einmal zu einer Freundin wollte, die gerade nach Albuquerque ziehen würde. Er stellte zum Glück keine weiteren Fragen. Ich bat ihn der Presse nicht zu sagen, wo ich hinwollte und er versprach es nicht zu tun. Kommissar Quentin würde nun die Neuigkeiten an die irländische Polizei weitergeben und die Polizei würde sich bei mir melden, wenn sie die Täter hatten und es zum Prozess kommen würde, wo ich als Zeugin aussagen müsste. Ansonsten würde er der Polizei in New York Bescheid geben, dass ich freigelassen wurde. Ich war so froh, als ich endlich das Polizeirevier, nachdem ich mich von Kommissar Quentin verabschiedet hatte, verlassen konnte. Ich rief mir ein Taxi, dass mich zum Flughafen brachte, wo ich mich mit Ebby und Lynn traf. Es wäre zu auffällig gewesen, wenn wir uns direkt vor dem Polizeirevier getroffen hätten. Kommissar Quentin hatte mich gefragt, wo ich nun hinwollte, und ich sagte ihm, dass ich meine Freundin angerufen hatte, die sich auf dem Weg gemacht hätte und wir uns am Flughafen treffen würden.

Kapitel 43

Trisha:

Ich stieg aus dem Taxi aus, gab dem Fahrer das Geld und ging ins Flughafengebäude. Wir hatten uns in einem Café verabredet. Ich fand das Café auch sofort, wo Lynn und Ebby schon auf mich warteten und fiel den Beiden in die Arme.

„Und wie ist es gelaufen", fragte Lynn.

„Ganz gut. Zumindest hat er mir alles geglaubt", berichtete ich und war erleichtert, dass alles so gut geklappt hatte. Wir setzten uns an einen Tisch und bestellten etwas zu trinken. Wir hatten noch etwas Zeit, bis unser Flieger nach New York gehen würde. Unsere Getränke kamen und die Beiden wollten nun alles ausführlich wissen. Ich erzählte es ihnen im leisen Ton, damit die anderen Leute, die im Café saßen, es nicht mitbekamen. Ich war so glücklich, dass alles so gut geklappt hatte. Nicht auszudenken, wenn der Kommissar gemerkt hätte, dass ich gelogen hatte. Er hätte mich zuerst einmal dabehalten und ins Verhör genommen, bis ich die Wahrheit gesagt hätte.

„Mädels, ich will euch ja nicht drängen, aber wir müssten so langsam los", sagte Ebby, nachdem sie auf die Uhr geschaut hatte.

„Oh, du hast recht. Wir wollen doch schließlich nicht den Flieger verpassen", erwiderte Lynn. Wir bezahlten unsere Getränke und gingen zum Schalter, wo wir eincheckten. Es dauerte nicht lange, bis wir in das Flugzeug einsteigen konnten. Ich hatte einen Fensterplatz und den ganzen Flug über schaute ich hinaus.

Wir landeten in New York und fuhren mit einem Taxi zu meiner alten Wohnung. Ich war so froh, hier nicht mehr leben zu müssen. Endlich war ich den schrecklichen Vermieter los. Ich freute mich schon so darauf, mein Leben mit Ethan zu verbringen. Etwas Schöneres konnte ich mir gar nicht vorstellen. Ich holte meinen Schlüssel aus der Tasche, schloss die Haustür auf und wir gingen hinein.

„Miss Anderson? Das ist ja eine Überraschung", sagte meine Nachbarin Mrs. Temper, die gerade die Treppe herunterkam.

Hallo Mrs. Temper", grüßte ich sie.

„Wie geht es Ihnen denn? Hat die Polizei diese Verbrecher endlich geschnappt? Es war ja so, schrecklich Sie im Fernsehen zu sehen und zu hören, dass Sie von den Bankräubern als Geisel genommen wurden. Aber nun sind Sie ja endlich wieder frei."

„Mir geht es gut. Die Polizei hat die Täter noch nicht gefasst. Sie haben mich einfach freigelassen", erzählte ich ihr.

„Oh, na ich hoffe, dass sie die Täter noch schnappen werden. Hauptsache Sie sind wieder frei."

„Ja, darüber bin ich auch sehr froh. Ich muss jetzt auch weiter. Falls wir uns nicht mehr sehen, wünsche ich Ihnen alles Gute", sagte ich und meinte es auch ehrlich. Mrs. Temper war eine sehr nette und freundliche Nachbarin.

„Sie wollen wegziehen", fragte sie mich überrascht.

„Ja. Ehrlich gesagt fühle ich mich nach dieser Sache in dieser Stadt nicht mehr wohl", gab ich zu und es war auch nicht gelogen. Ich wollte wirklich nicht mehr hier wohnen. Abgesehen von Ethan, war mir hier doch nur Schlechtes passiert. Ich wurde gemobbt, hatte meinen Job deswegen verloren und Freunde hatte ich hier sowieso nicht. Mich hielt hier eigentlich gar nichts.

„Das verstehe ich natürlich. Ich wünsche Ihnen ebenfalls alles Gute und vor allem, dass Sie das Geschehene gut verarbeiten werden", sagte sie und streichelte mir über den Arm. Wir verabschiedeten uns voneinander und ich ging mit Ebby und Lynn die Treppe hinauf zu meiner Wohnung. Als wir vor der Wohnungstür ankamen, erschrak ich. Die Tür war nur angelehnt.

„Habt ihr die Tür wieder zugemacht, nachdem ihr meine Sachen geholt hattet", fragte ich Ebby und Lynn.

„Natürlich haben wir die Tür wieder geschlossen", antwortete Ebby. Ich trat mit dem Fuß die Tür auf und traute meinen Augen nicht. In meiner Wohnung stand doch tatsächlich mein Vermieter und durchsuchte gerade eine Schublade von meinem Schreibtisch, der im Wohnzimmer stand.

„Was tun Sie da", rief ich und ging wütend auf ihn zu. Ebby und Lynn folgten mir.

„Miss Anderson, ich ... ähm ... ich wollte ihre Blumen gießen", stotterte er herum.

„Natürlich. Erstens habe ich gar keine Blumen und zweitens würden Sie sie nicht in meiner Schreibtischschublade finden. Verschwinden Sie sofort, bevor ich die Polizei rufe", knurrte ich.

„Aber Miss Anderson, ich ... ich ...", stotterte er wieder.

„Raus! Und bevor ich es vergesse. Ich ziehe heute noch aus. Hiermit kündige ich die Wohnung."

„Sie ... Sie wollen ausziehen? Aber das geht nicht so einfach. Sie haben eine Kündigungsfrist." Langsam riss mir der Geduldsfaden. Dieser Typ sollte endlich aus meiner Wohnung verschwinden.

„Und ob das geht, oder wollen Sie, dass ich bei der Polizei erzähle, wie Sie mich hier belästigen? Das Sie schon mehrmals in meine Wohnung eingebrochen sind? Das geht ganz schnell. Ebby ruf doch bitte die Polizei", wandte ich mich an sie. Ebby zückte schon das Handy aus ihrer Tasche, als Waston, wie ich es erwartet hatte, sie stoppte.

„Nein, bitte nicht. Ist gut, ich nehme Ihre mündliche Kündigung an", flehte Waston.

„Gut und jetzt raus hier", zischte ich und war froh, dass er wirklich meine Wohnung verließ. „Ok, dann lasst uns mal anfangen", sagte ich erleichtert, als Waston die Wohnung verlassen hatte und sogar die Tür geschlossen hatte. Wir holten zwei Reisetaschen aus meinem Kleiderschrank und begannen meine restlichen Sachen, wie Bücher und Sachen, die sich so angesammelt hatten, einzupacken. Die Möbel würden hierbleiben, weil ich die Wohnung schon möbliert übernommen hatte. Es wäre auch schwierig für mich gewesen mit Möbeln flüchten zu müssen.

Ich packte gerade die Bücher zusammen, als es an der Tür klopfte. Wer war das denn jetzt? Ich ging zur Tür und sah dabei, dass Ebby am Grinsen war. Wusste sie etwa, wer vor der Tür stand? Aber woher sollte sie das wissen? Sie kannte doch niemanden in New York. Ich öffnete die Tür und konnte es kaum glauben. Vor der Tür standen Ethan, Neil und Tyron. Ich schrie auf vor Freude und sprang Ethan in die Arme. Er fing mich auf und hielt mich ganz fest.

„Was macht ihr denn hier", fragte ich.

„Wir wollen dir beim Packen helfen", grinste Ethan.

„Das ist ja unglaublich", sagte ich und küsste Ethan. Dieser vertiefte sofort den Kuss.

„Hey, wir wollen den Tag nicht auf dem Flur verbringen. Küssen könnt ihr euch immer noch, aber erst kommt die Arbeit", protestierte Tyron. Ethan ließ mich herunter und wir gingen in die Wohnung.

„Wie seid ihr hierhergekommen", fragte ich Ethan.

„Mit Lorenzos Flugzeug. Mit dem werden wir auch wieder zurückfliegen, damit es nicht so auffällt", erklärte er.

„Ich wollte gerade fragen, ob es nicht zu gefährlich ist, wenn wir zusammen gesehen werden."

„Deswegen müssen wir leider getrennt fliegen", erwiderte Ethan. Wir machten uns an die Arbeit den Rest einzupacken. Mein Bettzeug nahm ich auch mit, was ich in einen Sack stopfte.

„Was ist denn mit dem Computer", fragte Ethan.

„Der muss auch mit. Dort sind noch Daten von mir gespeichert, deswegen will ich ihn nicht hierlassen. Es reichte schon, dass mein Vermieter gerade schon wieder in meiner Wohnung war und herumgeschnüffelt hat."

„Er hat was", fragte Ethan entsetzt.

„Als wir hier ankamen, war er gerade in meiner Wohnung und hat hier herumgeschnüffelt. Ich habe ihm aber mit der Polizei gedroht und er ist abgehauen", erzählte ich ihm in Kurzform.

„Warum hast du mir nie erzählt, dass er dich belästigt? Wenn ich das gewusst hätte, dann hätte ich dich doch an dem ersten Abend bis zur Wohnungstür begleitet, oder ich hätte dir ein Hotelzimmer besorgt", sagte Ethan ernst.

„Ich fand es nicht so wichtig. Ich wollte doch sowieso ausziehen, brauchte aber einen Kredit für die Kaution für die neue Wohnung, die ich hätte haben können. Deshalb war ich auch an beiden Tagen bei der Bank gewesen. Ich habe den Kredit allerdings nicht bekommen, weil ich doch bei meiner Arbeit gekündigt wurde."

„Deshalb hattest du Tränen in den Augen, als wir in die Bank kamen", sagte Ethan.

„Ja, ich war so fertig, weil ich nicht wusste, wie es weiter gehen sollte. Ich wollte doch so gerne die neue Wohnung haben. Aber woher weißt du das", fragte ich, denn ich hatte das nie erwähnt.

„Mir wurde es erzählt. Aber sei bitte nicht böse auf sie. Sie haben es nur gut gemeint", erwiderte Ethan und schaute dabei zu Ebby und Lynn.

„Nein, bin ich nicht. Ich hätte es dir ja auch noch erzählt, aber in den letzten Tagen war so viel los, dass ich es einfach vergessen habe."

„Da hast du recht. Das Wichtigste ist jetzt, dass du hier

wegkommst und du ihn nicht mehr sehen musst", sagte Ethan und gab mir einen Kuss. Wir packten den Computer und den Drucker in einen Karton, den ich noch vom Einzug aufbewahrt hatte.

Als wir fertig waren, packten die Jungs alle Sachen in ein Taxi. Sie würden sie mit in das Privatflugzeug nehmen, damit nichts verloren ging. Bei den Fluggesellschaften konnte man ja nie wissen. So viele Koffer wie dort schon verloren gegangen waren. Wir verabschiedeten uns von den Jungs, was mir sehr schwerfiel. Ich wollte eigentlich nicht von Ethan getrennt sein, obwohl wir uns in ein paar Stunden wiedersehen würden. Ich legte meine Schlüssel für die Wohnung, die Haustür und den Briefkasten, wobei ich dort noch meine Post herausgeholt hatte, auf die Kommode, in der Wohnung und ging hinaus. Die Post müsste ich mir mit einen Nachsendeauftrag nach Albuquerque schicken lassen. Ich müsste mich sowieso ummelden und dann würde ich das gleich bei der Post beantragen. Ich lehnte die Tür nur an und wir verließen das Haus.

„Eine Sache möchte ich noch erledigen", sagte ich zu Ebby und Lynn, als wir draußen auf das Taxi warteten, dass uns zum Flughafen bringen würde.

„Was möchtest du denn tun", fragte Lynn.

„Ich möchte noch kurz zu dem Café, wo ich mich beworben habe und persönlich absagen, dass ich dort nicht anfangen werde, falls sie mich nehmen würden. Sie waren dort so nett zu mir gewesen und haben bestimmt mitbekommen, was passiert ist", erklärte ich.

„Ok, dann werden wir dort eben halten", sagte Lynn und Ebby stimmte nickend zu. Das Taxi kam und wir fuhren zuerst zum Café. Ich stieg alleine aus und die beiden warteten im Taxi. Ich betrat das Café und ging gleich zur Theke.

„Miss Anderson", fragte Mrs. Young, die hinter der Theke stand. „Oh mein Gott, Sie sind wieder frei. Es war so schrecklich, als ich es in den Nachrichten gesehen habe, was Ihnen passiert ist. Geht es Ihnen gut? Hat die Polizei die Täter geschnappt", fragte sie aufgeregt.

„Mir geht es gut. Die Polizei hat die Täter noch nicht, aber sie haben mich freigelassen."

„Na Gott sei Dank."

„Ich wollte Ihnen mitteilen, dass ich meine Bewerbung zurückziehe. Ich werde die Stadt verlassen, weil ich mich hier nach dieser Sache nicht mehr wohlfühle", erklärte ich ihr.

„Das ist schade, denn ich hätte Sie eigentlich eingestellt. Sie hätten gut in unser Team gepasst. Aber ich kann Sie natürlich verstehen. Ich würde es wahrscheinlich genauso tun, wenn ich so etwas erlebt hätte. Ich wünsche Ihnen alles Gute."

„Danke, das wünsche ich Ihnen auch." Ich verabschiedete mich von ihr und verließ den Laden. Ich stieg in das Taxi ein und wir fuhren zum Flughafen. Mittlerweile war es acht Uhr abends. Also würden wir erst nachts in Albuquerque ankommen. Wir checkten ein und schon bald saßen wir im Flugzeug. Nun würde es in ein neues Leben gehen!

Kapitel 44

Trisha:

Sechs Monate waren nun vergangen, seitdem ich bei dem Banküberfall als Geisel genommen wurde und es hatte sich einiges getan. Wir wohnten nun alle in Albuquerque. Allerdings nicht mehr bei Lorenzo und Sally. Die Jungs hatten ihr Haus in Chicago verkauft. Ethan hatte mich mit einem wunderschönen Haus mit großem Garten und einen Pool überrascht, indem wir nun wohnten. Lorenzo hatte mir das Angebot gemacht, mein Elternhaus in San Francisco zurückzukaufen, aber das wollte ich nicht. Es hingen zwar sehr viele schöne Erinnerungen an dem Haus, allerdings auch die eine schlechte, als ich von der Polizei die Nachricht vom Tod meiner Eltern erhielt. Ich wollte neu anfangen. In einer anderen Stadt, in einem anderen Haus, mit Ethan zusammen in der Nähe meiner neugewonnenen Freunde und meiner wiedergefundenen Familie. Auch Tyron und Lynn, sowie Neil und Ebby besaßen jeweils ein Haus. John hatte sich eine Penthousewohnung gekauft. Er wohnte noch nicht mit Samantha zusammen, wobei sie mehr bei ihm anstatt Zuhause war. Die Beiden wollten es langsam angehen lassen. Beruflich hatte sich auch etwas getan. Keiner der Jungs war mehr kriminell. Sie hatten sich alle davon abgewandt, worüber ich doch irgendwie sehr froh war. Ethan und ich hatten uns für das Wintersemester an der Uni angemeldet. Ethan studierte Wirtschaftswissenschaften und ich hatte mich dazu entschlossen, Literatur zu studieren. Ich liebte Bücher und noch dazu schrieb ich gerne Geschichten. Also wollte ich etwas in diesem Bereich machen. Lorenzo ließe es sich nicht nehmen, für mich das Studium zu bezahlen. Ich wollte nicht, dass er für mich Geld ausgab, aber er bestand darauf. Zudem bekam ich von ihm noch ein ordentliches Taschengeld im Monat. Meine Proteste ignorierte er einfach. Trotzdem wollte ich mein eigenes Geld zum Leben verdienen, Aus diesem Grund arbeitete ich zweimal die Woche bei Sally im Büro und half ihr bei dem Bürokram. Außerdem konnten Erfahrungen in der

Büroorganisation doch nicht schaden und es würde sich gut in meinen Lebenslauf machen, wenn ich mich nach der Uni bewerben würde. Ethan wollte mir ebenfalls mein Leben finanzieren, doch ich lehnte ab. Ich wollte niemanden auf der Tasche liegen. Neil studierte nun auch. Er konnte nun endlich sein Medizinstudium beginnen und anschließend Arzt werden. Erfahrungen hatte er ja schon etwas gemacht, indem er die Jungs versorgt hatte, wenn sie sich verletzt hatten. Lynn und Ebby hatten eine Boutique eröffnet und Tyron und John eine Autowerkstatt. Wie ich im Nachhinein erfahren hatte, bastelten beide gerne an Autos herum. Beide Läden liefen wirklich gut,

Die Polizei hatte die Täter noch nicht gefunden. Sie könnten auch suchen, wie sie wollten. Sie würden sie nie finden. Mich ließen sie in Ruhe und auch von der Presse hörte ich nichts. Sie hatten nur in den Nachrichten berichtet, dass ich freigelassen wurde und die Täter verschwunden waren. Über die Polizei wurden Interviewanfragen an mich gestellt, da die Presse mich nicht selbst erreichen konnte, aber ich lehnte ab mit der Begründung, dass ich Ruhe von den Geschehnissen bräuchte. Die Polizei verstand es und gab es so an die Presse weiter. In Albuquerque ließen mich die Leute zum Glück in Ruhe. Zum Teil lag es natürlich daran, dass ich mein Aussehen schon auf der Flucht geändert hatte. Sie kannten mich ja nur aus den Medien und da sah ich ja noch ganz anders aus. Deswegen erkannten sie mich nicht. Aber die, die meinen Namen kannten, wie die Leute in der Uni, hatten zwar mal gefragt, wie es mir geht, aber ansonsten ließen sie mich auch dort in Ruhe. Das war auch gut so.

Ich machte nun auch eine Therapie, um meine Vergangenheit zu verarbeiten. Lorenzo hatte einen Bekannten, der Therapeut war und keine großartigen Fragen stellen würde, was mit Noah passiert wäre, falls mir doch mal etwas herausrutschen würde, was niemand wissen sollte. Die Therapie verlief recht gut. Meine Albträume wurden weniger und ich hatte nicht mehr so oft diese schrecklichen Bilder im Kopf. Außerdem half er mir, den Tod von meinen Eltern zu verarbeiten, was ich bis jetzt noch nicht konnte. Auch mit Ethan redete ich viel über sie und er war sogar mit mir nach San Francisco geflogen, um das Grab meiner Eltern zu besuchen. Es war ein tränenreicher und schwerer Besuch gewesen, denn ich war seit der Beerdigung nicht mehr dort gewesen. Als ich bei Noah war, durfte ich nie nach San Francisco, um meine Eltern zu besuchen, und danach war ich ständig auf der Flucht vor ihm. Es wäre zu gefährlich gewesen, nach San Francisco zu reisen, denn dort hätte er mich bestimmt auch gesucht. Es war zwar schade, dass wir so weit von dem Grab meiner Eltern entfernt wohnten, aber ich hatte mir vorgenommen, öfter dorthin zu fliegen.

„Hey Kleines, kommst du", fragte Ethan und kam in die Küche.

„Ja, ich bin schon fertig", erwiderte ich und legte das Messer weg. Heute waren alle zum Kaffeetrinken zu uns gekommen und ich hatte gerade den Kuchen in Stücke geschnitten.

„Weißt du eigentlich, wie wunderschön du heute wieder bist. Ich könnte dich auf der Stelle vernaschen", flüsterte Ethan in mein Ohr und schlang von hinten seine Arme um meinen Bauch.

„Mh, das hört sich gut an. Aber wir haben Gäste", erwiderte ich und drehte mich in seinen Armen, sodass ich ihn ansehen konnte.

„Ja leider. Aber einen Kuss darf ich dir doch wohl rauben, wenn wir den Rest schon auf später verschieben müssen." Und kaum hatte er das gesagt, lagen seine Lippen schon auf meinen. Ich schlang meine Arme um seinen Hals und vertiefte den Kuss. Ethan bat an meiner Unterlippe mit seiner Zunge um Einlass, den ich ihm sofort gewährte. Unsere Zungen begannen ein wildes Spiel und mir entkam ein leises Stöhnen.

„Das gibt es ja wohl nicht. Ihr beide macht hier herum und wir verhungern", rief Tyron, der gerade in die Küche kam. Seufzend lösten Ethan und ich uns voneinander.

„Ist ja schon gut. Du bekommst ja gleich etwas zu Essen", sagte Ethan, schnappte sich den Teller mit den Muffins, die ich zusätzlich noch gebacken hatte und ging damit ins Esszimmer, wo die Anderen schon am Tisch saßen. Ich drückte Tyron die Kuchenplatte in die Hand und ich selbst nahm die Kaffeekanne. Zusammen gingen wir ebenfalls ins Esszimmer.

„Trisha, wir haben noch etwas für dich", sagte Lorenzo, als ich die Kanne auf den Esstisch stellte und stand auf. Er überreichte mir einen Umschlag. Überrascht schaute ich diesen an, öffnete ihn und holte ein Dokument heraus.

„Was ist das", fragte ich, als ich es mir ansah.

„Nun ja, ich habe den Schmuck verkauft und habe den Erlös für dich gewinnbringend angelegt", erklärte er mir.

„Zwei Millionen Dollar", fragte ich verblüfft, als ich den Betrag auf dem Dokument las.

„Eigentlich waren es sogar acht Millionen. Für Lynn, Ebby und Samantha habe ich es ebenfalls angelegt. Die Jungs wollten es so."

„Acht Millionen Dollar?" Nun war ich ganz perplex. So viel Geld für Schmuck? Das war ja echt der Wahnsinn.

„Ja, es war ein sehr kostbarer Schmuck. Deswegen wollte James ihn wohl auch unbedingt haben", erwiderte Lorenzo.

„Ich weiß gar nicht so recht, was ich sagen soll. So viel Geld habe ich noch nie besessen. Danke. Das hättet ihr wirklich nicht tun müssen", bedankte ich mich bei ihnen.

„Doch natürlich. Durch den ganzen Stress, den ihr durch uns hattet. Und du hast es noch mehr verdient, weil du wegen uns als Geisel genommen wurdest", entgegnete Ethan.

„Aber durch den Auftrag, den ihr von James bekommen hattet, habe ich dich doch erst kennengelernt und habe meine Paten wiedergefunden", erwiderte ich.

„Da hast du auch wieder recht. Trotzdem, kauf dir etwas Schönes davon und wenn wir gerade dabei sind", begann er und holte sein Portemonnaie aus der Hosentasche. „Hier, das muss ich dir noch wiedergeben." Er drückte mir zweihundert Dollar in die Hand.

„Wofür ist das", fragte ich verwundert.

„Das ist das Geld, was du mir in der Bank beim Überfall gegeben hast. Ich habe dir doch gesagt, dass du es zurückbekommen wirst", erklärte mir Ethan lächelnd.

„Oh", sagte ich nur und schaute auf das Geld in meiner Hand. „Das ist jetzt aber schon ein halbes Jahr her. Dafür bekomme ich aber noch Zinsen", grinste ich ihn an und ich hörte die Anderen lachen.

„Die werde ich bei dir abarbeiten. Ich fange gleich heute Abend damit an", flüsterte er mir ins Ohr und ein Schauer lief mir bei der Vorstellung, wie er es wohl abarbeiten würde, über meinen Rücken.

„Wir haben aber auch noch etwas für euch", wandte ich mich an Lorenzo und Sally. Ich ging zurück in die Küche und holte einen Blumenstrauß und einen Umschlag. Ich überreichte beides Sally, die mich wie auch Lorenzo überrascht ansah. „Das ist von uns allen, dafür, was ihr alles für uns in den letzten Monaten getan und uns aufgenommen habt", erklärte ich es ihnen.

„Ach das wäre doch nicht nötig gewesen", sagte Sally ganz gerührt.

„Doch natürlich. In dem Umschlag befindet sich ein Gutschein für ein Wellnesswochenende für euch beiden", kam es von Ebby.

„Oh Wellness. Das haben wir beiden ja schon lange nicht mehr gemacht", sagte Sally.

„Das stimmt. Wir hatten dafür schon lange keine Zeit mehr. Das muss geändert werden. Auch die Mafia braucht mal Wellness", lachte Lorenzo und wir stimmten in sein Lachen mit ein.

„Können wir jetzt endlich anfangen zu essen", fragte Tyron. „Ich verhungere schon."

„Du verhungerst doch immer", entgegnete Lynn und verdrehte dabei die Augen. Wir setzten uns an den Tisch und begannen den Kuchen zu essen. Es war ein richtig schöner Nachmittag. Wir redeten und lachten. Ich hätte nie gedacht, dass mein Leben doch noch wieder so schön sein konnte, wie es vor dem Tod meiner Eltern gewesen war. Es war eigentlich perfekt. Ich hatte alles, was ich wollte. Eine Familie, einen Freund, der mich liebte und Freunde, die immer für einen da waren. Ich hoffte, es blieb auch alles so!

Ende

Ally Trust
The Hell – Hol mich hier raus! Bd. 1

ISBN: 9783744898553
E-Book ISBN: 9783746083063
416 Seiten
Verlag: BoD – Books on Demand

„Ich habe keine Angst vor der Hölle. Ich lebe in einer. Mein Leben ist die Hölle".

Cheyenne erlebt nach dem Tod ihrer Mutter regelrecht die Hölle zu Hause. Ihr Vormund Steve Bozman, ein angesehener Mann, macht ihr das Leben zur Hölle, missbraucht und schlägt sie. Cheyenne lernt den charmanten und gutaussehenden Nicolai kennen, der an der Universität als Player bekannt ist, in den sie sich verliebt. Kann er sie aus dieser Hölle retten? Wird sie ein ruhiges Leben haben, oder wird sie um ihr Leben fürchten müssen?

Ally Trust
The Hell – Du entkommst mir nicht! Bd. 2

ISBN: 9783848242054
E-Book ISBN: 9783746000824
292 Seiten
Verlag: BoD – Books on Demand

Ally Trust
The Guardian Angels – Himmlische Verführung Bd. 1

ISBN: 9783746000169
E-Book ISBN: 9783746019475
336 Seiten
Verlag: BoD – Books on Demand

Die junge Studentin Jamie lebt mit ihrer Familie in Portland / Oregon und führt ein normales Leben. Doch dieses ändert sich, als sie den gutaussehenden und mysteriösen Sixt kennenlernt. Die Ereignisse überschlagen sich, als seltsame Dinge geschehen, die sie sich nicht erklären kann, und Sixt ihr gesteht, dass er kein Mensch, sondern ihr Schutzengel ist. Zudem schwebt Jamie in großer Gefahr. Kann Sixt ihr Leben retten?

Ally Trust
The Guardian Angels – Himmlische Küsse Bd. 2

ISBN: 9783746012483
E-Book ISBN: 9783746020150
316 Seiten
Verlag: BoD – Books on Demand

Ally Trust
The Guardian Angels – Himmlische Sehnsucht Bd. 3

ISBN: 9783746014296
E-Book ISBN: 9783746038810
304 Seiten
Verlag: BoD – Books on Demand

Ally Trust
You are my disaster

ISBN: 9783748101611
E-Book ISBN: 9783748176589
336 Seiten
Verlag: BoD – Books on Demand

Lexi lebt in New York und studiert an einer der renommiertesten Privatuniversitäten des Landes. Dort herrschen klare Regeln. Wer sie bricht, fliegt raus. Eine dieser Regeln ist, dass Beziehungen zwischen Dozenten und Studenten verboten sind. Lexi ist dabei genau diese Regel zu brechen, als sie den gutaussehenden und attraktiven Dozenten Ian kennenlernt und die beiden sich inei-nander verlieben. Sie wissen, sie tun etwas Verbotenes, doch ihr Verlangen zueinander ist stärker. Das Risiko ist groß erwischt zu werden. Gelingt es ihnen das Verbot zu trotzen und ihre Liebe geheim zu halten?